DER BRENNENDE MANN

EIN FESSELNDER KRIMINALROMAN

KRIMINALINSPEKTORIN BROADBENT: THRILLER-REIHE

BUCH 3

JACK PROBYN

CLIFF EDGE PRESS

Das Recht von Jack Probyn, als Autor dieses Werkes anerkannt zu werden, wurde von ihm gemäß dem Gesetz über Urheberrecht, Designs und Patente von 1988 geltend gemacht. Veröffentlicht von: Cliff Edge Press, Essex.

eBook ISBN: 978-1-80520-234-9
ISBN: 978-1-80520-235-6
Erste Auflage
Besuchen Sie Jack Probyns Website unter www.jackprobynbooks.com.

ÜBER DAS BUCH

Als in den malerischen Surrey Hills die verkohlten Überreste einer Leiche gefunden werden, wird DI Stephanie Broadbents altes Trauma neu entfacht.

Das Opfer wurde bei lebendigem Leib verbrannt. Keine Spuren. Keine Zeugen. Bald geht jeder Hinweis in Asche auf.

Als eine weitere Leiche auftaucht, deckt Stephanie eine Verbindung auf, die droht, die Welt — und weitere Leichen — in Brand zu setzen.

Will sie den Mörder fassen, muss sie ins Feuer gehen und sich ihrer Angst stellen.

KAPITEL
EINS

Als Nigel Hadlow zum ersten Mal die Augen öffnete, detonierte ein stechender Schmerz an seinem Hinterkopf, zuckte wie ein Gewitter auf und ließ ihn benommen und orientierungslos zurück. Als er sie wieder öffnete und sein Blick klarer wurde, nahm er seine Umgebung wahr und erkannte, dass er von vier Holzwänden umschlossen war, die ihn zu erdrücken schienen.

Die Luft Mitte November war kalt und schneidend, feucht vom Geruch nach Heu und verrottendem Mist von draußen, wurde aber bald von einem chemischen Gestank überdeckt, der ihm wie Splitter im Hals stecken blieb und ihm den Magen umdrehte.

Er versuchte, sich zu bewegen.

Nichts geschah.

Er versuchte es erneut, spannte Arme und Beine an, und da wurde ihm klar, dass seine Hände seitlich von ihm weit ausgestreckt und an den Handgelenken mit etwas, das sich wie ein Seil anfühlte, festgebunden waren, verankert in etwas im Betonboden. Er reckte den Hals, um an seinem Körper hinabzusehen, und erkannte im schwachen Licht, dass auch seine Fesseln zusammengebunden, ebenfalls von Seilen umschlungen und an etwas Kaltem und Hartem befestigt waren.

Er war in einem Horrorfilm.

Panik stieg in seiner Brust auf.

Er versuchte zu schreien, doch seine Stimme klang nur schwach und brüchig, als hätte er schon eine Weile geschrien, ohne es zu bemerken.

Was zum Teufel geschah hier? Wie war er hierhergekommen?

Er schloss die Augen und versuchte sich zu erinnern.

Er hatte am Straßenrand angehalten, nachdem er ein seltsames Geräusch von den Reifen gehört hatte. Er hatte den Motor laufen lassen und war ausgestiegen, um nach vorne zum Wagen zu gehen und sie zu inspizieren. Dann hatte ein anderes Auto angehalten, ungeschickt und schief, die Reifen quietschten, als wäre der Fahrer in Eile. Eine Gestalt war ausgestiegen und auf ihn zugekommen. Es war dunkel – nach sieben Uhr –, daher war die Sicht schlecht gewesen, abgesehen von den Scheinwerfern, die kurz die Züge der Gestalt beleuchtet hatten. Und doch war da etwas Vertrautes an dem Gesicht gewesen, oder?

Ja.

Nur konnte er es nicht zuordnen. Ein längst verlorenes Gesicht. Von der Zeit verschluckt, verloren, bis es zu weniger als einer Erinnerung geworden war.

Und dann Dunkelheit.

Er hatte nicht bemerkt, wie der Taser aus der Tasche der Gestalt gezogen worden war. Sein Gehirn hatte komplett abgeschaltet. Und nun war er hier, mitten an einem kalten, dunklen Ort, an den Boden gefesselt, als läge er an einem Kreuz.

Das Geräusch des Tasers hallte erneut in seinen Ohren, wütend und elektrisch.

Es wurde schnell von einem anderen Geräusch abgelöst. Etwas in der Nähe. Regelmäßiger. Schärfer.

Es kam näher. Wurde lauter.

Aus dem Augenwinkel erhaschte er einen Blick. Ein Aufleuchten von Orange, Rot, Gelb. Zuerst klein, aber unverkennbar. Eine Flamme, die unter der Holzwand ihren Kopf hervorstreckte.

Sobald er es in seinem deliranten Zustand begriff, zitterte Nigels Körper gegen die Seile. Er zerrte mit aller Kraft, aber die Fesseln gaben nicht nach. Je mehr er sich wehrte, desto tiefer schnitten sich die Fasern in seine Haut und ritzten Linien in seine Hand- und Fußgelenke. Blut sickerte hervor, warm und nutzlos.

Innerhalb von Sekunden kroch eine Feuerlinie am unteren Ende einer der Wände entlang und verschlang gierig Stroh und Holzreste wie trockenes Papier, während sie heiße Glut in die Luft spuckte. Die Holzbalken über ihm ächzten und knallten, ihre Rahmen bekamen unter der Hitze Blasen.

Nigel schrie.

Reiner, animalischer Terror.

Das Feuer schoss vorwärts und kroch über den Boden auf ihn zu. Der dichte Rauch wurde dicker, schlang sich um sein Gesicht und füllte seine Lungen. Er hustete und würgte, seine Kehle zog sich zusammen, als der Sauerstoff aus seinem Körper gesogen wurde.

Seine Brust bebete, jeder Atemzug war eine Qual, als würden Glassplitter seine Luftröhre hinunterschneiden.

»Hilfe!«, krächzte er, seine Stimme versagte. Es war kaum lauter als ein Flüstern.

Die Flammen setzten ihre Annäherung fort, wie ein Raubtier, das langsam seine Beute umschleicht. Er konnte die Hitze spüren, blasenwerfend, sengend, die Haare auf seinem Körper versengend. Sein Rücken krümmte sich instinktiv, um sich aus seinen Fesseln zu befreien, aber die Seile hielten stand.

Er wand sich. Seine Haut prickelte. Dann kochte sie.

Das Feuer küsste zuerst seine Stiefel und schmolz die Sohlen. Flammen loderten um seine Knöchel, dann kräuselten sie sich in seine Kniekehlen und verschlangen die Seile, bis sie verkohlten und rissen. Der Schmerz kam schnell. Große Wellen der Qual brachen in ihm aus. Bald darauf warf seine Haut Blasen und platzte auf. Die Qual war weißglühend und kroch wie geschmolzenes Blei seine Beine hinauf. Er schrie erneut, aber der Rauch stahl den Laut aus seiner Kehle, so wie er im Begriff war, ihm das Leben zu stehlen.

Sein Körper krampfte.

Dann kam der schlimmste Teil. Die Erkenntnis, dass er nicht sofort sterben würde.

Dass es langsam und überlegt sein würde, darauf ausgelegt, ihn leiden zu lassen, ihn jede unerträgliche Sekunde spüren zu lassen.

Das Feuer kletterte seinen Bauch hinauf, loderte über seine Brust und kräuselte sich unter seinen Armen. Sein Hemd fing Feuer – ein Flammenstoß wie ein Streichholz an trockenem Reisig. Seine Haut schälte sich. Seine Augen quollen hervor. Seine Lippen teilten sich, aber er konnte nicht mehr schreien. Nur noch das Geräusch des Erstickens. Im Rauch verendend.

Über ihm ächzte das Gebälk des Gebäudes erneut.

In einem letzten instinktiven Akt drehte er den Kopf und streckte sich der Tür entgegen, die sich niemals öffnen würde. Der Luft entgegen, die er niemals atmen würde. Dem Licht entgegen, das niemals kommen würde.

Und dann Dunkelheit, und der Schmerz hörte auf.

KAPITEL **ZWEI**

Das Ei tanzte wild im siedenden Wasser und prallte gegen die Wände des neuen Tefal-Topfes, den sie am Wochenende gekauft hatte, als wollte es entkommen. Stephanie lehnte mit verschränkten Armen an der Küchentheke und sah zu, wie die Blasen platzten und aufsprangen, als wären sie auf einem Konzert. Sie war wie hypnotisiert, verloren in den Blasen, und ihre Augen hatten Mühe, dem hin- und herprallenden und tanzenden Ei zu folgen. Sie beugte sich vor und hielt ihr Gesicht über das Wasser. Die Hitze war intensiv, und sie wich schnell zurück, als Wassertropfen auf ihren Arm spritzten. Ein Schmerz zuckte über ihre nackte Haut, und sie hielt sie unter den Wasserhahn. Einige Augenblicke später ließ der Schmerz nach und wurde durch ein dumpfes, taubes Gefühl ersetzt. Sie drehte den Wasserhahn zu und starrte auf die winzige rote Strieme, die auf ihrem Unterarm aufblühte. Ein Nadelstich des Schmerzes.

Sie stand einen Moment lang da, lehnte sich gegen das Spülbecken und blickte nach draußen. An diesem Morgen hatte ein leichter Nieselregen eingesetzt, der gegen das Fenster prasselte.

Dann begann das Wasser im Topf überzukochen und auf der elektrischen Herdplatte zu zischen, was sie aus ihren Gedanken riss. Sie schreckte auf und nahm den schweren Topf vorsichtig mit beiden Händen am Griff vom Herd. Dampf kräuselte sich aus dem Topf und stieg in gespenstischen Fingern auf. Während sie eine

Hand am Griff ließ, schaltete sie mit der anderen die Herdplatte aus. Gerade als sie anfing, das Wasser in das Sieb abzugießen, das sie hinten in einem ihrer Schränke gefunden hatte, begann ihr Handy zu klingeln und wütend auf der Arbeitsfläche zu vibrieren. Ihr Blick zuckte zum Display, und in dieser kurzen Sekunde kippte sie das Wasser zu schnell ab, sodass ein Teil davon auf ihren Unterarm spritzte.

»Mist!«

Sie ließ den Topf klirrend ins Spülbecken fallen. Eine Schmerzwelle überzog ihre Haut, und sie fluchte wiederholt leise vor sich hin, während sie den Blick starr auf das Display gerichtet hielt.

Er rief schon wieder an. Das zwanzigste Mal in den letzten fünf Wochen. Oder war es schon öfter? Sie hatte den Überblick verloren.

Ganz zu schweigen davon, dass sie das Interesse verloren hatte.

Sie hatte keinerlei Verlangen, mit ihm zu sprechen. Er war erst vor Kurzem in ihr Leben getreten, und schon hatte sie das Gefühl, dass er versuchte, sich ihr aufzudrängen und sein eigenes Tempo vorzugeben, obwohl es ihrer Meinung nach genau umgekehrt sein sollte. Sicher, er war derjenige, dessen Vater gerade gestorben war, und er hatte auch gerade erst entdeckt, dass er zwei Halbschwestern hatte, von denen er nichts wusste. Sicher, er war derjenige, der gerade herausgefunden hatte, dass sein Vater in Wirklichkeit sein Onkel war und sein leiblicher Vater ihn bei der Geburt weggegeben hatte. Und ja, er war als Einzelkind aufgewachsen, während Stephanie ihre Schwester Kimberley hatte. Aber na und? Wo blieb die Rücksicht darauf, was *sie* durchgemacht hatte? Sie hatte die letzten dreißig Jahre damit verbracht, sich aus dem Würgegriff zu befreien, in dem ihr Vater sie gehalten hatte. Sie war diejenige, die von ihm missbraucht und misshandelt worden war. Nicht Kimberley. Und schon gar nicht Jordan. Allem Anschein nach hatte er eine liebevolle Kindheit gehabt, die sich erst in den letzten Jahren getrübt hatte. Aber trotzdem nahm niemand Rücksicht auf sie.

Endlich endete der Anruf. Ihr Kiefer spannte sich an, als die Benachrichtigung über den verpassten Anruf auf dem Display erschien. Sie starrte weiter darauf und wartete darauf, dass die Voicemail-Benachrichtigung auftauchte.

Einen Moment später erschien sie.

Noch eine. Zweifellos ähnlich wie die anderen.

Hey Steph, ich bin's. Wollte nur mal sehen, ob du dieses Wochenende vielleicht Zeit für einen Kaffee hast? Ich weiß, Kim hat erwähnt, dass es da ein Café gibt, das sie mag, und ich glaube, sie wollte auch mitkommen. Wäre schön, dich zu sehen und endlich mal zu quatschen. Wie auch immer, du weißt ja, wo du mich findest ...

Als das Display schwarz wurde, erschien sein Gesicht in der Spiegelung. Sie verzog das Gesicht, und eine kalte Welle durchfuhr sie. Es war erschreckend, wie sehr Jordan ihm – ihrem Vater – ähnelte. Der dunkle, lüsterne Blick in seinen Augen. Das scharfe, kantige Gesicht. Sogar die Art, wie sein Haar an den Schläfen zurückwich.

Sie konnte das unheimliche Gefühl nicht abschütteln, das ihr durch den ganzen Körper fuhr.

Glücklicherweise erinnerte ihr Gehirn sie daran, dass es etwas anderes gab, um das sie sich kümmern musste: den Schmerz in ihrem Handgelenk, der sich anfühlte, als würde er sich auf ihren Oberarm ausbreiten. Sie drehte erneut den kalten Wasserhahn auf und ließ das eiskalte Wasser über ihren Unterarm fließen, das ihr etwas Linderung verschaffte, als es über ihre Haut strömte. Für einen Moment schloss sie die Augen und konzentrierte sich ausschließlich auf das laufende Wasser, das gegen das Edelstahlbecken spritzte, und das ferne Prasseln des Regens gegen das Glas.

Sobald der Schmerz nachließ, griff sie nach einem Geschirrtuch und tupfte die Verbrennung sanft trocken. Zerstreut schälte sie das Ei, dessen Schale wie trockene Rinde unter ihren Fingerspitzen knackte, und warf es auf einen Teller mit einer Handvoll welker Salatblätter, einem Schuss Olivenöl und einer Prise Maldon-Meersalz.

Kaum ein Frühstück für Champions, aber es würde ausreichen, um sie durch die Litanei an Besprechungen zu bringen, die sie an diesem Morgen hatte.

Sie setzte sich an den Tisch, zog den Teller zu sich heran und spießte das Ei mit einer Gabel auf. Gerade als sie einen Bissen nehmen wollte, klingelte ihr Handy erneut.

Diesmal nicht Jordan.

Die Zentrale.

Sie stöhnte und wischte sich mit dem Handrücken über den Mund. Ihr Daumen schwebte über dem grünen Symbol, bevor sie wischte, um den Anruf anzunehmen.

»Broadbent.«

Die Stimme am anderen Ende war professionell, ruhig.

»Detective Inspector, entschuldigen Sie die Störung. Wir haben einen Anruf von der Feuerwehr und Rettung aus Guildford. Sie haben heute Morgen Meldungen über eine Scheune erhalten, die möglicherweise über Nacht in Brand gesteckt wurde.«

»Verstehe. Sind die Feuerwehrteams vor Ort?«

»Ja, Ma'am.«

»Warum rufen Sie dann die Mordkommission an?«

»Weil sie glauben, menschliche Überreste in den Trümmern gefunden zu haben, Ma'am.«

KAPITEL
DREI

Die verkohlten Überreste der Scheune befanden sich inmitten von Ackerland in Chilworth, eine kurze Autofahrt von Guildford entfernt und nur über eine enge, einspurige Landstraße erreichbar. Stephanie entdeckte das ausgebrannte Gebäude aus einer halben Meile Entfernung, ein schwarzer Fleck auf dem Flickenteppich der grünen und braunen Hügel, die es umgaben. Sie hielt den Wagen einige Hundert Meter entfernt an und reihte sich hinter einer langen Schlange von Polizeiwagen und Feuerwehrautos ein, bevor sie sich auf den Weg zum Tatort machte.

Sie war sich sicher, dass es Einbildung war, aber sie spürte, wie die Temperatur anstieg, die Restwärme des Gebäudes ihre Wangen und ihre Stirn wärmte, als ob sie sich einem Feuer näherte, das nicht mehr da war. Dann atmete sie ein; der beißende Geruch von Verbrennung, verbranntem Holz und versengtem Gummi füllte ihre Nasenlöcher.

Als sie das Ende des Weges erreichte und die Überreste in Sicht kamen, verlangsamte sie ihre Schritte und hielt inne, wobei sie ihre Augen vor der tief stehenden frühherbstlichen Sonne abschirmte.

Dann geriet die Welt aus den Fugen.

Der Geruch. Der Anblick. Brennendes Plastik, verkohltes Holz und etwas darunter, das fast süßlich verrottete. Derselbe bittere Geruch hatte während ihrer Kindheit wochenlang in ihren Haaren, auf ihrer Haut und auf ihren Kissenbezügen gehangen.

Sie nahm die Hand von ihren Augen, und bald verblasste die Sonne. Sie war nicht mehr in Chilworth, stand nicht mehr vor einem Tatort mit uniformierten Beamten und Feuerwehrleuten. Sie war wieder fünf Jahre alt, zurück in jenem Reihenhaus, draußen im Garten mit dem verrosteten Klettergerüst und den verfallenden Pflanzen.

Und er war da.

Ihr Vater.

Es war Frühling, und Stephanie hatte draußen auf der Terrasse gesessen und mit ihrer liebsten Barbiepuppe, Jenny, gespielt. Jenny mit den lockigen blonden Haaren und dem fröhlichen Lächeln. Jenny, die nie wütend wurde oder schrie. Jenny, mit der sie reden und immer lachen konnte.

Im einen Moment hielt sie sie noch im Arm. Im nächsten war sie fort, von ihrem Vater weggerissen.

»Pass auf«, sagte er mit von Alkohol verwaschener Stimme. »Pass auf, was passiert, wenn du nicht hörst.«

Sie erinnerte sich, Nein gesagt zu haben. Ihn angefleht zu haben. Ihn angebettelt zu haben, es nicht zu tun.

Aber er grinste – dieses heimtückische, gelbzähnige Grinsen – und legte Jenny auf den Boden, bevor er sein Feuerzeug entzündete und die Flamme unter die Hand der Puppe hielt. Zuerst war die Reaktion langsam: ein geschwärzter Finger, ein leichtes Kräuseln des Plastiks. Dann plötzlich ein *Puff*. Der Arm loderte leuchtend orange auf, verdrehte sich und schmolz wie Wachs. Als Nächstes fingen die Haarsträhnen Feuer, versengten und schrumpften zu nichts zusammen. Stephanie schrie und stürzte vor, aber er verpasste ihr, ohne hinzusehen, eine Ohrfeige, die hart genug war, um sie gegen die Hauswand zu schleudern.

Dann packte er sie und hielt ihr Gesicht dicht an die Flammen. Die Hitze. Der Gestank. Es fühlte sich an, als würde der Tod selbst sie anatmen. Sie sah zu, wie Jennys Körper langsam wegschmolz, und ihr wurde von den Dämpfen schwindelig. Sie erinnerte sich an die Wärme in ihrem Gesicht, an die Spitzen ihrer losen Haare, die zusammen mit Jennys versengten, während sie zusah, wie sich das Bein ihrer engsten Freundin zu einer geschwärzten Spirale kräuselte.

Das böse, fade Lachen ihres Vaters hallte in ihren Gedanken wider, als die Szene verblasste und die Scheune wieder in den Fokus rückte.

Sie blinzelte kräftig, einmal, zweimal, um sich wieder zu erden.

Das Feuer war erloschen, aber die Brandwunde war noch da.

Sie schlurfte ein paar Schritte vorwärts und nahm ihre Umgebung wahr. Was einst ein zweistöckiges landwirtschaftliches Lagerhaus gewesen war, stand nun als eingestürzte, skelettartige Hülle da. Seine Balken waren zu spröder Holzkohle geschwärzt, wie gebrochene Rippen. Eine Masse aus schwarzer, feuchter Asche klebte am Boden. Ein Absperrband aus blau-weißem Kunststoff flatterte leise am Rand des Feldes. Zwei uniformierte Polizisten standen am Eingang. Innerhalb der Absperrung bewegten sich Menschen mit leiser Dringlichkeit. Feuerwehroffiziere in Warnwesten drängten sich in der Nähe der Südwand der Scheune, während Spurensicherer, bereits in weiße Papieranzüge gekleidet, jeden geschwärzten Zentimeter des Innenraums fotografierten.

Stephanie trug sich an der Absperrung ein, zog ebenfalls einen Anzug an und duckte sich dann unter dem Band hindurch. Sie konnte sich nicht weiterbewegen; ihre Beine waren zu Blei geworden, und sie hatte nicht die Kraft, sich dem Wrack weiter zu nähern. Etwas Ähnliches hatte sie erst vor wenigen Monaten erlebt, als eine Universitätsstudentin in ihrem Auto bei lebendigem Leibe verbrannt war. Auch damals hatte Stephanie sich zurückgehalten und war in sicherer Entfernung stehen geblieben, unfähig, näher heranzugehen.

»Erster Tatort?«, fragte ein Mann, der neben ihr stehen blieb.

Stephanie drehte den Kopf zu der Stimme und stutzte.

Der Mann, der neben ihr stand, war groß und breitschultrig unter seinem roten Feuerwehr-Oberteil. An der unteren Körperhälfte trug er seine feuerfeste Hose, deren Leuchtstreifen in der Sonne glänzten. Ein Geflecht aus Narben zeichnete seine Haut und zog sich über seine muskulösen Arme sowie über Hals und Gesicht, Überbleibsel eines Brandereignisses, das ihn schwer verbrannt hatte. Er bemerkte, wie ihr Blick auf seinen Narben verweilte, zuckte aber nicht zusammen, sagte nichts und versuchte auch nicht, sie zu verbergen. Stattdessen akzeptierte er die Blicke, als sei er an sie gewöhnt.

»Mein ... mein erster Tatort?«, wiederholte sie murmelnd. Sie wusste, dass es unhöflich war zu starren, aber seine Wunden hatten etwas sowohl Anziehendes als auch Bemerkenswertes an sich, das ihren Blick fesselte. »Ich habe in meiner Zeit schon einige gesehen.«

Er lächelte sie warm an und gluckste leise. »Ich auch.«

»Allerdings ist das mein erster Brandort seit einer Weile. Vor allem einer wie dieser.«

»Kein Fan?«

Sie schüttelte den Kopf. »Möglicherweise mein allerunliebster.«

»Angst vor Feuer?«

Sie zuckte mit den Schultern. »Das könnte man so sagen.«

»Hatte ich eine Zeit lang auch ...«, begann er.

Sie musterte seine Arme und seinen Hals und versuchte, es unauffällig zu tun. »Wegen Ihrer ...? Ihrer ...?« Sie konnte den Satz nicht beenden.

Der Mann blickte auf seine Wunden hinab. »Das Auto hat Feuer gefangen, als ich ein Kind war. Mein Vater ist gefahren; wir sind auf dem Mittelstreifen der Autobahn gelandet, und dann ist das Ding in Flammen aufgegangen. Ich erinnere mich nur daran, dass mich jemand aus dem brennenden Wrack gezogen hat.«

»Herrgott. Wie alt waren Sie?«

»Dreizehn. Die Ärzte sagten, ich hätte Glück gehabt, noch am Leben zu sein. Aber am Ende haben sie bei mir Wunder vollbracht.«

»Und Sie dachten sich, welch bessere Karriere gäbe es als die, die Sie fast umgebracht hätte?«

»Ich hätte mein Leben damit verbringen können, verbittert darüber zu sein, aber stattdessen habe ich mich entschieden, mich nicht davon definieren zu lassen. Der beste Weg, sich seiner Angst zu stellen, ist, sich kopfüber hineinzustürzen.«

Stephanie dachte einen Moment darüber nach, nahm es auf und zog es in Betracht.

»Ich bin übrigens Elias.« Er streckte ihr die Hand entgegen.

»Elias Thorne. Ich bin der Watch Manager auf der Feuerwache in Guildford.«

»Detective Inspector Stephanie Broadbent«, erwiderte sie.

»Ich nehme an, Sie müssen wissen, mit welcher Art von Tatort wir es hier zu tun haben.«

»Ein guter Anfang.«

Er lächelte sie an und entblößte eine Reihe weißer Zähne, und sie fand ihn seltsam charmant. »Ist es für Sie in Ordnung, sich das anzusehen?«

Sie warf einen Blick auf die Scheune, atmete tief ein und dann langsam wieder aus.

»Was ist das Schlimmste, das passieren könnte?«, fragte er und deutete auf seine Unterarme.

»Das ist die richtige Einstellung.«

Als sie vortraten, sprach Elias mit leiser, ruhiger und abgemessener Stimme. Dieselbe sachliche Art hatte sie benutzt, wenn sie Informationen weitergab. »Ich glaube, hier war seit Jahren niemand mehr. Der Anruf kam heute Morgen um acht Uhr rein, als ein Mountainbiker den Rauch entdeckt hat.«

»Niemand hat es vorher gesehen?«

»Nein.«

»Was ist mit den Flammen?«

Er schüttelte den Kopf. »Das Feuer brach mitten in der Nacht aus. Kurz vor Mitternacht.«

»Woher wissen Sie das?«

»Das können wir daran erkennen, wie stark das Holz verbrannt ist. Zumindest gibt es uns eine Schätzung.«

»Wie genau ist die?«

»So genau, wie eine Schätzung sein kann«, sagte Elias mit einem Achselzucken. »Wir werden die Sache genauer analysieren müssen, aber ich bin zuversichtlich, was diesen Zeitrahmen angeht.«

»Die Person von der Leitstelle sagte, es gäbe eine Leiche darin.«

Sie blieben direkt vor dem stehen, was vermutlich die Vorderseite der Scheune gewesen war, jetzt aber nur noch ein Haufen versengten Holzes war. Elias zeigte auf eine Stelle in der Mitte der Grundfläche der Scheune.

»Dort wurde die Leiche gefunden. Nach dem, was vom Opfer übrig ist, nehmen wir an, dass es ein Mann ist. Möglicherweise mittleren Alters. Irgendwo zwischen dreißig und sechzig. Ich weiß, das engt es nicht sehr ein, aber ... es ist nicht viel von ihm übrig. Er ist größtenteils karbonisiert. Das Feuer hat den größten Teil des Weichgewebes verzehrt.« Elias sprach klinisch, respektvoll. »Wir glauben, dass er lag, als das Feuer den Flammpunkt erreichte. Basierend auf den Verkohlungsmustern geschah es wahrscheinlich schnell. Minuten, vielleicht weniger.«

Sie bewegten sich durch die Trümmer und traten vorsichtig, bis sie die Leiche erreichten. Elias ging neben dem, was übrig geblieben war, in die Hocke: ein geschwärzter Umriss, die Gliedmaßen nach innen gekrümmt, ein Arm über dem Schädel angewinkelt wie eine groteske Tanzpose. Stephanie stand neben ihm, ihr Papieranzug klebte bereits feucht vom Schweiß an ihren Armen.

»Die Leiche befindet sich in der sogenannten Fechterstellung; sehen Sie, wie die Arme und Beine so gebeugt sind?« Er deutete mit einer behandschuhten Hand. »Das wird durch die Muskelkontraktion bei starker Hitzeeinwirkung verursacht. Die Hitze dehydriert die Muskeln, lässt sie schrumpfen und zieht die Gliedmaßen in diese Abwehrhaltung. Manchmal wird es auch ›Boxerstellung‹ genannt.«

Stephanie kauerte sich neben ihn und achtete darauf, die vom Spurensicherungsteam ausgelegten Fußabdruckmarkierungen nicht zu stören. Ihr Körper zitterte vor Angst, aber irgendwie bewahrte sie die Fassung.

»Die Haut ist komplett weg«, sagte sie leise.

Elias nickte. »Ja. Der größte Teil der Epidermis- und Dermisschichten wurde vollständig verbrannt. Was Sie jetzt sehen, ist karbonisiertes Gewebe und Knochen. In einigen Bereichen ist die äußere Oberfläche der Knochen durch die Hitze tatsächlich aufgespalten; das nennt man Hitzefraktur.« Er zeigte sanft auf den Torso oder das, was davon übrig war. »Die Kleidungsfasern sind weggebrannt, aber die Überreste sind mit der Haut und den Muskeln verschmolzen und bilden diese verkohlte Masse. Synthetische Materialien, insbesondere Nylon und Polyester, brennen nicht nur; sie schmelzen und kleben. Fast wie Napalm.«

Stephanie schluckte gegen die aufsteigende Übelkeit, aber es half wenig.

Elias fuhr fort. »Wenn er bei Ausbruch des Feuers noch lebte, hätte er mehrere Traumastadien durchlaufen. Zuerst Rauchvergiftung: Die Lungen füllen sich mit überhitzten Gasen, was zu Schwellungen in den Atemwegen führt. Das Atmen wird unmöglich. Der Rauch selbst führt zu Orientierungslosigkeit, Verwirrung und sogar Bewusstlosigkeit.« Er deutete auf die Brusthöhle. »Wir werden es erst nach der Autopsie sicher wissen, aber wenn Ruß in der Luftröhre oder den Lungen ist, deutet das darauf hin, dass er noch atmete, als es passierte. Wenn kein Ruß vorhanden ist, war er möglicherweise bewusstlos oder tot, bevor das Feuer ausbrach.«

Stephanie starrte auf den geschwärzten Schädel. »Gibt es irgendwelche Anzeichen dafür, dass er gefesselt, gebunden oder irgendwie am Boden fixiert war?«

Elias schüttelte den Kopf, hielt dann inne, um die Leiche zu betrachten, bevor er antwortete. »Nichts, was wir bisher deutlich erkennen können. Abgesehen von ein paar geschmolzenen Nägeln und einigen Scharnieren, die man an einem Ort wie diesem ohnehin finden könnte, gibt es nichts, was an Fesseln oder Klammern erinnert. Was da ist, könnte Teil der ursprünglichen Struktur der Scheune gewesen sein.«

»Es ist also möglich, dass er freiwillig hierherkam?«, fragte Stephanie. »Selbstmord?«

»Vielleicht. Seine Positionierung schreit nicht nach einem Kampf, aber das heißt nicht, dass es keinen gab. Wir werden es erst wissen, wenn wir reichlich Zeit hatten, den Schauplatz zu untersuchen.«

Stephanie hielt inne und überblickte das verkohlte Innere der Scheune, wobei sie die Verwüstung um sich herum aufnahm. Ihr Blick fiel auf das Skelett des Opfers und konzentrierte sich auf die rußbedeckten Zähne in seinem Kiefer.

Elias' Worte hallten in ihrem Kopf wider: Es gibt keinen besseren Weg, sich seinen Ängsten zu stellen, als sich kopfüber hineinzustürzen.

Hatte dieser Mann sich buchstäblich seinen Ängsten gestellt, oder war er vor ihnen geflohen? So oder so, seine Handlungen hatten zu seinem Tod geführt.

»Wie lange, bis wir ihn hier rausholen können?«

»Spätestens bis Mittag.«

Das gab ihnen etwas Zeit, um herauszufinden, wer er war und warum er hier war.

KAPITEL
VIER

In Momenten wie diesen war er für die Gesichtsmaske dankbar, für die dünne Stoffschicht, die die meisten Giftstoffe und den Gestank abhielt, die drohten, seine Lunge zu vergiften und einen schwarzen Rückstand in seinen Nasenlöchern zu hinterlassen.

Derry Oscar bahnte sich seinen Weg durch das geschwärzte Gerippe dessen, was einst eine Scheune gewesen war, und bewegte sich vorsichtig an der Ostwand entlang. Der Boden war ein düsterer Teppich aus Asche und Trümmern, mit verkohltem Holz, verdrehtem Metall und dem gelegentlichen unidentifizierbaren Klumpen, der einmal eine landwirtschaftliche Maschine oder etwas Beunruhigenderes gewesen sein mochte.

Derry durchkämmte die Trümmer methodisch, seine Bewegungen waren geübt und geduldig. Dreiundzwanzig Jahre im Dienst hatten ihn gelehrt, dass Tatorte ihre Geheimnisse nur langsam und widerwillig preisgaben. Man musste nur ein bisschen mit ihnen flirten, und irgendwann gaben sie nach.

Schade nur, dass sich diese Einstellung nie auf sein Privatleben hatte übertragen lassen.

Als er das Ende der Mauer erreichte, begab er sich in die Ecke, wo sie auf eine andere Mauer traf, und schob ein Stück verkohltes Holz zur Seite, als ihm ein metallisches Glitzern ins Auge fiel. Dort, halb unter einem eingestürzten Balken begraben und mit einer dicken Rußschicht bedeckt, lag eine kleine, rechteckige Blechdose.

Derrys Puls beschleunigte sich, als er vorsichtig die Trümmer wegfegte. Er hatte es schon immer geliebt, kleine Erinnerungsstücke zu entdecken, Fragmente aus dem Leben der Opfer, die Hinweise darauf gaben, wer sie waren und was für Menschen sie gewesen waren.

Er hatte nicht erwartet, an diesem Tatort irgendetwas zu finden.

Bis jetzt.

Die Dose war altmodisch, von der Sorte, die typischerweise zur Aufbewahrung von Tabak oder Süßigkeiten verwendet wurde, und trotz des Infernos, das alles um sie herum verzehrt hatte, bemerkenswert unversehrt.

Er hob sie mit beiden Händen an, überrascht von ihrem Gewicht, und öffnete sie vorsichtig, wobei er die Scharniere mit äußerster Behutsamkeit lockerte. Im Inneren, durch das Metallgehäuse vor den Flammen geschützt, fand er eine Fotografie, die das Gesicht und die Schultern eines Teenagers zeigte, nicht älter als dreizehn oder vierzehn, der mit jugendlicher Unschuld schwach lächelte. Es war eine Momentaufnahme eines glücklichen Augenblicks. Derry zog sie heraus, um sie genauer zu betrachten. Die Fotografie schien hastig zugeschnitten worden zu sein, was darauf hindeutete, dass sie Teil eines größeren, vollständigeren Bildes war.

Ein Wunder, dass sie in der Feuersbrunst nicht zugrunde gegangen war.

Als er sie umdrehte, um die Rückseite zu untersuchen, bemerkte Derry eine Inschrift am Boden der Dose, eine Botschaft, die mit etwas Scharfem in das Metall geritzt worden war.

Er wischte eine Schicht aus Staub und Schmutz weg und legte eine kurze Nachricht frei:

»Der kommende Tag wird sie in Brand setzen, spricht der HERR Zebaoth.« – Maleachi 3,19

Derry starrte auf den Vers, sein Verstand raste. Er hatte in seiner Zeit viel gesehen – tatsächlich eine ganze Menge –, aber diese Sache hier war definitiv eine Nummer zu groß für ihn.

KAPITEL
FÜNF

Eine halbe Stunde später, nachdem sie sich durch den morgendlichen Berufsverkehr in der Innenstadt von Guildford gekämpft hatte, kam Stephanie vor dem Revier an und parkte auf ihrem zugewiesenen Platz. Sie wusste nicht, wer ihn ihr zugewiesen hatte, aber sie war sich sicher, dass es ein schlechter Scherz gewesen sein musste, denn er war so weit vom Eingang entfernt wie nur möglich und der einzige reservierte Parkplatz, der nicht im Schutz von Bäumen oder im Schatten des Gebäudes lag. Sie freute sich nicht auf die intensive Sommerhitze, die in sechs Monaten auf ihr Armaturenbrett niederprallen würde.

Gerade als sie aus ihrem Wagen stieg, begann ihr Handy zu klingeln.

Kimberley.

Sie nahm den Anruf entgegen und klemmte sich das Handy zwischen Ohr und Schulter, während sie den Parkplatz überquerte.

»Morgen, Schwesterherz.«

»Oh, dein Handy funktioniert ja *doch*!«

Stephanie stieß einen schweren Seufzer aus. »Ich habe dir gesagt, ich bin noch nicht so weit.«

»Das heißt aber nicht, dass du ihn weiter ignorieren kannst. Er ist unser Halbbruder, Stephanie.«

»*Dein* Halbbruder. Du hast ihn ja mit offenen Armen in deiner Familie aufgenommen. Aber ich bin noch nicht so weit.«

»Warum nicht?«

Sie hielt vor dem Eingang inne und trat von den kleinen Stufen weg, die zu den Doppeltüren führten.

»Weil er ein Teil von Dad ist«, erwiderte sie.

»Das sind wir auch.«

»Aber wir haben auch Mum in uns. Und das gleicht die Sache aus. Er hat eine Mutter, die ihn nicht wollte und weggegeben hat, und einen Vater, der ihn auch nicht wollte.«

Kimberley schnaubte, sichtlich verärgert über die Bemerkung. »Wir sind nicht immer nur das Produkt unserer Eltern«, sagte sie. »Er hat sich davon nicht definieren lassen. Er hatte eine schwere Kindheit.«

»Schwerer als unsere?«

Kimberley murmelte etwas, unfähig zu antworten.

»Hab ich mir gedacht.« Sie ging zum Eingang und legte die Hand auf die Tür des Gebäudes. »Ich muss los. Ich bin bei der Arbeit. Und du kannst ihm ausrichten, dass er aufhören soll, mich anzurufen oder mir Nachrichten zu schreiben. Ich habe sie gesehen und ich will nicht antworten. Wenn sich das jemals ändert, werde *ich* diejenige sein, die es *ihn* wissen lässt. Ich habe seine Handynummer.«

Stephanie legte auf, bevor ihre Schwester antworten konnte, betrat dann Mount Browne, das Hauptquartier der Polizei von Surrey, und ging die Treppe hinauf zum Büro des Major Investigation Teams im ersten Stock. Sie stieß die Tür auf und wurde vom vertrauten Schein der Leuchtstoffröhren, dem leisen Klappern der Tastaturen und dem sanften Murmeln der frühmorgendlichen Gespräche begrüßt. Der Raum war groß, aber beengt, gesäumt von überladenen Schreibtischen und überfüllten Aktenschränken, die seit Jahren nicht mehr geleert worden waren. Links befand sich eine Reihe von Schreibtischen an den Fenstern mit Blick auf den Parkplatz und das Grün in der Ferne. Rechts war ihr Lagebesprechungsraum, ein Bereich, der die Hälfte des Büros einnahm. An den Wänden hingen mehrere Whiteboards, auf denen verschiedene Ermittlungen in unterschiedlichen Stadien des Abschlusses detailliert dargestellt waren. Sie suchte nach einem freien Whiteboard und fand es in der hintersten Ecke des Raumes.

»Guten Morgen allerseits«, rief sie, ihre Stimme durchdrang den Lärm wie ein Peitschenknall. »Besprechung in etwa zwei Minuten, bitte.«

Ein paar Minuten später hatte sich das Team versammelt, wie eine durchschnittliche Version der Avengers – ohne schicke Anzüge, stahlharte Bauchmuskeln oder Superkräfte – und zog seine Schreibtischstühle in den Raum. Der Erste, der eintraf, war DS Noah Mackenzie, der aussah wie ein deplatzierter Statist von einer Science-Fiction-Convention aus den Siebzigerjahren, gekleidet in einen tief auberginefarbenen Samtmantel, ein hellrosa geknöpftes Hemd, eine rostfarbene Weste und eine senfgelbe Hose. Sein gequälter Gesichtsausdruck ließ vermuten, dass er seit den Siebzigern nicht mehr geschlafen hatte, während er eine Kaffeetasse umklammerte.

Neben ihm saß DS Devon Lafferty, der den Scheitel seines dichten, dunklen Haares so verändert hatte, dass es nun nach links fiel. Direkt vor ihr saß DC Giles Swinger, der gerade sein Croissant aufaß, dessen Krümel sich ordentlich auf seiner Brust sammelten. Zu ihrer Rechten saßen die anderen Frauen im Team, DC Fiona Singleton und DC Olivia »Wellard« Willard, von denen Letztere, wie Stephanie bemerkte, so weit hinten in der Besprechung saß, dass sie sie beinahe übersehen hätte. Fiona saß vorne und spielte an ihrem Schlüsselband herum – eine Gegenmaßnahme, um sich vom Nägelkauen abzuhalten.

Stephanie trat an das saubere Whiteboard, steckte die Hände in die Taschen und sah jedem von ihnen in die Augen. Ihr fiel sofort auf, dass Olivia ihren Blick abwandte und auf den Teppich starrte.

»Heute Morgen wurde in einer ausgebrannten Scheune in Chilworth eine Leiche entdeckt«, sagte Stephanie. »Männlich. Unbekannte Identität. Zwischen dreißig und sechzig Jahre alt. Die Leiche wurde in der Mitte gefunden.«

Noah kritzelte etwas auf seinen Block. Giles machte ein summendes Geräusch.

Stephanie fuhr fort. »Bisher wird der Fall als ungeklärte Ursache behandelt. Keine offensichtlichen Brandbeschleuniger.

Und die Fesseln, falls es welche gab, wurden im Feuer zerstört. Offiziell gibt es also noch keine Beweise für ein Fremdverschulden.«

»Brandstiftung?«, fragte Giles.

»Das hast du bei jedem Brandfall vorgeschlagen, den wir dieses Jahr hatten«, erwiderte Fiona.

»Nur, weil er immer noch hinter den Leuten her ist, die das Feuer vor seiner Garage gelegt haben«, kommentierte Devon.

»Das hat mich ein Vermögen gekostet! Die verdammten Mistkerle wussten auch noch, dass es meine Garage war.« Giles verschränkte die Arme vor der Brust und stieß geräuschvoll die Luft aus, was die Croissantkrümel auf den Boden blies.

»Vielleicht haben sie es getan, *weil* sie wussten, dass es deine Garage war«, murmelte Fiona, gerade laut genug, dass die anderen es hören konnten. »Ich würde es jedenfalls tun.«

Noah blickte nicht von seinem Notizblock auf. »Wissen wir, wie lange die Leiche dort gelegen hat, Ma'am?«

Stephanie schüttelte den Kopf. »Die vorläufige Schätzung des Einsatzleiters ist, dass das Feuer gegen Mitternacht ausbrach. Ein Mountainbiker hat den Rauch heute Morgen gegen acht Uhr entdeckt. Die Feuerwehr traf kurz darauf ein. Die Leiche und die Scheune müssen mindestens acht Stunden lang gebrannt haben, bevor sie jemand gefunden hat.«

»Irgendeinen Ausweis?«, fragte Devon und lehnte sich in seinem Stuhl zurück, einen Knöchel über das andere Knie geschlagen, als würde er sich eine Serie ansehen, anstatt über eine verkohlte Leiche zu diskutieren.

»Noch nicht«, antwortete Stephanie. »Aber wir werden das über Zahnärzte und DNA herausfinden. Die Spurensicherung hofft, etwas Verwertbares aus den Überresten zu gewinnen.«

»Kleidung?«, fragte Fiona. »Markenetiketten, Nähte, irgendetwas in der Art?«

»Leider bis zur Unkenntlichkeit verbrannt. Was von der Leiche übrig ist ... nun ja, es ist größtenteils verschwunden.«

»Könnte es Selbstmord gewesen sein?«, fragte Noah und blickte schließlich auf. »Oder wollte jemand, dass wir das denken?«

»Genau«, sagte Stephanie und zeigte mit dem Finger auf ihn.

»Wir müssen unvoreingenommen bleiben. Bis wir mehr wissen, könnte es in beide Richtungen gehen.«

Sie drehte sich um und kritzelte *SELBSTMORD/MORD?* mit einem dicken schwarzen Stift auf das Whiteboard. Dann fügte sie darunter *OPFER?* hinzu.

»Gibt es Videoüberwachung?«, fragte Giles, strich sich die letzten Croissantflocken von der Brust und inspizierte dann seine Fingerspitzen nach den letzten Krümeln.

»Dort draußen gibt es nicht viel Überwachung«, sagte Stephanie. »Es ist Ackerland. Das nächste Haus ist fast eine halbe Meile entfernt.«

»Wissen wir, wem die Scheune gehört?«, fragte Devon.

»Nein. Das müssen Sie herausfinden. So wie der Ort aussieht, ist er schon seit einer Weile verlassen. Der gesamte umliegende Weg und der Beton waren mit Unkraut überwuchert. Sie müssen jemanden finden, dem das Land gehört oder der es kennt, vielleicht einen der Nachbarn, frühere Pächter oder Einheimische, die die Fußwege darum herum benutzt haben.«

»Könnte ein guter Ort für Drogensüchtige oder Teenager sein, die trinken wollen, wo sie niemand sieht«, fügte Fiona hinzu. »Solche Orte werden oft genutzt.«

»Klingt, als ob du aus Erfahrung sprichst«, witzelte Giles.

Stephanie ignorierte die Bemerkung. »Normalerweise würde ich Ihnen zustimmen. Aber ich habe keine Anzeichen für kürzliche Aktivitäten gesehen. Keinen Müll. Keine Bierdosen. Keine Spritzen. Es sah nicht so aus, als ob dort seit einer Weile jemand gewesen wäre.«

Sie alle ließen das für einen Moment auf sich wirken.

Außer Olivia, die kein Wort gesagt hatte.

Stephanies Blick verweilte auf ihr. »Alles in Ordnung, Wellard?«

Die Constable blinzelte, erschrocken über die Aufmerksamkeit. »Ja, Ma'am. Ich höre nur zu.«

»Sie waren sehr still«, sagte Noah sanft. »Ungewöhnlich für Sie.«

Sie schenkte ihm ein sprödes Lächeln. »Entschuldigung. Mir geht's gut. Ich nehme nur alles auf, bleibe auf meinem Posten.«

Fiona warf ihr einen Seitenblick zu, sagte aber nichts.

Stephanie ließ die Stille wirken und fuhr dann fort. »Als Nächstes erstellen wir einen Zeitplan. Noah, Sie kümmern sich um die Eigentumsverhältnisse des Grundstücks und prüfen bei der Gemeinde die Geschichte des Gebäudes. Fiona, ich möchte, dass Sie sich in der Gegend umhören. Die nächsten Grundstücke, finden Sie heraus, ob jemand letzte Nacht etwas gehört oder gesehen hat. Giles, finden Sie Videoaufnahmen und sehen Sie nach, ob jemand in der Nähe etwas gesehen oder gehört hat. Und, Devon, ich möchte, dass Sie für die sozialen Medien und die Presse zuständig sind.«

Noah hob eine Hand wie in der Schule. »Und was machen Sie, Chefin?«

»Ich warte darauf, dass etwas Interessantes in meinem Posteingang landet. Ich habe einen Anruf vom Leiter der Spurensicherung bekommen, der meinte, einer der Spurensicherer hat einen Metallbehälter aus dem Schutt gezogen. Vielleicht ist da etwas drin. Wir werden nicht mehr wissen, bis das Beweismittelprotokoll durchkommt. Alle verstanden?«

Das Team antwortete mit einem Grunzen, das an eine Fußballmannschaft erinnerte, rollte dann zurück zu seinen Schreibtischen und machte sich an die Arbeit. Gerade als Olivia von ihrem aufstehen wollte, rief Stephanie nach ihr.

»Wellard, haben Sie eine Minute? In meinem Büro? Oder haben Sie Lust auf einen Spaziergang draußen?«

KAPITEL
SECHS

Olivia betrat Stephanies Büro mit dem Widerwillen eines Kindes, das seine Wäsche in den Wäschekorb legen soll. Sie schloss die Tür vorsichtig hinter sich, als könnte jedes laute Geräusch oder jede plötzliche Bewegung den Raum zum Einsturz bringen. Mit hinter dem Rücken verschränkten Händen musterte sie den Raum, der sich in den letzten Wochen von einem neutralen Zimmer in etwas Persönlicheres, Einladenderes und Gemütlicheres verwandelt hatte. In den Ecken standen jetzt Pflanzen, die die Luft für Stephanie reinigten, sowie Fotos von ihren schönsten Erinnerungen aus ihrer Zeit bei der Polizei und ein paar bunte Dekoartikel, die sie im Einkaufszentrum in der Stadt gekauft hatte, um den Ort ein wenig aufzuhellen.

Stephanie zog ihren Schreibtischstuhl hervor, ließ sich darauf nieder und deutete Olivia an, sich ihr gegenüberzusetzen. Die Constable ging widerstrebend hinüber. Olivia war so etwas wie die gute Seele des Büros. Fürsorglich, rücksichtsvoll; sie erkundigte sich ständig nach dem Rest des Teams und fragte, ob sie etwas brauchten. Sie stellte die Bedürfnisse des Teams stets über alles andere. Aber Stephanie fragte sich, wie oft die anderen dasselbe für sie taten. Ob sie sich erkundigten, ob bei ihr alles in Ordnung war oder ob irgendetwas sie nachts wach hielt.

Stephanie stützte die Unterarme auf den Schreibtisch und beugte sich leicht vor.

»Also«, sagte sie leise, »was ist los?«

»Wie meinst du das?«, fragte Olivia und verbarg sich hinter einem leichten Grinsen, das keine Überzeugung ausstrahlte. Sie senkte den Blick auf ihre Hände.

»Etwas ist im Busch. Das spüre ich. Das ist mein Job. Du warst eben sehr still. Normalerweise wirfst du Kommentare ein, bevor du vorschlägst, dich wieder in deine Schranken weisen zu lassen.«

»Ach ja?«

»Komm schon, Wellard. Ist alles in Ordnung?«

Olivia zuckte als Antwort mit den Schultern. Dann erwiderte sie leise: »Ich hab einfach ... einfach einen dieser Tage.«

Stephanie schwieg einen Moment und ließ die Stille den Raum auf eine Weise füllen, die sich eher sicher als unangenehm anfühlte.

»Sonst nichts los? Zuhause? Die Kinder?«

Olivia seufzte und ihre Wangen blähten sich leicht auf. »Die machen mir im Moment das Leben schwer. Sie sind in dem Alter, in dem sie Widerworte geben, denken, sie wären die Größten, und mir einen Haufen Ärger machen, nur weil ich versuche, auf sie aufzupassen. Harry hält sich für alles zu cool, und Josh hat in letzter Zeit nur Mist gebaut. Gestern hat die Schule angerufen, weil er seinem Mathelehrer gesagt hat ... na ja, du weißt schon, er könne ihn mal, im Grunde.«

Stephanie zuckte zusammen. »Reizend.«

»Und sie reden nur mit mir, wenn sie etwas wollen«, sagte Olivia mit einem müden Lachen. »Jungs im Teenageralter sind wie Mitbewohner, die keine Miete zahlen und einen wie einen Geldautomaten behandeln. Es ist einfach ... manchmal zermürbend.«

»Klingt anstrengend.«

»Das ist es. Und hier ... Ich liebe diesen Job, wirklich. Aber in letzter Zeit habe ich das Gefühl, dass ich ... ein bisschen in den Hintergrund trete. Tagein, tagaus nur Protokolle erfassen und HOLMES aktualisieren. Das ist stumpfsinnig. Ich will mich wieder nützlich fühlen. Ich will mehr tun als nur Daten eingeben und die Tippfehler anderer Leute korrigieren.«

Stephanie musterte sie. Es war keine Beschwerde, es war ein Geständnis, ein Hilferuf. Stephanie wollte nichts sehnlicher, als ihr gesamtes Team zu fördern. Das war es, was Führungskräfte taten. Wenn eine Person aufblühte, taten es alle. Wenn eine Person zurückfiel, halfen alle mit, sie zu unterstützen.

»Du warst eine feste Stütze, seit ich hier bin«, sagte Stephanie. »Du hältst den Laden am Laufen, sorgst dafür, dass wir nicht durchdrehen, und ohne dich säßen wir tief im Schlamassel. Aber wenn du mehr willst – *wirklich* mehr willst –, dann stärke ich dir den Rücken. Bist du daran interessiert, in diesem Fall eine größere Rolle zu übernehmen?«

Olivia blinzelte. »Was für eine?«

»So wie Giles zuvor. Du hast doch die Veränderung bei ihm gesehen?«

»Es ist ihm zu Kopf gestiegen. Er konnte gar nicht mehr aufhören, darüber zu reden.«

»Na ja, jetzt kannst du an der Reihe sein. Was sagst du dazu?«

»Ich weiß nicht ... Ich weiß nicht, was ich da tun soll.«

Stephanie grinste. »Das ist ja das Schöne daran. Keiner von uns weiß das. Aber wir finden einen Weg, damit es klappt.« Sie blickte auf ihren Bildschirm. »Das Erste auf der Liste wäre die Obduktion. Sprich dich mit dem Brandermittlerteam und Leanna ab, finde heraus, wie lange unser Opfer schon tot ist, und sieh zu, ob du seine Identität herausfinden kannst.«

Olivia zögerte, dann richtete sie sich ein wenig auf. »Du willst, dass *ich* hingehe?«

Stephanie nickte. »Ich denke, du bist mehr als fähig dazu. Und wenn du vorankommen willst, musst du jeden Teil des Prozesses kennenlernen. Bist du dabei?«

»Ja«, sagte Olivia, und ein kleines, aber wachsendes Gefühl der Entschlossenheit kam in ihr auf. »Ja, ich denke schon.«

»Gut. Und du kannst immer noch Sachen in HOLMES eintragen, wenn das deine Seele beruhigt.«

Olivia stieß ein echtes Lachen aus, und die Anspannung wich aus ihren Schultern. »Das tut es wirklich nicht.«

Stephanie grinste. »Willkommen auf der nächsten Stufe, also.«

»Ich Glückspilz.«

»Manche Leute träumen von einem Morgen, umgeben vom Geruch von Formaldehyd.«

»Diese Leute brauchen Urlaub.«

Stephanie stand auf. »Also gut. Ich leite dir die Details weiter und sorge dafür, dass Leanna weiß, dass du dabei bist. Und wenn die Schule wieder anruft, stell sie zu mir durch. Ich würde dir diese Last mehr als gerne von den Schultern nehmen.«

Beide lachten leise, und der Moment verweilte, bis Olivia aufstand und nach der Tür griff.

»Danke, Ma'am.«

»Jederzeit«, erwiderte Stephanie. »Und Olivia ...?«

Sie hielt inne, halb zur Tür hinaus.

»Zweifle bitte nicht wieder an dir. Du und ich würden dieses Gespräch nicht führen, wenn ich nicht denken würde, dass du nicht nur fähig, sondern es auch verdienst. Du setzt dich für das Team ein, und ich möchte mich im Gegenzug für dich einsetzen. Aber wenn es dir so zu Kopf steigt wie Giles – oder noch mehr –, dann muss ich dich wieder in deine Schranken weisen.«

KAPITEL
SIEBEN

In dem Moment, als Olivia aus Stephanies Büro trat, spürte sie es. Eine Verlagerung. Als hätte sich etwas in ihr neu geordnet. Sie schwebte nicht auf Wolken und strahlte auch nicht, aber da war ein sanftes Heben in ihrer Brust, ein stiller Energieschub in ihren Knochen. Ihr Gang war federnd, wie seit Wochen, ja Monaten nicht mehr. Und die Welt hatte einen helleren, wärmeren Schimmer angenommen, als sie das Gebäude verließ. Zum ersten Mal seit Langem bemerkte sie die Farben der Autos, der Bäume, der Blätter. Sogar der Himmel wurde ein wenig blauer, ein wenig einladender.

Und zum ersten Mal seit einer noch längeren Zeit fühlte sie sich nützlich. Unentbehrlich.

Draußen durchquerte sie mit federndem Schritt den Parkplatz, kam bei ihrem Peugeot 208 an, der sie monatlich zu viel Geld kostete, und entriegelte die Tür mit dem Funkschlüssel. Als sie ins Auto glitt, schlug ihr der Duft des Lavendel-Lufterfrischers entgegen, den sie sich in dem Versuch gekauft hatte, sich zu beruhigen. Das Aroma schien intensiver als sonst und schwirrte ihr um den Kopf.

Sie steckte ihr Handy in die Halterung am Armaturenbrett und startete den Motor. Gerade als sie vom Parkplatz fahren wollte, begann ihr Telefon zu klingeln. Ein Bild von Josh, wie er während ihres Familienurlaubs auf Menorca in einem Restaurant eine

Grimasse schnitt, erschien auf dem Bildschirm. Sie nahm den Anruf entgegen.

»Josh? Ist alles in Ordnung?«

»Ich brauche Geld.«

Brüsk. Direkt auf den Punkt. Kein Hallo. Kein Wie geht's dir? Nicht einmal ein Bitte. Wann hatte sie die Kontrolle über ihre Kinder verloren, dass sie zu den kleinen Gören geworden waren, die sie heute waren?

»Wovon redest du?«, fragte sie.

»Ich brauche heute Geld fürs Mittagessen.«

»Was ist mit dem Geld passiert, das ich dir am Anfang der Woche gegeben habe?«

Es gab eine Pause. »Ich ... ich musste mir im Laden einen neuen Taschenrechner kaufen.«

»Warum? Was ist mit deinem alten passiert?«

»Der ist kaputtgegangen.«

»Wie?«

»Ist einfach kaputtgegangen.«

»Taschenrechner gehen nicht einfach so kaputt, Josh.«

»Ich habe ihn gestern in Mathe jemandem zugeworfen und dabei ist er kaputtgegangen.«

Sie seufzte schwer. Die Farben des Parkplatzes verblassten ein wenig.

»Das Geld, das ich dir gegeben habe, war für Essen. Du hast mir versprochen, dass es reicht.«

»Ich weiß, aber-«

»Nein, Josh. Du bekommst nicht noch mehr. Ich bin bei der Arbeit und kann nicht jedes Mal Geld schicken, wenn du keins mehr hast. Du musst diesen Zehner finden oder heute ohne auskommen. Oder sieh zu, ob du den Taschenrechner zurückgeben kannst. Vielleicht überlegst du es dir beim nächsten Mal, wie du mit deinen Sachen umgehst, und denkst daran, dass Geld nicht auf Bäumen wächst.«

Am anderen Ende war Stille. Sie konnte das Schmollen praktisch durch den Hörer hören.

»Na schön«, murmelte er.

»Hab dich lieb«, sagte sie automatisch.

Er legte auf, ohne zu antworten.

Olivia starrte eine Sekunde lang auf den Bildschirm, als das Bild seines Gesichts durch ein Familienfoto auf ihrem Sperrbildschirm ersetzt wurde. Sie seufzte. Sagte sich, dass sie sich nicht davon herunterziehen lassen sollte.

Soll er doch schmollen. Soll er doch selbst damit klarkommen. Das hier stand ihr zu. Ein Sieg. Ein Moment. Etwas für sie.

Und zum ersten Mal seit Langem fühlte sie sich nicht nur wie eine Mutter, die versuchte, den Job zu überleben. Sie fühlte sich wie eine Ermittlerin.

KAPITEL
ACHT

Olivia blickte zum grauen Backsteingebäude des Leichenschauhauses auf, in der einen Hand ihren Dienstausweis, in der anderen ihr Handy umklammert. Sie stieß die Tür auf und trat in einen klinisch kalten Flur. Der Geruch von Desinfektionsmittel war so stark, dass er ihr in der Nase stach. Ihre Schuhe quietschten auf dem Linoleum, während sie den Flur entlangging und nach dem richtigen Raum Ausschau hielt. Es wurde ihr schnell klar, dass sie absolut keine Ahnung hatte, was sie tat oder wohin sie ging. Stephanie hatte ihr zwar die Zimmernummer genannt, nach der sie suchen sollte, aber Olivia war der Typ Mensch, der sich sogar auf einer geraden Linie verlaufen konnte und keinerlei Orientierungssinn besaß. Sie irrte durch das Gebäude, die Gänge auf und ab, und stieß vorsichtig Schwingtüren auf, bis schließlich eine Stimme hinter ihr rief.

»Verlaufen?«

Olivia drehte sich zu der Stimme um und sah eine große Frau in OP-Kleidung, die an einer zweiflügeligen Tür am anderen Ende des Ganges lehnte. Es war Leanna Moore, die Pathologin. Ihr dunkles Haar war zu einem hohen Pferdeschwanz zusammengebunden, und sie trug eine schwarzgeränderte Brille, die ihr auf halber Nasenhöhe saß.

»Ich bin DC Olivia Willard«, sagte sie und hielt ihren Ausweis hoch. »Ich bin wegen der Obduktion des Opfers aus der Chilworth-Scheune hier.«

»Ah, ja. Der Knaller. Komm rein, wir sind gerade mitten im Toasten.«

»Mitten im ... was?«

Leanna stieß die Türen auf. »Wirst du schon sehen«, sagte sie und verschwand durch die Tür. Olivia eilte den Gang hinunter und betrat den Raum. Drinnen fiel die Temperatur noch weiter ab. Edelstahl dominierte den Raum, in dessen Mitte zwei Fahrtragen standen; auf einer lag eine mit einem Laken bedeckte Leiche. Auf der anderen Seite des Raumes befand sich ein Arbeitsplatz, ausgestattet mit Instrumenten, einer Waage und einem digitalen Monitor.

»Der hier ist knusprig«, sagte Leanna fröhlich und zog mit einer schwungvollen Bewegung das Laken zurück. »Darf ich vorstellen: unser John Doe. Oder was von ihm übrig ist.«

Der Körper war geschwärzt und nach innen gekrümmt. Die Arme waren an den Ellbogen angewinkelt, die Fäuste geballt und die Knie leicht angezogen. Olivia erstarrte bei dem Anblick und bemerkte nur vage, dass ihr der Mund offengestanden hatte.

»Alles in Ordnung mit dir?«, fragte Leanna und legte den Kopf schief. »Du fällst mir doch nicht in Ohnmacht, oder? Mir ist mal ein DC umgekippt. Er ist mit dem Kopf gegen meinen Kühlschrank geknallt. Ich musste ihn nähen, bevor ich überhaupt die Leiche anfassen konnte.«

»Alles gut«, sagte Olivia, zwang sich zu einem dünnen Lächeln und betrat den sterilen Raum, während die Tür mit einem leisen Zischen hinter ihr zufiel.

Die Leiche war schlimmer, als sie es sich vorgestellt hatte. Was übrig war, war kaum mehr als ein Bündel Gliedmaßen, die in Fötusstellung gekrümmt waren; die Haut verkohlt, rissig und zerfallen, die Gesichtszüge bis zur Unkenntlichkeit geschmolzen.

»Männlich, wahrscheinlich zwischen fünfundvierzig und sechzig«, begann Leanna und zeigte auf verschiedene Teile des Körpers des Opfers. »Mittlerer Körperbau, zwischen eins fünfundsiebzig und eins achtzig. Wir werden mehr wissen, sobald wir das Gewebe rehydriert und die langen Röhrenknochen vermessen haben. Wir haben eine Verbrennung von über fünfundneunzig Prozent der Körperoberfläche. Haut, Weichteilgewebe, Muskeln – alles weg. Was du hier siehst, ist, nun ja, ein großes Stück Menschenkohle.«

Olivia machte sich eine Notiz und versuchte, ihre Augen auf ihr Notizbuch gerichtet zu halten anstatt auf den verbrannten, rissigen Körper.

»Irgendetwas äußerlich Auffälliges?«, fragte sie.

Leanna nickte und zog einen geschmolzenen Fetzen von etwas zurück, das einmal Kleidung gewesen sein mochte. »Eingeschmolzenes synthetisches Material hier an den Oberschenkeln. Wahrscheinlich eine Hose. Der Rest ist mit dem Körper verschmolzen. Wir haben keine intakte Haut, keine besonderen Merkmale und schon gar keine Tattoos. Aber ...« Sie deutete auf die Hand- und Fußgelenke. »Siehst du diese Bereiche? Etwas glatter. Weniger Verkohlung. Das deutet darauf hin, dass möglicherweise etwas darum gewickelt war: Seile, Handschellen, vielleicht Kabelbinder. Es hat die Haut eine Zeit lang vor dem direkten Kontakt mit den Flammen geschützt.«

»Also ... er wurde gefesselt?«

»Möglicherweise. Oder auch nicht. Es ist leider nicht eindeutig. Wenn es Seil war, wäre es schneller in Flammen aufgegangen als ein in Benzin getränkter Christstollen. Ohne Faserreste oder Fesselspuren bewegen wir uns hier im Bereich der reinen Vermutung, und das ist ein Terrain, auf dem ich mich ungern aufhalte.«

Olivia kritzelte schnell. »Irgendwelche Anzeichen für Gewalteinwirkung vor dem Feuer?«

»Nichts Sichtbares. Keine scharfen Verletzungen. Auch keine durch stumpfe Gewalt. Und pass auf ...« Leanna trat einen Schritt zurück und nahm einen ausgedruckten Bericht von dem Tablett neben sich. »Seine Lunge war voller Ruß. Luftröhre, Bronchien, sogar eine leichte Lungenstauung. Der Kohlenmonoxid-Hämoglobin-Spiegel liegt bei zweiundsechzig Prozent.«

»Was bedeutet?«

»Dass er am Leben war, als das Feuer ausbrach. Er hat den Rauch eingeatmet wie ein Kettenraucher. Wahrscheinlich ist er innerhalb von Minuten durch die Hitze und die Kohlenmonoxidbelastung bewusstlos geworden und kurz darauf gestorben. Es ging relativ schnell, aber es war nicht schmerzlos. Definitiv, definitiv nicht schmerzlos.«

Olivias Gesicht wurde blass.

Leannas Miene wurde etwas weicher. »Ich weiß. Es ist schrecklich. Es gibt leider keine einfache Art zu beschreiben, was Feuer mit dem Körper anstellt. Wir stellen es uns dramatisch vor – bumm, von Flammen verschlungen. Aber es ist ein langsamer, zehrender Prozess. Alles Weiche verbrennt zuerst. Der Körper zieht sich zusammen. Die Organe schrumpfen. Das Gehirn wird im Grunde gekocht. Und je nachdem, was er trug, hätte der Stoff mit seiner Haut verschmelzen und weiterbrennen können, lange nachdem er das Bewusstsein verloren hatte.«

»Mein Gott«, murmelte Olivia.

»Falls du dich das fragen solltest, während des Vorgangs entsteht auch ein herrlicher Duft nach verbranntem Schweinefleisch.«

»Habe ich nicht«, antwortete Olivia automatisch. »Was ist mit seinem Mageninhalt?«

»Gut aufgepasst«, sagte Leanna. »Er hatte gegessen. Es sind teilweise verdaute Speisen im Magen, obwohl es besonders schwierig ist, zu erkennen, was es war. Ich schätze, er hat einige Stunden vor seinem Tod gegessen, aber es war nur eine leichte Mahlzeit. Also vielleicht zu Mittag. Und« – sie hob einen Finger – »da ist auch Flüssigkeit im Magen. Wir werden mehr wissen, wenn die toxikologischen Ergebnisse zurückkommen, aber es könnte alles sein, von Bier über Fanta bis hin zu Wasser.«

Olivia kaute auf der Innenseite ihrer Wange und betrachtete das, was einmal ein Gesicht gewesen war. »Wenn wir ihn also nicht visuell identifizieren können ... wo fangen wir an?«

Leanna zog ihre Handschuhe aus, ging zu einem kleinen Edelstahltisch und holte ein Klemmbrett mit mehreren daran befestigten Dokumenten hervor. »Es gibt ein paar Möglichkeiten.«

»Schieß los«, sagte Olivia, nicht ganz sicher, ob sie das so meinte.

Leanna zählte Punkte an ihren Fingern ab. »Erstens:

Fingerabdrücke, aber die sind in diesem Fall ausgeschlossen. Zu starke Hitzeschäden. Die Papillarleisten sind weg. Selbst wenn wir es versuchen würden, ist es unwahrscheinlich, dass wir einen brauchbaren Abdruck für einen Abgleich bekommen. Zweitens: Zähne. Das ist unsere beste Chance. Wir haben mehrere Zähne sichergestellt. Einige sind durch die Hitze gebrochen, aber ein paar Backenzähne haben es unbeschadet überstanden. Ich werde sie reinigen lassen und Röntgenaufnahmen anfertigen, aber die nützen nicht viel, solange wir nichts zum Vergleichen haben. Wenn dieser Kerl jemals bei einem Zahnarzt in Großbritannien war und dieser eine Akte geführt hat, könnten wir Glück haben.«

»Wie lange dauert das?«

»Alles von ein paar Tagen bis zu ein paar Wochen. Hängt davon ab, wie schnell wir auf die Unterlagen zugreifen können und ob es überhaupt eine passende Akte gibt. Viele Variablen. Wenn er privat versichert war oder ein paar Mal die Praxis gewechselt hat, kann das die Sache verlangsamen.«

Olivia nickte und schrieb wie wild in ihr Notizbuch.

»Wir werden auch eine DNA-Analyse machen«, fuhr Leanna fort. »Wir können eine Probe aus dem Oberschenkelknochen oder den Backenzähnen entnehmen. Auch hier dauert es lange – bis zu ein paar Wochen, besonders wenn es keine Vergleichsprobe gibt. Aber sie wird in die nationale Datenbank eingespeist. Die Vermisstenstelle könnte etwas finden, wenn in letzter Zeit jemand als vermisst gemeldet wurde.«

Olivia atmete aus. »Also im Grunde genommen ... warten wir.«

»Das ist die Forensik für dich. Wir spielen hier auf Zeit, Baby. Aber wie gesagt, wenn bestimmte Informationen früher reinkommen, könnte das die Sache beschleunigen. Ich schicke dir den vollständigen Bericht per E-Mail, sobald er fertig ist. Wenn du noch weitere Fragen hast, weißt du ja, wo du mich findest.«

KAPITEL **NEUN**

Stephanie klopfte an die Tür und trat ein, ohne auf eine Erlaubnis zu warten. DCI Clive McGowan nahm gerade seine Brille ab, als sie die Tür öffnete.

»Viel zu tun, Sir?«

»Offenbar nicht mehr. Kommen Sie herein.«

Der Chief Inspector sperrte seinen Computerbildschirm und schob die Tastatur beiseite, als wolle er der Versuchung widerstehen, sich einzuloggen und seine E-Mails zu lesen, während sie sprachen.

»Was liegt Ihnen auf dem Herzen, Inspector?«

»Wellard«, erwiderte sie und setzte sich.

»Ach?«

»Mir ist heute Morgen etwas an ihr aufgefallen. Sie war stiller als sonst, hat nicht viel gesagt. Sie schaute zu Boden, sah aus, als wollte sie gar nicht da sein. Ich habe sie in mein Büro geholt und sie hat erwähnt, dass sie sich etwas verloren fühlt und den alten Trott satt hat.«

»Verstehe«, entgegnete Clive und nickte nachdenklich.

»Sie hat auch zu Hause Ärger mit den Kindern. Sie sind in diesem Jungen-Teenager-Alter, in dem alles, was sie tun, schwierig wird.«

»Hormone.«

»Und wie. Ich glaube, im Großen und Ganzen wird sie schon

klarkommen, aber ich lasse sie bei diesem Brandfall – Operation Windbreaker – eng mit mir zusammenarbeiten. Das gibt ihr vielleicht wieder eine Aufgabe, die ihr Sinn gibt, und muntert sie eventuell ein bisschen auf.«

Erneutes nachdenkliches Nicken. »Guter Gedanke. Hat jemand ein Problem damit?«

Stephanie spitzte die Lippen und schüttelte den Kopf. »Nicht, dass ich wüsste. Aber falls doch, werde ich sie daran erinnern, dass wir alle ein Team sind.«

»Gute Idee. Gibt es etwas, das ich für Sie tun kann?«

Erneutes Kopfschütteln. »Im Moment nicht, Sir. Ich wollte Sie nur darüber in Kenntnis setzen, falls Ihnen etwas auffällt, was mir entgeht.«

Und für ihre eigene Bestätigung. Ein kleines Schulterklopfen, um sich selbst daran zu erinnern, dass sie gute Arbeit leistete.

»Ihre Denkweise gefällt mir«, sagte er, als würde er ihre Gedanken lesen. »Es ist gut, dem Team mehr Verantwortung außerhalb ihrer üblichen Aufgaben zu geben.«

»Das hebt das Niveau von allen«, fügte sie hinzu.

»Genau.« Der Chief Inspector legte die Hände wieder auf die Tastatur. »Sonst noch etwas? Wie kommen Sie mit der Operation voran?«

»Wir haben gerade erst angefangen, Sir. Wir versuchen immer noch, das Opfer zu identifizieren. Allerdings hat einer der Spurensicherer eine kleine Blechdose mit einem Foto und einer religiösen Inschrift gefunden. Das Team untersucht beides gerade, aber wir können nicht viel tun, bis wir das Opfer identifiziert haben.«

Bevor McGowan antworten konnte, klopfte es an der Tür. Sie drehten sich beide dorthin.

»Herein«, lud Clive sie mit seiner tiefen Stimme ein.

Einen Augenblick später steckte eine zögerliche Fiona den Kopf ins Büro und sah verlegen aus, als hätte sie gerade einen Streit zwischen Eltern unterbrochen.

»Entschuldigen Sie die Störung. Ich ... Es geht um Operation Windbreaker, Ma'am.«

»Erzählen Sie«, sagte Stephanie.

»Die Information kommt eigentlich von der Vermisstenstelle. Sie haben heute Morgen eine Meldung von einer Frau aus Bracknell erhalten. Anscheinend hätte ihr Mann letzte Nacht von einer Arbeitskonferenz nach Hause kommen sollen, aber er ist nie angekommen.«

Stephanie richtete sich sofort auf. »Wie lange ist er schon weg?«

»Ungefähr achtzehn Stunden, würde ich schätzen.«

Sie erhob sich bereits von ihrem Stuhl. »Und seine Beschreibung?«

»Passt vage auf die unseres Opfers. Ungefähr gleiches Alter, ungefähr gleiche Größe, obwohl ich weiß, dass das zunächst nicht viel ist, woran man sich halten kann.«

»Großartige Arbeit. Geben Sie mir die Adresse der Ehefrau, ich fahre sofort dorthin. Wo ist Olivia? Ich will, dass sie mitkommt.«

KAPITEL
ZEHN

Jennifer Hadlow führte sie mit einer Miene beherrschter Fassung ins Wohnzimmer, die Lippen zu einem höflichen, aber angespannten Lächeln gepresst. Stephanie trat als Erste ein, dicht gefolgt von Olivia, und die Wärme des Hauses umfing sie augenblicklich. Der Raum war makellos, mit der Präzision von jemandem eingerichtet, der Wert auf den äußeren Schein legte, als ob hier fast täglich Gäste empfangen würden. Ein tiefblaues Sofa und zwei passende Sessel bildeten ein ordentliches Hufeisen um einen gläsernen Couchtisch, auf dem ein Stapel *Country Living*-Zeitschriften und eine sorgfältig gestutzte Pflanze lagen. Auf dem Kaminsims über dem Elektrokamin standen gerahmte Fotos: ein junges Paar bei einer Hochzeit, zwei kleine Jungen in Schuluniform und ein Hund, der längst gestorben war. Alles im Raum hatte seinen Platz; es war die Art von Zuhause, in dem Schuhe nie über die Türschwelle hinaus erlaubt waren und leere Tassen nie in der Spüle herumstanden.

Jennifer saß kerzengerade auf der Sofakante, die Hände ordentlich im Schoß gefaltet. Ihr sanft blond gefärbtes Haar umrahmte ihr Gesicht mit subtiler Eleganz. Stephanie schätzte sie auf Mitte bis Ende fünfzig, und sie besaß eine Energie, die ihr Alter Lügen strafte.

Stephanie und Olivia setzten sich in die passenden Sessel und legten die Notizblöcke auf ihre Knie. Jennifer verdrehte die Finger, während sie zwischen den beiden Ermittlerinnen hin und her blickte, ihre Haltung starr, die Schultern hochgezogen.

»Vielen Dank, dass Sie uns in Ihr Haus lassen«, begann Stephanie mit sanfter, leiser Stimme. »Wir verstehen, dass dies eine sehr belastende Zeit für Sie ist. Meine Kollegin und ich sind von der Sonderkommission.«

»Sonderkommission? Am Telefon hatte ich es mit der Vermisstenstelle zu tun ...« In Jennifers Stimme lag ein brüchiger Unterton, begleitet von einem Hauch von Vorwurf.

»Das liegt daran, dass wir uns mit einem anderen Vorfall befassen, der sich letzte Nacht ereignet hat.«

»Welcher Vorfall?«

»Es gab ein Feuer in Chilworth. Es wurden sterbliche Überreste gefunden. Nun will ich natürlich keine voreiligen Schlüsse ziehen und annehmen, dass Ihr Mann involviert war; allerdings haben wir im Augenblick Schwierigkeiten, die Leiche zu identifizieren. Wir müssen also die Wahrscheinlichkeit einer Beteiligung Ihres Mannes feststellen.«

Jennifer schlug die Hand vor den Mund. »Ein Feuer? Sie glauben, Nigel war in ein Feuer verwickelt?«

»Wir hoffen nicht«, antwortete Olivia. Ihr Ton war weicher, sanfter als der von Stephanie. Von Mutter zu Mutter. »Letztendlich hoffen wir, ihn aus unseren Ermittlungen ausschließen zu können, und wir hoffen, dass er wohlbehalten auftaucht. Aber wir müssen fragen ...«

Ohne ein Wort zu sagen, sprang Jennifer vom Sofa auf, verschwand in der Küche und kehrte einen Augenblick später mit einer Schachtel Taschentücher zurück, mit denen sie sich sanft einen Augenwinkel abtupfte. Sie sank wieder auf das Sofa, ihre ruhige und sittsame Haltung zerbröckelte zusehends.

»Was können Sie uns über die Wege Ihres Mannes gestern sagen?«

Jennifer blickte zur Uhr auf dem Kaminsims, dann zurück zu Stephanie. »Er sollte den ganzen Tag auf einer Konferenz sein«, sagte sie mit nun klarerer Stimme. »In Farnborough. Irgendeine große Messe für Bauträger, zu der er jedes Jahr geht. Um zehn vor sechs hat er mir geschrieben, dass er auf dem Weg ist.«

»Ist er mit dem Auto gefahren oder mit dem Zug?«

»Mit dem Auto. Er hasst Pendeln.«

Stephanie machte sich eine Notiz. »Wann haben Sie ihn zu Hause erwartet?«

»Ungefähr eine Stunde danach. Um die Zeit wäre der Verkehr schlimm gewesen.«

»Und wann haben Sie geahnt, dass etwas nicht stimmte?«

»Es war gegen neun, und ich hatte nichts von ihm gehört. Ich habe versucht, ihm zu schreiben und ihn anzurufen, aber er hat nicht reagiert. Normalerweise benutzt er sein Handy, um mir mitzuteilen, dass er im Stau steht. Aber nichts. Dann dachte ich, er hätte einen Unfall gehabt. Ich habe die Nachrichten und Verkehrsseiten überprüft, aber nichts gefunden.« Jennifer fing an, mit dem Taschentuch in ihren Fingern zu spielen. »Ich habe immer wieder bei Freunden angerufen, die in der Nähe wohnen, nur für den Fall, dass er eine Panne gehabt hatte und zu ihnen gegangen war, um Hilfe zu holen, aber die hatten auch nichts gesehen oder gehört. Sie haben mir alle gesagt, ich solle mir keine Sorgen machen, dass er wahrscheinlich irgendwo feststeckt oder sich verfahren hat und dass er irgendwann nach Hause kommen würde. Ich habe letzte Nacht gar nicht geschlafen. Ich habe mir zu viele Sorgen um ihn gemacht. Und als heute Morgen immer noch kein Lebenszeichen von ihm da war, habe ich ihn als vermisst gemeldet.«

Stephanie machte sich eine weitere Notiz. Sie warf Olivia einen kurzen Blick zu, dann wieder Jennifer. Sie beugte sich leicht vor. »Mrs Hadlow, darf ich fragen: Haben Sie in den letzten Tagen oder Wochen etwas Ungewöhnliches am Verhalten Ihres Mannes bemerkt? Hat er irgendwie anders gewirkt?«

Jennifer atmete langsam aus und nickte dann. »Er war gestresst, ja. Manchmal patzig. In seiner eigenen Welt. Aber er hat im Moment ein riesiges Projekt, das auf seine Genehmigung wartet – die warten immer noch auf die Verträge für ein neues Bauprojekt in einer verlassenen Kirche – und er musste sich mit den Investoren, dem Gemeinderat, mit allen auseinandersetzen. Ich habe mitbekommen, dass es auf Eis gelegt oder verzögert wurde. Ich glaube, das ist ihm ein bisschen über den Kopf gewachsen, aber er ... er zieht es einfach durch.«

»Hat er gesagt, dass ihn etwas Bestimmtes beunruhigt oder ihm den Schlaf raubt?«

»Nein. Das tut er nie.« Sie lachte leise und bitter auf, als ob sie sich an ein früheres Gespräch erinnerte. »Darin ist er ein typischer Kerl. Frisst alles in sich hinein, redet nie darüber, was wirklich in seinem Kopf vorgeht. Ich habe ihn gefragt, aber er hat es immer abgetan. Daran hat sich in den fünfundzwanzig Jahren, die wir zusammen sind, nichts geändert.«

»Hat er in letzter Zeit irgendetwas getan, das ungewöhnlich war?«, fragte Olivia. »Änderungen in seinem Zeitplan? Treffen, zu denen er normalerweise nicht gegangen ist, vielleicht?«

Jennifer rieb sich die Schläfen. »Ich weiß nicht. Ich glaube, er war ein paar Mal spät dran, aber er hat sich vage ausgedrückt. Er war wirklich ein vager Mensch. Hat mir nur Sachen erzählt, wenn ich sie aus ihm herausgequetscht habe.«

Stephanie bemerkte die stille Traurigkeit in ihrem Ton, nickte sanft und blickte dann auf ihre Notizen, bevor sie fortfuhr. »War Ihr Mann irgendwie religiös, Mrs Hadlow?«

Jennifer blickte stirnrunzelnd auf. »Nigel? Nein. Überhaupt nicht. Soweit ich weiß, ist er nie in die Kirche gegangen, außer es war eine Hochzeit oder eine Beerdigung.« Sie schüttelte entschieden den Kopf. »Warum?«

Stephanie zögerte einen Moment, griff dann in ihre Mappe und zog eine durchsichtige Prospekthülle hervor. Darin befand sich eine Kopie des Fotos, das in der Blechdose am Tatort gefunden worden war.

»Wir haben das hier gefunden«, sagte Stephanie vorsichtig, »am Ort des Brandes.« Sie reichte es Jennifer. »Erkennen Sie den Jungen auf diesem Foto? Glauben Sie, es könnte Ihr Mann sein?«

Jennifer nahm die Hülle mit zitternden Händen und betrachtete das Bild genau. Sie kniff die Augen zusammen und führte es näher an ihr Gesicht. »Ich ... ich bin nicht sicher«, gab sie nach einer langen Pause zu. »Ich glaube nicht, dass das Nigel ist. Die Nase sieht anders aus. Und die Haare. Aber ich habe nie wirklich Bilder von ihm als Jungen gesehen. Sie sagten, das wurde bei dem Feuer gefunden?«

Stephanie nickte.

Etwas veränderte sich in Jennifers Miene, als die Traurigkeit einem Hoffnungsschimmer wich. »Dann war er es vielleicht nicht! Vielleicht war er nicht dort. Ich meine ... das sieht ihm nicht ähnlich. Für mich nicht. Und warum sollte er so etwas haben?«

Stephanie antwortete nicht sofort. Sie wollte vorsichtig sein und keine falschen Hoffnungen machen, aber gleichzeitig erkannte sie den emotionalen Rettungsanker, an den sich Jennifer gerade geklammert hatte.

»Wir ziehen jede Möglichkeit in Betracht«, sagte sie sanft. »Dürften wir in der Zwischenzeit ein paar persönliche Gegenstände mitnehmen, die uns bei der Identifizierung helfen könnten? Eine Zahnbürste vielleicht oder einen Rasierer?«

Jennifer nickte sofort und stand auf. »Ja, ja, natürlich. Im Badezimmer oben ist einer.«

»Und wenn Sie uns auch den Namen seines Zahnarztes geben könnten«, fügte Olivia hinzu, »würde uns das helfen, die Zahnarztunterlagen zum Vergleich mit den Überresten zu beschaffen. Nur vorsichtshalber.«

Jennifer hielt am Fuß der Treppe inne und blickte zurück. »Nur Routinefragen, richtig?«

»Ja«, antwortete Stephanie und bemerkte die aufkeimende Hoffnung in Jennifers Stimme. »Nur Routinefragen.«

KAPITEL
ELF

Sobald die Wagentüren dumpf ins Schloss fielen, lehnte Stephanie den Kopf gegen die Kopfstütze zurück und atmete aus. Der Innenraum war kalt, obwohl die Nachmittagssonne über das Armaturenbrett strömte. Olivia ließ ihren Sicherheitsgurt einrasten.

»Tja«, murmelte sie, »das hätte schlimmer laufen können.«

»Sie setzt alles darauf, dass das Foto jemand anderen zeigt«, erwiderte Stephanie, während sie den Motor anließ.

»Glaubst *du* denn, dass er es ist?«

»Möglicherweise. Aber wir müssen das bestätigen, bevor wir etwas unternehmen können.«

»Sehr diplomatisch«, kommentierte Olivia.

»Vielleicht hätte ich Politikerin werden sollen.«

»Nein. Die sind gut im Lügen. Du nicht.«

Olivia schenkte Stephanie ein wissendes Lächeln, als Stephanie ihr Handy zückte und durch ihr Adressbuch scrollte. Sie fand Leannas Nummer, rief sie an und bat die Pathologin um den Namen und die Kontaktdaten eines Rechtszahnmediziners. Nachdem sie die Informationen erhalten hatte, legte Stephanie das Handy auf das Armaturenbrett und wählte die Nummer.

Das Telefon klingelte zweimal, bevor sich eine forsche Stimme meldete. »Abteilung für forensische Odontologie, Dr. Sam Heaney am Apparat.«

»Dr. Heaney, hier DI Stephanie Broadbent von der Mordkommission Surrey. Wir haben eine mutmaßliche Identität für die Leiche aus Chilworth und benötigen dringend einen Zahnabgleich.«

Es folgte eine kurze Pause, dann: »Verstanden. Haben Sie die Zahnarztunterlagen schon?«

»Wir werden sie bis zum Ende des Tages haben. Seine Frau hat uns gerade den Namen seines Zahnarztes genannt – Winnaker Dental Practice in Bracknell. Wir werden die Unterlagen direkt anfordern.«

»Und die Leiche?«

»Sie ist bereits in der Warteschlange Ihrer Abteilung. Sie müssten heute Nachmittag einen Anruf von der Pathologin, Leanna Moore, erhalten haben.«

»Das ist korrekt«, bestätigte Heaney. »Eine postmortale zahnmedizinische Untersuchung wurde durchgeführt, aber bis jetzt wurde keine Identifizierung angefordert.«

»Tja, betrachten Sie dies als offiziell. Der Name des Subjekts ist Nigel Hadlow. Wir schicken die zahnmedizinische Akte, sobald wir sie haben. Können Sie das vorziehen?«

Eine Pause. »Das *kann* ich, aber ich brauche eine schriftliche Genehmigung.«

»Ich schicke Ihnen eine E-Mail, sobald ich im Büro bin, also innerhalb der nächsten Stunde.«

»Dann sorge ich dafür, dass der Abgleich spätestens bis morgen früh erfolgt. Möglicherweise früher, wenn es eine deutliche Übereinstimmung gibt.«

»Danke, Dr. Heaney.«

Die Leitung war tot. Stephanie tippte auf den Bildschirm, um den Anruf zu beenden. Olivia rückte die Ordner auf ihrem Schoß zurecht, wodurch das Bild des Jungen oben zum Vorschein kam.

»Glaubst du, das ist er?«

Stephanie antwortete nicht sofort. Sie betrachtete es eine Weile. »Mir macht eher Sorgen, *warum* es da ist, als *wer* es ist.«

KAPITEL **ZWÖLF**

Für den Rest des Tages gab es kaum etwas zu tun, außer zu warten; der schlimmste Teil des Jobs, der Teil, den Stephanie am meisten hasste. Wie versprochen hatten sie und Olivia nach ihrer Rückkehr auf die Wache die zahnärztlichen Unterlagen von Nigel Hadlow an den forensischen Odontologen geschickt, und Dr. Heaney hatte erneut bestätigt, dass sie die Ergebnisse so schnell wie möglich erhalten würden.

Jetzt war es nur noch ein Geduldsspiel. Um also der Versuchung zu widerstehen, zu jeder vollen Stunde bei Heaney auf der Arbeit anzurufen, verabschiedete sich Stephanie, stieg in ihr Auto und fuhr nach Hause.

Bei ihrer Ankunft war es stockdunkel. Anfang November. Einer der Monate, die sie am wenigsten mochte. Tatsächlich mochte sie den gesamten Spätherbst und Winter am wenigsten. Der Frühling, das war die Zeit, in der sie Glück empfand, die Jahreszeit der Verjüngung, der Wiedergeburt und des Neubeginns. Eine Zeit, in der es weder zu heiß noch zu kalt war; für sie war es einfach genau richtig. Die Jahreszeit, in der alles passte.

Ein leichter Regen fiel vom Himmel und tropfte sanft auf ihren Regenmantel, als sie aus dem Auto stieg und die hintere Beifahrertür öffnete, um einen Stapel Fallakten und ihre Laptoptasche zu greifen.

Als sie die Tasche über ihre Schulter schwang, öffnete sich die

Haustür ihres Nachbarn. Ein dünner Lichtstreif teilte ihre gemeinsame Einfahrt in zwei Hälften, und heraus trat Jimmy, gekleidet in ein schickes Hemd und eine Levi's-Jeans. In der Hand hielt er einen schwarzen Müllsack. Er erstarrte, als er Stephanie erblickte.

»Abend, Detective«, sagte er und warf den Sack in die Mülltonne vor seinem Haus.

Stephanie grinste und schlug die Autotür zu. »Wir müssen aufhören, uns ständig so zu treffen. Die Leute fangen noch an zu reden.«

Jimmy gackerte in der Dunkelheit. »Was die Leute von mir denken, ist mir seit den Achtzigern egal, meine Liebe. Es gibt Wichtigeres, worüber man sich Sorgen machen muss.«

Wie wahr das doch war, dachte Stephanie. Obwohl sie aus Erfahrung wusste, dass es leichter gesagt als getan war. Sie hatte noch nie jemanden getroffen, der seine Gedanken abschalten konnte, als wären sie ein Knopf.

»Viel zu tun im Büro?«, fragte Jimmy und fuhr fort, bevor sie antworten konnte. »Ich habe in den sozialen Medien von dem Brand gelesen.«

»Soziale Medien?« Stephanie zog eine Augenbraue hoch. »Ich dachte gar nicht, dass du sowas nutzt.«

»Ich bin genauso überrascht wie du, aber die Grundlagen kriege ich gerade noch so hin. Schrecklich, was da passiert ist. Als Kind war ich oft in dieser Scheune und einigen der anderen in der Nähe. Ein paar Freunde und ich sind mit unseren Fahrrädern in der Gegend herumgefahren und haben Steine über das Feld geworfen, um zu sehen, wer am weitesten werfen konnte.« Sein Gesicht erhellte sich bei der Erinnerung. »Trotzdem, wie so viele Orte heutzutage, wurde sie wohl einfach aufgegeben und vernachlässigt. Weißt du, ob es Brandstiftung war?«

Steph entspannte ihre Schultern ein wenig; er wusste von dem Feuer, aber nicht von der Leiche, die darin gefunden worden war. Sie und das Team hatten diese Information der Öffentlichkeit noch nicht preisgegeben.

»Das wissen wir noch nicht genau«, antwortete sie.

»Schrecklich, ganz schrecklich. Warum haben Leute das Bedürfnis, so etwas zu tun?«

Sie zuckte mit den Achseln. »Da bin ich so schlau wie du.«

»Ich hoffe, der Verantwortliche bekommt, was er verdient.«

»Wenn es nach mir geht, dann wird er das.« Sie hielt inne. »Du hast nicht zufällig wieder verdächtige Männer gesehen, die vor meiner Haustür herumlungern oder auf der Straße rumhängen, oder?«, fragte sie. »Scheint, als ob jedes Mal, wenn ich dich sehe, draußen etwas Verdächtiges vor sich geht.«

Jimmy hob einen Finger in die Luft. »Wo du es gerade sagst ...«

Ihr Gesichtsausdruck verdüsterte sich, ihr Körper spannte sich an.

»Wo du es gerade sagst, ich habe rein gar nichts gesehen«, sagte er scherzhaft.

Stephanie stieß einen kurzen, scharfen Atemzug aus, der die Anspannung in ihrem Körper löste. Ihr erster Gedanke war Jordan gewesen, ihr Halbbruder, der vor ihrem Haus herumhing und auf mehr als eine Weise versuchte, sich in ihr Leben zu drängen.

»Vielleicht nächstes Mal«, scherzte sie. »Und wenn du was siehst, mach unbedingt ein Foto. Das macht mir das Leben viel einfacher, wenn ich versuche, sie aufzuspüren.«

Sie ging auf die Haustür zu, kramte in ihrer Tasche nach den Schlüsseln und verabschiedete sich dann von ihm. Sie wartete, bis Jimmy ins Haus gegangen war, bevor sie ihre Wohnung betrat. Als die Tür über die Fußmatte schwang, schob sie einen kleinen Stapel Post zur Seite. Während sie mit ihren Ordnern und der Laptoptasche jonglierte, bückte sie sich, um ihn aufzuheben, und blätterte geistesabwesend durch ein Kreditkartenangebot, eine Speisekarte eines Lieferservices und einen Brief des örtlichen Immobilienmaklers, der fragte, ob sie schon einmal über den Verkauf ihres Hauses nachgedacht hätte. Dann ...

Ihre Finger hielten beim letzten Umschlag inne. Ein Brief, an sie adressiert. Handgeschrieben. Mit einer Marke für einen Standardbrief. Ihr Magen drehte sich um. Sie ließ die Tasche von ihrer Schulter gleiten, stieß die Tür zu und nahm die Post mit in die Küche. Regen klopfte sanft gegen die Fenster. Das Haus war still, bis auf das Surren des Kühlschranks und das leise Ticken, das er von Zeit zu Zeit von sich gab.

Sie riss den Umschlag auf. Darin befand sich ein einzelnes gefaltetes, liniertes Blatt Papier, an einer Seite ausgefranst, als wäre es aus einem Notizblock gerissen worden.

Steph,

ich hoffe, du nimmst mir das Eindringen nicht übel, aber ich habe jetzt alle möglichen Wege ausgeschöpft, um dich zu kontaktieren, außer vielleicht eine Flaschenpost, die du eines Jahres im Urlaub finden könntest, oder dir etwas im Morsealphabet zu schicken.

Ich wollte mich einfach nur melden. Wenn du mal Lust hast, zu reden oder mich kennenzulernen, dann weißt du ja, wie du mich erreichen kannst. Ich bin normalerweise jederzeit erreichbar, du musst dir also keine Sorgen machen, dass du mich störst.

Ich bin genauso schockiert wie du über die ganze Sache. Ich habe mit Kim gesprochen, und so wie es sich anhört, haben wir keine besonders gute Familienbindung – es tut mir leid, was Colin dir angetan hat – aber ich will dir nur sagen, dass ich nicht wie er bin und es auch niemals sein werde.

Ich weiß, dass es für dich schwierig ist. Aber für mich ist es auch schwierig. Vielleicht könnten wir damit gemeinsam fertigwerden?

Ich hoffe, von dir zu hören.

Jord x

Stephanie las den Brief zweimal, dann ein drittes Mal. Eine überwältigende Mischung aus Sorge und Frustration schwoll in ihr an, getrübt von einem Funken Schuldgefühl. Es war alles sehr verwirrend. Einerseits hatte er sich die Zeit genommen, den Brief an ihre Adresse zu schreiben und abzuschicken – eine Handlung, die Nachdenken, Zeit und Mühe erforderte. Andererseits war es seltsam und falsch. Unterm Strich wollte sie ihn nicht wiedersehen, wollte ihn nicht kennenlernen. Er war die letzten vierzig Jahre nicht

Teil ihres Lebens gewesen, warum also dachte er, er könnte Teil der nächsten vierzig sein?

Und dann erinnerte sie sich an die Voicemail, die er an diesem Morgen hinterlassen hatte; er hatte recht, er hatte wirklich alle verfügbaren Methoden genutzt, um sie zu kontaktieren. Würde es einen Punkt geben, an dem es zu viel wurde? Hatten sie diesen Punkt bereits überschritten?

Würde sie irgendwann nachgeben und ihn hereinlassen, oder würde ihre Sorge weiter wachsen?

In diesem Moment gab es nur eine Sache, die ihr durch den Kopf ging.

»Wie zum Teufel ist er an meine Adresse gekommen?«, fragte sie laut.

Sie holte ihr Handy heraus und scrollte zu ihren Favoriten. Ihr Daumen schwebte. Dann drückte sie auf Kimberleys Namen.

Das Telefon klingelte zweimal, bevor ein erschöpftes »Steph?« zu hören war.

»Hey. Tut mir leid, wenn ich störe«, sagte Stephanie und versuchte, ihre Stimme ruhig zu halten. »Ich bin gerade nach Hause gekommen und habe einen Brief auf meiner Fußmatte gefunden.«

»Einen Brief?«

»Ja. Von *ihm*.«

Eine Pause. Stephanie konnte Hintergrundgeräusche hören: das rhythmische Rauschen der Spülmaschine, das gedämpfte Grollen des Fernsehers, ein Klappern von Besteck.

»Oh ... ach so«, sagte Kimberley und klang bereits schuldbewusst.

Stephanie runzelte die Stirn. »Er hatte meine Adresse, Kim. Wie glaubst du, ist das passiert?«

Kimberley antwortete nicht sofort. Dann kam ein Seufzer. »Er hat mich danach gefragt. Ich dachte ... ich weiß nicht. Ich dachte, es würde helfen.«

»Was helfen? Helfen, dass er in mein Leben platzt?«

»Er ist unser Bruder, Steph.«

»Er ist ein Fremder«, fuhr Stephanie sie an. »Er ist ein Fremder mit unserem Blut, das ist alles. Das gibt ihm nicht das Recht zu wissen, wo ich wohne. Das ist eine Grenze, die du nicht für mich überschreiten darfst.«

»Ich dachte nicht, dass das so eine große Sache wäre –«

»Das ist ja das Problem, Kim. Du hast nicht nachgedacht.«

Kimberleys Stimme brach, müde und angespannt. »Ich habe versucht, das Richtige zu tun.«

Stephanie schritt durch die Küche und fuhr sich mit einer Hand durchs Haar. »Nun, das war es nicht. Ich will nicht, dass er mir schreibt, mir textet oder mich anruft. Und ich will ihn nicht vor meiner Haustür haben.«

»Er ist keine Bedrohung –«

»Er ist unerwünscht. Das sollte reichen.« Stephanie holte tief Luft und versuchte, die Wut, die ihr in der Kehle kratzte, zu zügeln. »Ich bitte dich, als meine Schwester, meine Daten nicht wieder herauszugeben. An niemanden.«

Kimberley wurde still, dann sagte sie schließlich leise: »Okay. Es tut mir leid.«

Stephanie legte auf, bevor ihre Stimme sie verraten konnte.

Sie stand in der Küche und starrte auf den Brief auf der Arbeitsplatte, während der Regen immer noch sanft gegen die Fenster klopfte. Für einen Moment fühlte sich die Stille im Haus erstickend an. Dann, mit einer entschlossenen Bewegung, faltete sie den Brief in der Mitte, schob ihn in die Schublade neben dem Kühlschrank und schloss sie.

KAPITEL
DREIZEHN

Der Kaffeegeruch hing schwer in der Luft und legte sich wie eine warme Wolldecke um Stephanie. Das Coffee Culture, eingebettet in die malerische, gepflasterte Gasse, die die High Street von Guildford mit der belebteren North Street verband, war einer dieser perfekten kleinen Orte: Vintage-Lampen hingen tief über Holztischen, unverputzte Ziegelwände sorgten für Charakter und eine Reihe gemusterter Fliesen, eine einzigartiger als die andere, zierten den Boden. Leise Indie-Musik murmelte im Hintergrund und wurde gelegentlich vom Zischen des Dampfes aus der Barista-Maschine, dem Scharren von Besteck auf Keramik und leisen Gesprächen übertönt.

Es war das typische Vormittagspublikum. Eine Gruppe von Frauen in den Sechzigern saß am Tisch am vorderen Fenster und nippte an ihren Cappuccinos. Ihre Handtaschen lagen ordentlich auf den freien Stühlen, während ihre Mäntel elegant gefaltet auf ihren Knien ruhten. Eine von ihnen untermalte ihre Geschichte mit einem lauten Gackern, das einige Köpfe herumfahren ließ. Weiter hinten unterhielten sich ein paar Mütter mit Kinderwagen leise und tranken ihre Flat Whites, während ihre Kleinkinder auf Bananenstücken kauten. Zwei Studenten in übergroßen Kapuzenpullis und mit Kopfhörern im Ohr saßen über ihre Laptops gebeugt und konzentrierten sich auf ihre Studienarbeiten. An der Theke behielt ein Mann in Lycra-Kleidung sein draußen abgestelltes Fahrrad im Auge, während er auf einen Matcha Latte zum Mitnehmen wartete.

Stephanie saß allein an einem Ecktisch mit dem Rücken zur Wand und freiem Blick auf den Raum. Der rustikale braune Teller vor ihr war kunstvoll mit zerdrückter Avocado, einem pochierten Ei und einer Prise Chiliflocken auf geröstetem Sauerteigbrot angerichtet. Es sah köstlich aus, doch sie hatte es nicht angerührt, außer dass sie das Ei halbiert und zugesehen hatte, wie das Eigelb herauslief.

Sie spielte mit einer Gabel voll Avocado, drehte sie gedankenverloren, bevor sie sie wieder ablegte. Ihr Magen knurrte, aber ihr Verstand sagte Nein. Sie war nicht in der Stimmung für einen Kampf, aber er fand trotzdem statt. Sie drückte ihr Knie fest gegen die Unterseite des Tisches, um sich abzulenken, aber ihre Gedanken ließen sie nicht in Ruhe.

Der Brief lag immer noch gefaltet in der Schublade zu Hause. Ihr Halbbruder, ein Mann, von dessen Existenz sie gerade erst erfahren hatte, war in ihr Leben eingedrungen wie ein langsames Leck in der Decke. Sie konnte nicht aufhören, darüber nachzudenken. Über ihn. Was er wollte. Was sie wollte. Manchmal wünschte sie, sie hätte keine Familie; dann würden all der Stress und der Schmerz in ihrem Leben verschwinden. Aber dann fiel ihr ein, dass sie dann auch nichts von der Schönheit, der Wärme, dem Glück, den Erinnerungen hätte, die sie mit ihrer Schwester teilte.

Außer, dass Kimberley ihre Adresse herausgegeben und sie so verraten hatte. Sie im Stich gelassen hatte.

Stephanie atmete scharf durch die Nase aus und nahm endlich einen Bissen. Sie kaute langsam, als würde sie die Reaktion ihres Körpers testen. So weit, so gut.

Dann klingelte ihr Handy und vibrierte laut auf dem Tisch. Erschrocken schnappte sie sich das Gerät und ging ran.

Es war Olivia.

»Haben Sie eine Minute?«

»Ich bin in der Mittagspause. Worum geht es?«

»Wir haben eine Übereinstimmung bei den Überresten aus dem Feuer. Der Odontologe hat es vor zehn Minuten bestätigt. Er ist es. Es ist Nigel Hadlow.«

Stephanie kniff sich in den Nasenrücken. Der Name hallte in ihren Gedanken wider. Der vermisste Ehemann. Der Mann, dessen Frau dachte, er stecke nur im Stau.

»Sind Sie sicher?«

»Ganz sicher.«

Steph lehnte sich in ihrem Stuhl zurück, ihr Appetit löste sich auf wie Zucker in heißem Tee. Sie hatten ein Opfer. Einen Namen für ihren Unbekannten. Viel schneller als erwartet.

»Was sollen wir als Nächstes tun, Ma'am?«

Stephanie blickte nach unten. »Bleiben Sie dran«, sagte sie, während sie vom Tisch aufstand. »Ich komme zurück zur Wache.«

Sie griff nach ihrem Mantel und ging zum Ausgang, wobei sie den Teller mit dem fast unberührten Essen stehen ließ.

KAPITEL **VIERZEHN**

In dem Moment, als Stephanie durch die Tür des Lagezentrums trat, veränderte sich die Atmosphäre. Gespräche verstummten, Köpfe drehten sich um und ein paar Stühle scharrten, als das Team sich aufrichtete.

Jetzt ging es ans Eingemachte.

Stephanie schritt in ihr Büro, streifte ihren Mantel ab und warf ihre Tasche unter den Schreibtisch, bevor sie ins Lagezentrum zurückkehrte.

»So«, sagte sie und klatschte einmal in die Hände, um die Aufmerksamkeit aller auf sich zu ziehen. »Wir haben die Bestätigung erhalten, dass die aus dem Feuer in Chilworth geborgene Leiche als Nigel Hadlow identifiziert wurde. Das bedeutet noch nicht, dass wir wissen, was passiert ist, also will ich, dass wir jeden denkbaren Ansatz verfolgen.« Sie zeigte auf Giles und Noah. »Sie beide, Hadlow ist an dem Tag zur Konferenz gefahren, also fangen wir da an. Finden Sie sein Auto. Verfolgen Sie seine Route vom Konferenzzentrum bis zur Scheune. Überwachungskameras, Verkehrskameras, Tankstellen; ich will jede einzelne Aufnahme von dem Moment, als er losfuhr, bis zu dem Moment, als er von der Bildfläche verschwand. Finden Sie heraus, ob er sich mit jemandem getroffen hat, ob er am Straßenrand angehalten hat, um pinkeln zu gehen, oder ob er jemanden hat zusteigen lassen. Wir wollen jeden Zentimeter seiner Route kennen. Verstanden?«

Noah kritzelte wie wild in seinen Notizblock. »Aye, aye, Captain.«

Von Giles kam: »Klingt reizvoll, Ma'am.«

»Gut.« Sie wandte sich an Fiona. »Ich möchte, dass Sie noch einmal mit seiner Frau sprechen. Überbringen Sie ihr die Nachricht. Seien Sie ehrlich, aber überfordern Sie sie nicht. Wir brauchen einen klaren zeitlichen Ablauf von Nigels Bewegungen, alles Ungewöhnliche, irgendjemanden, den er erwähnt hat, einfach alles, was erklären könnte, warum er in dieser Scheune gelandet ist.«

Fiona nickte knapp und nahm die Spitze ihres kleinen Fingers in den Mund. »Verstanden.«

»Und sehen Sie zu, was Sie über mögliche Probleme in ihrer Ehe herausfinden können. Affären, finanzielle Schwierigkeiten ... so was in der Art. Wenn es einen Riss in der Fassade gibt, müssen wir ihn finden.«

Sie blickte in die Runde, ihr Blick wanderte von einem Teammitglied zum nächsten und blieb an Devon hängen.

»Sehen Sie seine Handy- und Finanzdaten durch. Schauen Sie, ob es darin etwas gibt, das darauf hindeuten könnte, dass jemand hinter ihm her war oder ob die Dinge so schlimm standen, dass er sich das selbst angetan hat.«

»Sie glauben immer noch, es könnte Selbstmord sein, Ma'am?«, fragte Devon leise, ohne Zuversicht in der Stimme.

»Bis wir den vollständigen Brandbericht und gegenteilige Beweise haben, möchte ich, dass wir unvoreingenommen bleiben.«

»Der Bericht sollte bald bei uns sein«, sagte Giles und hob die Hand. »Zuletzt habe ich gehört, dass Elias und sein Team ihn heute Morgen zusammengestellt haben.«

Stephanie nickte und sah auf ihre Uhr. Sie spürte, wie sich das Adrenalin begann, in ihren Muskeln anzuspannen. Sie musste es nur noch kanalisieren. »Haken Sie nach«, sagte sie. »Sehen Sie zu, ob sie ihn uns zukommen lassen können, bevor Olivia und ich zurück sind.«

»Zurück?«, fragte Olivia.

»Du und ich werden mit dem letzten Menschen sprechen, der ihn lebend gesehen hat: seinem Arbeitgeber.«

»Was wollen Sie wegen der Presse tun, Ma'am?«

Die Frage kam von Devon. Sie wandte sich ihm zu, musterte ihn einen Moment lang und antwortete dann: »Das überlasse ich Ihnen. Aber warten Sie, bis seine Familie benachrichtigt wurde. Halten Sie sich an die Fakten. Nicht mehr.«

»Ma'am«, erwiderte Devon mit einem Nicken.

»Also gut. Machen wir uns an die Arbeit. Finden wir heraus, was zum Teufel mit Nigel Hadlow passiert ist.«

Der Verkehr wurde dichter, als sie ins Zentrum von Guildford rollten, und Stephanie wurde hinter einem Bus im Kriechtempo ausgebremst. Der Regen glitzerte auf dem Asphalt wie Glimmer. Vor ihnen kletterte ein Gerüst am Skelett eines halbfertigen Hochhauses empor, und ein gewaltiger Kran ragte über der Stadt auf wie ein lauernder Raubvogel.

»Das war mal ein Parkplatz«, murmelte Olivia mit fest über der Brust verschränkten Armen. »Ein beliebter und praktischer noch dazu. Niemand hat sich darüber beschwert, aber irgendwo hatte jemand die glorreiche Idee, ihn aufzureißen und noch einen Block überteuerter Wohnungen draufzusetzen. Genial.«

Stephanie stieß ein kurzes, unverbindliches Grunzen aus, ihre Aufmerksamkeit galt einem Radfahrer, der sich zu nah an ihren Außenspiegel schlängelte.

Als Nächstes fuhren sie am alten Debenhams-Gelände vorbei, oder was davon übrig war. Das ehemalige Kaufhaus war durch glatte Glaspaneele und ein riesiges Banner ersetzt worden, das Luxuswohnungen für nur 500.000 Pfund versprach. Eine halbe Million Pfund, um neben einer belebten Straße in einer lebhaften Studentenstadt zu wohnen. Stephanie fielen bessere Möglichkeiten ein, ihr Geld auszugeben, vorausgesetzt, sie hätte eine halbe Million extra herumliegen, was nicht der Fall war.

»Und da ist *noch einer*«, murmelte Olivia, ihre Stimme schwer vor Abscheu.

Stephanie schnaubte. Da sie noch nicht lange in der Gegend wohnte und sich in mancher Hinsicht immer noch wie eine Außenseiterin fühlte, hatte sie keinen Grund, so verärgert zu sein wie Olivia. »Du klingst wie hundert Jahre alt.«

»Ich fühle mich auch so. Es ist einfach eine Schande, weißt du. Sie drücken diesen Bauträgern, denen alle anderen scheißegal sind, einfach die Schlüssel in die Hand und sagen, macht damit, was ihr wollt, ist uns egal.«

In der Ferne erhoben sich zwei neuere Wohnblöcke hinter dem Bahnhof. Sauber, kantig, modern.

»Und es breitet sich aus«, fügte Olivia hinzu und stieß mit dem Daumen in Richtung Windschutzscheibe. »Hast du Woking in letzter Zeit gesehen?«

Stephanie grinste. »Kaum zu übersehen. Ich kann es vom Chantries Ridge aus sehen. Sieht aus, als hätte jemand mitten in Surrey einen Stapel IKEA-Kartons fallen lassen. Aber die Leute brauchen Wohnungen, Liv.«

»Ja, ja. Aber weißt du, wie die da rankommen? Ich habe neulich in den sozialen Medien gesehen, dass viele dieser alten Gebäude, die von Bauträgern ins Auge gefasst werden, nun ja ... plötzlich Feuer fangen und abbrennen.«

»Eine Verschwörung, meinst du?«

Olivia zuckte mit den Schultern. »Ich sage nur, das gibt einem zu denken, nicht wahr?«

Bei Stephanie bewirkte es nur die Überlegung, ob die Scheune, in der Nigel Hadlow gestorben war, für ein potenzielles Immobiliengeschäft vorgesehen war, aber sie erkannte, dass dies angesichts der abgelegenen Lage höchst unwahrscheinlich war. Sie konnte sich nicht vorstellen, dass jemand in einem Wohnblock leben wollte, der mehrere Meilen von den örtlichen Versorgungseinrichtungen entfernt war.

»Gib dem noch mal zehn Jahre«, sagte Olivia mit einem Seufzer. »Ich wette, wir werden alle in Buden mit QR-Codes als Türen leben.«

»Und Robotern als Nachbarn.«

»Können nicht schlimmer sein als die, die ich jetzt habe.«

Stephanie kicherte und bog in eine enge Seitenstraße ein, als sie aus Guildford in Richtung Basingstoke fuhren. Es war an der Zeit, mit dem Gejammer über die Skyline aufzuhören und damit anzufangen, sich in das Leben eines Mannes zu vertiefen, der sich vielleicht zu Tode verbrannt hatte oder auch nicht.

KAPITEL
FÜNFZEHN

Nur ein Gedanke beschäftigte sie: Stephanie. Trotz der körperlichen Schmerzen, die sie in ihrem Bauch und dem Rest ihres Körpers spürte, konnte sie nur an das Eine denken, das ihr den seelischen Schmerz, das seelische Leid zufügte. Ihre Beziehung zu ihrer älteren Schwester war nicht mehr dieselbe seit der Enthüllung, die ihr gesamtes Weltbild erschüttert hatte. Sie konnte Stephanie nicht mehr vertrauen, konnte kein Wort glauben, das aus ihrem Mund kam. Stephanie hatte sie ihr ganzes Leben lang angelogen, und sie spürte, dass es noch mehr gab, das man ihr verschwieg – eine Vorahnung, eine schwesterliche Intuition.

Sie waren einst unzertrennlich gewesen, verbunden durch ihre gemeinsame Geschichte, aber dieses Band war auf Lügen aufgebaut. Dreiunddreißig Jahre lang hatte Kimberley geglaubt, dass sie immer zusammen sein würden, Schwestern fürs Leben. Sie hatte sich vorgestellt, Stephanie wäre die erste Person, die sie in einem Notfall anrufen würde, möglicherweise sogar noch vor ihrem Ehemann Jason. Doch als sie die beiden am dringendsten brauchte, war keiner von ihnen ans Telefon gegangen. Beide waren wahrscheinlich zu sehr mit der Arbeit beschäftigt, um sich um sie zu kümmern, um alles stehen und liegen zu lassen und ihr beizustehen.

Komisch, ihr Mann und ihre Schwester, die Menschen, denen sie einst ihr Leben anvertraut hatte, waren nirgends zu sehen. Sie hatten sie im Stich gelassen und ihr wahres Gesicht gezeigt.

Eine Welle der Übelkeit überkam sie, als eine Gestalt von einer Seite des Wartezimmers zur anderen ging und sie aus ihren Gedanken riss. Sie rutschte unbehaglich auf dem Stuhl mit der harten Lehne hin und her, richtete ihren Mantel, der gefaltet auf ihrem Schoß lag, und klammerte ihre Handtasche wie eine Rettungsweste an ihren Babybauch. Auf der anderen Seite des Raumes schrie ein Kleinkind und zerrte am Ärmel seiner Mutter, während diese ihm mit zusammengebissenen Zähnen etwas Strenges zuflüsterte. Eine andere schwangere Frau blätterte durch eine Schwangerschaftsbroschüre, ohne ein Wort zu lesen, ihr Blick war glasig und abwesend.

Kim starrte auf die blassblaue Wand vor sich, an der Broschüren über verschiedene Stadien der Schwangerschaft und sichere Reinigungsmittel hingen. Doch sie nahm nichts davon wahr. Ihre Gedanken schweiften zurück zu dem Blutschleier, den sie an diesem Morgen gesehen hatte. Schwach, ja. Aber unverkennbar. Auch das Ziehen in ihrem Unterleib war nicht verschwunden. Nicht wirklich ein Schmerz, aber eine Anspannung, die sie beunruhigte.

Die Person neben ihr rührte sich auf ihrem Platz. Sie wandte sich ihm zu.

Jordan. Derjenige, der ihren Anruf sofort entgegengenommen hatte. Derjenige, der alles hatte stehen und liegen lassen, um mit ihr zu kommen.

Jordan saß ruhig da, breitbeinig, als gehöre ihm der ganze Laden, die Ellenbogen leicht auf die Armlehnen des Stuhls gestützt. Er trug einen schwarzen Kapuzenpullover unter einer Jeansjacke, deren Ärmel bis zur Hälfte hochgekrempelt waren und dünne Handgelenke sowie blasse, sommersprossige Haut zum Vorschein brachten. Sein dunkelblondes Haar war unordentlich nach hinten gekämmt, als wäre er sich den ganzen Morgen mit den Fingern hindurchgefahren. Sein Gesicht hatte etwas Weiches, fast Knabenhaftes, doch seine Kieferpartie und die Form seines Mundes spiegelten den einen Mann wider, über den keiner von ihnen sprechen wollte.

Ihren Vater.

Kim gefiel es genauso wenig wie ihrer Schwester, wie sehr Jordan ihm ähnelte. Doch während ihr Vater immer grausam gewirkt hatte, schien Jordan ... normal. Müde. Wie ein Erwachsener kurz vor der vierzig, der versuchte, einen Sinn in seinem Leben zu finden.

Sie hatte Hoffnung und Aufregung bei der Entdeckung eines neuen Geschwisterteils empfunden. Nicht nur, weil sie eine neue Person in ihrem Leben hatte, sondern weil Jordan sich wie eine zweite Chance anfühlte. Ein Neuanfang. Jemand, der die Komplexität ihrer Kindheit verstehen konnte, ohne sie dafür zu verurteilen, wie sie damit umgegangen war oder in letzter Zeit eben nicht damit umgegangen war. Sie hatten den DNA-Test bereits gemacht, ihn weggeschickt und die Ergebnisse erst vor wenigen Tagen erhalten: eine 99,97-prozentige Übereinstimmung. Halbgeschwister. Das hatte etwas seltsam Emotionales. Der wissenschaftliche Beweis, dass der Fremde neben ihr aus Fleisch und Blut war, dass er zu ihr und sie zu ihm gehörte, auf eine seltsame, verschlungene Weise.

Also hatte sie ihn in ihrer Stunde der Not angerufen. Und er war rangegangen.

Stephanies Abwesenheit schmerzte in ihrer Brust wie ein blauer Fleck, auf den sie immer wieder drückte.

»Alles gut bei dir?«, fragte Jordan und durchbrach die Stille, während er eine Hand auf ihren Oberarm legte.

Sie setzte ein zuversichtliches Lächeln auf. »Ich bin nervös.«

»Ich bin sicher, es wird alles gut gehen.«

Sie zwang sich zu einem weiteren Lächeln. »Danke, dass du mitgekommen bist, übrigens.«

»Gern geschehen. Dafür ist Familie ja da.« Er nickte in Richtung ihres Bauches. »Ich hätte nie gedacht, dass ich mal einen Bruder oder eine Schwester haben würde. Und ich hätte nie gedacht, dass ich mal Onkel werde. Jetzt kann ich das Kleine wie das Geschwisterchen behandeln, das ich als Kind nie hatte.«

Sie kicherte, dann rieb sie sich den Bauch, als er sich leicht verkrampfte. Sie nickte, sagte aber nichts, aus Angst, ihre Stimme könnte brechen, wenn sie es versuchte.

Eine Hebamme in dunkelblauem Kasack trat aus einer Seitentür und rief ihren Namen: »Kimberley Taylor?«

Zögerlich stand sie auf, den Mantel und die Tasche in der einen

Hand, während die andere instinktiv ihren Bauch bedeckte. Sie zögerte einen langen Moment.

Dann wandte sie sich Jordan zu.

»Kannst du mit reinkommen?«

»Natürlich.«

Gemeinsam folgten sie der Schwester durch die Doppeltür in die Entbindungsstation.

KAPITEL
SECHZEHN

Die Büros von Hadlow & Templeton befanden sich im ersten Stock eines kleinen Hochhauses in Basingstoke. Das Gebäude war genau so, wie Stephanie es erwartet hatte – modern, geräumig und ganz in Weiß getaucht. Etwas, das man aus London geholt und mitten in Hampshire abgesetzt zu haben schien. In den letzten zwei Jahrzehnten hatte sich das Unternehmen seinen Ruf damit aufgebaut, ungenutztes Land in ganz Südengland in profitable Wohnsiedlungen zu verwandeln, mit Nigel und seinem Geschäftspartner Vinnie an der Spitze.

Eine Empfangsdame mit Headset führte sie einen gläsernen Korridor entlang in einen langen Besprechungsraum mit hohen Decken. Der Tisch war überdimensioniert, dazu standen kantige Stühle, die mehr stilvoll als bequem waren. Eine Wand bestand vollständig aus Glas und bot einen Panoramablick auf Basingstoke und die Neubaugebiete dahinter, die die Stadt wie einen Lego-Bausatz aussehen ließen. Am anderen Ende des Raumes saß Vinnie Templeton, der bei ihrem Eintreten aufstand. Er war groß, Anfang fünfzig, genau wie Nigel, mit ordentlich gekämmtem, silbernem Haar und einer tiefen Bräune, die auf eine Timesharing-Wohnung in Spanien und regelmäßige Golfreisen ins Ausland hindeutete. Er trug einen marineblauen, italienisch geschnittenen Anzug zu einem blassrosa Hemd, das am Kragen offen stand. Alles an ihm, von der

Tag Heuer an seinem Handgelenk bis zu seinen teuren Leder-Loafern, verströmte protzigen Reichtum.

Stephanie stellte sich und Olivia vor.

»Ich nehme an, Sie haben mit meiner Kollegin telefoniert, Mr. Templeton«, sagte sie.

Vinnie nickte. »Ja, habe ich. Es sind furchtbare, furchtbare Nachrichten. Ich kann mich seitdem auf nichts mehr konzentrieren. Bitte, nehmen Sie Platz.«

Stephanie und Olivia kamen der Aufforderung nach und zogen ihre Stühle am gegenüberliegenden Ende des Tisches hervor.

»Kann ich Ihnen einen Kaffee anbieten? Wasser?«

»Wir sind versorgt«, sagte Stephanie. »Danke. Und wir wissen es zu schätzen, dass Sie sich die Zeit für uns nehmen.«

»Natürlich, reden Sie keinen Unsinn. Was auch immer Sie brauchen, wir stehen Ihnen zur Verfügung.« Er fuhr sich mit den Fingern durchs Haar. »Ich kann es einfach ... ich kann es einfach nicht ... Und Sie sind sich sicher, dass es Nigel ist?«

Stephanie antwortete mit einem dezenten, aber festen Nicken. »Die DNA-Beweise haben es zweifelsfrei bestätigt.«

Vinnie stieß einen langen Seufzer aus und schniefte mehrmals, als ob er Tränen zurückhielte oder dies vielleicht nur vortäuschte. »Ein Teil von mir hat gehofft, es wäre jemand anderes, wissen Sie. Dass es ein Scherz wäre. Ich weiß, es ist schrecklich, das zu sagen, aber ... wissen Sie schon, was mit ihm geschehen ist?«

»Deshalb sind wir hier«, erwiderte Olivia und legte ihren Notizblock und einen Stift auf den Tisch. »Wir versuchen, seine Bewegungen in der Nacht seines Todes zu rekonstruieren.«

»Natürlich. Natürlich.«

Olivia ließ einen Moment verstreichen, bevor sie weitersprach. »Was war Nigels Rolle im Unternehmen?«

Vinnie lehnte sich mit verschränkten Armen zurück. »Nigel war für die strategische Entwicklung zuständig. Er war derjenige, der mit den lokalen Behörden verhandelte, bei Stadtplanern Lobbyarbeit leistete, den Landerwerb, die Planungsverhandlungen und rechtliche Hürden regelte – die Art von Arbeit, die die meisten Bauträger zu vermeiden versuchen. Er war gut darin. Charmant, wenn es nötig war, und weniger, wenn es darauf ankam.« Er deutete auf das Stadtbild hinter der Glasscheibe. »Die Hälfte der Bauprojekte, die Sie von hier aus sehen, gäbe es ohne ihn nicht.«

»Er hatte also Beziehungen zu Regierungsbeamten?«

»Beziehungen?« Templeton lachte kurz auf. »Er hat praktisch in den Amtsstuben gelebt. Er kannte jeden Chefplaner südlich der M25 mit Namen. Er war ständig am Telefon, organisierte Mittagessen, Ortsbesichtigungen, Kaffeetreffen. Viele Leute mochten ihn, und viele nicht. Das gehört einfach zum Geschäft. Aber er hatte diese ... diese ruhige Art, selbst wenn die Dinge aus dem Ruder liefen, verstehen Sie?«

Olivia sah Stephanie an, dann wieder Vinnie. »Liefen die Dinge in letzter Zeit aus dem Ruder?«

Eine Pause. Vinnie rieb sich mit dem Daumen über das Kinn. »Nicht dramatisch. Aber wir sind bei einem unserer anstehenden Projekte auf ein Problem gestoßen – einem Bauvorhaben oben bei Guildford. Es handelt sich um den Umbau einer alten Kirche auf einer Brachfläche etwas außerhalb der Stadt. Ein wunderschöner Ort. Hätte viele junge Leute glücklich gemacht, die dort wohnen. Aber das Gelände wurde zu einem Streitpunkt in der Gemeinde. Nigel hat sich darum gekümmert. Es gab ein paar Anlaufschwierigkeiten und einige interne Bedenken, aber immer, wenn ich ihn darauf ansprach, sagte er mir, es sei alles geregelt und ich solle mir keine Sorgen machen.«

»Haben Sie sich Sorgen gemacht?«

»Hundertprozentig«, gab er zu. »Es ist mein Job, mir Sorgen zu machen. Aber ich habe ihm vertraut. Das Letzte, was ich gehört habe, ist, dass wir auf Eis liegen.«

»Stand er unter Druck?«, fragte Olivia.

Vinnie blickte auf und lachte leise. »Natürlich stand er das. Wir beide stehen unter Druck. Wir müssen uns am Ende des Tages vor Aktionären und Investoren verantworten. Aber das hat ihn nie berührt. Er konnte mit Druck umgehen.« Vincent hielt inne, tief in Gedanken. »Aber ... jetzt, wo Sie fragen, er *hatte* wieder mit dem Rauchen angefangen. Ich habe ihn in den letzten zwei Wochen zwei- oder dreimal draußen erwischt, wie er paffte, als wäre er wieder fünfundzwanzig. Er war seit Jahren clean. Ich habe ihn darauf angesprochen, aber er hat nur abgewinkt.«

»War das ein ungewöhnliches Verhalten für ihn?«, erkundigte sich Stephanie.

Vinnie rutschte auf seinem Stuhl hin und her. »Ja. Und nein. Nigel hat Stress in sich hineingefressen. Das war seine Art.«

»Was können Sie uns über die Konferenz in der Nacht seines Todes erzählen?«

»Das Southeast Infrastructure and Regeneration Forum? Das ist das heißeste Ticket der Stadt. Nigel und ich waren die zwei Tage dort, haben mit Vertretern der Kommunen, anderen Bauträgern, Rechtsberatern und ein paar Finanzleuten gesprochen, um zu hören, was sie über die Branche sagen und wie die Dinge laufen.«

»Um wie viel Uhr war die Veranstaltung zu Ende?«

»Offiziell um vier Uhr nachmittags. Aber wir sind erst gegen sechs gegangen.«

»Sie sind getrennte Wege gegangen?«

»Ja.«

»Und wie wirkte er auf Sie, als Sie sich von ihm verabschiedeten?«

Vinnie schob die Lippen vor. »Völlig normal. Sogar entspannt. Sicherlich in keinerlei Notlage.«

»Hat er irgendwelche Pläne für nach der Veranstaltung erwähnt?«

»Nein.« Vinnie schüttelte langsam den Kopf. »Er sagte nur, wir sehen uns am nächsten Tag im Büro.«

Stephanie lehnte sich leicht zurück. »Würden Sie sagen, Sie beide standen sich nahe?«

»So nahe, wie man einem Geschäftspartner nach zwanzig Jahren eben sein kann.«

»Hat er jemals etwas erwähnt, das ihn beunruhigte? Anrufe? Nachrichten?«

Templetons Lächeln erstarb. »Nicht direkt. Wir hatten im Laufe der Jahre Probleme. Anwohner, Umweltschützer, die Presse, Demonstranten, die vor unseren Baustellen kampierten, so was eben. Sogar ein paar Morddrohungen – das gehört alles zum Geschäft. Aber er hatte mir in letzter Zeit von nichts erzählt.«

»Und was ist mit dem Unternehmen *selbst*?«, fragte Olivia.

»Gab es dort Spannungen? Jemand, der mit ihm unzufrieden war?«

»Nicht, dass ich wüsste. Er und ich hatten natürlich Meinungsverschiedenheiten. Man baut kein Unternehmen gemeinsam auf, ohne von Zeit zu Zeit aneinanderzugeraten. Aber es gab nichts Außergewöhnliches.« Er zögerte. »Andernfalls hätte er es sicher erwähnt. Wir waren Partner. Was ihn betraf, betraf auch mich.«

Stephanie nickte. »Wir hätten gerne Zugang zu seinem Kalender, seinem Diensthandy und seinen E-Mails.«

»Das kann ich genehmigen«, sagte Vinnie. »Ich werde die IT-Abteilung bitten, alles vorzubereiten. Für einiges ist vielleicht ein formeller Antrag nötig, aber wenn es Ihnen hilft, herauszufinden, was passiert ist ...«

Stephanie dankte ihm, reichte ihm eine Visitenkarte und wollte dann gehen. Als sie sich zur Tür bewegten, rief Vinnie ihnen nach. »Glauben Sie, es war Mord?«

Stephanie hielt inne, eine Hand am Türgriff.

»Wir ermitteln in alle Richtungen«, antwortete sie.

Dann trat sie hinaus und ließ Vinnie Templeton allein am Ende des Tisches zurück, der auf das lebensgroße Monopoly-Spielbrett starrte, das er und Nigel erbaut hatten.

KAPITEL SIEBZEHN

Als Stephanie auf den Fahrersitz kletterte, schlug sie die Tür gegen den aufkommenden Wind zu und ließ sich mit einem Seufzer zurückfallen. Der Himmel über Basingstoke hatte sich verdunkelt, schwer von Regenwolken, und der frühe Abendverkehr begann sich bereits auf den Straßen zu stauen. Olivia schnallte sich neben ihr an und kritzelte eifrig etwas in ihre Notizen. Gerade als sie mit ihrer Wachtmeisterin sprechen wollte, summte ihr Handy in ihrer Manteltasche. Sie fischte es heraus und sah Giles' Namen auf dem Bildschirm.

»Mr Swinger«, sagte sie und legte das Telefon auf das Armaturenbrett.

Ein Seufzer kam durch das Mikrofon. »Bitte sagen Sie meinen Namen nicht so.«

»Aber das *ist* doch Ihr Name, oder nicht?«

»Ja, aber ich hasse ihn. Den Ärger, den ich in der Schule damit hatte, können Sie sich gar nicht vorstellen.«

»Oh, das kann ich mir sehr gut vorstellen. Ich weiß, wie gemein Kinder sein können.«

Sie erinnerte sich an eine Szene aus ihrer Kindheit: ein kalter Februarnachmittag auf dem Schulhof. Sie war zwölf gewesen, trug gebrauchte Schuhe und ihre Schuluniform und stand am Klettergerüst. Sie hatte sich zum Trost an ihr Taschenbuch geklammert, während eine Gruppe von Mädchen sie umzingelte, auf sie zeigte und über etwas Witziges lachte, das Ellie McFadden gesagt hatte. Sie war wie erstarrt stehen geblieben, die Wangen brannten, die Hände umklammerten das Buch, bis ihre Knöchel weiß hervortraten. Und dann ...

»Ma'am?«, riss Olivias Stimme sie zurück.

Sie blinzelte und merkte, dass sie das Lenkrad fester umklammert hielt als nötig, dann blickte sie zu der jungen Polizistin, die sie mütterlich besorgt ansah.

»Entschuldigung. Was sagten Sie, Giles?«

»Nichts. Ich dachte, Sie hätten aufgelegt.«

»Ich war mit den Gedanken woanders. Womit können wir Ihnen helfen?«

»Elias' Bericht. Er ist gerade gekommen.«

»Und?«

Giles atmete leicht ein, als ob er sich auf eine große Rede vorbereitete. »Er hat nach Ihnen gefragt, hat er. Nach Ihnen persönlich.«

»Aha.«

»Er meinte, er wollte den Bericht persönlich überreichen. Er sah ziemlich traurig aus, als ich ihm sagte, dass Sie nicht hier sind.«

Sie spürte seinen Tonfall und missbilligte ihn sofort.

»Er ist danach noch eine Weile herumgelungert, nur für den Fall, dass Sie vielleicht doch noch auftauchen. Was hat es damit auf sich, Ma'am? Läuft da was?«

Sie spürte, wie sich ihr Hals zuschnürte. »Nein. Und das ist das letzte Mal, dass Sie so etwas jemals wieder erwähnen. Mein Liebesleben ist *mein* Liebesleben, und im Moment ist es genauso nicht existent wie unsere Spuren in diesem Fall. Ich würde es also vorziehen, wenn Sie Ihre Bemühungen darauf konzentrieren, welche zu finden, bevor Sie auch nur daran denken, Ihre Nase in mein Privatleben zu stecken, das immer außerhalb Ihrer Reichweite bleiben wird.«

Sie konnte ihn durch das Telefon lächeln spüren. »Nun, was soll ich dann mit den Unterlagen machen, die er für Sie dagelassen hat?«

»Unterlagen?«

»Ja. Er hat mir einige Broschüren und Materialien zur Überwindung von Feuerangst gegeben.«

Sie warf Olivia einen verlegenen Blick zu. »Lassen Sie sie auf meinem Schreibtisch. Ich sehe sie mir an, wenn wir zurück sind. Können wir jetzt zum Thema zurückkommen? Was stand in seinem Bericht?«

Giles räusperte sich. »Also, der Brandherd wurde in der vorderen rechten Ecke der Scheune auf dem Boden bestätigt. Elias sagt, die Zündquelle stimme mit einer fallengelassenen Zigarette oder einem ähnlichen Gegenstand überein.«

»Zigarette?«

Stephanie und Olivia wechselten einen Blick.

»Oder ähnlich«, bestätigte Giles. »Basierend auf dem Brandmuster und den Rückständen. Er ist sich fast sicher, dass es eine brennende Zigarette war. Er erwähnte auch, dass sich das Feuer unglaublich schnell ausgebreitet hat. Die Scheune war voller trockenem Stroh, alter Farbdosen und etwas altem Holz. Als es einmal Feuer gefangen hatte, ging der Laden hoch wie Zunder. Er schätzt, dass es von der Entzündung bis zum lichterlohen Brand weniger als drei Minuten gedauert hat.«

Stephanie zuckte zusammen.

»Elias sagte auch, dass sie Spuren von Brandbeschleuniger auf dem Boden gefunden haben.«

»Wo?«

»Auf dem Boden, Ma'am.«

»Ja. Das weiß ich. Aber wo *genau*? Überall? An einer kleinen Stelle? In einem Muster? Seien Sie präzise.«

Es gab eine Pause, während Giles die Notizen zu Rate zog. »Das steht hier nicht.«

»Können Sie das herausfinden?«

»Was macht das für einen Unterschied, Ma'am? Die Anwesenheit von Brandbeschleuniger deutet doch darauf hin, dass ihm das jemand angetan hat, oder?«

»Nicht unbedingt«, erwiderte sie langsam. »Wenn der Brandbeschleuniger in der ganzen Scheune verteilt gewesen wäre, würde das für mich darauf hindeuten, dass er selbst dorthin gegangen ist, den Ort mit Benzin übergossen, sich dann in die Mitte gesetzt und eine letzte Zigarette geraucht hat. Wenn er nur in einer Ecke der Scheune war, dann hat ihn vielleicht jemand in die Mitte gebracht und die Ecke angezündet, was ihm genug Zeit zur Flucht verschafft hätte. Und schließlich, wenn er in einem bestimmten Muster war – vielleicht wie ein Kreis um seinen Körper –, dann würde das ebenfalls darauf hindeuten, dass jemand anderes anwesend war. So oder so, nichts ist in Stein gemeißelt. Die Anwesenheit von Brandbeschleuniger entscheidet *nicht* darüber, ob er sich umgebracht hat oder umgebracht wurde.«

»Verstanden«, sagte Giles. »Ich werde um Klärung bitten.«

Stephanie nickte für sich. »Gut. Hier müssen wir gründlich sein.«

»Köstlich. Ich melde mich, sobald ich etwas Neues höre.«

Die Leitung war tot.

Einen Moment lang sprach keine der beiden Frauen. Draußen kroch der Verkehr vorbei. Die Scheibenwischer setzten sich mit einem dumpfen Geräusch in Bewegung, als die ersten Regentropfen zu fallen begannen.

»Also«, sagte Olivia und blickte Stephanie von der Seite an. »Glaubst du immer noch, dass es Selbstmord gewesen sein könnte?«

Stephanie atmete durch die Nase aus. »Ich weiß es nicht. Vielleicht. Vielleicht auch nicht. Aber so oder so wurde dieser Mann zum Schweigen gebracht. Und ich will wissen, warum.«

Als sie den Schlüssel ins Zündschloss steckte und ihn umdrehte, spürte Stephanie, wie Olivia sie mit einem spöttischen Grinsen ansah. Ihr Gesichtsausdruck sprach Bände.

»Sag jetzt bloß nichts. Da läuft nichts. Das ist nur Giles, der Blödsinn redet.«

»Ach komm, Chefin. Du musst mich nicht anlügen. Ich finde, er ist ein gut aussehender Kerl. Und er ist Feuerwehrmann, was ihn noch heißer macht.«

»Wirklich?«

Das Grinsen auf Olivias Gesicht wurde breiter. »Ich steh' total auf Männer in Uniform. Wenn du nicht interessiert bist, wäre ich es vielleicht.«

KAPITEL ACHTZEHN

Während ihrer Abwesenheit war die Ermittlungstafel der Operation Windbreaker mit Fotografien vom Tatort, Bildern von Nigel Hadlows lächelndem Gesicht von der Firmenwebseite, zahlreichen Notizen, Zeugenaussagen und einer Karte gefüllt worden, auf der die wichtigsten Orte markiert waren: das Konferenzzentrum in Farnborough, der Brandort und Nigels Wohnadresse.

Das Team hatte sich bereits im Lagezentrum versammelt, als sie zurückkamen, da Stephanie sie vorab informiert hatte. Sie schritt nach vorne und überließ es Olivia, sich neben Fiona zu setzen.

»So«, begann sie und knallte eine Akte auf den Tisch. »Giles hat mich gerade angerufen; Elias' Bericht bestätigt, dass das Feuer durch etwas ausgelöst wurde, das wie eine Zigarette aussieht, die auf einen leicht entzündlichen Bereich des Bodens gefallen ist, aber das deutet nicht zwangsläufig auf Fremdverschulden hin. Es gibt auch Spuren eines Brandbeschleunigers, was ernste Fragen darüber aufwirft, wie das Feuer ausbrach und wer zu der Zeit anwesend war.«

Devon richtete sich auf. »Wir gehen also von Brandstiftung aus?«

»Wir halten uns beide Möglichkeiten offen, bis wir mehr Informationen haben. Es könnte Selbstmord sein oder jemand, der seine Spuren verwischt hat. So oder so, ich will, dass wir jeder Spur nachgehen, als wäre es eine Mordermittlung. Wie ist der Stand bezüglich der Besitzverhältnisse des Grundstücks?«

»Ich habe das Grundbuch geprüft und herausgefunden, dass das Land den Besitzern des Hofes gehört, auf dem die Scheune steht«, antwortete Devon.

»Hast du mit ihnen gesprochen?«

»Ja.«

»Und?«

»Sie sind besorgt, aber keine Verdächtigen.«

»Warum nicht?«

»Weil sie zurzeit nicht im Land sind.«

Stephanie nickte und nahm die Information auf. Dann wandte sie sich an Noah. »Was ist mit Nigels Auto?«

»Immer noch nicht aufgetaucht«, antwortete er. »Wir haben allerdings gegen achtzehn Uhr zwanzig eine Erfassung durch die Kennzeichenerkennung auf der A31 in Richtung Norden bekommen, aber danach nichts mehr. Entweder wurden die Kennzeichen ausgetauscht oder der Wagen wurde irgendwo ohne Kameras abgestellt.«

»Sorge für eine vollständige Überprüfung der Kennzeichenerkennung in einem Radius von dreißig Meilen um das Konferenzzentrum«, wies sie ihn an. »Und gleiche die Daten mit den Videoaufnahmen der Tankstellen ab. Irgendjemand muss es gesehen haben. Was für ein Auto fährt er?«

»Einen Jaguar F-Pace.«

»Ich kenne mich mit Autos nicht aus. Ist der ziemlich modern und hochentwickelt?«

»Ja.«

»Hat er dann nicht irgendein Ortungs- oder GPS-Überwachungssystem? Könnte man damit nicht herausfinden, wo das Auto ist oder gewesen ist?«

Noah sah aus, als wäre er gerade erst aufgewacht. »Ich finde es heraus.«

»Danke. Was ist mit Nigels Handy? Seinen Nachrichten, Anrufen? Gibt es dazu Ortungsdaten?«

Devon beugte sich vor und umklammerte einen Stapel Ausdrucke. »Ich habe seine SMS, Anrufe, E-Mails und

Nachrichten auf verschiedenen Plattformen aus den letzten Wochen durchgesehen. Ich habe eine Reihe von Nachrichten von einer unterdrückten Nummer gefunden, die vor etwa drei Wochen begannen. Sie wurden häufiger, je näher sein Tod rückte. Die letzte Nachricht kam um acht Minuten nach fünf in der Nacht seines Verschwindens an.«

Er reichte Stephanie die Papiere. Sie überflog sie schnell:

Du denkst, du kannst einfach machen, was du willst, nicht wahr?

Die Öffentlichkeit wird sicher brennend daran interessiert sein, wie du das durchgeboxt hast. Korruption vom Feinsten.

Ich habe die E-Mails, Nigel. Die Banküberweisungen. Die Fotos. Mir wird schlecht, wenn ich an dich denke.

Du solltest damit nicht durchkommen dürfen.

Entweder das hier hört auf, oder ich gehe an die Öffentlichkeit. Ticktack.

Stephanie spürte, wie sich die Haare auf ihren Armen aufstellten. »Erpressung?«

»Sieht so aus«, bestätigte Devon. »Aber es gibt keinen Namen, keine Kontaktinformationen. Keinen Hinweis darauf, worauf sie sich beziehen. Und die Nachrichten wurden von einem Wegwerfhandy geschickt. Auch keine Anruflisten von dieser Nummer. Nur diese SMS. Ich habe beim Netzbetreiber angefragt, was wir über die Nummer herausbekommen können. Nachdem ich das hier gesehen hatte, habe ich die Abteilung für Wirtschaftskriminalität gebeten, Nigels Privat- und Firmenkonten zu überprüfen, und sie haben zwei ungewöhnliche Zahlungen auf ein privates Offshore-Konto entdeckt. Eine ging an eine private Beratungsfirma, die anscheinend nicht existiert, und die andere ... nun, die verfolgen wir noch.«

»Über wie viel Geld reden wir hier?«

»Ein hoher fünfstelliger Betrag. Beide Transaktionen fanden innerhalb der letzten sechs Monate statt. Sie wurden nicht als Firmenausgaben deklariert und tauchen auch in seiner persönlichen Steuererklärung nicht auf.«

»Schweigegeld«, murmelte Stephanie. »Weiß jemand, wie der aktuelle Stand bei dem Kirchenbauprojekt ist?«

Fiona blickte auf ihren Bildschirm. »Hadlow und Templeton

haben letzten Herbst die Genehmigung für den Umbau von St. Clement's, einer entweihten Kirche in Chertsey, beantragt. Der Antrag stieß auf Widerstand von Denkmalschutzgruppen, Anwohnern und dem Parlamentsabgeordneten. Er wurde jedoch ungewöhnlich schnell genehmigt – innerhalb von sechs Wochen. Als offizieller Grund wurden ›wirtschaftliche Notwendigkeit und Erhaltung des Kulturerbes‹ angegeben.«

Stephanie zog eine Augenbraue hoch, bevor sie Olivia ansah. »Erhaltung durch Abriss?«

»Im Grunde ja«, antwortete Fiona. »Sie hatten vor, einen Teil davon in Luxuswohnungen umzuwandeln und den Rest abzureißen.«

»Mich überrascht, dass sie nicht vorhatten, sie niederzubrennen«, warf Olivia laut ein.

»Was?«, fragte Fiona, und die Verwirrung spiegelte sich auch in den Gesichtern ihrer Kollegen wider.

»Schon gut«, sagte Olivia und tat die Bemerkung ab. »Das bedeutet also, dass er in irgendwelche krummen Dinger mit Schmiergeldern verwickelt war und dann hat es jemand herausgefunden.«

»Oder sie wussten genug, um Drohungen zu schicken«, schlug Devon vor und tippte auf die Seite. »Und wussten genug, um damit zu drohen, an die Öffentlichkeit zu gehen. Entweder dachte er, die Sache durch eine Zahlung aus der Welt schaffen zu können, oder ...«

»Oder er geriet in Panik«, beendete Stephanie den Satz. Sie blickte zurück zur Tafel, auf Nigels lächelndes Gesicht. »Er wurde bedroht. Er steckte bis zum Hals in Schwierigkeiten. Aber wenn er sich das Leben genommen hat, warum an einem so abgelegenen Ort?«

Niemand antwortete.

»Es fühlt sich nicht wie Selbstmord an«, fügte sie kopfschüttelnd hinzu. »Es fühlt sich an, als ob jemand eine Botschaft senden will, den Tod so grausam wie möglich gestaltet, damit sein Körper kaum zu erkennen ist.«

»Wir müssen herausfinden, ob ihm jemand gefolgt ist oder ob er sich dort mit jemandem getroffen hat«, sagte Noah.

Stephanie wandte sich an Fiona. »Setz dich mit der Gemeindeverwaltung in Verbindung. Ich will jeden kennen, der an diesem Kirchenbauprojekt beteiligt war. Namen, Kontaktdaten, einfach alles.«

»Wird gemacht.«

»Devon, verfolge diese Banküberweisungen. Ich will wissen, wer die Zahlungen erhalten hat, wie und wann. Wenn eine Briefkastenfirma im Spiel ist, verfolgen wir die auch. Wir müssen feststellen, wer Nigels Geheimnisse kannte und wer ihn zum Schweigen bringen wollte.«

Sie kehrte zur Ermittlungstafel zurück und pinnte die Drohungen mit roter Tinte unter Nigels Foto.

Sie drehte sich wieder zu Devon um.

»Wir brauchen einen Namen und eine Nummer zu diesen SMS. Was auch immer dahintersteckt, wer auch immer dafür verantwortlich ist, ist wahrscheinlich der Grund, warum Nigel sich entweder das Leben genommen hat oder zum Schweigen gebracht wurde. Ich will wissen, womit er erpresst wurde und wer dafür verantwortlich war.«

KAPITEL
NEUNZEHN

Stephanie schloss vorsichtig die Kühlschranktür und schlenderte mit einem frischen Apfel in der Hand zum Sofa. Sie ließ sich in ihre Ecke fallen, die unter ihrem Gewicht schon ganz durchgesessen war, und zog die Beine an die Brust.

Im Fernseher lief die Wiederholung einer Naturdoku von David Attenborough. Bilder von Savannen und Waldbränden flimmerten über den Bildschirm, orangerote Flammen züngelten an den Stämmen uralter Bäume empor.

Sie blinzelte. Schluckte.

Biss in ihren Apfel.

Den Geschmack nahm sie kaum wahr. Das Geräusch des Feuers kroch ihr unter die Haut. Ihr Puls flatterte in der Kehle. Sie zwang sich, auf den Bildschirm zu sehen. Die Flammen, die Asche, der Rauch.

Das war eine der Bewältigungsstrategien, die Elias ihr geraten hatte: Konfrontationstherapie. Nur war es nicht ganz dasselbe. Das Feuer war auf der anderen Seite des Fernsehbildschirms. Dennoch spürte sie, wie der Raum heißer, klammer und stickiger wurde.

Sie ließ den Apfel sinken, starrte ihn einen Moment lang an und legte ihn dann, halb gegessen, auf den Couchtisch. Sie stand auf, wischte sich die Hände an ihrer Jogginghose ab und schaltete den Fernseher aus.

Stille, bis auf das Hämmern ihres Herzschlags in den Ohren. Sie wich vor dem Bildschirm zurück und erblickte ihr Spiegelbild. Das Gesicht ihres Vaters erschien, der ein Feuerzeug an seine Wange hielt. Eine kleine Flamme zuckte auf und flackerte ihr entgegen, wobei sie seine Gesichtszüge erhellte.

Und dann spürte sie die Hitze, die ihr den Rücken hochkroch.

Der leiseste Hauch von Brandgeruch.

Sie schnupperte kräftig. Der Geruch wurde intensiver. Sie ließ den Blick durch das Wohnzimmer schweifen, sah aber kein Anzeichen von Rauch, Flammen oder Hitze. Alles war nur in ihrem Kopf, das Feuer, das wie eine Szene aus *Poltergeist* aus dem Fernseher kroch. Es war alles nur in ihrem Kopf, aber ihr Körper wusste das nicht. Irgendetwas hinderte die Botschaft daran, ihr Gehirn zu erreichen, und sie krallte sich in den Saum ihres T-Shirts und zog es in einer einzigen Bewegung aus. Als Nächstes stieg sie aus ihrer Jogginghose. Ihre Haut fühlte sich falsch an, unangenehm. Prickelnd, als stünde sie in Flammen, als würde jemand sie mit einem feurigen Pinsel bestreichen. Es erstickte sie, obwohl sie nun halbnackt mitten im Wohnzimmer stand.

Das Gesicht ihres Vaters starrte sie eindringlich an, sein Blick war unnachgiebig. Das Feuer auf dem Bildschirm loderte wild auf.

Sie stürmte die Treppe hoch ins Badezimmer.

Die Dusche sprang quietschend an, und sie trat unter den Strahl, bevor sich die Wassertemperatur einstellen konnte, und ließ das eiskalte Wasser mit voller Wucht auf sich prasseln. Sie keuchte, bewegte sich aber nicht. Blieb vollkommen regungslos stehen. Hielt den Atem an, während das Wasser über ihre Schultern und ihren Rücken strömte und ihr die Haare ins Gesicht klebte.

»Es ist nicht echt«, sagte sie sich. »Es ist nicht echt. Es ist nicht echt.«

Das Feuer war nicht da, genauso wenig wie *sein* Gesicht wirklich da war.

Nach ein paar Minuten bemächtigte sich ein taubes Gefühl ihres Körpers, und die Panik begann, mit dem Wasser im Abfluss zu verschwinden. Stephanie streckte die Hand zum Wasserhahn aus und drehte das Wasser ab. In der Wohnung herrschte wieder Stille. Sie stieg aus der Dusche, griff nach einem Handtuch und trocknete sich wie in Trance ab, bevor sie sich anzog und ins Wohnzimmer zurückkehrte. Ihr feuchtes Haar tropfte ihr über die Schultern und den Rücken hinab. Sie zog wieder ihr Oberteil und die Jogginghose an, bevor sie sich wieder auf das Sofa setzte. Der Apfel lag immer noch auf dem Couchtisch. Dann brachte sie die Kraft auf, einen Blick auf den Fernsehbildschirm zu werfen.

Glücklicherweise war das Gesicht ihres Vaters verschwunden, und alles, was sie sah, war Schwärze und ihr unscharfes Spiegelbild, als die Szene zu dem Bild eines Tieres wechselte, das dem Brand entkam.

KAPITEL ZWANZIG

Olivia fluchte leise vor sich hin, während sie ihren Regenschirm aufriss und die Autotür mit der Hüfte zuschlug. Ein tiefer, regenschwerer Nebel hatte sich über Surrey gesenkt, und es war alles, was sie hatte. Sie war an jenem Morgen in solcher Eile aus dem Haus gestürmt, dass sie ihren Regenmantel vergessen hatte. Und die Jungs hatten ihre ebenfalls vergessen. Ganz zu schweigen davon, dass Josh zum dritten Mal in Folge seine Sportkleidung vergessen hatte. Es war offensichtlich, dass das Gespräch mit seinem Klassenlehrer am Vorabend absolut nichts an seiner Einstellung oder seiner Bereitschaft, sich zu ändern, bewirkt hatte. Olivia war gezwungen gewesen, zuzuhören, wie Mr. Kapoor die Bedenken wegen des Verhaltens ihres Sohnes erläuterte, während sie nur daran hatte denken können, wie sie ihn bestrafen würde.

Die Strafe stand noch aus. Aber sie würde folgen. Wenn er es am wenigsten erwartete.

Mit dem Regenschirm in der Hand näherte sie sich der kleinen Reihe von Polizeiwagen, die am Straßenrand angehalten hatten. Nigel Hadlows Jaguar war früher am Morgen gefunden worden. Eine Handvoll Meldungen sowie Informationen aus dem Ortungssystem des Herstellers deuteten darauf hin, dass er am Rande einer ruhigen Landstraße unweit der Scheune abgestellt worden war.

Als sie näher kam, wurde ihr klar, dass den Wagen dasselbe Schicksal ereilt hatte wie Nigel. Was einst ein schnittiger, moderner Jaguar gewesen war, war nun kaum mehr als eine weiße Karkasse, die von einem verheerenden Brand zerstört worden war. Das Dach hatte sich durch die Hitze leicht nach innen gewölbt und den Rahmen verzogen. Der Lack war verschwunden, bis aufs blanke Metall freigelegt. Die Reifen waren geplatzt. Die Fenster waren zersprungen und hatten Glasscherben am Straßenrand und im nassen Gras verstreut. Die schwachen Umrisse des Nummernschilds bestätigten, dass es Nigels Wagen war.

Zwei Kriminaltechniker fotografierten das Wrack. Hinter ihnen stand Elias mit verschränkten Armen und beobachtete jeden ihrer Schritte. Olivias schlechte Laune, die sich beim Anblick des ausgebrannten Jaguars bereits zu bessern begonnen hatte, löste sich vollständig auf, als sie ihn entdeckte.

Ein Mann in Uniform hatte einfach etwas an sich.

Als er sich umdrehte und sie erblickte, zog sich etwas in ihrem Magen zusammen. Er begrüßte sie mit einem kaum merklichen Nicken. Kein Lächeln. Bestimmt. Selbstsicher. Halt gebend.

Sie trat um die Trümmerteile herum an seine Seite. »Morgen«, sagte sie und stellte sich vor.

»Detective.« Er deutete auf das Wrack. »Wie Sie sehen können, haben wir hier den nächsten Schlamassel.«

Er sprach, aber sie schenkte ihm kaum Beachtung. Ihr Blick senkte sich und fiel auf die Narben an seinem Hals und an seiner rechten Hand, die im Ärmelaufschlag seiner Jacke verschwand.

Ein Mann in Uniform mit den passenden Wunden dazu hatte einfach etwas.

Sie schluckte. »Sieht aus, als hätte man ihn ordentlich abgefackelt.«

»Von innen nach außen ausgebrannt«, erklärte Elias. »Das Feuer brach irgendwo im vorderen Beifahrerfußraum aus. Könnte ein Brandbeschleuniger oder ein improvisierter Brandsatz gewesen sein, aber das weiß ich erst sicher, wenn wir die Gelegenheit hatten, es genauer zu untersuchen.«

Olivia runzelte die Stirn und musterte das verkohlte Gerippe. »Irgendwas Forensisches …?«

»Wenn es DNA, Fingerabdrücke, Blut oder Fasern gab, sind sie jetzt Asche. Dasselbe gilt für die Elektronik. Der Bordcomputer des Fahrzeugs war bis zur Unkenntlichkeit geschmolzen. Er könnte gut und gern einen halben Tag gebrannt haben, vielleicht sogar länger.«

Olivia drehte sich langsam um und sah sich in der Umgebung um. Die Straße war kaum mehr als ein einspuriger Weg, von Bäumen gesäumt, ohne Häuser in Sicht.

»Gibt es irgendwelche Hinweise darauf, dass er bewegt wurde, nachdem er ausgebrannt war?«

Elias schüttelte den Kopf. »Nee. Er ist an Ort und Stelle ausgebrannt. Man kann sehen, wo die Reifen mit dem Asphalt verschmolzen sind.«

Olivia zog ihr Notizbuch hervor und schlug eine saubere Seite auf. »Wie weit ist die Scheune von hier entfernt?«

»Knapp einen halben Kilometer.«

»Warum ihn also hier abstellen?«, murmelte sie.

Elias stieß ein trockenes Lachen aus. »Das herauszufinden ist Ihr Job. Ich liefere Ihnen nur die Fakten.«

KAPITEL
EINUNDZWANZIG

»Glauben Sie immer noch, es könnte ein Selbstmord gewesen sein, Ma'am?«

Es war nicht die Frage selbst, die sie ärgerte; es war die Intonation, der *Tonfall* dahinter. Als ob die Antwort auf der Hand läge und sie dumm wäre, vorzuschlagen, unvoreingenommen zu bleiben.

»Wie ich schon unzählige Male gesagt habe, wir bleiben unvoreingenommen, bis wir handfeste Beweise dafür haben, dass Nigel getötet wurde«, erwiderte sie und funkelte Giles an. »Ob ich es seltsam finde, dass Nigels Wagen eine Viertelmeile von seinem Todesort entfernt gefunden wurde? Ja. Ob ich es seltsam finde, dass beides durch ein Feuer zerstört wurde? Ja. Aber es gibt nichts, was dagegen spricht, dass er den Wagen abgestellt, ihn in Brand gesteckt und dann zur Scheune gegangen ist, um sich selbst dasselbe anzutun.«

»Aber warum sollte er erst den Wagen anzünden und sich dann kurz darauf das Leben nehmen?«

Sie zuckte mit den Schultern. »Leider ist die einzige Person, die genau weiß, was passiert ist, Nigel selbst. Und da seine Leiche nicht mehr als ein verkohlter Klumpen ist, haben wir nicht den Luxus, ihn fragen zu können. Klar, ist es möglich, dass ihn jemand am Straßenrand angehalten, mit ihm zu tun gehabt, den Wagen verbrannt und ihn dann zur Scheune transportiert hat? Natürlich ist das möglich; das ist eine sehr reale Möglichkeit, aber solange wir keine Beweise sammeln, die eine der beiden Theorien untermauern, können wir nicht wissen, was passiert ist. Deshalb will ich, dass wir beide Spuren verfolgen, damit nichts übersehen wird.«

Die Atmosphäre im Raum kühlte sich um einige Grad ab, als Stephanie die Arme vor der Brust verschränkte. Giles rutschte tiefer in seinen Stuhl und wandte seine Aufmerksamkeit wieder seinem Bildschirm zu.

»Zu den anderen Neuigkeiten ...«

Die Stimme kam von Devon. Er wirbelte auf seinem Stuhl herum und blickte mit einem hoffnungsvollen und optimistischen Gesichtsausdruck zu Stephanie auf.

»Ja?«

»Willst du die gute Nachricht oder die gute Nachricht hören?«

Sie zog eine unbeeindruckte Grimasse.

»Sag es mir einfach, bitte, Devon. Was ist los?«

»Ich glaube, ich habe die Person gefunden, die Nigel vor seinem Tod die Nachrichten und E-Mails geschickt hat.«

Sie lockerte ihre vor der Brust verschränkten Arme ein wenig. »Erzähl weiter.«

Devon drehte sich ganz auf seinem Stuhl um, die Beine weit gespreizt, und seine Finger zuckten, als er einen Ausdruck vom Schreibtisch nahm.

»Also, ich habe ein paar erweiterte Rückverfolgungen bei den Metadaten der E-Mails durchgeführt. Das Konto, von dem die Nachrichten gesendet wurden, war verschlüsselt und wurde über mehrere internationale Server umgeleitet. Zuerst habe ich nichts gefunden. Aber dann dachte ich, was, wenn diese Person nicht ganz so schlau ist, wie sie denkt? Also habe ich mir die Kontoeinrichtung der E-Mail-Adresse selbst angesehen, und als ich sie mit historischen Kontaktdaten in Nigels Handy verglich, entdeckte ich eine Wegwerfnummer, die mit einem seiner gelöschten Anrufprotokolle übereinstimmte. Diese Nummer war auf eine PAYG-SIM-Karte registriert, die letzten Monat bei einem Zeitungsladen in Woking gekauft wurde.«

Er hielt den Ausdruck hoch, als wäre er eine Trophäe.

»Und?«, drängte Stephanie.

Devons Grinsen wurde breiter. »Und dieselbe Nummer war einmal mit einem temporären Social-Media-Profil verknüpft, das bei einem Protest gegen ein Bauvorhaben im letzten Herbst getaggt wurde. Ich habe mich mit ein wenig Hilfe von Facebook in die Metadaten dieses Posts eingegraben und ihn zu einer IP-Adresse zurückverfolgt.«

Stephanie zog eine Augenbraue hoch. »Wo?«

»Irgendwo in Woking. Sie gehört einer Miss Tina Keel. Die, witzigerweise, für die Stadtverwaltung von Woking arbeitet, in der Abteilung für Wohnungsbau und Entwicklung.«

Stephanie hielt inne und nahm sich einen Moment Zeit, um über die Auswirkungen nachzudenken. »Sehr gut«, sagte sie.

»Und um die Sache noch interessanter zu machen, stand ihr Name auf der Liste der Konferenz, an der Nigel teilgenommen hat. Ich habe die Organisatoren angerufen, und sie haben bestätigt, dass sie über ihre E-Mail-Adresse bei der Stadtverwaltung angemeldet war.«

»Gute Arbeit. Und das hast du alles allein gemacht?«

Er kicherte, als ob er etwas zurückhielte. »Nicht ganz. Ich hatte ein bisschen Hilfe von den Teams der digitalen Forensik. Aber ich habe geholfen, die Anfragen zu stellen und die Sachen voranzutreiben.«

»Was würden wir nur ohne dich tun?« Sie grinste. »Also gut, ich denke, es ist Zeit, dass wir Miss Keel einen Besuch abstatten.«

»Solange ihr rechtzeitig für den Pub nach der Arbeit zurück seid«, rief Fiona.

»Pub?«

»Der Ort, an den du gehst, um all deine Sorgen und Nöte zu vergessen. Ein paar von uns hatten Lust auf einen Drink.«

Stephanie blickte zu Devon hinunter, der vor ihr saß. Er nickte ihr beruhigend zu. »Ich bin auch dabei«, sagte er. »Die Seele der Party.« Dann warf er ihr einen Blick zu, der besagte: *Mach dir keine Sorgen um mich, mir wird es gut gehen.*

KAPITEL ZWEIUNDZWANZIG

Als sie Devon zu Beginn der Ermittlungen in einem Serienmordfall kennengelernt hatte, hatte sie ihn abscheulich und für einen ziemlichen Rüpel gehalten. Jetzt jedoch, da sie ihn näher kennengelernt hatte und eine andere Seite an ihm sah – eine gequälte, emotional zerrissene und verletzliche Seite, die sich in letzter Zeit stark auf Alkohol verlassen hatte –, empfand sie Mitgefühl für ihn. Sie betrachtete ihn als Gleichgestellten, als Freund. Sie hatte ihn mitten in einem alkoholgetränkten Loch gesehen, und sie war diejenige gewesen, die ihm half, wieder herauszukommen. Deshalb war sie der Meinung, dass sie am besten qualifiziert war, um ihre Bedenken zu äußern.

Stephanie warf ihm vom Beifahrersitz aus einen Blick zu. »Bist du dir sicher wegen des Pubs heute Abend?«

Devon ließ den Blick auf der Straße. »Du hörst dich an wie meine Therapeutin.«

»Ich meine es ernst«, sagte sie. »Ich halte es einfach nicht für die beste Idee. Besonders an einem Ort wie diesem.«

Er nickte langsam. »Ich versteh schon. Und ich weiß deine Sorge zu schätzen, wirklich. Aber ich hab mich gut geschlagen. Habe keinen Tropfen angerührt seit …« – er hielt inne, als würde er eine innere Uhr überprüfen – »dreieinhalb Wochen.«

»Das ist gut«, sagte sie und meinte es auch so. »Wirklich gut.«

»Es hilft, dass ich Finn in letzter Zeit öfter gesehen habe«, fügte er hinzu, seine Stimme nun sanfter. »An den Wochenenden, an manchen Abenden. Letzten Donnerstag hab ich es sogar einmal geschafft, ihn von der Schule abzuholen. Dadurch fühlt sich alles ein bisschen normaler an. Als ob ich wieder etwas zu verlieren hätte.«

Stephanie stieß ein kleines Grunzen aus. »Sei einfach vorsichtig, Devon. Mehr sag ich ja nicht.«

»Jawohl, Chefin.«

Das Navi meldete sich, als sie auf den Parkplatz des Woking Borough Council einbogen.

Zwanzig Minuten später war Tina Keel endlich bereit, sie zu empfangen.

Eine Frau Ende sechzig stand in der Tür und blinzelte sie durch dicke Brillengläser an. Ihr schütteres, weißblondes Haar war zu einem tiefen Knoten gebunden, und sie trug eine Wollstrickjacke über einer geblümten Bluse, die sich über ihrer Leibesmitte leicht spannte.

Sie wandte sich verwirrt an ihre Assistentin, als hätte sie soeben etwas Übelriechendes gerochen.

»Janie, was ist das? Das ist nicht mein Drei-Uhr-Termin.«

Janie, die Empfangsdame, die Stephanie und Devon die letzten zwanzig Minuten behelligt hatten, drehte sich zu ihnen um. Sie öffnete den Mund, um etwas zu sagen, doch Stephanie kam ihr zuvor.

»Wir sind von der Surrey Police, Ms. Keel. Wir wollten fragen, ob wir Ihnen ein paar Fragen stellen könnten.«

»Police? Weswegen denn?«

»Könnten wir dieses Gespräch vielleicht drinnen führen?«, fragte Stephanie und deutete auf das Büro.

»Ich ... Ja.«

Stephanie und Devon dankten Janie und folgten Tina dann in ihr Büro. Der Raum war bescheiden, mit allem Nötigen ausgestattet. Auf dem Tisch stand eine volle Tasse Pfefferminztee, dessen Geruch in der Luft hing. Ein gerahmter Druck einer Skyline von Woking hing über ihrem Schreibtisch, obwohl das Glas in einer

Ecke gesprungen war. Tina ließ sich langsam in einen quietschenden Bürostuhl sinken und bot ihnen die Stühle gegenüber an.

»Ich habe nicht erwartet, dass die Polizei hier auftaucht«, sagte sie.

»Das erwartet selten jemand«, erwiderte Stephanie, während sie sich einen Stuhl gegenüber heranzog.

»Worum geht es hier? Um ein Planungsproblem?«

»Wir sind wegen Nigel Hadlow hier.«

Tinas Miene erstarrte. »Oh. Ach so. Warum?«

»Er ist tot«, antwortete Stephanie unverblümt.

Tinas Gesichtszüge entgleisten vor Schock, während der Rest ihres Körpers erstarrt blieb, sogar das Heben und Senken ihres Brustkorbs. »Tot?«

»Leider.«

»Wie?«

»Seine Leiche wurde nach einem Brand entdeckt.«

Sie schnappte hörbar nach Luft. »Aber was ...? Warum ...?« Sie kicherte unbeholfen, als sie plötzlich wieder zu sich kam und auf ihrem Stuhl hin und her rutschte, wobei sie ihren Blick vermied. »Was hat das mit mir zu tun? Ich meine, warum sind Sie hier?«

Stephanie lehnte sich zurück und überließ Devon das Wort. »Wir gehen davon aus, dass Sie beide in der Vergangenheit einige Auseinandersetzungen miteinander hatten, wäre das eine faire Aussage?«

Tina strich sich mit dem Finger übers Ohr und schob Haarsträhnen zurück. »Ich weiß nicht ... ich weiß nicht, worauf Sie sich beziehen.«

Stephanie öffnete die Mappe und zog einen zusammengehefteten Stoß ausgedruckter Nachrichten hervor. Sie legte sie auf den Schreibtisch.

»Haben Sie die geschickt?«

Tina kniff die Augen zusammen und sah auf die Blätter. Ihre Wangen färbten sich dunkler rosa. Sie beugte sich näher heran.

»Ja«, sagte sie nach einer Pause. »Ja, schon gut. Habe ich. Aber es ist nicht, wonach es aussieht. Ich habe ihm nicht *gedroht*, nicht wirklich. Ich wollte nur ... ich wollte nur, dass er aufhört.«

»Womit aufhört?«, fragte Devon.

»So ... *korrupt* zu sein. Die Hälfte der Gebäude, die man heute in der Skyline sieht, stammt von seiner Firma. Und bei allen waren zwielichtige Geschäfte mit Schmiergeldern und braunen Umschlägen im Spiel. Ich weiß von den Gesprächen, die er mit einigen Abteilungsleitern an diesem Ort und anderswo geführt hat. Sein Name wurde herumgereicht, als wäre er eine Art Brad Pitt, und er dachte, er könnte damit durchkommen.« Sie schüttelte angewidert den Kopf. »Als ich davon auf dem Kirchengelände, St. Clement's, erfuhr, versuchte ich, einzugreifen, aber zu diesem Zeitpunkt war es schon zu spät.«

»Das hat Sie nicht davon abgehalten, ihm deswegen zu drohen.«

Tina ignorierte die Unterstellung. »Ich habe versucht, es intern anzusprechen, aber niemand hat zugehört. Was keine Überraschung ist, wenn die Leute, an die ich berichte, diejenigen sind, denen die Hände geschmiert werden. Ich fand einfach nicht richtig, was er und seine Firma getan haben. Und dann ... und dann habe ich herausgefunden, dass noch eine andere Kirche auf ihrer Liste steht. St. Mary's in Shalford. Sie steht dort seit Jahrzehnten und verstaubt nur, also habe ich ihm anonym deswegen geschrieben. Ich dachte, wenn ich ihm ein wenig Angst mache, ihn ins Schwitzen bringe, würde er sich vielleicht von diesem Kirchengelände zurückziehen. Vielleicht würde er gestehen. Es muss funktioniert haben, denn ich habe seither keine Neuigkeiten oder Entwicklungen dazu gesehen.«

Das Problem, das Nigel Hadlow schlaflose Nächte bereitet hatte. Das Problem, das ihn wieder zum Rauchen gebracht hatte.

Stephanie musterte Tina einen Moment lang. »Sie waren überhaupt nicht an dem beteiligt, was ihm zugestoßen ist?«

Tina blickte auf, ihre Augen glänzten vor Kummer und Unschuld. »Absolut nicht. Ich wollte nicht, dass er stirbt. Ich wollte, dass er zur Rechenschaft gezogen wird. Das ist ein Unterschied.«

»Wir haben erfahren, Sie waren bei der Konferenz in Farnborough?«, fuhr Devon fort.

»Das ist richtig. Sobald sie zu Ende war, bin ich nach Hause gefahren. Habe zu Abend gegessen. Mit meinem Mann und dem Hund ferngesehen. Ich schwöre es Ihnen, ich hatte nichts damit zu tun, was mit ihm passiert ist.«

Stephanie wechselte einen Blick mit Devon und nickte dann kurz. »In Ordnung. Vielen Dank, Ms. Keel. Wir benötigen eine Liste aller Personen, mit denen Sie darüber gesprochen haben. Und es kann sein, dass ich Sie noch einmal anrufen muss.«

»Natürlich. Was immer ich tun kann, um zu helfen.«

Als sie aufstanden, um zu gehen, fügte Tina hinzu: »Er war ein schlechter Mensch. Aber er hat nicht verdient, was ihm zugestoßen ist.«

KAPITEL **DREIUNDZWANZIG**

Im Pub »The Weyside« summte es unter der Woche vor Geplapper; es war warm und laut und bot eine gemütliche Zuflucht vor dem frühwinterlichen Nieselregen draußen. Der Duft von Braten und Soße zog aus der Küche und vermischte sich mit dem vertrauten Geruch von Bier und Alkohol. Stephanie lehnte sich in der Sitzecke am Fenster zurück, ihr Mantel lag neben ihr auf der Bank und vor ihr stand ein halb ausgetrunkenes Guinness. Sie hatte sich einen Platz ausgesucht, von dem aus sie den Pub gut überblicken konnte, und ihr Blick wanderte häufig zu Devon, der ein paar Stühle weiter saß und ein Pintglas mit Cola Light in Händen hielt. Die Eiswürfel klirrten leise, als er einen Schluck nahm.

Ihnen gegenüber waren Giles und Noah in Hochform und mitten in einer Geschichte, die sie bereits zweimal zum Besten gegeben hatten, seit sie zum Team gestoßen war.

»Nein, nein, hört zu«, sagte Giles und gestikulierte wild mit den Händen. »Wir sind also gerade mit diesem Hausbesuch fertig, ja? Das Haus voller Katzen. Ich meine, *richtig* voll. Ich komme rein, und dieses kleine rote Monster stürzt sich vom Kühlschrank direkt auf meinen Kopf. Wie eine Rakete.«

»Du hast geschrien«, sagte Noah grinsend.

»Ich habe aufgeschrien. Das ist ein Unterschied.«

»Alter, du *hast gequiekt* wie ein Kleinkind im Bällebad.«

Am Tisch brach Gelächter aus.

Als sie eine neue Geschichte anfingen und schnell den Rest der Gruppe in ihren Bann zogen, tippte Fiona Stephanie auf die Schulter.

Sie stellte ihr Weinglas auf den Tisch und sagte: »Ich wollte es dir schon vorhin sagen, aber es ist mir entfallen.«

Stephanie wandte sich ihr zu und drehte sich auf ihrem Sitz halb um.

»Schieß los.«

Fiona senkte ihre Stimme. »Ich habe mich bei Nigel Hadlows Mutter wegen des Fotos gemeldet, das am Tatort gefunden wurde, das von dem kleinen Jungen?«

Stephanies Magen verkrampfte sich. »Ja?«

»Sie hat keine Ahnung, wer das ist. Sagt, es ist nicht Nigel, und auch sonst niemand aus der Familie. Keine Neffen, Cousins oder Nachbarn. Sie war da ziemlich bestimmt. Sagte, sie hätte den Jungen noch nie in ihrem Leben gesehen.«

Stephanie stellte ihr Glas mit einem leisen Klirren ab und starrte für einen Moment quer durch den Raum, während ihre Gedanken rasten. Die Wärme in ihrer Brust löste sich auf und wurde von einer langsamen, sich ausbreitenden Kälte verdrängt.

»Was meinst du damit, sie weiß nicht, wer das ist?«

Fiona zuckte mit den Schultern. »Sie sagt, sie erkennt niemanden darauf.«

Stephanies Blick fiel auf den Tisch. »Wer zum Teufel ist es dann?«

KAPITEL **VIERUNDZWANZIG**

Ein unermesslicher, überwältigender Schmerz staute sich in seinem Kopf an. Weiße Blitze explodierten vor seinen Augen, wann immer er sie bewegte, und erhellten nichts in der Dunkelheit, die ihn umgab. Verdammt, sein Kopf schmerzte. So etwas hatte er noch nie gespürt. Er war gezwungen, die Augen geschlossen zu halten, und musste sich auf seine anderen Sinne verlassen, während die Übelkeit in seinem Schädel wummerte.

Er wusste, dass er auf einer festen Oberfläche lag, einem harten Boden. Dass seine Schulter, sein Ellbogen, seine Hüfte und seine Knöchel – die Stellen, mit denen er den Boden berührte – in einem tiefen, dumpfen Rhythmus pulsierten, als läge er schon seit Tagen dort. Er versuchte, sich zu bewegen, doch ihm wurde schnell klar, dass es keinen Ausweg gab. Die Spitzen seiner Finger scharrten über eine hölzerne Oberfläche, glatt und abgeschliffen. Ihm stockte der Atem. Er streckte die Finger weiter aus und tastete in alle Richtungen. Eine Wand. Und noch eine. Und noch eine. Über seinem Kopf. Hinter ihm. An seiner Seite. Er streckte die Beine aus, stieß aber jäh an, bevor sie ganz gestreckt waren. Noch eine Wand.

Sein Puls begann zu rasen. Nein ... nein, nein, nein.

Panik durchflutete ihn, schnell und ungestüm. Er wand seinen Körper, seine Knie schlugen gegen etwas Hartes. Sein Kopf stieß gegen den Deckel, nur wenige Zentimeter über seinem Gesicht. Er tastete wieder nach oben und fuhr mit den Händen über die Fläche. Holz. Kanten. Ecken. Nägel.

Er war in einer Kiste.

Gefangen.

Er riss die Augen in der vergeblichen Hoffnung auf, aus dem Albtraum zu erwachen, aus diesem höllischen Traum, aber alles, was er sah, war tiefe, abgrundtiefe Schwärze.

Er hämmerte mit den Handballen gegen das Dach der Kiste. Schmerzblitze schossen durch seine Handgelenke in die Ellbogen.

»Hallo!«, rief er heiser, und der Klang wurde wie ein grausames, spöttisches Echo zu ihm zurückgeworfen. »Hallo? Jemand! Hilfe! Ist da jemand?«

Er hielt den Atem an und lauschte. Keine Stimmen. Keine Schritte. Keine Aussicht auf Rettung. Nur das Geräusch seiner eigenen, aufsteigenden Panik, sein schwerer Atem. Eine Schweißperle rann ihm über das Gesicht und er biss die Zähne zusammen. Nach ein paar Sekunden begannen seine Augen, sich an das Licht zu gewöhnen. Irgendwo im Dach war ein kleiner Spalt, ein in das Holz geschnitztes Loch. Ein Atemloch, mehr nicht. Bald sah er die vagen Umrisse seiner Hände, seines T-Shirts und seines zusammengekauerten Körpers in der Kiste.

Dann hörte er es. Ein Geräusch. Leise. Ein Schritt? Ein Husten? Ein Lebenszeichen! Vielleicht kam jemand, um ihn zu retten.

Doch dann nahm er ein anderes Geräusch wahr und ihm wurde klar, wie sehr er sich geirrt hatte. Ein leises Knistern. Als würde langsam Papier zerknüllt. Entfernt, aber es wurde lauter.

Und dann kam der Geruch. Etwas Dickflüssiges, Süßliches. Rauch.

Es dauerte nicht lange, bis er in die Kiste drang. Er atmete ihn ein, erstickte daran. Hustend, krampfend. Sein Körper zuckte bei jeder schmerzhaften Bewegung, seine Schulter und seine Stirn schlugen gegen die engen Wände der Kiste.

Der Rauch sickerte weiter durch das Loch, dick und unerbittlich.

Er fing sich wieder und schlug mit den Handballen gegen den Deckel.

»Bitte! Helft mir! Lasst mich hier raus!«

Er starrte durch das Loch und wünschte sich, dass jemand erschien – ein Held, ein Retter. Dann bewegte sich ein Schatten dahinter, kurz und flackernd. Er huschte schnell über das wenige Licht, das es gab, und verschwand dann im Dunkeln.

»Wartet! Kommt zurück. Stopp! Hallo? Bitte, lasst mich nicht hier drin!«

Er rammte seine Schultern gegen den Deckel. Trat mit den Fersen gegen die Wände. Die Kiste rührte sich nicht. Wer auch immer sie gebaut hatte, hatte sie für die Ewigkeit gebaut.

Er verausgabte sich schnell und keuchte, hielt inne, um Luft zu holen. Es machte keinen Unterschied. Der Rauch drang jetzt schnell ein, schwerer und dichter. Und dann kam das Leuchten. In dem Loch. An den Kanten. Sickerte durch die Spalten im Holz.

Feuer.

Alles umfassend, verzehrend. Um ihn herum brennend. Das Knistern wurde lauter, wie ein Subwoofer im Hintergrund. Langsam begann er, die Hitze zu spüren. Das Feuer rückte schnell näher, der Rauch erstickte ihn. Die Luft in der Kiste war dick und sirupartig und jeder Atemzug wurde schwerer als der letzte. Seine Lungen schrien nach Sauerstoff, aber alles, was sie fanden, war Gift. Beißender Rauch krallte sich in seine Kehle und drang in seine Brust, erstickte ihn von innen heraus.

Er wand sich heftig, krallte sich am Deckel, an den Wänden, in den Ecken fest. Seine Fingernägel verhakten sich in der Maserung und rissen einer nach dem anderen ab, Blut machte das Holz schlüpfrig. Er trat und stieß mit aller verbliebenen Kraft, aber es gab keinen Ausweg. Jede Oberfläche drückte gegen ihn. Die Wände fühlten sich näher an. Enger. Als ob die Kiste selbst um ihn herum schrumpfte.

»Bitte ...«, krächzte er. »Tut das nicht.«

Seine Stimme war nun gebrochen. Er konnte sie kaum noch über das Brüllen der Flammen hören.

Ein plötzlicher Hitzestoß schoss durch den Boden der Kiste. Seine Fußsohlen warfen Blasen. Er schrie und zog die Beine weg, als ob das einen Unterschied machen würde. Die Kiste knarrte über ihm. Laut, bedrohlich. Das Holz gab nach, verformte sich unter der Belastung.

Er konnte es hören; das Feuer, das sich hungrig und unbarmherzig an den Seiten hinaufleckte.

Ein weiterer Lichtblitz huschte über das Atemloch. Er riss die Augen dorthin. Ein weiterer Schatten. Diesmal näher. Er verharrte. Beobachtete.

»Bitte!«, schluchzte er. »Ich tue alles, lasst mich nur hier raus!«

Aber der Schatten verschwand wieder.

Und dann kam ein Geräusch, das er nicht erwartet hatte: splitternde Nägel. Knackendes Holz. Die Kiste war nicht länger nur ein Gefängnis. Sie wurde zu seinem Scheiterhaufen. Er kreischte, als sich eine sengende orangefarbene Linie über eine Wand ausbreitete. Das Innere begann zu leuchten. Winzige Flammenzungen züngelten durch die Risse und griffen nach ihm.

Die Hitze war jetzt unerträglich. Schweiß strömte ihm über das Gesicht und zischte auf dem Holz.

Er trat erneut, ein wilder, letzter Versuch, aber seine Beine stießen auf Widerstand. Kein Nachgeben. Kein Ausweg.

Er würde hier drin sterben.

Verbrennen.

Lebendig.

Er öffnete den Mund, um erneut zu schreien, aber es war keine Luft mehr zum Schreien da.

Nur Rauch. Nur Feuer.

Und dann Dunkelheit.

KAPITEL
FÜNFUNDZWANZIG

Die unter Denkmalschutz der Stufe I stehende Allerheiligenkirche befand sich in Ockham, einem kleinen Dorf östlich der A3, die Guildford mit London und der M25 verband. Sie lag etwas von der Straße zurückgesetzt, umgeben von einer niedrigen Mauer und einem eisernen Tor, beide nun von der Hitze geschwärzt, die Torangeln verbogen und brüchig. Das Gebäude, ursprünglich gedrungen und kantig, besaß nun ein Schieferdach, das in der Mitte durchhing und von dem Inferno, das in der Nacht zuvor gewütet hatte, sichtlich beschädigt war. Rings um die Kirche waren die nahegelegenen Grabsteine mit Asche bedeckt, ihre Inschriften unleserlich, und neigten sich von dem Gebäude weg, als wollten sie dem Feuer entkommen.

Die Kirche, die ursprünglich aus dem dreizehnten Jahrhundert stammte, war im Laufe der Jahre mehrfach erweitert worden, unter anderem um die Königskapelle an der Nordseite. Es war ein geschichtsträchtiger Ort, an dem einst Generationen zum Beten und Trauern zusammengekommen waren. Nun jedoch, an einem weiteren grauen und tristen Novembermorgen, war er nichts weiter als eine geschwärzte Hülle – stumm, zerstört und vom dichten Gestank nach Rauch erfüllt.

Stephanie fuhr an die äußere Absperrung und stieg aus dem Wagen. In der Mitte der Straße standen zwei Feuerwehrautos, und die Besatzungen packten nach dem Löschen des Brandes ihre

Ausrüstung zusammen. Stephanie hielt beim Anblick des Gebäudes vor ihr inne. Sie wusste bereits, was sie im Inneren finden würden: eine weitere Leiche. Die Anruferin aus der Zentrale hatte es nicht erwähnt, aber sobald sie die Frau von einem Feuer sprechen hörte, erkannte sie die grausame Wahrheit. Das war keine beiläufige Brandstiftung. Das war kein Unfall. Es war Vorsatz. Und wenn sich darin eine Leiche befand, war dies in ihren Augen kein Selbstmord.

Ihr Körper zitterte leicht, als ihr Blick auf die Trümmer fiel. Sie hatte auf der Herfahrt versucht, den Mut aufzubringen, sich den Ruinen zu stellen, aber es hatte kaum eine Wirkung. Alles, was sie sehen und woran sie denken konnte, war ihr Vater und die Brandwunde an ihrem Unterarm, die unter ihrem Pullover stach.

Das Gebäude und seine historische Bedeutung taten ihr im Herzen leid. Ein Stück Geschichte, wie Notre Dame in Paris, bis auf die Grundmauern niedergebrannt und den Elementen preisgegeben. Bevor sie sich rühren konnte (nicht, dass sie gewollt hätte), sah sie, wie Elias sich dem Feuerwehrauto näherte. Er entdeckte sie und kam herüber, wobei sein Blick auf die kleine Mappe fiel, die sie vom Beifahrersitz genommen hatte.

»Du hast also die Unterlagen bekommen, die ich dir gegeben habe?«, fragte er und deutete darauf.

»Diese? Die sind für etwas anderes. Aber ja, ich habe sie bekommen. Sehr nett von dir, danke.« Sie musterte ihre Umgebung und senkte dann ihre Stimme. »Aber das wäre wirklich nicht nötig gewesen.«

»Hast du sie schon benutzt?«

Sie zögerte, bevor sie antwortete. »Ich habe gestern Abend nach einer Dokumentation einen Blick hineingeworfen. Ich merke schon, dass ich diesen Ort besser verarbeiten kann, als ich es neulich getan hätte.«

Er zog eine Augenbraue hoch, sichtlich skeptisch gegenüber ihrer Aussage. Selbst sie glaubte nicht ganz daran.

»Wie lange stehst du schon da?«, fragte er.

»Ich bin gerade angekommen.«

»Aha. Und kannst du einen Fuß vor den anderen setzen?«

Sie blickte auf ihre Füße hinab. »Irgendwann.«

Er schnaubte. »Möchtest du, dass ich dir erzähle, was passiert ist, oder willst du es lieber selbst sehen?«

Bilder von ihrem letzten Besuch an einem Tatort überfluteten ihre Gedanken: der Geruch, der Rauch, die verkohlten Überreste, Nigel Hadlows geschwärzter und zusammengeschrumpfter Körper. Wenn sie es vermeiden konnte, würde sie es tun.

»Ich sehe keinen Grund, eine vollkommen gute Schutzausrüstung zu verschwenden«, erwiderte sie offen.

Elias lachte trocken auf, bevor er ihr bedeutete, ihm ein Stück weiter von der äußeren Absperrung weg zu folgen, weg vom Lärm der Feuerwehrautos und der anwesenden Mannschaft.

»Wir wurden kurz vor fünf Uhr morgens gerufen«, begann er mit leiser Stimme. »Ein Anwohner ist vom Rauchgeruch aufgewacht und hat von seinem Schlafzimmerfenster aus den Feuerschein gesehen. Als die Mannschaften eintrafen, stand der Ort bereits in hellen Flammen. Soweit wir das beurteilen können, ist der Brand im Kirchenschiff ausgebrochen und hat sich schnell über das Dach in den Chorraum ausgebreitet. Es hat über eine Stunde gedauert, ihn unter Kontrolle zu bringen. Was übrig ist ... sind hauptsächlich Trümmer und Chaos.«

Stephanie nickte, ihr Blick war auf einen nahen Baum gerichtet. Elias fuhr fort.

»Glücklicherweise hat er sich dank des vielen Regens, den wir hatten, nicht auf die umliegenden Bäume oder Felder ausgebreitet, er wurde also eingedämmt.«

»War schon jemand drinnen?«

Elias nickte. »Nur für eine kurze Sicherheitsüberprüfung.«

»Und?«

Elias atmete schwer aus und drehte sich leicht, um durch die rußverschmierten Fenster zu zeigen. »Ersthelfer aus meinem Team haben eine Leiche gefunden.«

Sie hielt für einen Moment des stillen Nachdenkens inne.

»Aber diesmal haben sie sie in einer Kiste gefunden.«

»Einer Kiste?«

»Was davon übrig ist, das nicht verbrannt ist. Wir haben sie vor dem Altar gefunden, wo der Mittelgang auf den Chor trifft, versteckt unter den Überresten des Pults. Die Flammen hatten sie bereits erfasst, als das Team Wasser darauf bekam.«

Stephanie drehte sich um und sah ihn an. »Ein Sarg?«

»Nicht direkt.« Er rieb sich den Nacken, sein Blick war getrübt. »Ich meine, sie hatte ungefähr die gleiche Größe – groß genug für einen ausgewachsenen Erwachsenen – aber es waren nur sechs zusammengefügte Holzbretter, handgefertigt und von außen zugenagelt.«

»Wie schlimm ist die Leiche zugerichtet?«

Elias zögerte, was ihr alles sagte, was sie wissen musste. »Genauso wie Ihr Opfer neulich: bis zur Unkenntlichkeit verkohlt. Auf hundert Prozent der Körperoberfläche Verbrennungen. Wir werden Zahnunterlagen oder DNA für die Identifizierung benötigen. Es war sehr wenig übrig ... von der Substanz her.«

Stephanie atmete langsam durch die Nase ein.

»Soweit wir das beurteilen konnten, sieht es nicht so aus, als ob das Feuer in der Kiste gelegt wurde. Es wurde um sie herum gelegt und brannte nach innen.«

»Brandbeschleuniger?«

»Möglicherweise. Das werden wir erst wissen, wenn wir Tests durchführen. Wir haben ein einzelnes Atemloch in der Ecke des Deckels gefunden, was darauf hindeutet, dass die Person darin bei Bewusstsein war, oder zumindest geatmet hat, als das Feuer ausbrach.«

Stephanie spürte, wie sich ihr Hals zusammenschnürte. »Irgendein Hinweis, wer es war?«

Elias schüttelte den Kopf. »Nichts. Aber wir suchen weiter.«

Stephanie schloss für einen Moment die Augen. Eine weitere Leiche, lebendig verbrannt. Eingeschlossen in einer Kiste. Es fühlte sich symbolisch an. Aber warum?

Bevor sie weiter darüber nachdenken konnte, schlurfte ein Mitglied der Feuerwehrmannschaft herüber. Ein Mann Anfang dreißig, fit und aktiv wie der Rest seines Teams, der am Rande des Gesprächs verharrte und auf eine Erlaubnis wartete.

»Was gibt es?«, fragte Elias.

»Ein Auto«, sagte der Mann. »Wir haben ein Auto gefunden, das im gleichen Zustand ist wie die Kirche.«

KAPITEL **SECHSUNDZWANZIG**

»Wo?«, fragte Elias und zog eine Augenbraue hoch.

»Ungefähr hundert Meter östlich der Kirche, auf dem Feld hinter der Baumreihe dort. Sieht so aus, als wäre es letzte Nacht irgendwann abgestellt und angezündet worden. Es war noch warm, als wir eben hingekommen sind; war nicht schwer zu entdecken, als die Sonne aufging. Müssen es übersehen haben, während der ganze andere Kram lief.«

Stephanie blickte zu Elias. »Marke und Modell?«

Der Feuerwehrmann nickte. »Sieht nach einem Audi Q5 aus.«

»Kennzeichen?«

»Er ist stark verbrannt, aber das Nummernschild ist eindeutig zu erkennen.«

Das war eine Erleichterung. Wenn sie das Kennzeichen bekamen, konnten sie es in der Datenbank abfragen und den Besitzer schneller finden, als es dauern würde, Zahnschemata anzufordern.

»Gehen wir«, sagte sie und ging bereits los.

Elias schloss zu ihr auf und führte sie durch eine enge Lücke in der Hecke, die sich zu einem weiten Feld mit plattgetretenem Gras und aufgewühltem Schlamm öffnete. Der Novemberhimmel hing tief, grau und düster über ihnen, und der Geruch stieg ihr in die Nase, bevor sie das Wrack sah.

Der Wagen stand in einer flachen Senke, in einem seltsamen

Winkel auf dem Feld. Das Feuer hatte ihn vollständig ausgeweidet. Sein Gerippe war geschwärzt und blasenübersät, der einst luxuriöse Lack war zerfallen und gab verzogene Bleche und ein versengtes Fahrgestell preis. Jedes Fenster war zersplittert und hatte zackige Ränder in den Rahmen hinterlassen. Die Reifen waren nur noch geschmolzene Überreste auf den Felgen, und die Leichtmetallräder hatten sich durch die Hitze verbogen und bogen sich unter ihrem eigenen Gewicht durch. Stephanie spähte in das, was einmal die Fahrerseite gewesen war. Die Ledersitze waren verschwunden, und das Armaturenbrett war in Schlieren geschmolzen.

»Wie bei Nigel Hadlows Fahrzeug«, murmelte sie. »Nur diesmal ist es näher dran. Wir sind nur wenige Gehminuten vom Tatort entfernt.«

»Weniger als ein paar Minuten«, stimmte Elias zu und blickte zurück auf die ferne Silhouette der Kirchenruine. »Was bedeutet, dass er den Wagen entweder selbst hierher gefahren und angezündet hat, oder jemand anderes war dafür verantwortlich.«

Sie starrte auf das Fahrzeug und sagte mit einem leichten Lächeln: »Ich dachte, du hältst dich nur an die Fakten? Ich glaube nicht, dass das etwas anderes als Mord ist. Nicht, wenn Nägel im Sarg waren. Jemand muss sie eingeschlagen und seine Leiche vorher hineingelegt haben.« Sie musterte den Boden um sich herum. »Wir müssen diesen Bereich absperren und nach Fußspuren im Schlamm suchen lassen. Wir sollten nicht hier sein.«

Elias entfernte sich vorsichtig vom Fahrzeug und blickte zu Boden. »Glaubst du, das Opfer wurde hierher geschleift oder war es bei seiner Ankunft bei Bewusstsein?«

»Mein Bauchgefühl sagt mir, dass es geschleift wurde. Ich weiß es nicht.«

Sie gingen langsam über das Feld zurück, während der Wind auffrischte und an Stephanies Mantel zerrte. Wieder begann es zu regnen – dünne, eisige Tropfen, die ihr in die Wangen stachen. Die Temperatur war gefallen und passte sich der makabren Umgebung an.

Als sie hinter der Hecke hervortraten und den Kirchhof betraten, bemerkte Stephanie eine Handvoll Kriminaltechniker und Brandermittler, die um das Gebäude herum verteilt waren. Einige fotografierten Brandspuren an der Mauer, während andere Trümmerteile mit gelben Beweismarkierungen versahen.

Elias verlangsamte neben ihr das Tempo und bürstete Schlamm von seinen Handschuhen. »Ich schlage vor, wir machen ein paar Drohnenaufnahmen von der Seite, um zu sehen, ob es Reifenspuren auf dem Feld gibt und um festzustellen, woher der Wagen kam.«

»Gute Idee«, erwiderte sie.

Elias wollte gerade antworten, als in der Ferne jemand rief.

»Ma'am! Elias! Hier rüber!«

Sie drehten sich um und sahen einen der Brandermittler, der sie von der Südwand der Kirche aus zu sich winkte. Er kauerte neben einer flachen Vertiefung im Gras, direkt unter einem verkohlten Fensterbogen, und gestikulierte eindringlich.

Stephanie beschleunigte ihre Schritte, ihre Füße schmatzten auf dem nassen Boden.

»Was ist los?«, fragte sie, als sie ankamen.

»Schnell. Ich glaube, das wollen Sie sehen ...«

KAPITEL SIEBENUNDZWANZIG

Stephanie eilte das kurze Stück zum Rand des Gebäudes. Als sie näher kam, wurde der Geruch intensiver; er hing wie eine Blase um das Gebäude. Sie verdrängte den Anblick der Trümmer aus ihren Gedanken und konzentrierte sich ausschließlich auf den Brandermittler, der eine komplette Uniform trug und einen Gegenstand in den Händen hielt.

Sie erkannte ihn sofort, wollte sich aber keine Hoffnungen machen, bis sie ihn richtig sehen konnte ... bis sie die Gegenstände darin mit eigenen Augen sah. Der Brandermittler war ein großer Mann, etwas über eins achtzig, und von rauer Erscheinung. Seine breiten Schultern füllten seinen Mantel aus, und eine tiefe Narbe zeichnete sein Kinn. Er sah sie erwartungsvoll an, als sie vor ihm stehen blieb.

»Ich war beim letzten Vorfall nicht dabei, aber ich habe davon gehört«, begann er und blickte auf den Gegenstand hinab.

Langsam öffnete er seine behandschuhten Hände und enthüllte eine kleine Blechdose, die fast identisch mit der war, die am Tatort von Nigel Hadlow entdeckt worden war. Stephanie stockte der Atem, als sie hinabsah. Die Dose hatte die gleiche Größe, war an den Rändern versengt, der Deckel durch die Hitze leicht verformt, die Scharniere spröde und geschwärzt, und Rußflecken hingen noch an ihrer Oberfläche wie Asche auf der

Haut. Der Brandermittler hielt sie behutsam, als könnte die kleinste falsche Bewegung sie zerfallen lassen.

Elias trat schweigend näher hinter sie.

»Ich habe sie direkt unter einem Vorsprung gefunden«, fuhr der Ermittler fort. »Sie war versteckt, in eine Lücke zwischen zwei Steinen geklemmt. Noch warm.«

Stephanie hockte sich hin, um es besser sehen zu können, als er langsam den Deckel öffnete.

Darin war ein Foto.

Genau wie beim letzten Mal. Aber jetzt sah sie es leibhaftig, in echt.

Das Bild war verblasst, die Ränder gekräuselt, aber größtenteils intakt, geschützt durch den dichten Verschluss der Dose. Es zeigte das Gesicht eines Jungen von etwa dreizehn oder vierzehn Jahren, der mit einem dünnen Lächeln direkt in die Kamera blickte, als wünschte er sich, das Foto wäre so schnell wie möglich vorbei. Der Hintergrund war auf den ersten Blick nicht zu erkennen, doch als sie sich näher beugte, bemerkte sie eine Form hinter der Schulter des Jungen. Eine gekrümmte Linie. Ein schattenhafter Umriss. Möglicherweise die Schulter oder der Arm eines anderen, Teil von etwas Größerem. Vielleicht ein größeres Bild, als ob das Foto von einem Gruppenbild abgeschnitten oder abgerissen worden wäre. Ein fehlendes Puzzleteil.

Sie schloss die Augen und versuchte, sich an das Foto zu erinnern, das am Tatort von Nigel Hadlow gefunden worden war. Waren sie gleich? Ähnlich? Aus demselben größeren Bild entnommen?

Ihre Erinnerung rief es hervor; der Junge auf dem vorherigen Foto hatte vor einem Hintergrund gestanden, der dem Rand eines Bühnenvorhangs ähnelte. Dieses hier hatte die gleiche Beleuchtung und denselben Schatten auf der Wange des Kindes. Ein Geschwisterfoto, oder vielleicht ein ganz anderes Kind, im Abstand von nur wenigen Augenblicken aufgenommen?

Stephanie öffnete die Augen und bedeutete dem Brandermittler mit einer Geste.

»Können Sie das eintüten? *Vorsichtig*. Wir brauchen so schnell wie möglich einen direkten Vergleich mit dem ersten.«

Der Mann nickte und reichte es an einen Kriminaltechniker in der Nähe weiter.

»Da ist noch etwas«, sagte er und hielt die Dose immer noch. Er drehte sie leicht, sodass Stephanie den inneren Deckel sehen konnte. In das Metall war in sauberer, präziser Schrift eingraviert:

Denn der HERR, dein Gott, ist ein verzehrendes Feuer, ein eifersüchtiger Gott – Deuteronomium 4,24

Stephanie spürte, wie sich ihr Magen verkrampfte und ihr Mund trocken wurde. Noch eine kryptische religiöse Botschaft.

Sie warf Elias einen Blick zu. »Wie hoch ist die Wahrscheinlichkeit, dass wir an zwei ähnlichen Tatorten zwei Dosen mit ähnlichen Fotos und einer religiösen Botschaft finden und diese in keiner Weise zusammenhängen?«

Die Frage war rhetorisch, aber Elias antwortete trotzdem.

»Wenn ich ein Zocker wäre, würde ich sagen, nicht sehr hoch, Ma'am.«

Sie nickte nachdenklich, unfähig, den Blick von der Schrift in der Dose zu lösen. Die Rädchen in ihrem Kopf begannen zu rattern, zu verarbeiten, die nächsten Schritte zu entwerfen. Der Brandermittler schloss die Dose und übergab sie einem anderen Kriminaltechniker, der sie in einen sterilen Beweisbeutel steckte.

Eine Brise bewegte die Reste des Efeus am Rande des Gebäudes und wirbelte Ruß wie fallenden Schnee in die Luft.

Sie musste herausfinden, wer diese Jungen waren. Bevor eine weitere Leiche in einer Kiste auftauchte.

KAPITEL
ACHTUNDZWANZIG

»Glauben Sie immer noch, dass es ein Selbstmord ist, Ma'am?«

Die Frage kam wieder von Giles, und wieder einmal lag dieser selbstgefällige *Ich-hab-es-Ihnen-ja-gesagt*-Ton in seiner Stimme, der sie irritierte.

Sie verschränkte die Arme vor der Brust und stieß einen heißen Atemzug aus, bevor sie sich halb zur Einsatztabelle hinter sich umdrehte. Inzwischen waren einige Schnappschüsse des zweiten Tatorts an die Tafel geheftet worden, darunter die Fotos der Spurensicherung von dem Jungen und der Blechdose.

»Nein, das glaube ich nicht«, begann sie und wandte ihre Aufmerksamkeit wieder dem Team zu, das sie geduldig ansah. »Der Modus Operandi von Nigel Hadlows Tod und diesem jüngsten Fall ist fast identisch. Dieselbe Todesursache. Dasselbe ausgebrannte Auto. Dieselben Blechdosen mit ähnlichen Fotos der Jungen und den religiösen Inschriften. Es gibt jetzt genügend Beweise für uns, um anzunehmen, dass diese beiden Fälle zusammenhängen, obwohl noch eine Menge Arbeit vor uns liegt.« Sie zeigte auf das Foto des zweiten Jungen. »Die Spurensicherung wird den Tatort bearbeiten, sobald sie grünes Licht vom Feuerwehrteam bekommen hat. In der Zwischenzeit müssen wir jedoch die Identität des Opfers bestätigen. Glücklicherweise können wir diesmal möglicherweise das Nummernschild entziffern. Ich will, dass dieses Kennzeichen überprüft und ein Name damit in Verbindung gebracht wird. Das ist unsere oberste Priorität. Behalten Sie außerdem die Vermisstenmeldungen im Auge, die über Nacht eingehen, für den Fall, dass sich ein Verschwinden wie bei Nigel Hadlow wiederholt.« Sie ergriff die Halskette ihrer Mutter, fuhr damit an ihrem Hals entlang und dachte an sie. »Nun, niemand scheint den Jungen auf dem ersten Bild zu erkennen, also will ich, dass Sie, wann immer Sie mit Freunden, Familie oder Kollegen – egal von welchem Opfer – sprechen, ihnen beide Fotos zeigen. Sie müssen mindestens einen von ihnen erkennen.«

»Sollen wir noch einmal zu Nigel Hadlows Freunden und Familie gehen?«, fragte Devon.

»Hundertprozentig«, antwortete sie schroff. »Sie brauchen ihnen nicht zu erzählen, was passiert ist, nur dass wir bei unseren Ermittlungen ein weiteres Foto gefunden haben und uns fragen, ob sie das Kind darauf identifizieren können.« Sie warf einen weiteren kurzen Blick auf die beiden Fotos nebeneinander. »Irgendetwas sagt mir, dass diese aus demselben Bild herausgeschnitten wurden und dass es Teil von etwas Größerem ist.« Sie drehte sich wieder zum Team um und senkte ihre Stimme. »Irgendetwas sagt mir auch, dass dies der Anfang von etwas Großem ist. Wir müssen dem zuvorkommen, bevor noch jemand tot aufgefunden wird. Während wir auf die Bestätigung der Identität des Opfers warten, will ich, dass Videoaufzeichnungen des Fahrzeugs und der Umgebung aufgetrieben werden. Elias und das Team vermuten, dass das Feuer mitten in der Nacht ausbrach, möglicherweise nach Mitternacht. Es wurde kurz vor fünf Uhr morgens gefunden. Das ist unser Zeitfenster. Fünf Stunden, um das Auto des Opfers sowie das des potenziellen Mörders aufzuspüren.«

»Mitten auf den Landstraßen? Das dürfte ja ein Kinderspiel werden«, erwiderte Fiona.

»Glückwunsch«, sagte Stephanie und warf der Beamtin einen spöttischen Blick zu. »Für diesen Kommentar haben Sie sich gerade selbst für die Leitung der Hausbefragungen nominiert. Gut gemacht.«

Ein leiser Jubel und eine Runde Applaus von Devon gingen durch das Team. Es war die zeitaufwendigste und unerfreulichste aller Aufgaben, die oft nur sehr wenige Ergebnisse lieferte, aber es war auch eine der notwendigsten und wichtigsten. Denn in dem einen von zehn Fällen, in denen man ein Körnchen Information erhielt, war es ein Goldkörnchen, das helfen konnte, eine Tür bei den Ermittlungen aufzustoßen.

»Danke, Ma'am. Verstanden.«

Stephanie antwortete mit einem süffisanten Lächeln. »Sobald wir die Identität des Opfers kennen, will ich alles über sein Leben wissen. Wo es gearbeitet hat, wann es schlafen gegangen ist, wann es morgens aufgewacht ist, zu welcher Zeit es auf die Toilette gegangen ist – und wo. Ich will auch Verbindungen ...« Sie drehte sich zum Whiteboard, griff nach einem roten Marker und kritzelte mit dicker Tinte eine Linie zwischen die beiden Fotos, die sie mehrmals nachzog. »Ich will wissen, was diese beiden Menschen miteinander verbindet. Da ist etwas; das spüre ich bis in die Knochen. Wir müssen nur herausfinden, was es ist. Irgendwelche Fragen?«

Schweigen senkte sich über das Team. Sie nickten ihr alle höflich zu, nahmen die Informationen auf und verarbeiteten, wie ihre nächsten zwölf Stunden aussehen würden.

»Fantastisch, dann machen wir uns an die Arbeit.«

Sofort erhoben sie sich von ihren Stühlen und eilten mit einer Art zögerlichem Optimismus zurück an ihre Schreibtische. Stephanie hielt sich eine Weile zurück und beobachtete ihre Bewegungen, bevor sie zu ihrem Schreibtisch ging. Als sie die Tür hinter sich schloss, begann ihr Handy zu klingeln.

Unbekannte Nummer.

Sie erstarrte. Eine Furcht stieg in ihr auf, die in ihrer Magengrube begann und ihr schnell die Kehle zuschnürte. Ihr erster Gedanke war, dass es ihr Halbbruder war, der sie mit einem Anruf von einer Nummer überrumpelte, die sie nicht kannte.

Sie starrte auf den Bildschirm, bis die Mailbox ansprang. Wenn es wichtig war, würden sie eine Nachricht hinterlassen.

Einen Moment später erschien eine. Ihr Finger schwebte einen Moment länger als gewöhnlich über der Taste. Sie tippte darauf und drückte dann auf Play.

»Hi, Steph. Ich bin's. Ruf mich an, wenn du das hörst.«

KAPITEL NEUNUNDZWANZIG

Warum machten Leute das nur? Anrufen und den Rückruf sofort danach ignorieren? Als hätten sie gerade ihre Nachricht auf der Mailbox hinterlassen und dann schnell ihr Handy ausgeschaltet. Hatten sie Angst davor, dass die Person zurückrief?

»Ergibt keinen Sinn«, murmelte sie vor sich hin, während sie in ihrem Büro auf und ab ging. Sie blieb am Fenster stehen und blickte auf das Feld dahinter. Auf dem Rasen stand ein kleines Team von sechs Hundeführern zusammen und unterhielt sich, während ihre Hunde frei herumliefen, schnüffelten und ihre kurze Pause genossen.

Gerade als sie zu einer verbalen Tirade ins Telefon ansetzen wollte, nahm die Person am anderen Ende ab.

»Louis«, sagte sie. »Was hast du denn gemacht? Ich habe versucht, dich zurückzurufen, und du hast mich ignoriert.«

»Ich … ich war auf der Toilette«, erwiderte er defensiv. »Ist das in deinem Büro nicht erlaubt? Hier dürfen die Leute so oft auf die Toilette gehen, wie sie wollen.«

»Schön zu hören, dass *Surrey Live* immer noch neue Maßstäbe bei den Arbeitnehmerrechten setzt«, sagte Stephanie und lehnte sich mit einem Schmunzeln mit der Hüfte an den Schreibtisch.

Louis schnaubte. »Wir sind eben Pioniere, was soll ich sagen?«

»Du könntest damit anfangen, mir zu sagen, warum du angerufen hast.«

»Gleich zur Sache? Na gut. Wir haben Gerüchte über ein weiteres Feuer gehört, diesmal in der Ockham Church?«

Sie zögerte. »Was genau willst du von mir wissen, Louis?«

»Ob es wahr ist ...«

»Könnte sein. Hängt davon ab, wer deine Quellen sind.«

»Lass mich nicht betteln, Steph. Weißt du, wie demütigend das für einen Mann in meiner Position ist?«

»Meinst du, auf der Toilette zu stehen und so zu tun, als würdest du meine Anrufe nicht ignorieren?«

Er kicherte. »Touché. Hör zu, ich will dich nicht drängen. Ich kann einen meiner Leute hinschicken, damit er sich selbst ein Bild macht, aber Benzin ist heutzutage nicht billig, und Zugtickets noch viel weniger.«

»Also eine Sparmaßnahme?«

»Wir müssen den Gürtel nur etwas enger schnallen. Hängen die beiden Fälle zusammen? Was ist passiert?«

Stephanie seufzte schwer und erklärte kurz, was sie an diesem Morgen entdeckt hatten.

»Wem gehört die zweite Leiche?«, fragte er.

»Wir arbeiten daran.«

»Hängen die beiden zusammen? Es kommt nicht jeden Tag vor, dass Leute angezündet werden, Steph. Es sei denn, es ist ein Fall von Brandstiftung, die furchtbar schiefgegangen ist.«

»Leider glaube ich nicht, dass wir es damit zu tun haben.«

»Dann solltest du dich meiner Meinung nach darauf vorbereiten, dass diese Sache landesweit bekannt werden könnte. Die Leute werden sich auf diesen Fall stürzen. Das Interesse wird groß sein, und ehe du dich versiehst, hast du Horden von Journalisten und Reportern vor den Tatorten.«

»Du meinst, so wie deine Leute manchmal?«

Er tat die Frage mit einem Grunzen ab. »Ich sage ja nur, dass ich gerne einen Vorsprung hätte und die Fakten von dir bekommen würde, bevor jemand ein Gerücht falsch zitiert.«

Eine kurze Pause folgte. Stephanie erinnerte sich an die Abmachung, die sie getroffen hatten, als sie bei der Polizei von

Surrey anfing. Sie hatte gewollt, dass ihre Beziehung für beide Seiten von Vorteil war, ganz nach dem Motto »Eine Hand wäscht die andere«. Er war in der Vergangenheit fair zu ihr gewesen, besonders während des Bogeyman-Falls ein paar Wochen zuvor, als er sich geweigert hatte, Bilder von ihr zu veröffentlichen, die ihre Professionalität kompromittierten, was bewies, dass sie ihm vertrauen konnte.

»Na gut«, sagte sie. »Aber nichts geht online, bevor wir die Identität bestätigt haben. Wenn du irgendetwas zu früh veröffentlichst, wirst du wochenlang Holzkohle aus deinem Mund pulen, verstanden?«

»Pfadfinderehrenwort«, sagte er, obwohl sie sich ziemlich sicher war, dass er es nie über die Wölflinge hinausgeschafft hatte.

Sie weihte ihn in das Wesentliche ein: zwei Opfer, ähnlicher Modus Operandi, Leichen bis zur Unkenntlichkeit verbrannt, und die passenden Dosen mit den kryptischen Inschriften und Fotografien. Er unterbrach sie nicht, obwohl sie das Gekritzel eines Stiftes auf Papier hören konnte.

»Das ist eine große Sache«, sagte er schließlich.

»Erzähl mir was Neues.«

»Seit dem Mittelalter wurde niemand mehr in einer brennenden Kiste eingesperrt. Und selbst damals hat man das normalerweise für Hexen aufgehoben.«

»Danke für die Geschichtsstunde, Professor.«

»Ich überlege, eine Kolumne auf der Plattform einzuführen: Louis' kleine Lektionen. Was meinst du?«

Stephanie grinste. »Dafür bräuchtest du jemanden, der sie als Ghostwriter schreibt. Deine Rechtschreibung ist grauenhaft.«

»Das ist üble Nachrede.«

»Ich habe deine E-Mails gesehen. Die sind wie Rätsel für Codeknacker. Die Hälfte der Zeit muss ich sie zur Übersetzung an das Team weiterleiten. Es ist ein Wunder, dass die Zeitschrift so gut läuft.«

»Na ja, vielleicht schreibe ich dir dann einfach keine Nachrichten mehr. Mal sehen, wie dir das gefällt.«

»Verlockend«, sagte sie und fuhr mit einem Finger am Rand ihrer Kaffeetasse entlang. Ihr Lächeln verblasste leicht, als sie wieder zu dem Whiteboard blickte, das mit Fallnotizen übersät war. »Wie auch immer, es gibt noch viel, was wir nicht wissen, und ich habe dir alles gegeben, was ich kann.«

Louis stieß einen langen Atemzug aus. »Glaubst du, es ist derselbe Mörder?«

»Ja. Das glaube ich. Und ich glaube, er hat gerade erst angefangen.«

Eine kurze Stille folgte, und als er wieder sprach, war seine Stimme etwas sanfter geworden. »Nun, du weißt ja, wie du mich erreichen kannst, wenn du darüber reden willst. Oder, du weißt schon, dich einfach wieder über meine Rechtschreibung beschweren.«

Sie kicherte. »Vielleicht komme ich darauf zurück.«

»Halt mich auf dem Laufenden. Und, Steph?«

»Ja?«

»Versuch, nicht in der dritten Kiste zu landen.«

»Ich werde mein Bestes geben«, sagte sie.

KAPITEL DREISSIG

Etwas mehr als zwei Stunden später hatten sie einen Namen.

Das Wrack des Audi Q5 gehörte einem Mann namens Carlos Vazquez.

Carlos war dreiundfünfzig Jahre alt, ein langjähriger Einwohner von Surrey, der den größten Teil seines Erwachsenenlebens im Baugewerbe gearbeitet hatte. Laut ihrer vorläufigen Hintergrundprüfung hatte er sich auf hochwertige Wohnbauprojekte spezialisiert und für eine Firma mit Sitz in Croydon die Erdarbeiten und die Bauleitung beaufsichtigt. Er war mit einer Frau namens Ana verheiratet, mit der er seit zweiundzwanzig Jahren liiert war, und sie hatten eine erwachsene Tochter, die in Manchester lebte. Keine Vorstrafen. Ein Mann, der seine Steuern zahlte, für sich blieb und bis zu diesem Morgen noch nie Ärger mit der Polizei gehabt hatte. Im Grunde genommen war er ein Vorzeigebürger.

Sein Name war aufgetaucht, kurz nachdem die Spurensicherung die Untersuchung des ausgebrannten Audi abgeschlossen hatte. Das Nummernschild hatte, obwohl teilweise geschmolzen, genügend Zeichen preisgegeben, damit Noah und sein Team es durch die DVLA-Datenbank laufen lassen konnten. Auf diese Weise waren sie auf Carlos gestoßen.

Weniger als eine halbe Stunde später standen Stephanie und Olivia vor einem verwittert aussehenden Backsteingebäude am

Rande des Stadtzentrums von Woking und verschränkten die Arme gegen den stärker werdenden Wind. Das Schild über dem Eingang lautete: Cloverfield Dental Practice. Der Arbeitsplatz von Ana Vazquez. Alle paar Minuten kamen und gingen Patienten; Kinder rieben sich die betäubten Kiefer und duckten die Köpfe vor dem Nieselregen, während sie in die Arme ihrer Mütter geschmiegt waren.

Stephanie hasste diesen Teil. Die höfliche Verwirrung, die dem Zusammenbruch in Trauer vorausging. Es wurde nie einfacher, aber es hatte keinen Sinn, das Unvermeidliche hinauszuzögern.

»Gehen wir.«

Sie eilten zum Eingang. Eine Frau am Empfang blickte mit einem professionellen Lächeln auf, das verblasste, sobald sie sich vorstellten.

»Mrs. Vazquez ist im Büro. Ich sage ihr Bescheid, dass Sie da sind.«

Sie warteten nur eine Minute im Empfangsbereich, bevor eine Frau Anfang fünfzig erschien. Sie war zierlich, hatte dunkles, lockiges Haar, das zu einem ordentlichen Pferdeschwanz gebunden war, und trug einen marineblauen Kasack unter einem weißen Kittel. Sie erstarrte, als sie Stephanie und Olivia entdeckte, und ihr Gesichtsausdruck schien ihre innere Ahnung zu bestätigen, warum sie da waren. Sie hielt sich die Hand vor den Mund und sog scharf die Luft ein.

»Oh mein Gott«, sagte sie mit flüsternder Stimme.

Stephanie trat vor. »Mrs. Vazquez? Ich bin DI Broadbent, und das ist DC Willard. Dürfen wir kurz unter vier Augen mit Ihnen sprechen?«

Ana blinzelte schnell und schüttelte bereits den Kopf. »Geht es um Carlos?«, fragte sie, während Panik in ihrer Kehle aufstieg. »Ist alles in Ordnung mit ihm?«

Stephanie milderte ihren Tonfall. »Wenn wir uns nur einen Moment setzen könnten.«

Sofort schossen Ana Tränen in die Augen, aber sie nickte und drehte sich steif um, um sie durch einen kurzen, schmalen Korridor an einer Reihe von Behandlungszimmern vorbei zu führen. Am Ende befand sich ihr kleines Büro. Auf dem Schreibtisch stand ein gerahmtes Foto eines Teenagermädchens im Absolventenornat. Ana schloss die Tür hinter ihnen, setzte sich aber nicht. Sie verharrte neben ihrem Schreibtisch, die Arme vor der Brust verschränkt, als versuchte sie, sich für das zu wappnen, was nun kommen würde.

»Was ist passiert?«, fragte sie erneut, ihre Stimme war nun dünner. »Bitte. Sagen Sie es mir einfach.«

»Heute Morgen haben wir in der Nähe der All Saints Church in Ockham ein Auto gefunden, das auf den Namen Ihres Mannes zugelassen ist.«

Anas Augen weiteten sich, aber sie sagte nichts.

»Das Auto war ausgebrannt und hinter der Kirche versteckt.«

Sie führte die Hand zu ihrem Mund. Stephanie schluckte schwer.

»Ihr Mann war nicht im Auto ... aber es gab einen Vorfall *in* der Kirche, bei dem es ebenfalls brannte. Wir haben eine Leiche gefunden. Zu diesem Zeitpunkt können wir nicht bestätigen, ob es Ihr Mann war; die Beweise lassen uns jedoch vermuten, dass es so ist.«

Einen Moment lang sagte Ana nichts. Ihr Gesicht verzog sich, als hätte ihr Gehirn Schwierigkeiten, die Informationen zu verarbeiten, als hätten sie in einer fremden Sprache mit ihr gesprochen. Ihre Beine gaben nach, und sie sank in den Stuhl hinter ihrem Schreibtisch.

»Nein, nein, nein«, murmelte sie, die Worte purzelten aus ihr heraus, während sie auf den Boden starrte. »Er ist es, nicht wahr? Deshalb ist er gestern Abend nicht nach Hause gekommen. Ich bin fast wahnsinnig geworden bei dem Versuch, ihn zu kontaktieren, ihn zu erreichen. Ich ... Wie lange dauert es, bis Sie wissen, dass er es ist?«

Olivia trat neben sie, kauerte sich nieder und legte Ana tröstend eine Hand auf die Schulter.

»Die Leiche wurde zur Obduktion gebracht. Es wird einige Zeit dauern, ihn zu identifizieren; was uns jedoch sehr helfen würde, wäre der Zugang zu seinen zahnärztlichen Unterlagen und auch etwas DNA.«

Ana zog einen Rotzklumpen hoch. »Da sind Sie hier am

richtigen Ort.« Sie zeigte auf einen Computer auf der anderen Seite des Raumes. »Die Unterlagen meiner ganzen Familie sind dort drauf.«

Stephanie blickte auf den Computer, dann zurück zu Ana. Olivia sah sie an, und Stephanie fing ihren Blick auf und antwortete mit einem knappen Nicken.

»Vielen Dank dafür«, fuhr Olivia fort. »Wir werden die Beweise mitnehmen. In der Zwischenzeit, um unsere Ermittlungen zu unterstützen …« Sie griff hinter sich und kramte in ihrer Gesäßtasche. »Wir hatten gehofft, Sie könnten uns vielleicht sagen, was Ihr Mann gestern Abend gemacht hat?«

»Er hat gearbeitet«, antwortete Ana und schniefte wiederholt. »Er hat lange gearbeitet. Ein paar aus seinem Team waren auf der Baustelle, und er war im Büro.«

»Um welche Zeit sollte er zu Hause sein?«

»Er hatte keine feste Zeit. Er schreibt einfach immer, wenn er losfährt.«

»Und hat er Ihnen gestern Abend geschrieben?«

Ana schüttelte den Kopf. »Da habe ich angefangen, in Panik zu geraten. Das war nicht seine Art. Erst gegen neun oder zehn Uhr, als ich nichts von ihm gehört hatte, habe ich versucht, sein Handy anzurufen.«

»Was ist passiert?«

»Es ging direkt die Mailbox dran.«

Es musste ausgeschaltet gewesen sein, dachte Stephanie. Entweder hatte er es ausgeschaltet und war nachts zur Kirche gefahren, oder jemand hatte es für ihn ausgeschaltet.

Olivia zog ein Blatt Papier hervor, das Scans der beiden Fotos enthielt, die an den Tatorten gefunden worden waren. Sie reichte das Blatt Ana und ließ sie einen Blick darauf werfen.

»Wir müssen fragen«, sagte sie. »Erkennen Sie einen der Jungen auf diesen Fotos? Nehmen Sie sich so viel Zeit, wie Sie brauchen.«

Aber Ana brauchte sie nicht. Sofort zeigte sie auf das Bild links, das am ersten Tatort bei Nigel Hadlow gefunden worden war.

»Wer ist das?«, fragte Olivia.

»Das ist Carlos«, antwortete sie. »Das ist mein Mann.«

Stephanie trat besorgt näher. Sie nahm das Blatt von Ana und hielt es zwischen den Fingern, als wäre es radioaktiv.

»Sie sind sicher, dass das Ihr Mann ist?«

»Natürlich bin ich das. Er sieht heute noch genauso aus. Hat sich in den gut dreißig Jahren, die ich ihn kenne, nicht verändert.«

Während Ana nach einem Taschentuch auf dem Zahnarztstuhl griff, hielt Stephanie in stillem Nachdenken inne. Die Erklärung war für sie klar. Die Identität des zweiten Opfers war am ersten Tatort gefunden worden. Der Mörder hatte ihnen genau gesagt, wer als Nächstes dran sein würde. Das bedeutete ...

Ihre Augen fielen auf das zweite Foto.

Das bedeutete, sie starrte auf das dritte Opfer.

KAPITEL EINUNDDREISSIG

Devon hatte dem Freizeichen schon so lange gelauscht, dass er sich dabei ertappte, mitzusummen.

Hmm-hmm.

Hmm-hmm.

Das Freizeichen verstummte. Immer noch niemand. Er knallte den Hörer des Festnetztelefons auf die Gabel und versuchte es erneut, diesmal auf Olivias Handy.

Während er wartete, wippte er ungeduldig mit dem Bein auf und ab. Na los, komm schon. Na los, komm schon, dachte er im Takt des Klingelns. Was brauchten die nur so lange?

Gerade als er auflegen wollte, ging endlich jemand ran.

»Devon?«

»Na endlich! Du lebst. Ich dachte schon, dir wäre etwas Schlimmes zugestoßen.«

Olivia kicherte. »Da liegst du gar nicht so falsch. Steph wäre an einer T-Kreuzung beinahe jemandem vor die Karre gefahren.«

»Sie ist genauso schlimm wie die Leute, über die sie sich beschwert.«

»Nur weil sie versucht hat, deinen Anruf entgegenzunehmen.«

»Geschieht ihr recht. Sie kennt die Regeln. Seit wann nennst du sie eigentlich Steph? Wie bist du denn zu *diesem* Privileg gekommen?«

»Das habe ich schon immer getan. Das kommt davon, wenn man nett zu Leuten ist.«

Er lehnte sich in seinem Stuhl zurück. »Ja, ja. Nett, schmett.«

»Rufst du nur an, um mich aufzuziehen, oder hast du etwas Bestimmtes im Sinn?«

Als ob er sich plötzlich an den Grund für seinen Anruf erinnerte, beugte Devon sich in seinem Stuhl nach vorne und bewegte den Mauszeiger, um seinen Computerbildschirm aus dem Ruhezustand zu holen.

»So sehr ich es auch genießen würde, den ganzen Tag hier zu sitzen und deiner Stimme zu lauschen, ich habe nur angerufen, um dich wissen zu lassen – na ja, eigentlich Steph –, dass ich etwas habe, das sich zu überprüfen lohnen könnte.«

»Clever. Gut gemacht.« Es gab eine Pause, als Olivia das Telefon vom Ohr nahm und den Anruf auf Lautsprecher schaltete. Das Geräusch des Motors und des Verkehrs drang durch das Mikrofon.

»Du hast mich fast zu einem Unfall gebracht, Devon«, ertönte Stephanies ferne Stimme, als spräche sie aus einer anderen Dimension. »Das sollte besser wichtig sein.«

»Wie klingt eine Verbindung zwischen Nigel Hadlow und Carlos Vazquez?«

»Das klingt, als hättest du meine Aufmerksamkeit.«

»Ich habe die Social-Media-Konten von Carlos und Nigel durchforstet und habe die beiden entdeckt, wie sie sich auf dem Pyrford Golf Course recht vertraut zeigten.«

»Hervorragende Arbeit. Danke, dass du uns Bescheid gibst. Wir fahren sofort dorthin.«

»Nein, das werdet ihr nicht«, erwiderte er. »Ich habe schon angerufen. Sie erwarten mich in der nächsten Stunde.«

Es war gelogen, aber das musste Stephanie nicht wissen.

»Oh«, antwortete sie.

»Wir können doch nicht zulassen, dass ihr beide den ganzen Spaß habt, oder? Man muss ja auch was von den guten Sachen für den Rest von uns aufheben.«

KAPITEL **ZWEIUNDDREISSIG**

Devon bog von der Hauptstraße ab und folgte der schmalen, kurvenreichen Auffahrt, die zum Pyrford Golf Club führte. Regen klopfte gleichmäßig gegen die Windschutzscheibe und fiel von der einheitlichen grauen Decke über ihm. Der Golfplatz sah makellos aus, mit saftigen, samtigen Grüns, die sich dem trostlosen Wetter nicht beugen wollten – ganz wie die Spieler, die gerade ihre Runde auf dem Platz machten. Er fuhr in eine der gekennzeichneten Besucherparkbuchten und stellte den Motor ab. Devon war nie ein Fan von Golf gewesen; er empfand es als prätentiös, eingebildet und voller Arschlöcher. Es war eine Meinung, die er sich vor langer Zeit gebildet hatte, als er während einer Ermittlung auf einen Verdächtigen gestoßen war, der ein begeisterter Golfer war und ihn mit solcher Verachtung behandelt hatte, dass Devon den starken Drang verspürt hatte, ihn trotz der offensichtlichen Unschuld des Mannes zu verhaften. Seitdem hegte er einen Groll gegen den Sport und seine Spieler, nämlich weiße Männer mittleren Alters mit mehr Geld als Verstand – eine Kategorie, in die er selbst schnell abrutschte, natürlich ohne das Geld.

Er wappnete sich für die Art von Trottel, der ihm hier begegnen könnte, und atmete seine Unzufriedenheit durch die Nase aus, bevor er die Tür aufstieß. Der Wind erfasste sie sofort und riss sie auf. Er packte die Tür und schlug sie zu, wobei er die Schultern gegen die Böen einzog, als er die kurze Strecke zum Clubhaus überquerte. Im Inneren umfing ihn eine Wand aus warmer Luft, begleitet von dem leisen Murmeln gedämpfter Gespräche. Zwei Männer in den Sechzigern saßen an einem Tisch am Fenster und scrollten auf ihren Handys, neben sich halb leere Gläser, ihre Gesichter von Unzufriedenheit gezeichnet.

Devon trat an den Empfangstresen, wo eine junge Frau hinter einem Computerbildschirm aufblickte.

»Guten Tag«, sagte er und klappte seinen Dienstausweis auf. »Ich möchte mit dem diensthabenden Eigentümer oder Manager sprechen. Sollte nicht lange dauern.«

Die Augen des Mädchens weiteten sich in blinder Panik. Ihr Mund öffnete und schloss sich, unfähig, Worte zu bilden. Sie sah aus, als hätte sie noch nie zuvor einen Polizisten gesehen.

»Oh. Die Polizei? Ähm ...« Sie blickte sich suchend am Empfang um. »Ja. Äh, das wäre dann Mr. Walker. Ich werde nur ... Verzeihung. Ich rufe ihn an. Warten Sie, nein, doch nicht. Ich weiß, wo er ist.« Sie wandte sich von ihm ab, drehte sich dann aber mit erhobener Hand wieder um. »Entschuldigung, ich bin total durch den Wind.«

»Schon gut«, erwiderte er und schenkte ihr ein beruhigendes Lächeln.

Die Empfangsdame verschwand hinter einer Tür. Während er wartete, blickte Devon aus dem Fenster auf den grünen Teppich in der Ferne und beobachtete die Gruppe von Männern in Golfausrüstung, die entschlossen waren, sich ihre hart verdiente Auszeit von ihren Frauen und Familien durch nichts verderben zu lassen.

Einen Moment später wurde seine Aufmerksamkeit vom Fenster weggezogen, als ein Mann auftauchte, der aussah, als sei er aus einem Ralph-Lauren-Katalog gefallen, gekleidet in ein Poloshirt, das in eine weiße Chinohose gesteckt war.

»Sie müssen Mr. Walker sein«, sagte Devon.

»Und Sie müssen sich verlaufen haben«, erwiderte Mr. Walker. »Wir hatten in letzter Zeit keine Vorfälle, die einen Besuch der Polizei rechtfertigen würden.«

Na, das fängt ja gut an, dachte Devon. Noch so ein Arschloch, das darauf aus ist, mich auf die Palme zu bringen.

Er zwang sich zu einem Lächeln. »Verlaufen? Nein. Aber sollten Sie mich jemals privat an einem Ort wie diesem antreffen, dann ja, dann habe ich mich ganz und gar verlaufen, und ich empfehle Ihnen, sofort die Polizei zu rufen.«

Mr. Walker blinzelte unbeeindruckt. »Reizend.«

Devon antwortete im selben Tonfall. »Hätten Sie etwas dagegen, wenn wir uns irgendwo ungestört unterhalten?«

Der Mann schnaubte und wies Devon dann mit einer steifen Geste an, ihm zu folgen. Er führte ihn am Empfang vorbei durch einen kurzen Korridor, der mit gerahmten Clubfotos von Spielern mit Pokalen und Trophäen gesäumt war. Der Flur mündete in ein kleines Büro, das nach Lederpolitur roch und in dessen Ecke ein abgenutztes Chesterfield-Sofa stand, während an den Wänden weitere Golf-Erinnerungsstücke hingen.

Mr. Walker deutete auf einen Stuhl. Devon blieb stehen.

»Ich wollte Sie zu zwei Ihrer Mitglieder befragen – Carlos Vazquez und Nigel Hadlow. Sagt Ihnen einer dieser Namen etwas?«

Walkers Augen verengten sich nachdenklich. »Die Namen kommen mir nicht bekannt vor.«

Devon zog ein gefaltetes Blatt aus seiner Manteltasche und legte es flach auf den Schreibtisch. Es zeigte ein Foto aus Carlos' Social-Media-Profil von ihm und Nigel Hadlow auf dem Golfplatz, mit Schlägern in der Hand.

Walker beugte sich vor, um es besser sehen zu können. Sobald sein Blick auf das Foto fiel, huschte ein Anflug von Erkennen über sein Gesicht.

»Ah. Die beiden. Ja, jetzt weiß ich, wen Sie meinen. Sie kommen etwa einmal pro Woche, im Sommer manchmal öfter. Meistens für Abschlagszeiten am Vormittag, hauptsächlich an Wochentagen.«

»Kommen sie zusammen?«

»Immer. Sie sind Golfpartner.«

»Ist sonst noch jemand bei ihnen?«, fragte Devon.

Mr. Walker nickte. »Da gibt es noch jemanden, mit dem Sie

wahrscheinlich reden sollten. Sie haben immer zu dritt gespielt, gelegentlich zu viert, wenn sie einen Gast mitbrachten.« Er drehte sich zur Ecke des Büros und tippte auf die Tastatur eines hochmodernen iMac-Computers. Die Live-Bilder der Überwachungskameras erschienen – ein geteilter Bildschirm mit dem Gelände, dem Parkplatz und dem Barbereich.

Devon wollte gerade nach dem Namen des dritten Spielers fragen, als Walker auf den Bildschirm zeigte. »Wenn man vom Teufel spricht.«

Ein silberner BMW X5 fuhr auf den Parkplatz, die Reifen spritzten durch flache Pfützen. Die Fahrertür öffnete sich, und ein Mann Ende fünfzig stieg aus, das Haar ordentlich gekämmt, in wasserfester Kleidung und mit bereits angezogenen Golfschuhen.

Devon hob die Augenbrauen und sah auf seine Uhr. Es war mitten am Tag, mitten in der Woche. Ist in diesem verdammten Land denn niemand berufstätig?, dachte er.

»Wie ist sein Name?«, fragte er.

»Terry Houghton. Einer unserer regelmäßigeren Stammgäste. Hat früher seine eigene Personalvermittlungsfirma geleitet. Hat sie vor ein paar Jahren verkauft. Frühzeitig in den Ruhestand gegangen, tut aber immer noch so, als würde er Teilzeit arbeiten.«

Devon grinste. »Perfekt. Ich werde ein Wort mit ihm wechseln.«

KAPITEL DREIUNDDREISSIG

Terry Houghton war die Art Mann, die einen Raum füllte, noch bevor sie überhaupt durch die Tür getreten war. Groß, breit und gebaut wie ein wohlgenährter Labrador besaß er die schwerfällige Präsenz von jemandem, der einst sportlich gewesen war, aber längst den Annehmlichkeiten des Alters, des Alkohols und eines gut gefüllten Kühlschranks erlegen war. Sein Bauch spannte sich eng unter dem Reißverschluss seiner wasserdichten Jacke, als könnte er bei einem zu lauten Lachen aufplatzen, und dicke Kinnbacken ruhten unter gebräunter Haut, die auf zu viele Besuche im Solarium oder häufige Ausflüge ans Mittelmeer schließen ließ.

Er war gerade dabei, seine Golftasche aus dem Kofferraum zu hieven, als Devon neben ihn trat. Der Mann grunzte missmutig und beäugte ihn misstrauisch.

»Kann ich Ihnen helfen?«

»Mr Houghton?«

»Ja ...«

Devon hielt dem Mann seinen Dienstausweis vor die Nase. »Dürfte ich kurz mit Ihnen reden? Vorzugsweise nicht im Regen.«

Der Gesichtsausdruck des Mannes verriet nichts, als wäre dies nicht das erste Mal, dass er jemandem in Devons Position begegnete. Entweder das, oder er war ein ausgezeichneter Pokerspieler.

»Der Wagen ist groß genug«, erwiderte Terry.

»Ausgezeichnet. Fahren Sie?«

Terry warf ihm einen verächtlichen Blick zu, bevor er die Golftasche zurück in den Kofferraum fallen ließ und ihn zuknallte. Devon ging zur Beifahrerseite und stieg ein, wobei ihm die teure Uhr und die Armbänder auffielen, die an Terrys Handgelenk baumelten. Als Terry schließlich zu ihm stieß, sackte der Wagen unter seinem Gewicht einige Zentimeter ab.

»Ich kann nicht behaupten, dass ich schon mal ein Treffen mit einem Polizisten auf diese Weise hatte«, sagte er.

»Aber Sie hatten schon Treffen mit uns?«

»Ein paar, ja«, antwortete Terry, riss sich die Handschuhe von den Händen und warf sie in die Mittelkonsole. »Nichts Besonderes.«

Devon lehnte sich im Sitz zurück, unbeeindruckt vom Ego des Mannes. »Halten wir es einfach. Ich ermittle im Fall von zwei Männern – Nigel Hadlow und Carlos Vazquez. Sie kannten sie?«

Terry schnaubte und griff zur Mittelarmlehne nach einer Zigarrenkiste. »Das kann man so sagen. Habe ab und zu ein paar Runden mit ihnen gespielt. Etwa einmal die Woche, mehr oder weniger, wenn unsere Termine es zuließen. Nicht gerade die besten Freunde, aber ich kannte sie besser als die meisten Männer, die hierherkommen.« Er klappte die Kiste auf und hielt inne. »Stört es Sie, wenn ich rauche?«

»Ja«, sagte Devon schroff. »Ich versuche gerade, aufzuhören«, log er.

Terry grunzte und schloss die Kiste. »Ich hätte nicht gedacht, dass Bullen sich heutzutage leisten können, so zimperlich zu sein.«

Devon lächelte humorlos. »Das heben wir uns für besondere Anlässe auf. Zum Beispiel, wenn zwei Männer bei lebendigem Leib verbrannt werden.«

Das saß. Ein Anflug von Unbehagen huschte über Terrys Gesicht. »Ich habe in den Nachrichten etwas darüber gehört.«

»Sie waren die Opfer.«

Terry atmete durch die Nase aus, sein Blick wanderte zum Nieselregen. »Verdammt.«

»Wie Sie sich sicher vorstellen können, Mr Houghton, haben wir ein wenig über das Leben von Nigel und Carlos recherchiert.«

»Und deshalb sind Sie hier.«

»Und deshalb bin ich hier.«

Terry drehte sich langsam wieder um, seine Augen verengten sich. »Ist das also Ihre Theorie? Sie glauben, es hat etwas mit mir zu tun?«

»Nein«, erwiderte Devon kurz und scharf. »Nicht, solange Sie mir keinen Grund geben, das zu denken.«

Terry stieß ein hohles Lachen aus. »Ich habe Besseres zu tun.«

»Erzählen Sie mir von ihnen. Irgendeine Ahnung, warum jemand sie tot sehen wollte? Ist Ihnen in letzter Zeit etwas Seltsames aufgefallen? Hat einer von ihnen erwähnt, dass er verfolgt wurde oder dass jemand in sein Leben getreten ist, den er nicht unbedingt dabeihaben wollte?«

Terry überlegte nicht lange. »Nigel war ein Sorgenkind, der ängstliche Typ. Meistens wegen seiner Arbeit. Er konnte nicht abschalten. Hat ständig auf sein Handy geschaut. Carlos hingegen war ruhig, ein bisschen langweilig, um ehrlich zu sein. Aber wir sind alle miteinander ausgekommen. Und keiner von beiden hat mir gegenüber etwas erwähnt. Das ist Golf, Detective. Kein Buchclub. Wir stehen nicht herum und reden über unsere Gedanken und Gefühle. Wir kommen hierher, um abzuschalten, dem Leben für eine Weile zu entfliehen und, was noch wichtiger ist, unser Spiel zu verbessern.«

»Und doch hat sich jemand extreme Mühe gegeben, um sicherzustellen, dass sie leiden«, sagte Devon. »Wenn Sie raten müssten – Schulden, Streitigkeiten, krumme Dinger ... fällt Ihnen irgendetwas ein?«

Terry kratzte sich am Kinn. »Nigel ... er hat vor ein paar Monaten etwas erwähnt. Meinte, er sei knapp bei Kasse.«

»Knapp bei Kasse?«

»Geld.«

»Wofür knapp?«

»Er sagte, er bräuchte etwas Geld, um etwas, woran er arbeitete, unter Dach und Fach zu bringen.«

Der Deal mit dem Stadtrat.

Devon hob eine Augenbraue. »Und Sie haben ihm ausgeholfen?«

Terry rutschte in seinem Sitz hin und her. »Nur etwas Bargeld. Fünfzigtausend. Zinsfrei. Ich sah nichts Schlimmes dabei. Er sagte, er würde es mir bis Weihnachten zurückzahlen.«

Devon musterte ihn. »Haben Sie noch jemandem von diesem Darlehen erzählt?«

»Ich habe es dem Finanzamt gemeldet, falls Sie das meinen. Ob Nigel das auch getan hat, ist seine Sache.«

Devon nickte, während die Zahnräder in seinem Gehirn begannen, sich zu drehen. »Und Carlos, wusste er von dem Darlehen?«

»Bezweifle ich. Wie gesagt, wir haben Golf gespielt. Das war's.«

Devon griff nach dem Türgriff. »Ich danke Ihnen für Ihre Zeit, Mr Houghton. Wenn Ihnen noch etwas einfällt, lassen Sie es mich wissen.«

Terry grunzte erneut.

Als Devon wieder in den Regen hinaustrat, murmelte er vor sich hin: »Keiner scheint mehr zu arbeiten, aber alle haben fünfzigtausend Euro locker sitzen.«

KAPITEL
VIERUNDDREISSIG

Stephanie wippte unaufhörlich mit dem Bein auf und ab und wälzte dabei ihre Gedanken hin und her.

Das Foto des kleinen Jungen, das am ersten Tatort gefunden worden war, zeigte das zweite Opfer.

Sie konnte es nicht fassen. Der Mörder spielte mit ihnen. Er verriet ihnen, wer als Nächstes bei lebendigem Leibe verbrennen würde.

Sie starrte auf den Computerbildschirm, auf das Bild, das am zweiten Tatort entdeckt worden war – der namenlose Junge auf dem Foto –, bis die Pixel vor ihren Augen zu einem einzigen Brei zu verschwimmen schienen. Sie war überzeugt, dass die Bilder aus ein und demselben größeren Foto stammten. Dass die beiden Männer, Carlos und Nigel, durch etwas Greifbareres, etwas Historischeres verbunden waren als nur durch eine Golfclub-Mitgliedschaft. Warum sonst hätte der Mörder Fotos aus ihrer Kindheit verwenden sollen? Um ihre Identifizierung zu erschweren? Um ihnen einen Schritt voraus zu sein?

Sie schloss die Augen. Ihr Kopf begann zu pochen, und zum ersten Mal seit Wochen kribbelten ihre Geschmacksknospen vor Verlangen nach etwas Fettigem, Öligem. Einem Kebab. Hähnchen-Schisch, um genau zu sein. Mit angekohlten Rändern, ertränkt in Knoblauchsauce, eingewickelt in warmes Pitabrot und vollgepackt mit knackigem Salat. Sie konnte förmlich spüren, wie das Öl auf ihre Fingerspitzen tropfte, den essigsäuerlichen Geschmack von eingelegten Chilis auf ihrer Zunge schmecken ...

Sie stieß scharf die Luft durch die Nase aus und lehnte sich zurück, wobei sie den Gedanken verdrängte. Ihr Magen knurrte leise, und das Echo ihres Heißhungers klang ihr in den Ohren. *Nicht jetzt. Nicht heute.* Sie konzentrierte sich wieder auf das Foto auf dem Bildschirm und schob den Hunger beiseite, weg von dem Teil ihres Gehirns, der denken musste.

Der Hintergrund des Bildes ließ ihr immer noch keine Ruhe. Diese Form. Etwas in ihrem Kopf kratzte an der Oberfläche. Ein Spruchband? Ein Turnseil? Eine Pinnwand in der Schule?

Ihr Bein hörte auf zu wippen.

Sie stand abrupt auf, und der Stuhl scharrte über den Boden.

Einen Augenblick später fand sie Olivia an ihrem Schreibtisch, mit Kopfhörern im Ohr, ihr Blick schnellte zwischen zwei Bildschirmen voller Finanzunterlagen der Opfer hin und her. Sie sah auf, als Stephanie näher kam, und zog sich einen Ohrstöpsel aus dem Ohr.

»Kannst du was für mich überprüfen?«, fragte Stephanie.

»Immer.«

»Carlos Vazquez und Nigel Hadlow ... ich will wissen, ob sie auf derselben Schule waren. Wahrscheinlich irgendwo hier in der Gegend. Weiterführende Schule oder vielleicht Grundschule. Ende der 1980er bis Anfang der 1990er. Sieh mal nach, was du findest.«

Olivia zog eine Augenbraue hoch, stellte aber keine Fragen. »Gib mir eine Sekunde ...«

Stephanie sah ihr über die Schulter, ihre Finger zuckten an ihrer Seite. Ihr Herzschlag hatte sich wieder beschleunigt; diesmal nicht aus Angst, sondern aus Erwartung.

Nach weniger als einer Minute lehnte sich Olivia zurück. »Volltreffer. Beide sind im Verzeichnis der St Jude's School in Oxshott aufgeführt. Sogar im selben Jahrgang. Von 1981 bis 1986.«

Stephanie stieß einen langen Atemzug aus.

Da haben wir es.

»Sie kannten sich«, sagte sie. »Lange vor dem Golfen. Lange vor heute.«

Olivia runzelte die Stirn. »Was verbindet sie also mit dem Mörder?«

»Das weiß ich nicht. Aber ich schätze, das ist ein guter Ansatzpunkt.«

KAPITEL FÜNFUNDDREISSIG

Die St Jude's School, eine Privatschule für Jungen im Alter von elf bis neunzehn Jahren in Oxshott, lag versteckt hinter einer schmalen Reihe von Eichen. Efeuwände bedeckten das viktorianische Herrenhaus, das gleichzeitig als Hauptgebäude diente. Breite Kieswege führten zum Eingang, flankiert von penibel gepflegten Rasenflächen, die von einem engagierten Team von Gärtnern in Schuss gehalten wurden. Im Hintergrund befand sich ein kleines Wäldchen, in dem das Vogelgezwitscher mit dem fernen Surren eines Rasenmähers konkurrierte. Trotz der drückenden grauen Wolken am Himmel schien der Ort voller Farbe und Hoffnung zu sein, als ob die Schulgebühren der Kinder für eine leuchtendere Farbe oder besseren Rasen bezahlten.

Als sie ankamen, verspürte Stephanie ein vertrautes Gefühl der Erkenntnis. Das Gebäude ähnelte sehr ihrer alten Schule, wo sie als problembeladene Teenagerin aus einem zerrütteten Elternhaus während des Unterrichts durch die Gänge gewandert war, sich vor Lehrern versteckt und bei jeder Gelegenheit in leere Klassenzimmer geschlichen hatte. Es erinnerte sie daran, wie sie das Schulgelände verlassen hatte, wann immer ihr danach war, um Kimberleys Grundschule zu besuchen und ihren Unterricht durch das Fenster zu beobachten. Es erinnerte sie an eine Zeit des Leids, des Schmerzes, des Kummers, in der sie auf die einzige ihr bekannte

Weise nach Aufmerksamkeit schrie – und einen Groll gegen jeden hegte, der sie ihr anbot.

Das waren schwierige Jahre gewesen. Jahre, in denen sie lange Zeit gedacht hatte, sie hätte denselben Weg wie ihr Vater einschlagen können. In ein Leben voller Kriminalität. Drogen. Alkohol. Leben von einem kaputten und maroden System. Aber dann hatte sich etwas geändert. Sie konnte sich nicht mehr genau erinnern, was. Ein Gespräch. Ein Streit. Etwas, das sie gesehen oder miterlebt hatte. Es hatte einen Wendepunkt gegeben – einen krassen, spürbaren Moment in ihrem Leben –, als sich alles änderte und sie dazu brachte, für ihre Ausbildung und ihre Karriere zu kämpfen.

Stephanie stieg aus dem Auto und betrachtete das Schulwappen, das in den Sandsteinbogen über dem Eingang gehauen war. Zwei Hirsche bäumten sich zu beiden Seiten eines Schildes auf, ihre Geweihe mit Lorbeer umschlungen. Darunter stand auf Latein: »Virtus per Scientiam«. Stärke durch Wissen. Sie spottete leise; es war die Art von Blödsinn, die wohlhabenden Eltern ein besseres Gefühl dabei geben sollte, die Zukunft ihrer Söhne zu kaufen.

Olivia trat neben sie und musterte das Gelände. »An meiner Schule gab es mehr Teenager-Schwangerschaften als diese Schule hier Schüler hat.«

Stephanie lachte leise, als sie die Steinstufen hinaufgingen und das Hauptgebäude betraten. Drinnen war die Eingangshalle breit und hoch, und leise Schritte hallten wider. Alte Fotos von Jungen in Cricket-Weiß, bei Schulaufführungen und ein zukünftiger Fechtchampion schmückten die holzgetäfelten Wände. In der Ferne läutete eine Glocke.

Eine Sekretärin mit silbernem Haar und einer marineblauen Strickjacke begrüßte sie von einem schmalen Schreibtisch aus. »Sie sind hier, um Mr Forester zu sprechen?«

Stephanie nickte. »DI Broadbent und DC Willard.«

Die Frau fragte nicht nach Ausweisen. Sie stieß sich von ihrem Schreibtisch ab und führte sie einen Korridor entlang, der von geschlossenen Klassenzimmertüren gesäumt war. Ein paar neugierige Schüler spähten durch schmale Glasscheiben, aber niemand sprach.

Das Büro des Schulleiters befand sich hinter einer schweren Eichentür am Ende des Ganges. Die Sekretärin klopfte einmal, wartete und ließ sie dann herein. Mr Forester stand auf, als sie eintraten. Ein großer, hagerer Mann Anfang sechzig, trug er einen dunkelgrauen Anzug mit offenem Kragen. Eine Brille saß ihm auf halber Nasenhöhe, und er blickte über sie hinweg, um sie zu begrüßen. Er sah auf seine Uhr.

»Wenn nichts anderes, so liebe ich es, wenn Leute pünktlich sind«, sagte er mit langsamer, bedächtiger Stimme. »Das ist ein Kernbestandteil dessen, was wir hier lehren.«

»Wer nicht zu früh ist, ist zu spät«, erwiderte Stephanie kühl.

Mr Foresters Gesicht erhellte sich. »Eine Frau nach meinem Herzen.«

»Nicht ganz. Ich habe es von jemandem gehört, der es von jemand anderem gehört hat.«

Das Lächeln verschwand fast so schnell, wie es erschienen war. »Ah. Nun gut. Macht nichts. Trotzdem, nehmen Sie bitte Platz, nehmen Sie Platz!« Er deutete auf zwei Sessel, die seinem Schreibtisch gegenüberstanden und mit einem steifen, waldgrünen Stoff bezogen waren, der leise knisterte, als Stephanie sich setzte. Die Holzarmlehnen trugen die Spuren jahrzehntelanger Abnutzung durch Ellbogen. Der Schreibtisch aus massivem Mahagoni glänzte unter dem gelben Schein einer antiken Bibliothekslampe, und in einer Ecke stapelten sich in Leder gebundene Bücher. Stephanie fühlte sich, als wäre sie in einen Raum aus Hogwarts getreten.

Forester ließ sich in seinem eigenen hochlehnigen Stuhl nieder und faltete die Hände vor sich.

»Nun«, sagte er und rückte seine Brille zurecht. »Meine Frau hat erwähnt, dass Sie wegen einer sehr beunruhigenden Angelegenheit hier sind. Zwei ehemalige Schüler, ja?«

Stephanie nickte. »Carlos Vazquez und Nigel Hadlow. Sie waren in den Achtzigern hier Schüler. Sagt Ihnen das etwas?«

Forester runzelte nachdenklich die Stirn. Er schüttelte langsam den Kopf. »Leider nicht. Ich bin erst seit elf Jahren hier Schulleiter.«

»Wir glauben, sie waren hier zusammen Schüler.«

»Wir sehen hier in St Jude's ziemlich viele Freundschaften entstehen – lebenslange Bindungen. Das Alumni-Netzwerk ist umfangreich, und viele bleiben sich nahe. Darauf sind wir eigentlich stolz.«

Stephanie hatte kein Interesse an einem Werbevortrag. Alumni hier. Karrierechancen da.

»Könnten wir einen Blick in einige der alten Jahrbücher oder Schülerakten werfen?«, fragte Stephanie.

»Aber natürlich.« Forester stand auf. »Folgen Sie mir. Wir bewahren Archive auf, die bis ins späte neunzehnte Jahrhundert zurückreichen. Ich kann nicht garantieren, dass sie die Antworten enthalten, die Sie suchen, aber Sie können sich gerne umsehen. Wir bitten nur darum, dass Sie alles wieder an seinen Platz zurücklegen und einige der älteren Artefakte mit Vorsicht behandeln.«

Er führte sie aus dem Büro, eine hintere Treppe hinunter und durch einen kurzen Korridor, der in einen kleinen Raum mit niedriger Decke am anderen Ende des Gebäudes mündete. Der modrige Geruch von Schimmel war dort unten intensiv. Holzschränke säumten die Wände, und in der Mitte des Raumes stand ein langer Tisch, auf dem Ordner und Fotoalben verstreut waren.

Forester ging zu einem der Schränke und zog mit einem Grunzen eine Schublade auf. »Hier sind wir. Die Jahre 1980 bis 2005. Bedienen Sie sich. Ich lasse Sie dann mal allein, es sei denn, Sie brauchen Hilfe?«

»Wir rufen, wenn wir nicht weiterwissen«, sagte Olivia und griff bereits nach dem nächsten Album.

Forester nickte und ließ sie allein. Seine Schritte hallten vom Steinboden wider, als er den Korridor entlang verschwand.

Stephanie zog einen dicken Ordner mit der Aufschrift 1983 heraus und legte ihn auf den Tisch in der Mitte. Vorsichtig schlug sie das Lederbuch auf. Die Mittelseite zeigte ein panoramisches Schwarz-Weiß-Foto des gesamten Jahrgangs, der in Reihen auf den Vordertreppen der Schule aufgestellt war. Jungen in Blazern und

Krawatten, einige grinsend, andere blinzelten gegen die Sonne, während an beiden Enden Lehrer mit vor dem Körper verschränkten Händen standen.

»Da«, sagte Olivia und tippte mit dem Fingernagel auf ein Gesicht etwa in der Mitte der zweiten Reihe. »Das ist Hadlow.«

Stephanie beugte sich näher und musterte die Schüler neben ihm.

»Carlos«, murmelte sie.

Vazquez stand links von Nigel und sah jünger aus als auf dem Foto, das am Tatort zurückgelassen worden war. Sein Haar war dicker, seine Züge runder, aber es war unverkennbar er. Dieselben dunklen Augen, dieselbe Haltung. Die beiden Jungen standen Schulter an Schulter.

»Okay, *die* haben wir also«, sagte Stephanie. »Jetzt brauchen wir nur noch jeden Namen aus dem Rest des Jahrgangs.«

Sie verbrachten die nächste halbe Stunde damit, den Rest des Jahrbuchs durchzublättern, die einzelnen Porträts jedes Schülers zu scannen, die darunter aufgeführten Namen zu notieren und Fotos mit ihren Handys als Referenz zu machen.

Dann wandten sie sich dem Lehrerbereich zu.

»Die meisten von diesen Kerlen sehen aus, als wären sie in der Steinzeit geboren worden«, murmelte Olivia.

Stephanie schnaubte. »Da liegst du nicht falsch. Schau dir den hier an. Mr Harrow, Leiter des Lateinunterrichts. Dieser Schnurrbart könnte ein Kind ersticken.«

»War beim Sex bestimmt der Horror.«

Stephanie warf ihrer Kollegin einen unbeeindruckten Blick zu, bevor sie sich wieder ihrer Aufgabe widmete. In den nächsten zehn Minuten scannten sie die Mitarbeiterliste und notierten Namen, die sich für einen Quervergleich lohnten. Ein separater Ordner enthielt aktuelle Mitteilungen der Alumni, in denen Pensionierungen, Nachrufe und gelegentliche Auszeichnungen aufgeführt waren.

»Verstorben, verstorben, nach Spanien gezogen, verstorben«, sagte Olivia, während sie einen Abschnitt überflog. »Sieht so aus, als ob nicht mehr viele übrig sind, die man fragen kann.«

Stephanie seufzte und lehnte sich im Stuhl zurück, ihre Augen brannten vom Scannen zu vieler Namen, zu vieler Gesichter.

Gerade in diesem Moment quietschte die Tür auf, und Forester erschien und richtete seine Manschettenknöpfe.

»Etwas gefunden?«, fragte er, als er den Raum betrat.

»Einiges«, antwortete Stephanie. »Wir haben bestätigt, dass sie Klassenkameraden waren.«

»Ich bin froh, dass wir Ihnen behilflich sein konnten.« Er legte die Hände auf den Rücken. »Ich habe selbst ein paar Nachforschungen angestellt und dachte, das hier könnte relevant sein. Einer der Schüler aus demselben Jahrgang, die Klasse von '83, ist heute tatsächlich Lehrer hier.«

Stephanie richtete sich auf. »Wirklich? Wie ist sein Name?«

Forester hielt inne und lächelte dann, als ob er ein Geheimnis lüften würde. »Matthew Kynaston. Er unterrichtet Chemie. Soll ich ihn für Sie rufen lassen?«

Stephanie sah Olivia in die Augen. »Tun Sie das, bitte.«

KAPITEL SECHSUNDDREISSIG

Matthew Kynaston betrat den Archivraum mit dem vorsichtigen Unbehagen von jemandem, der es nicht gewohnt war, einbestellt zu werden. Er war Anfang fünfzig, im selben Alter wie Carlos und Nigel, und seine schmale Statur steckte in einem Tweedjackett, das seine besten Tage längst hinter sich hatte. Seine Krawatte war lose geknotet und der Ärmelbund seines Pullovers, der unter dem Jackett hervorlugte, war schmuddelig.

»Wollten Sie mich sprechen?«, fragte er mit leiser, aber präziser Stimme.

Stephanie wandte sich vom Tisch ab und klappte den Ordner vor sich zu. »Mr Kynaston? Ich bin Detective Inspector Broadbent. Das ist DC Willard. Danke, dass Sie gekommen sind.«

Er nickte einmal und trat näher, während er die Hände in den Taschen behielt. »Sie können mich Matthew nennen«, sagte er. »Schulleiter Forester hat erwähnt, dass es um einige meiner alten … Altersgenossen geht. Ich nehme an, das hier ist kein Klassentreffen?«

Ein schwaches Lächeln huschte über seine Lippen, doch Stephanie erwiderte es nicht. »Carlos Vazquez und Nigel Hadlow. Beide in Ihrem Jahrgang, von einundachtzig bis sechsundachtzig. Erinnern Sie sich an sie?«

Die Namen schienen etwas hinter Kynastons Augen aufzuwühlen. Er nahm sich einen Moment Zeit, um auf das noch immer aufgeschlagene Jahrbuch auf dem Tisch zu blicken, und beugte sich leicht darüber, als fürchte er sich vor den Erinnerungen, die die Gesichter vor ihm heraufbeschworen.

»Ja ... ich erinnere mich an sie«, sagte er diesmal leise, seine Stimme kaum mehr als ein Flüstern.

Stephanie wartete und beobachtete die subtile Veränderung in seiner Haltung. Anspannung kroch in seine Schultern und seinen oberen Rücken, und seine Fäuste ballten sich.

»Und?«, hakte sie sanft nach, da sie aus seinem Gesichtsausdruck ersehen konnte, dass eine Art Trauma an die Oberfläche zu brodeln begann.

Matthew atmete durch die Nase aus und richtete sich auf. In diesem Moment sah er älter aus, die Falten in seinem Gesicht tiefer und markanter. »Sie waren Tyrannen«, sagte er schlicht. »Carlos und Nigel. Nicht nur mir gegenüber. Es gab eine Handvoll von uns, auf die sie es abgesehen hatten. Jeden, der kleiner, ruhiger war. Jeden, der nicht in ihre Welt passte.«

Olivia blickte zu Stephanie, dann trat sie vor. »Was haben sie getan?«

Matthew zögerte, sein Blick fiel wieder auf das körnige Schwarz-Weiß-Bild im Jahrbuch. »Was haben sie nicht getan? Die übliche Grausamkeit, schätze ich. Sie haben sich ständig über uns lustig gemacht, uns hässliche Spitznamen gegeben. Sie haben mir die Brille weggenommen und sie herumgereicht, als würden sie Basketball spielen. Einmal habe ich sie an die Unterseite meines Pultes geklebt wiedergefunden. Die einzige Möglichkeit, sie zum Aufhören zu bringen, war, Kontaktlinsen zu tragen. Ein anderes Mal haben sie meinen Spind mit Schlamm gefüllt. Und dann haben sie mich gedemütigt, indem sie mir in den Umkleideräumen die Hosen runtergezogen haben.«

Stephanie zog sich der Magen zusammen. Sie war in der Schule kein Opfer von Mobbing gewesen – ihr Missbrauch hatte sich auf ihr Zuhause beschränkt –, aber sie hatte es gesehen, und sie hatte miterlebt, welche Auswirkungen es auf die Betroffenen hatte, wie sie niemandem trauen konnten, wie sie wütend auf die Welt waren und diese Wut oft an den falschen Leuten ausließen und wie sie den Glauben und das Vertrauen in sich selbst verloren.

Sie waren Opfer, genauso wie sie es gewesen war.

»Haben Sie es gemeldet?«, fragte sie.

Matthew lachte leise. »Wem denn? Damals waren das andere Zeiten. Die Hälfte der Lehrer dachte, ein bisschen Mobbing sei gut für einen. Dass es den Charakter stärke, einen härter mache und besser auf die Welt vorbereite. Die anderen waren entweder betrunken oder schliefen miteinander. Und außerdem war Carlos der Sohn von jemandem, der der Schule regelmäßig Geld spendete, und Nigels Vater war irgendwo hoch oben in der Politik, also waren diese Jungs im Grunde unantastbar. Dabei wäre nichts herausgekommen.«

»Wie hießen die anderen Jungen, auf die sie es abgesehen hatten?«, fragte Olivia.

»Es gab ein paar. Ein Junge namens Tom Latchford. Und David Reece. Und Jonathan Hale. Himmel, ich habe seit Jahren nicht mehr an sie gedacht, aber ihre Namen bleiben hängen, wissen Sie.«

»Wurden sie auf die gleiche Weise misshandelt, oder war es schlimmer?«

»Es war *alles* schlimm, Detective. Niemand betrachtet sich als glücklich, weil er davongekommen ist, was *Sie* vielleicht als ›glimpflich‹ bezeichnen würden.«

»Stimmt«, sagte Stephanie und verspürte das Bedürfnis, sich zu entschuldigen. Was für den einen schlimmer war, mag für einen anderen nichts gewesen sein. »Wissen Sie, was sie heute machen?«

Matthew spitzte die Lippen und schüttelte den Kopf. Er steckte die Hände in seine Hosentaschen. »Leider nicht. Wir standen uns nicht gerade nahe. Das Einzige, was uns verband, war das, was wir durchgemacht haben, aber wir hatten keine Gruppe; wir haben nicht darüber geredet. Sonst hätte das alles nur noch schlimmer gemacht. Sie hätten uns noch härter rangenommen.«

»Gab es noch jemanden? Waren Nigel und Carlos ein Duo, oder waren es mehr?«, fragte Olivia leise.

Matthews Augen sanken zu Boden, während Stille im Archivraum hing. Einen langen Moment lang sprach niemand. Dann sagte er: »Sie hatten eine kleine Bande. Insgesamt vier. Anthony Shore und Darren Fairhurst waren die beiden anderen. Sie schienen alle Nigel zu folgen wie seine kleinen Jünger, seine kleinen Lakaien.«

Matthews Stimme war voller Verachtung.

Stephanie kritzelte die Namen in ihr Notizbuch. »Und diese Jungen, waren sie genauso schlimm wie Nigel?«

»In gewisser Weise schlimmer«, sagte Matthew und rieb sich den Nacken. »Darren hat einmal einen Jungen einen halben Tag lang im Geräteschrank eingeschlossen, und Anthony hat früher widerliche Sachen an die Toilettenwände geschrieben; er war für all die Gerüchte verantwortlich, die in der Schule über mich verbreitet wurden. Einer war so schuldig wie der andere.«

Stephanie wechselte einen Blick mit Olivia und sah dann wieder zu Matthew. »Carlos und Nigel sind beide tot.«

Matthews Kopf fuhr hoch. »Was?«

»Sie wurden in separaten Vorfällen innerhalb weniger Tage getötet«, sagte sie gleichmütig. »Bei lebendigem Leib verbrannt. Wir glauben, dass ihre Tode zusammenhängen.«

Alle Farbe wich aus Matthews Gesicht. »Ach du meine Güte«, murmelte er und blinzelte heftig. »Ich ... ich wusste das nicht. Ich meine, ich habe etwas über ein Feuer in den Nachrichten gesehen, aber ich wusste nicht, dass es sie waren.«

Stephanie musterte ihn aufmerksam. Der Schock wirkte echt. Die Fassungslosigkeit. Das Entsetzen.

»Kennen Sie jemanden, der ihnen hätte schaden wollen, oder jemanden, der dazu fähig wäre?«, fragte Olivia.

Matthew antwortete nicht sofort. Er kaute auf seiner Wangeninnenseite, sein Verstand raste.

»Ich meine, jeder könnte es gewesen sein«, sagte er schließlich. »Wenn Sie mich vor vierzig Jahren gefragt hätten, hätte ich gesagt, jeder von uns. Aber das ist ein ganzes Leben her. Ich ... ich weiß es nicht, Detective. Ich habe mit keinem von denen gesprochen, seit ich die Schule verlassen habe, also könnte ich es Ihnen unmöglich sagen.«

Stephanie nickte langsam. »Verstehe. Ich muss aber fragen ... wo waren Sie in den Nächten, in denen sie starben?«

Matthew klappte ungläubig der Mund auf. »Sie denken, *ich* hatte etwas damit zu tun?«

»Das ist eine Routinefrage. Mehr nicht.«

Er hielt inne und verarbeitete es. »Ich war zu Hause. Bei meiner Frau. Und unserer Tochter. Sie ist sieben Wochen alt.«

Stephanie rechnete im Kopf nach. Matthew sah die Verwirrung in ihrem Gesicht, denn er fügte hinzu: »Meine Frau ist viel jünger als ich.«

Das war eine Untertreibung, dachte Stephanie bei sich, sagte aber nichts. Am Ende sprang Olivia ein und gratulierte ihm zum Neugeborenen.

»Danke«, sagte er verlegen. »Es ging drunter und drüber. Ich wünschte nur, jemand hätte mir von Anfang an gesagt, wie wenig Schlaf man bekommt.«

»Wenn sie das täten, würde sie niemand bekommen.« Olivia blickte in ihr Notizbuch. »Könnte Ihre Frau Ihren Aufenthaltsort bestätigen?«

Matthew antwortete mit einem einzigen Nicken. »Absolut. Wir haben das Haus kaum verlassen. Und ich habe Fotos. Mit Zeitstempel. Wir dokumentieren alles: ihr erstes Lächeln, ihr erstes Bad, die erste Windel-Explosion.«

Olivia verzog das Gesicht. »Hören Sie auf. Da kommen bei mir die Erinnerungen wieder hoch. Meine Jungs waren der reinste Albtraum. Ich meine, das sind sie immer noch. Aber ...« Sie schüttelte mit einem gequälten Gesichtsausdruck den Kopf. »Ich kann es jetzt noch riechen.«

Matthew gluckste leise, und sein Gesicht wurde wieder wärmer.

Stephanie klappte ihr Notizbuch zu. »Das ist alles für den Moment, Matthew. Danke für Ihre Zeit. Und für Ihre Ehrlichkeit.«

Er nickte kurz und ging zur Tür, zögerte dann aber. »Detective?«

»Ja?«

»Wer auch immer das war ... wenn es jemand von damals war ... Ich hoffe, Sie finden ihn. Und ich hoffe, er bekommt Hilfe. Denn uns hat nie jemand geholfen.«

Dann ging er, und die schwere Tür klickte hinter ihm ins Schloss.

KAPITEL
SIEBENUNDDREISSIG

Tom Latchford, einer der Namen, die Stephanie ihr als Opfer von Nigels und Carlos' Mobbing genannt hatte, arbeitete in einem Handyladen auf der Hauptstraße. Als Fiona durch die Tür trat, schlug ihr ein Schwall warmer Luft von der Klimaanlage über dem Eingang so heftig ins Gesicht, dass es ihr fast den Atem raubte. Das Innere des Handyladens war, wie ein Großteil der Hauptstraße heutzutage, völlig leer, abgesehen von einer älteren Frau, die versuchte, ihr Guthaben aufzuladen, nur um dann zu erfahren, dass dies telefonisch erledigt werden müsse.

Fiona musterte den Rest des Ladens und zählte fünf Berater auf zwei Kunden. Ein extrem unausgewogenes Verhältnis. Aber das war kaum überraschend; heutzutage ließ sich alles bequem vom Bett oder Sofa aus erledigen. Sie konnte sich nicht erinnern, wann sie das letzte Mal in einen Handyladen gegangen war, um ihr Handy aufzurüsten; das tat sie für gewöhnlich während ihrer Mittagspause, bei den seltenen Gelegenheiten, bei denen es anfiel.

Sie tat eine Weile so, als würde sie sich in den Regalen umsehen, und wartete ab, ob sie jemand ansprechen würde, wie es sonst üblich war. Aber niemand kam. Die Berater standen hinter der Theke oder saßen an Schreibtischen im hinteren Bereich, scrollten auf ihren Handys und waren in ihre eigenen Welten versunken. Alle waren jung, in ihren späten Teenagerjahren oder Anfang zwanzig, und keiner von ihnen sah aus, als wollte er hier sein; stattdessen wirkten sie, als wären sie von ihren Eltern gegen ihren Willen aus dem Bett gezerrt worden.

Fiona kam sich vor wie eine Testkäuferin, kurz davor, der Zentrale des Unternehmens ein vernichtendes Feedback zu geben. Doch bevor sie darüber nachdenken konnte, was sie sagen würde, öffnete sich hinten eine Tür und ein Mann in den Fünfzigern trat heraus. Seine schweren Schritte hallten über den Linoleumboden. Fiona spürte sofort, dass er derjenige war, der das Sagen hatte. Nicht wegen seines Alters, sondern wegen seiner Haltung und des Ausdrucks des Abscheus, der seine Züge verzerrte, als er seinen Blick über seine Angestellten schweifen ließ. Einen Moment lang hielt er in der Mitte des Ladens inne, die Hände in die Hüften gestemmt, und musterte sein Team. Niemand nahm Notiz von ihm.

Etwas vor sich hin murmelnd, wandte er seine Aufmerksamkeit Fiona zu.

»Kann ich Ihnen heute irgendwie helfen, meine Dame?«, fragte er mit seiner besten Kundendienststimme.

Fiona kaute kurz an ihrem Fingernagel, bevor sie antwortete. »Ich habe Tom gesucht.«

Er legte den Kopf schief. »Der bin ich.«

»Das habe ich mir schon gedacht.« Sie senkte ihre Stimme. »Mein Name ist DC Singleton. Ich bin von der Polizei in Surrey. Ich wollte fragen, ob es einen Ort gibt, an dem ich Ihnen ein paar Fragen stellen könnte?«

Sein Gesicht verzog sich verwirrt, als hätte sie die falsche Person angesprochen.

»Sie sind doch Tom Latchford, oder?«

Er nickte.

»Der auf St Jude's war?«

Ein weiteres Nicken, schwächer als das erste.

»Ausgezeichnet. Dann bin ich hier richtig.« Sie deutete zum hinteren Teil des Ladens. »Sollen wir?«

Toms Miene wurde ausdruckslos. Er drehte sich um und ging in Richtung des Büros. Die Angestellten blieben an ihre Handys gefesselt, als sie an ihnen vorbeigingen. Die Tür im hinteren Teil des Ladens führte zu einer steilen Treppe mit abgeschrammten

Fußleisten. Motivationssprüche schmückten die Wände, zusammen mit Balkendiagrammen, die ihren monatlichen Verkaufsfortschritt zeigten. Fiona folgte Tom nach oben, das Geräusch ihrer Schuhe hallte auf den Stufen hinter ihm wider.

Oben schloss er eine Tür mit einer Kombination aus Code und Schlüssel auf und führte sie in das Büro im Obergeschoss. Die Luft dort war wärmer und stickig. Eine Reihe staubiger Computer säumte eine Wand unter einem Gewirr von Kabeln und blinkenden Routern. Ein ramponierter Aktenschrank stand in der Ecke, seine Schubladen leicht geöffnet, und daneben schmiegte sich ein metallener Safe, der im selben Grau wie die Wände gestrichen war. Fiona zog einen der freien Bürostühle an seinen Platz und setzte sich. Sie wartete, bis Tom auf seinem eigenen Stuhl zusammengesackt war – einem mit einem Riss in der Mitte und quietschenden Rollen –, bevor sie ihr Notizbuch aufschlug.

»Sie brauchen nicht so beunruhigt auszusehen«, begann sie. »Sie sind nicht in Schwierigkeiten. Ich bin hier im Zusammenhang mit zwei Personen, von denen wir annehmen, dass Sie sie kennen.«

Seine Augen weiteten sich panisch, tausend verschiedene Gedanken zuckten dahinter auf. »Okay.«

»Carlos Vazquez«, sagte sie schlicht. »Und Nigel Hadlow. Sagen Ihnen diese Namen etwas?«

Tom erstarrte, sein Blick auf die Wand hinter ihr gerichtet, die Hände in seinem Schoß geballt.

»Ich ... ja. Ja, ich kenne sie. Wir sind zusammen zur Schule gegangen. Wir waren im selben Jahrgang. Zeitweise sogar im selben Internatshaus. Sie waren ...«

»Würden Sie sich als Freunde bezeichnen?«

»Pah!«, stieß er aus und füllte den Raum. »Absolut nicht. Das genaue Gegenteil von Freunden. Sie könnten mir nicht eine Million Pfund zahlen, damit ich das sage.« Er schüttelte heftig den Kopf. »Sie haben mir das Leben zur Hölle gemacht.«

»Wie?«

»Sie nannten mich immer ›Latch-on‹, als wäre ich ein Parasit. Sie haben meine Bücher genommen und in Wasser getränkt. Einmal haben sie sogar in den Toiletten draufgepisst. Ich hatte jeden Tag vor dem Unterricht Panikattacken. Konnte keinem

Lehrer in die Augen sehen, geschweige denn Freunde finden. Ich habe mich an diesem Ort so allein gefühlt. Sie haben mich ziemlich fertiggemacht. Meine Eltern dachten, ich würde ein großer Akademiker werden; sie träumten sogar davon, dass ich nach Oxford gehen würde, um Physik zu studieren. Stattdessen bin ich hier gelandet und drehe Rentnern Handyverträge an, die mich nicht hören können.«

Sein Mund zuckte und seine Fäuste ballten sich, als würde er gleich weinen oder gegen eine Wand schlagen. Er tat keines von beiden.

»Sie haben mich gedemütigt«, fuhr er fort und knirschte mit den Zähnen. »Sie haben mir das Gefühl gegeben, dass ich nichts bin. Und schließlich ... wurde ich zu nichts.«

Fiona hielt inne.

Sie kritzelte ein paar Notizen. »Es tut mir leid, dass Sie das durchmachen mussten. Ich nehme nicht an, dass Sie jemals in Kontakt geblieben sind?«

»Pah! Der war gut. Oh, Sie meinen das ernst. Nein, natürlich sind wir das nicht. Sobald wir den Abschluss hatten, habe ich es mir zur Aufgabe gemacht, alles über diesen Ort zu vergessen.«

Ein weiteres Gekritzel in ihrem Notizbuch. »Ich bin nicht sicher, ob Sie in letzter Zeit die Nachrichten gehört haben, aber ich wollte Sie darüber informieren, dass beide tot sind.«

Tom blinzelte und sein Kiefer lockerte sich, aber seine Fäuste blieben geballt. »Was?«

Fiona erklärte die Umstände ihrer Morde, während sie an ihren Fingernägeln kaute.

»Scheiße«, antwortete Tom.

»Das ist eine Art, es auszudrücken.«

»Sie denken ... Sie denken, jemand aus der Schule ...?«

»Wir wissen es nicht. Deshalb frage ich Sie: Wo waren Sie in den betreffenden Nächten?«

Er kratzte sich am Kiefer und wirkte plötzlich sehr klein.

»Ich lebe allein«, sagte er schließlich. »Wohnung über dem Kiosk in der Nähe des Bahnhofs. Hatte seit Jahren keine Partnerin mehr. Habe wahrscheinlich ferngesehen oder auf meinem Handy gescrollt. Ich ...« Er zuckte mit den Schultern.

»Aber ich hatte nichts mit dem zu tun, was mit ihnen passiert ist. Ich fahre kein Auto, also hätte ich nicht zu ihnen hinkommen können ...«

Fiona sah ihm in die Augen. Er zuckte nicht zurück.

»Kann das jemand bestätigen?«

»Nicht, es sei denn, mein Wasserkocher hat gelernt, auszusagen.«

Sie nickte knapp und notierte es. »Ich weiß das zu schätzen. Wir sprechen mit vielen Leuten. Routine, diese Art von Dingen.« Sie biss erneut auf ihren Fingernagel und erkannte, dass sie dringend eine Zigarette brauchte, etwas, woran sie schon lange nicht mehr gedacht hatte. »Haben Sie jemals Kontakt zu anderen Leuten aus Ihrer Schule gehalten?«

Tom schüttelte ohne Zögern den Kopf. »Wie gesagt, als ich da raus war, waren alle anderen aus meinem Leben verschwunden. Aber ich bin ehrlich, ich kann demjenigen, der das getan hat, keinen Vorwurf machen. Sie waren widerliche, böse Menschen. Und ich bezweifle, dass sie mit dem Alter besser geworden sind. Mobber bleiben Mobber; sie ändern sich nicht. Es überrascht mich also nicht, dass ihnen am Ende so etwas passiert ist.« Ein dünnes Lächeln schlich sich auf seine Lippen. »Die Gerechtigkeit kann ein Miststück sein.« Er zog eine kleine Kreuzkette hervor und rieb sie zwischen seinen Fingern.

Fiona ließ die Stille einen Moment lang wirken, ihr Blick fiel auf den Anhänger in seiner Hand.

»Sie sind religiös, nehme ich an?«

Die Frage ließ ihn innehalten. Er blickte auf die Kette hinunter und versteckte sie dann, als hätte sie ihn gerade verraten.

»Ja«, sagte er schließlich. »Das bin ich.«

»Schon immer gewesen?«

Er schüttelte den Kopf. »Nein. Ich habe später zu Gott gefunden. Nach der Schule. Nach ... all dem.«

»Wegen dem, was passiert ist?«

»Dem zum Trotz, vielleicht. Ich war lange Zeit in einer schlechten Verfassung. Konnte keinen Job behalten. Habe mehr getrunken, als ich sollte. Therapie hat ein wenig geholfen, aber es war der Glaube, der mir etwas Festes gab.« Er zögerte, dann fügte er hinzu: »Er gab mir einen Grund, morgens aufzustehen. Und einen Grund, aufzuhören, mir selbst die Schuld zu geben.«

Fiona nickte langsam. Sie hörte auf, an einem Stück Nagel zu kauen. »Und was ist mit ihnen? Carlos und Nigel. Vergeben Sie ihnen?«

Toms Gesicht versteifte sich.

»Das ist es, was ich tun soll, nicht wahr?«, sagte er endlich. »Die andere Wange hinhalten. Das Urteil dem Herrn überlassen. Das steht da geschrieben.«

»Aber?«, hakte Fiona sanft nach.

»Aber so weit bin ich noch nicht. Ich bete um Stärke, und ich bitte um Frieden, und an den meisten Tagen kann ich mein Leben ganz normal weiterleben. Aber wenn ich daran denke, was sie mir angetan haben ... wie sie mir etwas genommen haben, das ich nie zurückbekommen habe ... dann kämpfe ich. Wirklich.« Seine Stimme brach leicht. »Die Leute reden immer über Vergebung, als wäre es ein Schalter, den man umlegt. Als würde man einfach eines Tages beschließen, nicht mehr verletzt zu sein. Aber das ist es nicht. Es ist Arbeit. Und ich stecke noch mittendrin. Ich bete jede Nacht. Und ich weiß, es ist falsch, aber in manchen Nächten ... damals, da habe ich gebetet, dass sie bekommen, was sie verdienen.«

KAPITEL
ACHTUNDDREISSIG

Zuerst traf sie die Hitze. Augenblicklich. Erstickend. Eine Wand aus Hitze drückte gegen ihre Brust, versengte ihre Haut und kroch ihr die Kehle hinab.

Stephanie stand am Ende der Einfahrt, barfuß und im Schlafanzug, und starrte auf das Inferno, das einmal ihr Elternhaus gewesen war. Grelle orangefarbene und gelbe Flammen leckten an den Fensterscheiben, ließen das Glas zerspringen und die Kunststoffrahmen schmelzen. Rauch quoll vom Dach und kringelte sich in den Himmel. Der Geruch von verkohltem Material erfüllte die Luft. Irgendwo in der Ferne konnte sie Sirenen hören, aber sie waren zu weit weg. Bis sie eintreffen würden, wäre es zu spät.

Ihre Mutter und ihre Schwester waren am Fenster, gefangen im Schlafzimmer im Obergeschoss, hämmerten gegen das Glas, schlugen mit den Fäusten dagegen, und beide schrien um Hilfe. Aber sie konnte nichts tun; sie war wie erstarrt, ihre Beine weigerten sich, sich zu bewegen.

»Mama …«, rief sie. »Kim!«

Aber ihre Stimme war schwach, übertönt vom Brüllen der Flammen.

Dann sprang die Haustür auf und ihr Vater stolperte heraus, sein ganzer Körper lichterloh in Flammen. Die Haut warf Blasen, die Kleidung schmolz auf seinem Fleisch. Wie in einem

Katastrophenfilm. Seine Schreie hallten die Straße auf und ab. Ihr Körper wurde eiskalt vor Angst. Ihr Vater taumelte ein paar Schritte auf sie zu, die Arme ausgestreckt, aber weiter kam er nicht. Er brach zu Boden, während das Feuer ihn verschlang.

»Stepphhyyyy … biiittteeee …«

Das Geräusch seiner Stimme – kurz vor dem Tod – jagte ihr einen Schauer über den Rücken. Ihr Blick blieb auf dem schwelenden Körper haften, der noch vor wenigen Augenblicken ihr Vater gewesen war. Er lag mit dem Gesicht nach unten, seine Haut ein Flickenteppich aus blasiger Haut und bloßliegenden Knochen. Das Feuer knisterte immer noch unter seinem Rumpf und verzehrte ihn weiter. Sein Arm zuckte einmal. Dann nichts mehr. Er war reglos.

Und für eine kurze Sekunde fühlte Stephanie nichts.

Keine Trauer.

Kein Mitleid.

Sie erinnerte sich, wie sie acht Jahre alt gewesen war und in der Küche in diesem hässlichen grünen Morgenmantel mit den Fröschen darauf gestanden hatte. Er hatte ihr gesagt, sie sei schwach, sie müsse härter werden. Dann hatte er das Metallende des Feuerzeugs genommen und es auf ihren Unterarm gedrückt, bis sie schrie.

Jetzt war er ein Opfer seiner eigenen Misshandlungsmethode.

»Stephanie!«

Der Schrei riss sie aus ihren Gedanken.

Er kam von oben. Ihre Mutter und Kimberley, die immer noch gegen das Glas hämmerten, immer noch dringend gerettet werden mussten. Der Rauch im Zimmer verdeckte schnell ihre Gesichter. Bald würde sie sie nicht mehr sehen können.

Bald würde sie sie nicht mehr hören können.

Sie wollte sich umdrehen, um zu rennen, um etwas zu tun, aber ihre Beine waren wie aus Stein, ihre Lunge eng, ihre Arme zitterten. Dann schoss eine verschwommene Gestalt an ihr vorbei.

Eine männliche Gestalt. Sie erkannte ihn sofort. Jordan. Ihr Halbbruder. Er sprintete ohne einen zweiten Gedanken, ohne die geringste Sorge um sich selbst, auf das Feuer zu. Der Held, der kam, um den Tag zu retten und die Damen in Not zu befreien. Stephanie schrie ihm nach, aber es war zu spät. Er war drinnen, vom Rauch verschluckt.

Ein Knoten zog sich tief in Stephanies Magengegend zusammen.

Nein. Nein, er durfte nicht derjenige sein.

Das war *ihre* Familie. *Ihre* Mutter. *Ihre* Schwester.

Nicht seine.

Er durfte nicht einfach hereinstürmen und derjenige sein, den sie verehrten und feierten. Er durfte nicht derjenige sein, der sie in Sicherheit brachte und die Geschichte neu schrieb.

Stephanie machte einen Schritt nach vorn. Die Flammen schlugen höher. Das Haus ächzte. Und der Schrei ihrer Mutter durchdrang erneut die Luft.

Doch darüber konnte sie immer noch Jordan drinnen hören. Er hustete. Rief. Kam zur Rettung.

Stephanies Kehle schnürte sich zu, ihre Lunge brannte, noch bevor das Feuer sie berührte. Eine Stimme in ihrem Kopf sagte ihr, sie solle es nicht tun. Sagte ihr, sie würde sterben, wenn sie hineinging. Aber eine andere Stimme schrie lauter.

Er darf nicht derjenige sein, der sie rettet. Du bist es.

Sie rannte los.

Direkt auf das Inferno zu.

Doch bevor sie die Haustür erreichen konnte, wurde ihr Vater wieder lebendig, packte sie mit bösen, dämonischen Augen und einem Knurren am Knöchel und riss sie zu Boden.

Und dann Schwärze.

Stephanie fuhr im Bett hoch. Ihre Brust hob und senkte sich in schnellen, unregelmäßigen Stößen. Ihre Hände zitterten. Ihr Gesicht und ihre Haare waren schweißnass und ihr war heiß, als ob sie brennen würde, als ob sie in den Flammen ihres Albtraums wäre.

Sie krallte sich in die Bettdecke und warf sie weg, halb erwartend, dass sie in ihren Händen schwelen würde. Ihre Haut kribbelte, jede Nervenfaser schrie. Sie stolperte aus dem Bett, ihre nackten Füße klatschten auf den Teppich, ihr Herz hämmerte wie eine Sirene. Sie atmete schnell und flach. Ihre Lunge füllte sich nicht. Sie konnte nicht denken. Konnte die aufsteigende Panik nicht aufhalten.

Es ist noch auf mir.

Sie stürmte ins Badezimmer, drehte den Kaltwasserhahn in der Dusche ganz auf und stieg hinein, ohne auch nur ihren Schlafanzug auszuziehen.

Das eiskalte Wasser traf sie wie ein Schlag.

Sie keuchte und taumelte zurück, zwang sich aber wieder darunter. Sie stemmte die Hände gegen die geflieste Wand, den Kopf gesenkt, während das Wasser über sie strömte, ihr Haar durchnässte und ihre Kleidung tränkte.

Bitte, hör auf zu brennen ...

Sie drehte sich langsam, ließ das Wasser über jeden Zentimeter von ihr laufen und erwartete halb, Rauch von ihrer Haut aufsteigen zu sehen. Sie blieb dort stehen, zitternd, ihre Zähne begannen zu klappern. Schließlich drückte sie den Rücken an die geflieste Wand und rutschte in die Hocke, die Arme fest um ihre Knie geschlungen.

Der Traum hatte sich echt angefühlt. Zu echt.

Und nicht nur das Feuer.

Die Eifersucht.

Der Hass.

Dieses Bedürfnis, diejenige zu sein, die sie rettete.

Sie kniff die Augen fest zusammen.

Was für ein Mensch war sie geworden?

Was für ein Mensch würde lieber bei lebendigem Leib verbrennen, als jemand anderen den Helden sein zu lassen?

Sie war sich nicht sicher.

Aber in diesem Moment, durchnässt und zitternd auf dem Boden ihrer Dusche, war sie sich nicht sicher, ob sie es wollte.

KAPITEL NEUNUNDDREISSIG

Der Regen fiel in Schüben herab; kalte, stechende Tropfen, die seitlich durch die Bäume peitschten. Stephanie trat fester in die Pedale und raste rücksichtslos den Waldweg entlang. Schlamm spritzte an ihren Waden hoch und zog Schlieren über ihre Oberschenkel. Ihre Reifen gruben tiefe Rillen in den aufgeweichten Pfad und schleuderten Dreck und Erde in alle Richtungen.

Der Wind heulte durch die Äste über ihr, zerrte an ihrer Jacke und drohte, sie aus dem Gleichgewicht zu bringen. Doch sie beugte sich nach vorne und weigerte sich, aufzugeben. Sie trat noch kräftiger in die Pedale, angetrieben von den Erinnerungen an den Traum, die Flammen und Jordans Gesicht, als er im Feuer verschwand.

Ihre Lungen brannten, doch sie hieß den Schmerz willkommen. Er war echt. Greifbar. *Verdient*.

Blätter klatschten ihr ins Gesicht, Zweige zerkratzten ihre Unterarme, und das Fahrrad ruckelte unter ihr, als sie über ein Gewirr freiliegender Wurzeln fuhr. Sie packte fester zu, die Muskeln angespannt. Eine steile Anhöhe erhob sich vor ihr, glitschig von Schlamm und losen Steinen. Sie wurde nicht langsamer; stattdessen attackierte sie sie voller Wut, die Oberschenkel schrien, den Rücken tief gebeugt wie ein Raubtier. Der Wald um sie herum verschwamm, während sie schwer gegen die Kälte atmete und jeder Ausatmer in einer Dampfwolke explodierte.

Keine Sirenen.

Keine Flammen.

Keine Schreie.

Genau so, wie sie es mochte.

Schließlich erreichte sie den Gipfel der Anhöhe und gelangte auf ein langes, flaches Stück Land.

Dann schlug sie die Finger auf die Bremsen, brachte das Fahrrad ins Schleudern und riss es zum Stehen, wobei ein Schlammklumpen hoch in die Luft geschleudert wurde. Etwas in der Ferne war ihr mehrere hundert Meter entfernt ins Auge gefallen; ein kleiner, schwarzer, verbrannter Schandfleck inmitten des Ozeans aus üppigen, sattgrünen Feldern unter ihr. Die Scheune, in der nur wenige Nächte zuvor Nigel Hadlow sein Leben verloren hatte. Ihr Körper erzitterte vor Trauer und ein Kloß bildete sich in ihrem Hals. Bilder davon, wie die Feuersbrunst ausgesehen haben musste – das Feuer, die Hitze, der immense und unermessliche Schmerz –, erschienen vor ihrem geistigen Auge. War er bei Bewusstsein gewesen, bevor die Flammen ihn ergriffen hatten? Hatte er gewusst, was auf ihn zukam? War der Mörder so freundlich gewesen, dafür zu sorgen, dass er es nicht mitbekam, oder hatte er sichergestellt, dass er den größtmöglichen Schmerz erlitt?

Sie vermutete Letzteres. Es war ihr jetzt klar, dass der Mörder Rache an Nigel Hadlow und Carlos Vazquez gesucht hatte, dass er eine Liste von Feinden hatte, die er für würdig hielt, der Gerechtigkeit zugeführt zu werden. Sie war sich sicher, dass der Täter alles in seiner Macht Stehende getan hatte, um sicherzustellen, dass die Opfer sich ihres bevorstehenden Schicksals bewusst waren.

Sie war sich sicher, dass Nigel Hadlow und Carlos Vazquez wach gewesen waren, bei Bewusstsein, atmend – sich des Feuers, das sie langsam verzehren würde, *bewusst* gewesen waren, bis zu dem Moment, als es ihnen das Leben nahm.

Der Regen fiel weiterhin waagerecht und ließ die Scheune in der Ferne verschwimmen. Dicke Regentropfen rannen ihr aus dem Haar in die Augen. Sie versuchte, sie wegzublinzeln, aber das half nichts.

Sie stand da, ein Bein auf den Boden gestemmt, während das

andere auf dem Pedal ruhte, schwang ihre wasserdichte Tasche von der Schulter und zog ihr Handy heraus. Es war ihr freier Tag. Sollte es zumindest sein. Zeit, die sie hätte nutzen sollen, um sich zu erholen, zu entspannen – geistig und körperlich. Aber wie üblich hatte sie andere Pläne.

Sie entsperrte das Gerät und scrollte zu ihrem Adressbuch, während Regentropfen auf den Bildschirm prasselten. Sie fand Olivias Namen und tippte wiederholt darauf. Nach mehreren Versuchen kam der Anruf endlich zustande.

»Steph?«

»Morgen.«

»Warum rufst du an? Solltest du nicht freihaben?«

Bevor sie antworten konnte, peitschte ihr eine Windböe von der Seite entgegen.

»Wo bist du?«, fragte Olivia.

»Unterwegs. Schaue mir die Landschaft an.«

»Du klingst, als wärst du in der Drakestraße.«

Stephanie tat so, als wüsste sie, was das bedeutete, und antwortete mit einem Grunzen. »Es ist nur ein bisschen Wind. Und Regen. Jede Menge Regen.« Sie legte die hohle Hand ans Ohr und versuchte, das Telefon vor den Elementen abzuschirmen. »Ich wollte nur mal hören, was bei allen für heute auf dem Programm steht.«

»Mikromanagement?«

»Was? Das ist kein…! Ich mache doch kein …!«

»Hört sich für mich ganz danach an, Ma'am. Möchten Sie auch regelmäßige Updates, wann wir auf die Toilette gehen? Möchten Sie wissen, wie viele Kaffees wir trinken?«

»Wellard …«

»Wir haben das im Griff«, sagte Olivia. »Es ist dein freier Tag. Also entspann dich einfach. Wenn etwas Dringendes reinkommt, sagen wir dir als Erste Bescheid. In Ordnung?«

»Ich wollte nur …«

»Und dafür danken wir dir, aber wir brauchen es nicht. Alles ist geregelt. Ich möchte, dass du bitte einen echten freien Tag hast.«

Stephanies Blick wanderte von der Scheune in der Ferne zu einer kleinen Baumreihe.

»Warum fühle ich mich, als würde ich einen Anpfiff bekommen?«

»Weil du einen bekommst.«

»Redest du so auch mit deinen Kindern?«

»Oh nein. Die kriegen es für gewöhnlich viel schlimmer ab als das. Du solltest dankbar sein; ich bin nett zu dir.«

Stephanie kicherte. »Ich weiß das zu schätzen.«

»Genieß deinen Tag, Ma'am. Ich erwarte nicht, vor morgen von dir zu hören. Oh, und sei vorsichtig da draußen. Es ist nass und schlammig.«

Das Lächeln auf Stephanies Gesicht wurde breiter. »Ja, *Mami.*«

Als sie auflegte, ließen Wind und Regen nach, und ein dünner Riss zeigte sich in den Wolken. Er war klein, aber Stephanie nahm es als Zeichen, ein Zeichen, einen Schritt zurückzutreten und die wenige Freizeit zu genießen, die sie für sich hatte.

Zuerst musste sie der Scheune den Rücken kehren und so schnell wie möglich von dort verschwinden. Optimistisch, dass der Tag vielleicht doch noch gut werden könnte, und mit einem Plan, der in ihrem Kopf Gestalt annahm, steckte sie ihr Handy ein, stellte beide Füße auf die Pedale und stieß sich ab, wobei sie Schlamm und Dreck aufwirbelte.

KAPITEL **VIERZIG**

Regen peitschte gegen die Windschutzscheibe, als Olivia von der Hauptstraße abbog und der engen, gewundenen Gasse folgte, die zu dem Bungalow am Stadtrand von Weybridge führte. Die Scheibenwischer kämpften einen aussichtslosen Kampf gegen den Wolkenbruch, und die Heizung summte leise und wärmte ihre Füße und Oberschenkel, doch ihre Gedanken waren woanders; sie waren bei Stephanie und ihrer Unfähigkeit, abzuschalten.

Die Inspector machte ihr manchmal Sorgen. Es war ungesund, wie viel sie arbeitete, die Art und Weise, wie sie jeden wachen Moment des Tages mit der Arbeit ausfüllte. Das tat ihr nicht gut, und Olivia glaubte auch nicht, dass es gut für ihre Bulimie war. Olivia erinnerte sich an den Moment, in dem sie über Stephanies Geheimnis gestolpert war. Das Büro war leer gewesen; es war Nacht, und alle waren nach ein paar Runden im Pub gegangen. Stephanie war als Einzige geblieben, und dann hatte Olivia die Würgegeräusche gehört, das Platschen in der Schüssel, gefolgt von der Toilettenspülung. Sie hatten sich geeinigt, nicht darüber zu reden – Stephanie hatte ihr versichert, es sei alles unter Kontrolle –, aber die Sorge um ihre Vorgesetzte schwelte weiterhin in ihrem Hinterkopf. Die Frau überarbeitete sich, trieb ihren Geist und Körper an ihre Grenzen, und Olivia fragte sich, wie lange sie das noch durchhalten konnte. Wenn sie nicht aufpasste, würde irgendetwas nachgeben.

Entweder ihr Verstand oder ihr Körper.

Bevor sie diesem Gedanken mehr Gewicht beimessen konnte, verkündete die automatische Stimme des Navis, dass sie ihr Ziel erreicht hatte. David Reece wohnte in einem gedrungenen, grauen Bungalow, dem einzigen in einer Reihe zweistöckiger Einfamilienhäuser. Der ehemalige Schüler von St. Jude's war als einer der Namen aufgetaucht, die mit den Mobbingopfern von Nigel Hadlow und Carlos Vazquez in Verbindung gebracht wurden, und nach umfangreichen Recherchen hatten sie und Fiona ihn schließlich ausfindig gemacht.

Olivia fuhr in die Einfahrt und stellte den Motor ab. Durch die verschwommene Scheibe auf der Fahrerseite sah sie das Leuchten eines Monitors hinter dem Wohnzimmervorhang. Sie griff nach ihrem Mantel auf dem Beifahrersitz, zog ihn an und rannte zur Haustür, wobei sie über die Pfützen sprang.

Sie klingelte und wartete, während sie ihre Kapuze absetzte. Einige Augenblicke vergingen, bevor die Tür knarrend aufging und einen Mann Anfang fünfzig zum Vorschein brachte, blass und unrasiert, der ein kariertes Hemd und Chinos trug. In den Händen hielt er einen Kopfhörer. Der einzige Anhaltspunkt für sein Aussehen war das Foto aus dem Schuljahrbuch von vor vierzig Jahren. Sein Gesicht war mit der Zeit weicher geworden, und die jugendlichen Züge hatten sich mit dem Alter abgerundet, aber die Ähnlichkeit war unter den Spuren von vier harten Jahrzehnten immer noch vorhanden. Sein Haar war dünner geworden; auf dem Foto war es dick und dunkel gewesen und hatte sich an den Enden gelockt. Die Teenager-Version von ihm hatte ein aufgeregtes, überschwängliches Lächeln getragen. Die erwachsene Version machte sich gar nicht erst die Mühe zu lächeln.

»Ja ...?«, sagte er und blinzelte sie durch den Nieselregen an, seine Stimme heiser. »Kann ich Ihnen helfen?«

Olivia hielt ihren Ausweis hoch. »Ich hatte gehofft, mit Ihnen über Ihre Zeit in St. Jude's sprechen zu können.«

Sein Gesichtsausdruck versteifte sich. Einen Moment lang dachte sie, er würde ihr die Tür vor der Nase zuschlagen.

»Dauert es lange?«

»Nur ein paar Minuten.«

»Ich stecke mitten in der Arbeit«, sagte er halb entschuldigend, »aber ein paar Minuten kann ich erübrigen.«

»Danke«, erwiderte Olivia und trat über die Schwelle. Sie folgte ihm in ein zum Büro umfunktioniertes Wohnzimmer, wo zwei Monitore einen E-Mail-Posteingang und eine PowerPoint-Präsentation anzeigten.

Er bedeutete ihr, den Sessel zu nehmen, und setzte sich auf die Kante des Sofas, wobei er den Kopfhörer in seinen Händen drehte. »Also«, sagte er mit einem Ton, als wäre er schon mit dem Gespräch fertig, »worum geht es?«

»Um Carlos Vazquez und Nigel Hadlow.«

Ein schwacher Anflug von Wiedererkennen huschte über sein Gesicht. »Was ist mit denen?«

»Sie sind beide tot«, sagte Olivia sanft. »Sie wurden ermordet.«

David blinzelte langsam. Einmal. Zweimal. Dann legte er den Kopfhörer auf dem Couchtisch vor sich ab.

»Du meine Güte.«

Sie ließ die Stille einen Moment wirken, bevor sie fortfuhr. »Wir haben uns ihre Vergangenheit angesehen. Ihr Name ist aufgetaucht, zusammen mit ein paar anderen.« Sie griff in ihre Manteltasche und holte ihr Notizbuch hervor. »Nach dem, was wir herausgefunden haben, waren sie nicht gerade Musterschüler.«

David lehnte sich zurück und verschränkte die Arme vor der Brust. »Das können Sie laut sagen.«

Olivia nickte mit gezücktem Stift. »Können Sie mir von Ihren Erfahrungen mit ihnen in St. Jude's erzählen?«

Er schnaubte. »Ich dachte, Sie hätten gesagt, das würde nur ein paar Minuten dauern.«

»Dann eben die Kurzfassung.«

David stieß einen langen Atemzug aus, rieb sich mit einer Hand über den Kiefer und massierte dann den Rest seines Gesichts, als ob er sich darauf vorbereitete, das Trauma noch einmal zu durchleben. Dann gab er ihr eine zusammengefasste Version des Missbrauchs, den er durch Nigel, Carlos und die anderen Verantwortlichen erlitten hatte. Während sie zuhörte, dachte sie, dass er einen Teil des Traumas und seine Reaktion darauf herunterspielte. Er erweckte den Eindruck, dass es ihn nicht getroffen hatte, dass er angesichts des Missbrauchs tapfer gewesen war. Es gab jedoch Betonungen in seinem Tonfall und Zuckungen in seinen Bewegungen, die darauf hindeuteten, dass er alles andere als das gewesen war.

»Es tut mir leid, dass Sie das durchmachen mussten«, sagte Olivia, als er fertig war. »Kinder können Arschlöcher sein.«

Sie wurde an ihre eigenen erinnert: wie schwierig sie geworden waren; wie sie sich jeden Tag Sorgen machte, dass sie dasselbe Schicksal wie David Reece, Tom Latchford und Jonathan Hale erleiden könnten.

Und sie betete, dass sie sich nicht dafür entschieden hatten, in die gleichen Fußstapfen wie Nigel Hadlow und Carlos Vazquez zu treten.

David zuckte mit den Schultern. »Es ist, wie es ist. Daran kann man jetzt nichts mehr ändern.«

Olivia beendete eine Notiz in ihrem Buch und klickte am Ende zweimal mit dem Kugelschreiber. »Und in den Mordnächten? Waren Sie hier?«

Er lachte trocken. »Ja. Hab lange gearbeitet. Ich bin Freiberufler. Entwerfe Pitches, Schulungsunterlagen. Meistens für Firmen, die niemanden in Vollzeit bezahlen wollen.« Er deutete auf den Bildschirm hinter sich. »Sie können die Logins, Zeitstempel, was auch immer Sie wollen, überprüfen. Ich habe das Haus nicht verlassen.«

»Ich weiß das zu schätzen. Wir werden dem nachgehen müssen, aber es ist ein hilfreicher Kontext.«

Er nickte halb. »Glauben Sie wirklich, dass jemand sie getötet hat wegen dem, was sie in der Schule getan haben?«

»Wir halten uns alle Optionen offen. Aber Sie sind nicht die einzige Person, mit der wir gesprochen haben, die in der Schule ähnliche Erfahrungen mit ihnen gemacht hat.«

»Sie haben es sich zur Hauptaufgabe gemacht, Leute zu ruinieren.«

Olivia schlug eine neue Seite auf. »Haben Sie noch Kontakt zu jemand anderem von damals? Anderen Schülern, die vielleicht ähnliche Erfahrungen gemacht haben?«

David schüttelte den Kopf. »Nicht wirklich. Ab und zu taucht mal was auf Facebook auf, aber ich schaue es mir nicht an. Habe keine Lust, mit denen in irgendeiner Form zu interagieren.«

Olivia nickte, zögerte und fragte dann: »Was ist mit Jonathan Hale? Wir haben versucht, ihn zu erreichen, hatten aber kein Glück. Wissen Sie, wo er jetzt sein könnte?«

Davids Miene verfinsterte sich. Er sah weg, sein Kiefer mahlte.

»Was ist los?«

Er atmete langsam aus. »Das hat einen Grund: Er hat sich umgebracht. Ein paar Jahre, nachdem wir mit dem College fertig waren. Hat ein paar Pillen genommen, eine Brücke gefunden und sich dann entschieden, sicherzugehen, dass die Sache erledigt ist.«

Die Luft schien aus dem Raum zu weichen.

Olivia öffnete und schloss den Mund, sprachlos. Am Ende konnte sie nur sagen: »Das tut mir leid.«

David nickte, sein Gesicht versteinert. »Sie haben ihn gebrochen. Genau wie sie versucht haben, uns alle zu brechen. Und wenn Sie mich fragen, haben sie bekommen, was sie verdient haben. Sie alle verdienen es zu leiden.«

KAPITEL EINUNDVIERZIG

Anstatt weitere Mobbingopfer von Carlos und Nigel zu befragen, war Devon losgeschickt worden, um deren Komplizen zu vernehmen – eine der Personen, die dafür verantwortlich waren, Kindheiten zu ruinieren. Er hatte den Kürzeren gezogen. Wortwörtlich. Das Team hatte die Namen von Opfern, Zeugen und potenziellen Verdächtigen auf einzelne Zettel geschrieben und in einen Topf geworfen. So kam es, dass er der Einzige war, der den Namen eines Mitverschwörers von Carlos und Nigel zog.

Anthony Shore. Ein Mann, der, nachdem er St Jude's mit wenig berauschenden Noten und einem, wie viele seiner Mitschüler und Lehrer es beschrieben, übergroßen Ego verlassen hatte, im Autohandel gelandet war und schnell die Karriereleiter erklommen hatte, bis er sein eigenes Autohaus in Addlestone betrieb, samt schriller Fähnchen und überhöhter Preise. Er lebte mit seiner zweiten Frau in einem Neubau und sah seine Kinder aus erster Ehe nur selten.

Devon war teils hingeschickt worden, um ihn zu warnen, und teils, um ihn zu befragen.

Er parkte vor Shore Motors, die Windschutzscheibe war mit Nieselregen gesprenkelt. Durch das Glas konnte er Reihen glänzender Gebrauchtwagen sehen, deren Motorhauben so ausgerichtet waren, dass sie einladend aussahen, und deren Preise mit dickem Filzstift auf Schildern in den Windschutzscheiben gekritzelt waren. Der Ausstellungsraum war von innen beleuchtet, und Devon konnte gerade noch einen schmächtigen Mann erkennen, der mit dem Telefon am Ohr hinter dem Glas auf und ab ging.

Devon stellte den Motor ab, stieg aus und zog seine Kapuze hoch, um sein Haar vor dem Regen zu schützen. Als er die Bürotür erreichte, drückte er sie kurz auf und trat ein. Wärme umfing ihn sofort. Der Mann hinter dem Schreibtisch blickte auf und beendete sein Gespräch hastig mit einem »Ja, ja, ich rufe dich gleich zurück. Nur eine Sekunde.« Er stand auf, strich die Vorderseite seines billigen Anzugs glatt und schenkte Devon ein Grinsen, das einstudierter wirkte als jede West-End-Inszenierung.

Devon blinzelte. *Das* war Anthony Shore?

Er hatte jemanden erwartet, der breiter, lauter war. Die Art von Mann, die vor Testosteron und Selbstgefälligkeit nur so strotzte. Doch die Gestalt vor ihm war schmächtig, drahtig und schmalschultrig. Seine Wangen waren gerötet und pockennarbig, sein Haar ein paar dünne blonde Strähnen, die über eine rosafarbene Kopfhaut gekämmt waren. Eine dicke Brille vergrößerte seine blassblauen Augen und ließ ihn eher wie jemanden aussehen, der böse Witze einstecken musste, als wie jemand, der sie austeilte. Er sah mehr nach jemandem aus, der beim Sport als Letzter in die Mannschaft gewählt wurde, nicht nach jemandem, der den Schulhof beherrscht hatte.

»Guten Tag«, sagte Anthony, seine Stimme schärfer, als sein Äußeres vermuten ließ. »Suchen Sie etwas Bestimmtes?«

Devon zog seinen Ausweis hervor. »Ich hatte gehofft, mich kurz mit Ihnen unterhalten zu können.«

Anthonys Lächeln erstarb. »Polizei?«

»Nur ein paar Routinefragen. Über ein paar Leute, die Sie vielleicht kannten. Aus der Schule.«

Anthonys Gesicht zuckte, dann lachte er unbeholfen auf, trat zur Seite und deutete auf die Ledersessel in der Ecke des Büros. »Das fühlt sich an wie eine Ewigkeit her. Worum geht es?«

Devon setzte sich. »Carlos Vazquez und Nigel Hadlow. Sagt Ihnen das was?«

Dieses Zucken kehrte zurück, diesmal dunkler. »Ja. Sicher. Wir waren im selben Jahrgang. Ich habe diese Namen schon eine Weile nicht mehr gehört.«

»Sie sind tot«, sagte Devon schlicht. »Ermordet.«

Anthony hielt auf dem Weg zum Wasserkocher mitten im Schritt inne. »Beide?«

Devon nickte.

Anthony stieß einen langen Pfiff aus. »Verdammt nochmal.«

»Sie scheinen nicht sonderlich überrascht zu sein.«

Anthony kratzte sich am Nacken. »Ich meine ... wir waren nicht gerade beste Freunde fürs Leben oder so. Nicht seit der Schule. Aber das ist trotzdem ... Jesus. Sie sagen, ermordet?«

»Wir ermitteln in der Sache. Im Moment schauen wir uns Leute an, die Verbindungen zu beiden Opfern hatten. Das schließt alte Freunde, Klassenkameraden, Feinde ein. Jeden mit einer möglichen Verbindung.« Devon beugte sich leicht vor. »Das schließt Sie ein, Mr. Shore.«

Anthony lachte nervös. »Richtig. Natürlich. Ich habe aber keinen von beiden seit Jahren gesehen. Ganz ehrlich.«

»Trotzdem muss ich Ihnen ein paar Fragen stellen.«

Anthony nickte, setzte sich hinter seinen Schreibtisch und faltete die Hände. Devon bemerkte ein leichtes Zittern darin. Was auch immer für ein Tyrann er damals gewesen war, dieser Mann war er jetzt nicht mehr.

Zumindest ... nicht an der Oberfläche.

»Warum haben Sie es getan?«

»Wie bitte?«

»Das Mobbing. Warum haben Sie es getan?«

Anthony spielte mit seinen Fingern. »Das ist lange her. Wir ... wir waren jung. Sie wissen doch, wie das ist. Man lässt sich eben mitreißen.«

»Sind Sie ein intelligenter Mann, Mr. Shore?«

Er sah von der Frage verwirrt aus. »Ja ...«

»Kennen Sie den Unterschied zwischen richtig und falsch?«

»Ja ...«

»Sie wissen also, dass es schlecht ist, Leute zu mobben.«

»Ich war ein Kind. Ich dachte nicht, dass das, was wir taten, die Leute so sehr beeinflussen würde.«

»Sie sind also *kein* intelligenter Mensch.«

Anthony hörte auf, mit seinen Fingern zu spielen. Bevor er antworten konnte, öffnete sich die Tür zum Ausstellungsraum. Er erhob sich aus seinem Stuhl und rief ihnen zu: »Entschuldigung, aber ich musste für etwa eine halbe Stunde schließen. Würden Sie bitte wiederkommen?«

Der Mann grunzte, hielt inne und ging dann den Weg zurück, den er gekommen war.

Als Anthony seine Aufmerksamkeit wieder Devon zuwandte, sagte er: »Sind Sie nur hier, um mir Vorhaltungen zu machen, oder um mir Fragen über Nigel und Carlos zu stellen?«

»Ein bisschen von beidem, würde ich meinen. Ich mag es nicht, wenn Verbrechen ungestraft bleiben.«

»Mobbing ist kein Verbrechen.«

»Doch, wenn man dafür verantwortlich ist, dass sich jemand das Leben nimmt.«

Anthony erstarrte. Die Farbe wich aus seinen Wangen und ließ seine Haut kränklich weiß erscheinen. Er blinzelte einmal, zweimal, dann fiel er in seinen Stuhl, als hätten seine Knie nachgegeben. Sein Mund öffnete sich leicht, aber kein Ton kam heraus. Nur das leise Prasseln des Regens gegen die Fenster.

Devon ließ die Stille im Raum stehen. Er hatte es nicht eilig, ihn daraus zu befreien.

Als Anthony schließlich sprach, war seine Stimme leiser, hohl. »Wer?«

»Johnathan Hale.«

Anthony brauchte einen Moment, bevor er antwortete. »Ich wusste es nicht. Ich meine ...« Er vergrub den Kopf in seinen Händen. »Ich fühle mich so schrecklich.«

Gut. Sollten Sie auch.

Er hatte keine Zeit für Tyrannen, keine Geduld für Leute, die darauf aus waren, das Leben anderer schwieriger zu machen, als es ohnehin schon war. Er dachte an seine eigene Schulzeit. An die gestohlenen Pausenbrote, an Spindtüren, die man ihm auf die

Finger schlug, und an die »harmlosen« Spitznamen, die noch lange haften blieben, nachdem sie aufgehört hatten, lustig zu sein. Das Schlimmste davon hatte er nie jemandem erzählt, nicht einmal seiner Mutter.

»Ich …«, fuhr Anthony fort. »Ich weiß nicht, was ich sagen soll. Ich … ich stehe unter Schock. Und Nigel und Carlos auch … Was ist hier los?«

»Wir glauben, dass jemand aus der Schule es auf sie abgesehen hat.«

»Meinen Sie mit ›ihnen‹ auch mich?«

Devon antwortete nicht. Stattdessen zog er ein Foto aus seiner Innentasche – eine der alten Jahrbuchseiten, die Olivia ausgegraben hatte. Anthony, Carlos und Nigel, zusammen mit einer Gruppe anderer Jungen, lächelten und posierten wie die besten Freunde.

Er schob es über den Schreibtisch. »Haben Sie noch mit jemandem von diesem Foto Kontakt?«

Anthony starrte es an, seine Augen überflogen jedes vertraute Gesicht. Er schüttelte langsam den Kopf. »Nicht wirklich. Wir haben eine Zeit lang Kontakt gehalten, aber sie sind alle zur Uni gegangen, und ich war der Einzige, der ins Berufsleben eingestiegen ist.« Anthony atmete tief ein, dann begann er wieder, mit seinen Fingern zu spielen. Als er den Mund öffnete, ging die Tür zum Ausstellungsraum erneut auf. Diesmal ignorierte er es.

»Detective, Sie glauben doch nicht, dass ich der Nächste bin, oder?«

Devon schluckte. Schwer. »Sie haben in letzter Zeit nichts Verdächtiges gesehen, oder? Alte Gesichter, alte Freunde?«

Anthony schüttelte den Kopf, obwohl er nicht überzeugt wirkte.

Devon griff in seine Tasche und holte das Foto des Jungen hervor, das an Carlos' Tatort gefunden worden war.

»Und den Jungen auf diesem Foto erkennen Sie auch nicht?«

Anthony studierte das Foto und schüttelte dann den Kopf. »Nicht wirklich, nein. Er kommt mir bekannt vor, aber ich könnte Ihnen seinen Namen nicht sagen.«

»Dann wird Ihnen sicher nichts passieren«, sagte Devon und griff in eine andere Tasche, um eine Visitenkarte hervorzuholen.

»Hier sind meine Kontaktdaten. Wenn Sie etwas sehen oder hören, rufen Sie mich an.« Er blickte zu dem Kunden hinüber, der gerade den Laden betreten hatte. »Da wartet jemand auf Sie. Sie haben ein Geschäft zu führen. Ich mache mich dann auf den Weg. Danke für Ihre Hilfe.«

KAPITEL ZWEIUNDVIERZIG

Stephanie wartete an der Tür, was sich wie eine Ewigkeit anfühlte, und sah wiederholt auf ihre Uhr, während ihre Schwester sich Zeit ließ, zu öffnen. Sie hätte Kimberley gegenüber nachsichtiger sein sollen; schließlich war ihre Schwester hochschwanger, und ihre Beweglichkeit wurde langsam zu einem Problem für sie. Aber trotzdem brannte Stephanie darauf, sie zu sehen.

Ihr Lächeln wich nicht von ihrem Gesicht, als Kimberley die Haustür vorsichtig einen Spalt breit öffnete, sodass nur ein Streifen ihres Gesichts zu sehen war, genau wie Stephanie es ihr beigebracht hatte: jedem mit Misstrauen zu begegnen, besonders wenn unerwartete Besucher vor der Tür standen.

»Steph?«

Kimberley stutzte und öffnete die Tür vorsichtig, als würde man ihr eine Pistole an den Kopf halten. Wenn Stephanie ihre Schwester nicht besser gekannt hätte, hätte sie gedacht, sie aus einem Nickerchen gerissen zu haben.

»Die bin ich.«

»Was machst du denn hier?«

»Überraschung!«

Das Überraschungsmoment ihres unangemeldeten Besuchs spiegelte sich jedoch nicht wirklich in Kimberleys Gesicht wider. Kein weites Aufreißen der Augen, keine Verblüffung oder

Aufregung von jemandem, der einen geliebten Menschen seit ein paar Wochen nicht mehr gesehen hatte. Keine herzliche Umarmung, nur der kalte, teilnahmslose und leicht verwirrte Blick von jemandem, der gerade aufgewacht war.

Stephanie drückte die Tür auf und trat ein.

»Ich hatte einen Tag frei, also dachte ich, ich komme mal vorbei und sehe nach, wie es dir geht.«

»Was?« Kimberley sah sie an, als spräche sie eine andere Sprache.

»Mein Team hat mir gesagt, ich soll mich entspannen, und genau das tue ich jetzt.«

»Du hättest vorher anrufen sollen. Ich ... ich hätte aufgeräumt. Ich hätte Getränke vorbereitet. Ich hätte geputzt.«

Stephanie trat in den Flur und streifte ihre Schuhe ab. »Pah. Wir haben uns ein Zimmer geteilt, Kim. Ich kenne dich in- und auswendig ... und das in mehr als einer Hinsicht. Ich glaube, ich komme mit ein bisschen Unordnung klar.«

Kimberley schloss die Tür hinter ihr und wickelte eine Strickjacke um ihren Körper. »Ich hätte Jordan anrufen können.«

»Und genau *deshalb* habe ich dir nichts gesagt.« Stephanie zeigte mit dem Finger auf ihre Schwester. »Weil ich wusste, dass du so etwas tun würdest. Ich habe kein Interesse daran, ihn zu sehen, Kim. Ich möchte dich sehen, *meine Schwester*.«

»Steph ...«

»Kim ... Das können wir den ganzen Tag so treiben. Aber wenn du auch nur daran denkst, ihn anzurufen oder ihm eine Nachricht zu schreiben, dass er herkommen soll, bin ich sofort zur Tür raus und weg.«

Kimberley zog ihr Handy aus der Tasche und steckte es dann schnell wieder weg. Sie stieß einen schweren Seufzer aus und ging wortlos in die Küche. Als Stephanie ihr folgte, wurde ihr klar, dass sie keine Ahnung hatte, wovon ihre Schwester gesprochen hatte. Sauberkeit war ein Wort in ihren beiden Wörterbüchern, aber sie hatten sehr unterschiedliche Definitionen. Kimberley machte sich Sorgen um einen Löffel und eine Tasse, die neben der Spüle zurückgelassen worden waren und im Tageslicht, das durch das Fenster fiel, trockneten, während Stephanies Definition Wäsche auf dem Boden, hoch auf der Küchentheke gestapelte Essensboxen zum Mitnehmen und überall verstreute Beweise eines geschäftigen Lebensstils umfasste. Für Stephanie war Kimberleys Küche makellos sauber.

»Tee?« Der Abscheu in Kimberleys Stimme war unüberhörbar.

»Wenn du nicht reinspuckst, gerne ...«

Kimberley schwieg und kochte den Tee mit einer Reihe von Grunzern und schweren Seufzern. Während der Wasserkocher kochte, lehnte sie sich gegen die Arbeitsplatte und legte ihre Hand auf ihren Babybauch. »Ich verstehe es einfach nicht. *Immer noch.*«

»Was verstehst du nicht?«

»Warum du ihn nicht sehen willst.«

»Das hatten wir schon, Kim. Ich will nicht immer wieder dieselbe Diskussion führen. Ich dachte, ich könnte vorbeikommen, wir könnten uns nett und zivilisiert unterhalten, uns darüber austauschen, wie es bei dir und dem Baby so läuft. Ich dachte, ich könnte mich ein bisschen von der Arbeit erholen, aber ich schätze, das wird wohl nicht möglich sein. Können wir bitte für eine Minute nicht über Jordan reden? Wenn und falls ich bereit bin, ihn zu sehen, werde ich es tun. Aber keinen Moment früher. Es muss zu meinen Bedingungen geschehen, sonst wird es nie passieren. Und es ist mir egal, ob ich unvernünftig bin. Ich denke, ich habe jedes Recht, mich so zu verhalten. Also, *bitte*, lass es einfach gut sein.«

Kimberley rührte schweigend im Tee, ihr Gesicht war angespannt. Sie reichte Stephanie wortlos eine Tasse, schlurfte dann zum Sofa und ließ sich mit der Anmut einer Frau darauf fallen, die weit mehr als nur ein Baby trug. Stephanie folgte ihr und umklammerte die Tasse mit beiden Händen, um die Wärme aufzusaugen. Die nächste Stunde verging in einer Art stillem Waffenstillstand. Sie sprachen über die Arbeit (wobei Stephanie den größten Teil des Gesprächs führte) und über Jason, der laut Kimberley jetzt jeden Vorschlag für einen Babynamen mit seinem Veto belegte.

»Er will ihn ›Dex‹ nennen«, sagte Kimberley und verdrehte theatralisch die Augen. »Wie *Dexter*. Wer nennt ein Baby Dexter, wenn er nicht will, dass es zu einem Serienmörder heranwächst?«

»Ich mag den Namen«, antwortete Stephanie. »Er erinnert

mich aus irgendeinem Grund an Dennis. Dennis, die Nervensäge. Dexter, der Trickser.«

»Das Letzte, was ich will, ist ein kleiner Satansbraten.«

Kichernd stand Stephanie auf, nahm beide leeren Tassen und ging in die Küche, um sie abzuwaschen. Sie drehte den Wasserhahn auf und begann halbherzig zu schrubben, ließ das heiße Wasser über ihre Hände strömen, ihr Blick war auf nichts Bestimmtes gerichtet. Dann blitzten Scheinwerfer über die Küchenfliesen.

Ihr Magen drehte sich um.

Ein Auto hatte am Ende der Einfahrt angehalten.

Stephanie erstarrte, ihre Finger umklammerten den Schwamm. Sie spähte durch die Jalousien. Ein kleiner roter Kleinwagen. Sie drehte sich um, eine Hitze stieg ihr schnell im Nacken hoch.

»Das hast du nicht getan.«

Kimberley erschien in der Tür, beide Hände schützend auf ihren Bauch gelegt. »Was?«

»Das hast du nicht getan!«, fauchte Stephanie, und die Tasse rutschte ihr aus der Hand und fiel mit einem lauten Krachen in die Spüle. »Du hast ihn eingeladen, nicht wahr?«

Und dann klingelte es an der Tür. Stephanies Herz rutschte ihr in die Hose. Sie stürmte aus der Küche, schnappte sich ihre Schuhe und ging zur Tür, bereit, aus ihr herauszuplatzen.

»Steph, wovon redest du? Das habe ich nicht-«

Kimberley öffnete die Haustür, kalte Luft strömte in den Flur. Aber da war nichts, nur ein kleines braunes Amazon-Paket. Kimberley bückte sich mühsam, um es aufzuheben, und schloss dann die Tür hinter sich.

Stephanie spürte, wie sich ein Kloß in ihrem Hals bildete.

»Idiotin«, sagte Kimberley. »Es war nur eine Lieferung. Ich kann nicht glauben, dass du dachtest, ich hätte ihn angerufen. Wann denn? Wann hätte ich das tun sollen? Wir haben uns die letzte Stunde unterhalten.«

Stephanie starrte geistesabwesend auf die Haustür. »Als du auf der Toilette warst.«

»Mein Handy lag auf dem Sofa.« Kimberley stöhnte, schüttelte den Kopf und ging zurück in die Küche, wo sie das Paket auf die Arbeitsplatte knallte.

»Kim ...« Sie folgte ihrer Schwester in die Küche. »Es tut mir leid, ich wollte nicht ... Ich habe überreagiert.«

Kimberley wirbelte zu ihr herum, Feuer und Zorn zeichneten sich auf ihrem Gesicht ab. Ihre Augen loderten, und ihre Brust hob und senkte sich in kurzen, flachen Stößen.

»Du musst das auf die Reihe kriegen«, begann sie. »Du musst dich zusammenreißen.«

Stephanie öffnete den Mund, aber es kamen keine Worte heraus.

»Ich war neulich im Krankenhaus. Dachte, etwas stimmt nicht ... etwas ganz und gar nicht.« Kimberley legte ihre Hände auf ihren Bauch. »Ich habe es zuerst bei dir versucht. Zweimal angerufen. Direkt die Mailbox. Jason ist auch nicht rangegangen.«

»Kim, ich-«

»Und dann habe ich Jordan angerufen«, sagte sie, leise und einfach. »Er war der Einzige, der abgenommen hat.«

Stephanie schloss für einen Moment die Augen. Scham kroch ihr eiskalt den Rücken hoch.

»Er hat mich dort getroffen. Saß mit mir im Wartezimmer. Hat keine Fragen gestellt, hat mich zu nichts gedrängt, hat einfach ... meine Hand gehalten, während ich geweint habe und dachte, dem Baby würde etwas Schreckliches zustoßen. Er war für mich da. Ich habe angerufen, und er ist rangegangen.«

Eine schwere und unbehagliche Stille legte sich zwischen sie.

»Glaubst du, ich verstehe nicht, was er für dich bedeutet?«, sagte Kimberley, und ihre Stimme wurde brüchig. »Aber er ist immer noch mein Bruder. *Unser* Bruder. Und wir haben die letzten dreißig Jahre aufzuholen. Ich werde nicht zulassen, dass das, was in der Vergangenheit passiert ist, das ruiniert, was in der Zukunft passieren kann. Ich würde mir wünschen, du könntest das auch.«

Stephanie konnte sie nicht ansehen. Konnte das Gewicht dieser Worte nicht ertragen. Alles, woran sie denken konnte, war der Albtraum, den sie neulich gehabt hatte. Das Feuer. Das Haus ihrer Kindheit. Ihre Mutter und ihre Schwester, gefangen am Schlafzimmerfenster, bei lebendigem Leibe verbrennend. Und dann ihr heldenhafter Halbbruder, der zu ihrer Rettung eilte und im letzten Moment ankam, um den Tag zu retten.

»Ich … es tut mir so leid, Kim. Ich … ich hatte keine Ahnung. Du … du hättest es weiter bei mir versuchen sollen, eine Mailbox-Nachricht hinterlassen, irgendwas. Du hast meine Dienstnummer, falls du mich jemals nicht erreichen kannst. Aber das ist keine Entschuldigung.« Sie griff nach Kimberleys Hand. »Ich hätte für dich da sein sollen, und ich war es nicht. Dafür entschuldige ich mich.«

KAPITEL DREIUNDVIERZIG

Olivias Blutdruck schoss durch die Decke. Schon wieder Ärger in der Schule. Wieder ein Vorfall mit Josh und diesem Freund, der einen schlechten Einfluss auf ihn hatte. Dieses Mal hatten sie es anscheinend für eine witzige Idee gehalten, einen Siebtklässler während des Mittagessens in die Besenkammer zu sperren und dort zu lassen. Der arme Junge war von einer Lehrassistentin gefunden worden, weinend und kaum in der Lage zu erklären, was passiert war.

Und nun erhielt Olivia zum zweiten Mal innerhalb eines Monats einen Anruf vom stellvertretenden Schulleiter, der um ein Gespräch bat, um über das Benehmen ihres Sohnes zu sprechen.

Sie umklammerte das Lenkrad fester, während das Navi seine Anweisungen über das Geräusch der Scheibenwischer hinweg verkündete. Die Straße vor ihr war eng und glitschig vom Nachmittagsregen. Ihr Blick wanderte zum Tacho, dann zur Uhr auf dem Armaturenbrett.

Sie konnte nicht aufhören, darüber nachzudenken.

Josh. Ihr Junge. Ihr süßer, sensibler kleiner Junge, der früher bei eingeschaltetem Flurlicht schlief und weinte, als sein Hamster starb. Derselbe Junge, der nun Dinge vor sich hin murmelte, die Augen verdrehte, wenn sie nach der Schule fragte, und durchs Haus trampelte, als würde es ihm gehören. Die Pubertät war sicher ein

Teil davon. Das wusste sie. Aber da war noch etwas anderes, etwas, das tiefer unter der Oberfläche lauerte. Wut? Unsicherheit? Fremder Einfluss?

Sie hasste den Freund, den er gefunden hatte. Alfie. Sie hatte diesen kleinen Mistkerl nie gebilligt. Von Anfang an, schon beim ersten Wortwechsel, als er an einem Wochenende zu ihnen nach Hause gekommen war, hatte sie gewusst, dass er nichts Gutes bedeutete. Seine Art. Wie er redete.

Und nun war sie auf dem Weg, um mit einem weiteren der alten Peiniger aus St Jude's zu sprechen. Ein weiterer erwachsener Mann, der einst sein Vergnügen daran gefunden hatte, andere zu demütigen.

Sie versuchte, die beiden nicht zu vergleichen.

Doch als die Scheibenwischer den grauen Himmel freilegten, gerieten ihre Gedanken in eine Spirale.

Was, wenn aus Josh so jemand werden würde wie der Mann, den sie gleich treffen sollte? Was, wenn in zwanzig Jahren jemand wie sie vor seinem Geschäft oder Haus vorfahren und Fragen über das Kind stellen würde, das er einst gemobbt hatte?

Was, wenn es bereits zu spät war?

Sie fuhr an den Straßenrand und stellte den Motor ab. Das Cottage lag von der Straße zurückgesetzt, ein gedrungenes Backsteingebäude mit einem Kiesweg und abblätternder Farbe an den Fensterrahmen. Ein ramponierter Land Rover parkte davor. Ein Windspiel klingelte im Wind.

Sie nahm sich einen Moment zum Atmen. Und dann noch einen.

Zeit, Peiniger Nummer vier zu treffen.

Die Tür wurde von einem Mann mit schütterem, sandfarbenem Haar und einem müden Gesicht geöffnet, das in der Düsternis des späten Nachmittags noch dunkler wirkte. Er trug Jeans und einen Kapuzenpullover mit ausgefransten Bündchen, und seine Schultern waren leicht nach vorne gebeugt.

»Sind Sie die Polizistin?«, fragte er.

Olivia ließ mit einem gezwungenen Lächeln ihre Dienstmarke aufblitzen. »Die bin ich. Darf ich hereinkommen?«

Widerstrebend trat Darren Fairhurst zur Seite und ließ sie durch, als hätte sie ihn gerade gebeten, sein Haus zum Verkauf anzubieten. Das Innere des Hauses war dunkel und unordentlich. Schuhe drängten sich im Flur, und der schwache Geruch von kalten Zigaretten hing unter dem neueren Geruch von gebackenen Bohnen mit Toast in der Luft. Ein kleiner Hund bellte einmal aus einem Zimmer im hinteren Teil des Hauses und verstummte dann.

»Hier durch«, murmelte Darren und führte sie in ein schmales Wohnzimmer, das gleichzeitig als Essbereich diente. Eine leere Bierdose stand auf dem Couchtisch.

Er deutete auf den nächstbesten Sessel. »Setzen Sie sich, wenn Sie wollen. Tut mir leid, es ist ein bisschen unordentlich.«

Olivia setzte sich und zog ihren Stift und Notizblock hervor. »Wie ich bereits am Telefon erwähnte, ermitteln wir in den Mordfällen Nigel Hadlow und Carlos Vazquez.«

Darren nickte langsam und ließ sich auf die Kante des Sofas nieder, als wäre er sich nicht sicher, ob er es sich bequem machen durfte.

Olivia ließ ihren Stift klicken. »Wann haben Sie das letzte Mal mit einem von beiden gesprochen?«

Er rieb sich übers Kinn, das Kratzen der Bartstoppeln war in der Stille laut zu hören. »Äh … vor ein paar Monaten. Carlos hat mir aus heiterem Himmel geschrieben und mich zu einer Runde Golf mit ihnen eingeladen.«

»Und Sie sind hingegangen?«

»Ja. Dachte mir, warum nicht? Wir werden ja nicht jünger.«

»Und wie war es? Sich mal wieder auszutauschen?«

Darren zuckte mit den Schultern. »Es war ganz okay. Anfangs ein bisschen komisch. Wir hatten seit Jahrzehnten nicht mehr richtig miteinander geredet. Aber als wir das anfängliche Unbehagen überwunden hatten, war es, als wäre keine Zeit vergangen. Carlos hatte immer noch dieses selbstgefällige Lachen. Nigel tat immer noch so, als wüsste er alles.«

»Haben sie noch jemanden aus der Schule erwähnt? Jemanden, mit dem sie in Kontakt standen?«

Er schüttelte den Kopf. »Nicht wirklich. Sie haben das Gespräch locker gehalten. Hauptsächlich alte Geschichten. »Erinnerst du dich an den und den?« Solche Sachen halt. Nach dem Golfen sind wir in den Red Fox, das Pub die Straße runter, und haben ein paar Drinks genommen. Nichts Wildes.«

»Ist noch jemand dazugekommen?«

»Nö. Nur wir drei.«

»Ist Ihnen im Pub etwas Seltsames aufgefallen? Hat Sie jemand beobachtet? Hat sich sonst jemand aus Ihrer Schulzeit dort herumgetrieben?«

Darren hielt inne und kaute auf seiner Wangeninnenseite. »Niemand, den ich erkannt hätte. Der Laden war voll. Die üblichen Leute, die samstagnachmittags Fußball schauen. Laut, alles voller Leute in Fußballtrikots und Kinder mit iPads.«

Olivia tippte mit dem Stift auf die Seite. »Und das Gespräch? Kam irgendetwas Ungewöhnliches zur Sprache? Etwas, das Ihnen aufgefallen ist?«

Darren lachte leise, aber es lag kein Humor darin. »Es war hauptsächlich Blödsinn. Bis Nigel die Klassenfahrt angesprochen hat.«

Das ließ sie aufblicken. »Welche Fahrt?«

»Neunte Klasse. Irgendein Outdoor-Abenteuer-Ding im New Forest. Sie wissen schon: Wir klettern an Wänden hoch und sausen an Seilrutschen entlang, während die Lehrer in Regenjacken dastehen und sich wünschen, sie wären auf den Bahamas oder den Malediven.«

Olivia nickte langsam. Sie unterbrach ihn nicht.

Darren rutschte auf seinem Sitz hin und her. »Wir waren damals richtige Arschlöcher. Echte Arschlöcher. Und da war dieser eine Junge ... Ray irgendwas. Roy? Ich weiß nicht. Sein Name fing mit R an. Ein komischer, kleiner, religiöser Junge. Jedenfalls nannten wir ihn Mouse, weil er kaum sprach.«

»Was war mit ihm?«, fragte sie vorsichtig.

Er stieß einen langen, schweren Atemzug aus. »Es sollte ein Witz sein. Eine Mutprobe oder so ein Scheiß, den Carlos ihm erzählt hatte. Eines Nachts schlichen wir uns aus unseren Hütten, schnappten ihn uns aus seiner Koje und nahmen ihn mit in den

Wald, zogen ihn bis auf die Unterwäsche aus und fesselten ihn an einen Baum.«

»Sie haben was getan?«

»Wir fanden das witzig. Wir sagten ihm, er müsse die ganze Nacht dort bleiben. Wenn er es bis zum Morgen schaffen würde, könnte er in unsere Gruppe aufgenommen werden. Teil der Gang sein.« Darren rieb sich das Gesicht. »Er hat sich in die Hose gepinkelt. Geweint. Geschrien. Wir haben ihn trotzdem dort gelassen.«

Olivia starrte ihn an. »Und was ist passiert?«

»Einer der Lehrer hat ihn, glaube ich, kurz nach Sonnenaufgang gefunden. Immer noch gefesselt, übersät mit Stichen, und er zitterte so stark, dass sie dachten, er hätte einen Anfall. Sie sagten, es war Unterkühlung. Hätte ihn fast umgebracht.«

Eine lange Stille trat zwischen ihnen ein.

»Ihr habt keinen Ärger bekommen?«

»Wir haben so getan, als hätten wir nichts damit zu tun. Und er hat uns nicht verpetzt – was uns absolut verblüfft hat –, also ist nie etwas daraus geworden. Und dann haben ihn seine Eltern ein paar Wochen später sowieso von der Schule genommen, also mussten wir uns keine Sorgen machen.«

Olivias Gedanken rasten. Ein halbnacktes dreizehnjähriges Kind, mitten im Wald an einen Baum gefesselt, dem Erfrierungstod überlassen, während seine Peiniger bequem in ihren Kojen schliefen. Das war nicht nur Mobbing. Das war Grausamkeit. Ritualistisch und demütigend. Und nun waren zwei der Täter tot. Verbrannt.

»Wie war sein voller Name?«, fragte sie.

Darren runzelte die Stirn und wühlte in alten Erinnerungen. »Raymond … irgendwas Komisches. Nicht englisch. Vielleicht tschechisch oder polnisch? Radoslav? Radan? Ich weiß es nicht.«

Olivia schrieb den Spitznamen langsam auf.

»Sie glauben doch nicht, dass er es ist, oder?«, fragte Darren. »Dass er nach all den Jahren zurückkommt, um sich an uns zu rächen?«

Sie antwortete nicht sofort. Aber der Gedanke hatte sich bereits in ihrem Kopf festgesetzt.

»Ich glaube, wer auch immer das tut, weiß, was mit diesem Jungen passiert ist«, sagte sie. »Und ich glaube, Sie müssen sehr vorsichtig sein, Mr. Fairhurst.«

KAPITEL **VIERUNDVIERZIG**

An diesem Abend stand Darren Fairhurst am Herd und rührte mit demselben fleckigen Holzlöffel, den er seit Jahren benutzte, in einem Topf mit Nudeln, während im Hintergrund der Fernseher murmelte. Irgendeine neue Quizshow, der er nicht wirklich Aufmerksamkeit schenkte, aber sie sorgte für genug Geräuschkulisse, damit er sich behaglich fühlte. Vor allem nach dem Gespräch von vorhin. Er musste ununterbrochen daran denken, was sie gesagt hatte.

Diese Polizistin – Olivia irgendwas – hatte Erinnerungen ausgegraben, an die er seit Jahren nicht hatte denken wollen: der Wald, die Kälte, das Weinen und Mouse, wie auch immer sein Name gewesen war. Klein und zitternd, gefesselt. Ein Dummenjungenstreich, der im Nachhinein nicht sehr lustig gewesen war. Darren hatte das damals nicht so gesehen; keiner von ihnen.

Aber jetzt, da zwei aus der alten Clique zu Asche verbrannt waren, war es unmöglich, nicht darüber nachzudenken.

Er schüttelte den Kopf und schaltete die Herdplatte aus.

Es gab nichts, wovor man Angst haben musste, redete er sich ein. Nur ein seltsamer, irrer Zufall. Nichts weiter.

Er tat seine Fleischbällchen mit Nudeln auf den Teller, schnappte sich ein Bier aus dem Kühlschrank und schlurfte zum Esstisch, von dem aus man auf sein Wohnzimmer blickte. Sein kleiner Hund, Max, kläffte einmal in der Ecke, bevor er sich wieder in seinem Korb zusammenrollte.

Dann klingelte es an der Tür.

Darren erstarrte, als er sich gerade hinsetzen wollte.

Einmal klingeln. Dann Stille.

Er runzelte die Stirn, stellte den Teller ab und wischte sich die Hände an seinem Kapuzenpullover ab. Niemand kam so spät zu Besuch, schon gar nicht bei diesem Wetter. Er warf einen Blick auf die Uhr: 21:13 Uhr.

Max bellte wieder, diesmal lauter und eindringlicher.

»Schon gut, schon gut«, murmelte Darren, während er den Flur entlangging.

Durch das Milchglas der Tür konnte er eine verschwommene Silhouette erkennen – groß und unbeweglich.

Vorsichtig schloss er die Tür auf und öffnete sie einen Spalt breit.

»Ja?«

Und dann sah er sie: die Gestalt. Ein Gesicht, das er seit Jahren nicht mehr gesehen hatte, ein Gesicht, das eine Welle der Angst in ihm auslöste, lächelte.

»Was zum ...? Du ...?«

Bevor er den Satz beenden konnte, schwang etwas auf ihn zu. Schnell.

Darren hatte kaum Zeit, abwehrend einen Arm hochzureißen, bevor der Schlag ihn an der Schläfe traf. Ein widerliches Krachen, wie wenn ein Cricketschläger auf nasses Leder trifft, hallte von den Wänden des Flurs wider. Seine Beine gaben unter ihm nach, und seine Knie knallten auf den Boden.

Seine Sicht verschwamm. Der Flur dehnte und verzerrte sich. Ein hohes Klingeln erfüllte seine Ohren.

Die Gestalt trat vor und verschluckte das wenige Licht, das noch aus dem Wohnzimmer kam. Behandschuhte Hände griffen nach Darrens Kragen, zerrten ihn ganz hinein und traten dann hinter sich die Tür zu.

Darren versuchte zu sprechen, versuchte zu schreien, aber ein weiterer harter Schlag traf ihn am Kiefer, und alles wurde weiß.

Max bellte wütend aus dem Wohnzimmer, seine Krallen kratzten über die Dielen, aber er kam nicht näher. Nutzloses Vieh.

Das Letzte, was Darren sah, bevor ihn die Dunkelheit verschluckte, war dieses unverkennbare Lächeln, dasselbe, das ein alter Bekannter früher immer aufgesetzt hatte.

KAPITEL FÜNFUNDVIERZIG

Ein tiefes Gefühl böser Vorahnung machte sich in Stephanies Magengrube breit, als sie am Rande von Cranleigh bei Darren Fairhursts Haus vorfuhr.

Noch ein Feuer. Noch ein Vorfall, in den jemand verwickelt war, der mit Nigel Hadlow und Carlos Vazquez in Verbindung stand. Für Stephanie bestand kein Zweifel, dass die Fälle zusammenhingen und der Mörder Darren Fairhurst als sein nächstes Opfer auserkoren hatte. Das einzige Problem war, dass Stephanie nicht wusste, wie nah sie dem Tatort kommen konnte.

Die Bilder des Brandes in ihrem Elternhaus suchten weiterhin ihre Gedanken heim. Kimberley. Ihre Mutter. Wie sie um ihr Leben schrien. Sie war noch nicht einmal angekommen und stellte sich bereits vor, wie sie im Inneren gefangen waren und ihre Schreie in ihren Ohren widerhallten.

Und dann wurden ihre Gesichter von dem Darrens ersetzt, einem Mann, den sie nie getroffen hatte. Was als die hohen Schreie ihrer Schwester und Mutter begonnen hatte, verwandelte sich in tiefere, kehligere Laute, als die Flammen ihn verschlangen.

Die Geräusche waren so überwältigend, dass sie den Radiomoderator, der die Nachrichten verkündete, nicht hören konnte.

Heute Morgen wurde ein weiteres Feuer in der Gegend von

Surrey gemeldet. Dies folgt auf eine Reihe von Brandvorfällen, die von der Polizei aktiv untersucht werden.

Jemand hatte bereits davon Wind bekommen und die Information nach oben weitergegeben. Die überregionale Presse ...

Als sie die kurvenreiche, von leblos wirkenden Bäumen und Hecken gesäumte Landstraße entlangfuhr, meldete sich ihr Handy auf dem Armaturenbrett. Sie warf einen Blick auf den Bildschirm und hoffte auf eine Nachricht von ihrer Schwester. Aber natürlich war es keine. Kimberley war zu stolz und stur, um den ersten Schritt zu machen und sich zu entschuldigen.

Genau wie Stephanie.

Kimberley hatte ihren Halbbruder auf ein Podest gestellt. Etwas, worüber sie nicht so einfach hinwegkommen konnte – und wollte.

Stattdessen war die Benachrichtigung eine E-Mail. Unwichtig. Etwas für später.

Dann kam Darren Fairhursts Haus in Sicht: ein viktorianisches Cottage mitten im Nirgendwo, umgeben von einem großen, vier Hektar großen Grundstück. Das Erste, was Stephanie bemerkte, war der Geruch. Er war dick und dicht, drang durch die Lüftungsschlitze und hielt sich im Wageninneren. Er wurde noch intensiver, als sie anhielt und ausstieg. Etwas Biologisches. Verbrannte Haut. Verbranntes Haar. Verbrannter Körper.

Ihr Magen drehte sich um.

Sie zwang sich zum Weitergehen, obwohl sich jeder Schritt auf das Haus zu anfühlte, als würde sie durch Zement waten. Das Haus ragte vor ihr auf, von Rissen durchzogen und vom Feuer blasig geworden. Dutzende von Reportern drängten sich an der äußeren Absperrung, Kameras über die Schultern gehängt, Mikrofone an die Lippen gepresst. Sie ignorierte sie, hielt den Kopf gesenkt und bewegte sich zielstrebig. An der inneren Absperrung trug sie sich ein, zog einen Spurensicherungsanzug an und duckte sich darunter hindurch.

Und dann sah sie ihn.

Elias.

Er stand neben den skelettartigen Überresten eines ehemaligen Rankgitters, seine feuerfeste Schutzkleidung schützte ihn vor dem böigen Wind. Sein vernarbtes Gesicht war den Trümmern zugewandt, doch er blickte zu ihr, als sie sich näherte. Stephanie hielt den Blick gesenkt und versuchte, nicht auf die Fassade des Hauses zu schauen.

Die Schreie ihrer Schwester hallten in ihrem Kopf wider. Der Gedanke, dass ihre Schwester ihr Leben verloren hatte, das Baby in dem Feuer verloren hatte, das es nie gegeben hatte ...

Ihr Blick verschwamm.

Ihre Knie gaben leicht nach.

Der Boden schwankte unter ihr.

»Stephanie ...?« Elias war sofort an ihrer Seite, seine starken Arme fingen sie auf, bevor ihre Beine endgültig nachgaben. »He, he. Setz dich. Du bist in Sicherheit. Alles ist gut.«

Sie widersprach nicht. Konnte es nicht. Sie hatte seit fast vierundzwanzig Stunden nichts gegessen; ihr ganzer Körper fühlte sich schwach an. Elias führte sie zu einer niedrigen Gartenmauer, die den Brand überstanden hatte, und ließ sie darauf nieder. Der kalte Stein erdete sie ein wenig, und die frische Luft strömte in unregelmäßigen Stößen in ihre Lungen.

Er ging vor ihr in die Hocke. »Atme vier Sekunden ein. Halte die Luft vier Sekunden an. Atme vier Sekunden aus. Das nennt sich Kastenatmung.«

Sie nickte kaum merklich und versuchte, seinem Zählen zu folgen. Eins. Zwei. Drei. Vier ...

Es geschah nicht sofort, aber das Pochen in ihrer Brust ließ allmählich nach. Der Schweiß in ihrem Nacken begann zu kühlen. Ihre Kehle, die sich angefühlt hatte, als würde sie sich zuschnüren, lockerte sich genug für ein paar klarere Atemzüge.

Elias blieb, wo er war, sein Blick auf sie gerichtet.

»Geht es dir gut?«, fragte er.

»Nein«, krächzte sie. »Aber das wird schon wieder.«

»Bist du in der Lage, dir anzusehen, was wir gefunden haben?«

Sie zögerte.

»Offensichtlich nicht. Das ist in Ordnung. Wir können hier bleiben.« Elias setzte sich neben sie. »Wir haben eine Leiche in der Küche gefunden. Dasselbe wie zuvor, also erspare ich dir die grausigen Details. Aber es sieht so aus, als hätte er vielleicht gerade das Abendessen gekocht, als das Feuer ausbrach.«

»Könnte es ein Unfall gewesen sein?«

»Möglicherweise. Aber angesichts allem, was sonst noch passiert ist, sagt mir mein Instinkt nein.«

Stephanie starrte auf das Pflaster. Inzwischen war ihre Atmung unter Kontrolle, und der Nebel in ihrem Kopf hatte sich gelichtet. Sie rappelte sich auf. Als sie ihren Anzug abklopfte, eilte eine Mitarbeiterin der Spurensicherung herbei.

»Ma'am«, sagte sie. »Entschuldigen Sie die Störung, aber ich dachte, Sie sollten das sehen. Es ist noch so eine Dose.«

Stephanie wandte sich der Spurensicherungsmitarbeiterin zu. »Noch eine Dose?«

»Sie war im Kamin, ganz oben im Schornstein versteckt. Immer noch intakt.«

Stephanies Beine wurden fester. Verlässlicher. »Was war drin?«

Die Spurensicherungsmitarbeiterin hielt den Asservatenbeutel leicht geöffnet, sodass Stephanie hineinsehen konnte.

Darin befand sich ein weiteres kleines, verblichenes Foto eines kleinen Jungen, der in die Kamera grinste. Dasselbe Alter wie alle anderen. Derselbe Stil. Aus demselben größeren Foto herausgeschnitten.

Und unter dem Foto waren die Worte in die Dose gekratzt:

Was der Mensch sät, das wird er ernten. – Galater 6,7

Stephanie starrte mit trockenem Mund darauf. Noch eine religiöse Botschaft. Diesmal über Gerechtigkeit, darüber, dass man bekommt, was man verdient. Sie erinnerte sich an das, was Olivia am Vortag kurz erwähnt hatte: Die Opfer waren in einen Vorfall verwickelt, bei dem es um einen kleinen Jungen und einen Baum ging.

War *er* der Mörder? Sorgte er dafür, dass diese Jungen einer nach dem anderen für ihre Taten bezahlten?

Sie starrte zurück auf das zerstörte Haus, ihre Stimme wurde zu einem Flüstern.

»Wie viele sind noch beteiligt?«

KAPITEL
SECHSUNDVIERZIG

Der Magnet klackte hörbar am Whiteboard fest. Stephanies Blick verweilte auf dem Foto des dritten Jungen, bevor sie sich davon abwandte. Eine besorgte Stille hatte sich über das Büro gelegt, und das Team sah genauso beunruhigt aus, wie sie sich fühlte.

»Es ist wieder passiert«, sagte sie unverblümt und stieß einen schweren Seufzer durch die Nase aus. »Dieses Foto wurde an einer Adresse gefunden, die Darren Fairhurst gehört.« Sie wandte sich an Olivia. »Sie waren die Letzte, die mit ihm gesprochen hat, Wellard. Was können Sie uns sagen? Was hat er gesagt?«

Olivias Augen waren rot und geschwollen, als hätte sie geweint und sich wegen irgendetwas Vorwürfe gemacht.

»Ich ... ich hätte wissen müssen, dass das passieren würde.«

»Wie meinen Sie das?«

»Er hat mich gefragt, ob ich glaube, dass der Mörder ihn holen würde. Er hat gefragt, ob er sich Sorgen machen müsse. Und ich habe einfach ... ich wusste einfach nicht, was ich sagen sollte. Ich habe ihm irgendeine nichtssagende Floskel mit auf den Weg gegeben, er solle auf sich aufpassen. Ich habe ihm nicht geholfen.«

Stephanie empfand einen Anflug von Mitgefühl für die Constable. In den letzten Tagen war ihr eine Menge Arbeit und Verantwortung aufgebürdet worden, zusätzlich zu allem, womit sie zu Hause zu kämpfen hatte. Es war offensichtlich, dass es ihr schwerfiel, den Kopf über Wasser zu halten.

»Sie dürfen sich keine Vorwürfe machen«, sagte Stephanie. »Wir wussten nicht mit Sicherheit, dass er der Nächste sein würde.«

»Ich schon.«

»Wieso?«

»Der Vorfall mit dem Jungen aus der Schule. Der Schulausflug. Die Person, die sie Mouse nannten, die sie aus seinem Zimmer gelockt, an einen Baum gefesselt und über Nacht dort zurückgelassen haben.«

Stephanie nickte. »Wissen wir, wo diese Person, ›Mouse‹, jetzt ist?«

Ein Kopfschütteln. »Ich bin nicht dazu gekommen, das zu prüfen.«

»Schon gut. Ich will alles, was wir über diese Person finden können. Ich will wissen, wie er heißt, wo er wohnt, wo er isst, wo er arbeitet. Und ich will ihn hierherbringen, um herauszufinden, was er letzte Nacht und in den Nächten der anderen Todesfälle getan hat. Das hier ist ernst. Das ist jetzt dreimal passiert. Wir können es uns nicht leisten, dass diese Zahl noch weiter steigt.«

»Sicherlich kann es doch nicht mehr so viele weitere Opfer geben«, warf Giles ein. »Wie viele von diesen Tyrannen gab es an dieser Schule?«

Bevor sie antworten konnte, schaltete sich Devon ein. »Vier. Anthony, mit dem ich gestern gesprochen habe, ist der Letzte. Er sagte, er habe seit Jahren nicht mehr mit Nigel oder Carlos gesprochen.«

Stephanie wandte sich der Tafel zu und suchte nach dem Namen des Mannes auf der Liste. »Trotzdem wird er ganz oben auf der Liste stehen. Also will ich, dass er gesichert und geschützt wird. Jemand soll zu seinem Haus oder zu seiner Arbeitsstelle fahren, ihn über den Ernst der Lage aufklären und ihm raten, wachsam zu sein und alles Verdächtige zu melden. In der Zwischenzeit versuchen wir, einen Wagen vor seinem Haus zu postieren. Nur für den Fall.«

Das würde ein interessantes Gespräch mit DCI McGowan werden. Wenn sie jedoch glaubte, dass eine ernsthafte Bedrohung für Leib und Leben bestand, und sie es beweisen konnte, dann hätte er wenig entgegenzusetzen. Ihre Aufmerksamkeit richtete sich wieder auf Olivia. Ein Gedanke kam ihr. »Wellard, wann haben Darren Fairhurst und Nigel oder Carlos sich das letzte Mal getroffen?«

»Neulich, Ma'am. Sie waren zusammen golfen.«

»Wann?«

»Vor ungefähr sechs Wochen.«

»Das ist dann nicht neulich.«

Olivia senkte den Kopf. »Entschuldigung. Ich habe nur … ich sage das für alles. Vor zwei Jahren. Sechs Monaten. Gestern.«

»Na, dann lassen Sie das. Es ist verwirrend. Seien Sie präzise.«

Sie wollte ihre Laune nicht an Olivia auslassen, besonders nachdem die Constable ihr so sehr geholfen hatte, aber sie war müde, hungrig und gereizt, und sie spürte, wie die Last der Ermittlungen auf ihr lastete.

»Devon, wann hat Anthony Shore Nigel und Carlos das letzte Mal gesehen?«, fragte Stephanie.

»Vor Jahren«, antwortete Devon. »Wie ich gerade gesagt habe.«

»Sei bitte genauer. Wie viele Jahre?«

Er zuckte mit den Schultern. »Weiß ich nicht.«

»Finde es heraus. In der Zwischenzeit, wenn Darren Fairhurst mit ihnen im Golfclub war…«

»Und danach im Pub«, fügte Olivia hinzu.

»… und danach im Pub, dann müssen wir jeden befragen, der an diesem Tag entweder im Club oder im Pub war. Es ist möglich, dass der Mörder sie alle zusammen gesehen hat und das diesen kleinen Amoklauf ausgelöst hat. Und wo ihr schon dabei seid, soll jemand herausfinden, wann alle Tyrannen das letzte Mal zusammen waren, einschließlich Anthony. Wenn der Mörder sie kürzlich gesehen hat, könnte das der Auslöser gewesen sein.«

»Warum jetzt, Ma'am? Warum nach so langer Zeit?«, fragte Fiona.

Sie hielt inne, um nachzudenken. »Vielleicht waren sie alle auf dem Golfplatz und sind dem Mörder über den Weg gelaufen. Vielleicht ist es jemand, den sie früher gemobbt haben, eine der

Personen, deren Leben sie beeinflusst haben, mit denen wir noch nicht gesprochen haben oder von denen wir nichts wissen. Vielleicht hat der Mörder als einer der Kellner gearbeitet und sie haben ihn nicht erkannt, oder vielleicht doch und haben ihn auch nach all der Zeit immer noch wie Dreck behandelt. Mobbing bleibt an den Leuten haften. Sie hegen tief sitzenden Groll. Irgendetwas – der sprichwörtliche Tropfen – muss dem Mörder das Fass zum Überlaufen gebracht haben, und jetzt wollen sie sich an unseren Opfern rächen. Wir müssen Mouse finden und ihn so schnell wie möglich vernehmen. In der Zwischenzeit sammeln wir Aufnahmen von Überwachungskameras und führen Tür-zu-Tür-Befragungen durch. Ich weiß, seine Nachbarn wohnen eine halbe Meile die Straße runter, aber vielleicht hat jemand etwas gesehen. Erstellt außerdem einen Zeitablauf seines Mordes. Um wie viel Uhr ist das Feuer ausgebrochen? Hat jemand davor oder danach etwas gesehen? Überprüft die Kennzeichenerfassung. All das übliche Zeug, die kleinteilige, langweilige Arbeit, die uns helfen wird, diesen Mörder zu finden.« Sie machte eine Pause und betrachtete ihre Gesichter. »Noch Fragen?«

Es gab keine.

»Gut. Dann ran an die Arbeit.«

KAPITEL **SIEBENUNDVIERZIG**

DS Noah Mackenzie saß unbehaglich in einem geblümten Sessel. Das Polster war nach Jahrzehnten des Gebrauchs so gut wie verschwunden, sodass er tief in den Holzrahmen sank, der unangenehm gegen seine Muskeln drückte. Das Wohnzimmer war erfüllt vom muffigen Geruch alter Teppiche, vermischt mit einem Hauch von frisch gebackenem Ingwerkuchen, der auf dem Tisch zwischen ihnen abkühlte. Mrs Fairhurst, zerbrechlich und vogelähnlich, bewegte sich langsam und mit großer Vorsicht. Ihre Strickjacke hing schlaff über ihren Schultern, und ihre Hände zitterten sichtlich, als sie eine Tasse Tee auf dem Beistelltisch abstellte.

»Es ist Ingwerkuchen«, sagte sie mit schwacher Stimme. »Darren hat ihn immer gemocht. Ich habe welchen für seinen Besuch an diesem Wochenende gebacken.«

Mr Fairhurst, kahlköpfig, mit eingefallenen Wangen und trüben Augen, saß in einem Ruhesessel gegenüber. Sein Atem ging flach und angestrengt, und seine Hände waren adrig und mit Altersflecken übersät.

»Vielen Dank«, sagte Noah sanft, nahm den Tee an, stellte ihn aber unberührt beiseite. Er räusperte sich und legte seinen Notizblock auf den Schoß. »Ich weiß es zu schätzen, dass Sie mich heute empfangen. Ich weiß, das ist nicht leicht, und Ihr Verlust tut mir sehr leid. Ich würde diese Art von Nachrichten am liebsten gar nicht überbringen, schon gar nicht persönlich, aber ... es ist notwendig.«

Keiner von beiden antwortete.

»Ihr Sohn, Darren, wurde heute Morgen auf seinem Anwesen in der Nähe von Cranleigh gefunden. Sein Haus wurde bei einem Brand zerstört. Ich fürchte ... er hat nicht überlebt.«

Mrs Fairhurst hob eine Hand zum Mund, während Mr Fairhurst angestrengt blinzelte, aber nichts sagte. Nur das Ticken der Standuhr in der Ecke durchbrach die Stille.

»Wir gehen bei dem Feuer von Brandstiftung aus«, fuhr Noah fort. »Es gibt ... Elemente, die es mit zwei anderen kürzlichen Todesfällen in Verbindung bringen. Ein Mr Nigel Hadlow und ein Mr Carlos Vazquez. Sagen Ihnen diese Namen etwas?«

»Sie kommen mir bekannt vor«, sagte Mrs Fairhurst. »Aber ich kann es nicht einordnen.«

Noah erklärte die Verbindung. »Sie waren alle Schulkameraden, die in den Achtzigern zusammen in St Jude's waren.«

Mr Fairhurst nickte langsam.

»Wir haben an einem der früheren Tatorte etwas gefunden. Eine Fotografie«, sagte Noah. Er öffnete eine Plastikhülle und zog vorsichtig einen Ausdruck des Fotos hervor, das am Tatort von Carlos Vazquez gefunden worden war. Der zweite Junge, der, wenn man vom ersten ausging, Darren Fairhurst sein musste.

Er reichte es Mrs Fairhurst, die ihre Lesebrille aufsetzte und es prüfend ansah, wobei sich ihre Lippen bewegten, als sie das Bild studierte. Dann gab sie es zitternd an ihren Mann weiter.

»Das ist Darren«, sagte sie mit dünner Stimme. »Das ist eindeutig er.«

»Sind Sie sicher?«

Mr Fairhurst kniff die Augen zusammen. »Man erkennt es an den Ohren.«

»Wissen Sie, wann oder wo dieses Foto aufgenommen worden sein könnte?«

Mr Fairhurst schüttelte sacht den Kopf. »Es sieht nicht so aus, als wäre es in der Schule gewesen.«

»Nein«, sagte Mrs Fairhurst. »Definitiv nicht in der Schule.«

»Vielleicht eine Klassenfahrt?«, schlug Noah vor.

Aber Mrs Fairhurst schüttelte den Kopf. »Das bezweifle ich.«

Noah holte ein zweites Foto aus seiner Mappe. »Dieses wurde am Tatort von Darrens Tod gefunden. Gleiches Format. Gleicher Stil. Erkennen Sie die Person auf diesem Foto?«

Er reichte es ihnen. Beide Fairhursts starrten darauf.

Dann grunzte Mr Fairhurst leise. »Keine Ahnung. Das ist so lange her. Ich erinnere mich kaum daran, wie seine Freunde heute aussehen, geschweige denn die von damals.«

»Könnte es jemand aus der Schule sein?«, drängte Noah.

Mrs Fairhurst nahm das Foto zur genaueren Betrachtung und gab es dann zurück. »Ich habe ehrlich gesagt keine Ahnung. Tut mir leid.«

»Und die Namen ›Mouse‹ oder ›Ray‹? Sagen Ihnen die irgendetwas?«

Mrs Fairhurst zuckte leicht zusammen, runzelte aber nur die Stirn. »Mouse? Wie das Tier?«

»Es war ein Spitzname, der bei unseren Ermittlungen ein paar Mal aufgetaucht ist.«

Beide schüttelten den Kopf.

Noah beugte sich leicht vor und stieß einen heißen, resignierten Atemzug aus.

»Glauben Sie, der Junge auf diesem Foto könnte derjenige sein, der uns unseren Sohn genommen hat?«

Noah steckte das Foto zurück in seine Hülle. »Im Gegenteil. Wir glauben, es ist das nächste Opfer des Mörders. Deshalb müssen wir ihn so schnell wie möglich identifizieren. Ich lasse das bei Ihnen, falls es Ihr Gedächtnis auffrischt. Ich weiß, dass dies schwierig ist, aber wenn Ihnen irgendetwas einfällt, irgendetwas Ungewöhnliches aus Darrens Schulzeit, irgendwelche besonderen Ausflüge, die er erwähnt hat, oder Vorfälle, oder Leute, mit denen er sich vielleicht nicht verstanden hat, lassen Sie es uns bitte wissen. Selbst das kleinste Detail könnte uns helfen, für ihn Gerechtigkeit zu erlangen.«

Mrs Fairhursts Stimme brach, als sie sagte: »Er war ein

schwieriger Junge, Herr Kommissar. Aber er war trotzdem unser Junge.«

Noah nickte ernst. »Ich verstehe. Vielen Dank.«

Als er ging, standen der Tee und der Ingwerkuchen unberührt auf dem Tisch.

KAPITEL ACHTUNDVIERZIG

Allmählich sahen alle Jungen gleich aus. Sie hatten die gleichen Augen, die gleiche Nase, die gleichen jungenhaften, pubertären Züge, das gleiche dünne, uninteressierte Lächeln und den gleichen verwaschenen Ausdruck, der verriet, dass keiner von ihnen dort sein wollte. Ganz zu schweigen davon, dass sie fast alle den gleichen Haarschnitt hatten. Gelegentlich sorgte jemand mit einem Vokuhila oder einer Tolle für eine Überraschung, aber im Großen und Ganzen fühlte es sich an, als suche man nach einem bestimmten Baum in einem dichten Wald. Es dauerte nicht lange, bis Giles den Überblick verlor. Wie viele Seiten des St-Jude's-Jahrbuchs von 1983 hatte er überblättert, seit sein Blick leer geworden war? Wie viele potenzielle Opfer hatte er übersehen?

Ein tiefes Gähnen entfuhr ihm, als er nach dem Kaffee auf seinem Schreibtisch griff. Ein Latte. Die Sorte, die einem Kaffeemundgeruch bescherte und wegen der man bei Gesprächen mit anderen besser einen großen Bogen um sie machte. Er hatte den Auftrag erhalten, den vierten Jungen im Jahrbuch zu identifizieren, und saß schon seit über einer Stunde daran. Bisher hatte er die Jahrbuchfotos von drei Jahrgängen durchgesehen, angefangen bei der siebten Klasse bis hin zur neunten. Es blieben noch zwei weitere Jahre, bis alle Jungen des Jahrgangs '86 ihren Abschluss machten und entweder aufs College gingen oder in die weite Welt der Arbeit eintraten, und die Zeit lief ihm davon.

Giles' Meinung nach sahen die Jungen auf den Fotos nicht älter als dreizehn aus, neunte Klasse. Das bedeutete, wenn der Junge in einem der Jahrbücher abgebildet war, hätte Giles ihn bereits ausfindig gemacht und dem Gesicht einen Namen zugeordnet haben müssen. Aber in seinem erschöpften Zustand hatte er nichts gefunden. Entweder war er zu müde oder der Junge war auf den Fotos einfach nicht drauf. Natürlich könnte das nächste Opfer den Fototag für das Jahrbuch verpasst haben, und Giles konnte es ihm nicht verdenken. Er erinnerte sich an die Qual seiner eigenen Fototage: Seine Mutter hatte ihm sorgfältig die Haare gemacht, nur damit die Frisur ruiniert war, als nach dem Mittagessen sein Fototermin anstand; die Lehrer hatten dafür gesorgt, dass seine Uniform makellos war, bevor er hineinging, nur damit sie in dem Moment verrutschte, in dem er auf den Hocker sprang. Das einzig Gute an dieser Erfahrung war, dass man zehn bis fünfzehn Minuten in der Schlange stand und so einen Teil des Unterrichts verpasste. Wenn er sich recht erinnerte, war es als zusätzlicher Bonus immer während seiner unbeliebtesten Stunde: Naturwissenschaften.

Er blätterte eine weitere Seite um.

Weitere Reihen von identischen Jungen. Steife Posen, leere Mienen und ein braunes Einerlei aus einfallslosen Frisuren. Giles rieb sich die Augen, dann blinzelte er kräftig, um sich zu konzentrieren. Er beugte sich näher heran, kniff die Augen zusammen und musterte das Kinn eines Jungen, dann die Ohren eines anderen, dann die Kieferpartie eines dritten – auf der Suche nach etwas, irgendetwas, das zu dem Gesicht in der Blechdose passte.

Nichts.

Er seufzte und blätterte zur nächsten Doppelseite.

Weitere Gruppenfotos. Fußballmannschaft. Wissenschaftsclub. Theater-AG. Er hielt bei einem inne – einem verschwommenen Bild von einem Ausflug in den Lake District. Jungen, die auf Felsen hockten und in die Sonne blinzelten. Es sah vage so aus, als könnte es aus der richtigen Zeit stammen. Giles legte den Kopf schief und nahm jedes Gesicht der Reihe nach in Augenschein. Immer noch keine Übereinstimmung. Immer noch nichts.

Er fuhr sich mit einer Hand durch die Haare. »Das ist unmöglich«, murmelte er.

»Wie läuft's?«

Giles drehte sich um und sah Stephanie neben sich stehen, die Arme lose verschränkt, ihr Gesicht blass unter dem grellen Neonlicht.

»Du siehst gar nicht so viel älter aus als die«, sagte sie und nickte zu der offenen Seite vor ihm. »Manche von denen haben sogar einen volleren Bart als du.«

Giles rieb sich verlegen über die Bartstoppeln in seinem Gesicht, die sich hartnäckig weigerten, über ihren jetzigen Zustand hinauszuwachsen. »Du machst vielleicht Witze«, sagte er und schob seinen Stuhl ein Stück zurück, »aber ich bin kurz davor, mich wieder für einen Mathe-Abschluss anzumelden.«

Stephanie lächelte schwach. »Irgendetwas?«

Er schüttelte den Kopf. »Nicht das Geringste.«

»Nein? Such weiter. Er muss doch irgendwo da drin sein.« Sie zögerte, dann legte sie eine Hand auf seine Stuhllehne. »Mach eine Pause, wenn du eine brauchst. Wir können es uns nicht leisten, dass dir jetzt die Augen ausfallen.«

»Willst du damit sagen, dass ich nützlich bin?«, fragte er mit gespielter Entrüstung.

»Übertreib's nicht, Giles.«

Sie entfernte sich, und Giles ließ die Fingerknöchel knacken, blätterte eine weitere Seite um und machte weiter.

KAPITEL NEUNUNDVIERZIG

Stephanie stand vor dem Büro von Clive McGowan, ihre Hand schwebte direkt über der Klinke. Das Licht hinter dem Milchglas war an, und sie konnte das leise Kratzen eines Stiftes oder Textmarkers auf Papier hören.

Sie klopfte leise.

»Herein«, kam die Stimme mit einem autoritären Unterton.

Sie stieß die Tür auf und trat ein. Das Büro war eng, aber aufgeräumt. An den Wänden standen Aktenschränke, und laminierte Karten von Surrey waren mit Magneten befestigt. Ein Whiteboard hinter dem Schreibtisch zeigte einen Jahreskalender, dessen Kästchen mit einer Mischung aus beruflichen und privaten Terminen bekritzelt waren.

Der Chefinspektor, in voller Uniform, blickte von den Dokumenten vor ihm auf. Er hielt einen Textmarker in der einen und eine Tasse in der anderen Hand. Seine Augen verengten sich kaum merklich, als er beides abstellte.

»Schließen Sie die Tür, Stephanie. Setzen Sie sich.«

Sie gehorchte und ließ sich auf den Stuhl ihm gegenüber sinken.

Er musterte sie einen Moment lang, und die Stille zog sich so lange hin, dass sich ihr der Magen umdrehte. Er hatte sie per E-Mail herbeordert, die unerwartet in ihrem Posteingang aufgetaucht war. Sie hatte keine Ahnung, worum es bei dem Treffen ging.

»Wie fühlen Sie sich?«, fragte er schließlich.

»Gut, Sir«, erwiderte sie schnell. »Ich arbeite hart.«

Er stieß ein leises Schnauben aus und lehnte sich in seinem Stuhl zurück. »Das ist ja komisch. Denn Leute, denen es ›gut‹ geht, brechen nicht an Tatorten beinahe zusammen.«

Stephanie sagte nichts, sondern spielte an der Kette, die eng um ihren Hals lag. »Ich bin nicht zusammengebrochen, Sir.«

Er sah sie prüfend an. »Möchten Sie mir erzählen, was passiert ist?«

»Es ist nicht so schlimm, wie es klingt, Sir. Ehrlich. Woher haben Sie überhaupt davon gehört?«

»Ein Anruf von Louis, der einen Anruf von einem seiner Reporter bekommen hat. Glücklicherweise hat niemand sonst Wind davon bekommen, und er hat versprochen, es aus der Zeitung herauszuhalten. Scheint, als würde er auf Sie aufpassen«, erklärte Clive. »Und ich bin froh, dass er es getan hat; sonst, bezweifle ich, hätten Sie sich gemeldet, oder?«

Sie sah ihn ausdruckslos an. Als sie nichts sagte, riss er die Augen auf, als ob er auf eine Antwort wartete.

»Ich dachte, das war rhetorisch, Sir. Natürlich hätte ich mich gemeldet. Es ist meine Pflicht.«

»Richtig, und es ist meine Pflicht, sicherzustellen, dass meine Mitarbeiter fit und gesund sind und Zugang zu allen Ressourcen haben, die sie benötigen.« Er verschränkte die Finger und atmete tief ein. »Ich frage noch einmal: Was ist passiert?«

»Mir war nur ein bisschen schwindelig und ich musste mich einen Moment hinsetzen, das war alles.«

»Schwindelig? Hatten Sie …?« Er hielt inne und überlegte, wie er die Frage, die ihm auf den Lippen lag, am besten formulieren sollte.

Stephanie wusste genau, was er fragen wollte. Es war ein heikles Thema, also beschloss sie, ihm zu helfen.

»Es ist nicht *das*«, log sie und ließ die Kette los. »Ich habe mich im Griff. Habe es unter Kontrolle.«

Sie wollte nicht erwähnen, dass sie die ein oder andere Mahlzeit ausgelassen hatte, weil sie so lange gearbeitet hatte.

»Das freut mich zu hören. Ich musste … nur fragen. Aber

glauben Sie nicht, dass mir nicht aufgefallen ist, wie viel Sie in den letzten Monaten gearbeitet haben. Sie haben viel durchgemacht, und es ist verständlich, dass es Sie einholt. Aber wenn etwas los ist, muss ich es wissen.«

Stephanie zögerte, ihre Finger krallten sich in ihrem Schoß fest ineinander.

»So etwas ist es nicht. Ich weiß, was ich tue. Ich komme allein zurecht. Das habe ich hoffentlich bewiesen. Außerdem habe ich schon viel Schlimmeres durchgemacht.« Sie zögerte. »Es war ... Feuer.«

Er runzelte die Stirn. »Was meinen Sie?«

»Es scheint, dass ich eine Angst vor Feuer habe, und das Feuer bei den Fairhursts ... es hat etwas ausgelöst. Es ist nicht das erste Mal. Es ist im Laufe dieser Ermittlung nur schrittweise schlimmer geworden.«

Der Chefinspektor nickte langsam, sein Gesichtsausdruck wurde weicher, als er sich in seinem Stuhl zurücklehnte. Er atmete durch die Nase aus und fuhr sich mit der Hand über das Kinn; das Schaben der Bartstoppeln war in dem stillen Büro laut zu hören.

»In Ordnung«, sagte er. »Danke, dass Sie es mir gesagt haben. Das ist nicht einfach, und ich weiß das zu schätzen.«

Stephanie zuckte leicht, fast unmerklich mit den Schultern, als ob es keine Rolle spielte.

»Haben Sie jemals Erdungstechniken ausprobiert?«, fragte er nach einem Moment. »Atemübungen? Die Fünf-Sinne-Übung?«

Stephanie blinzelte. »Was?«

»Das sind Grundlagen. Wenn Sie etwas triggert, finden Sie fünf Dinge, die Sie sehen können, vier, die Sie berühren können, drei, die Sie hören können ... Sie verstehen schon. Es verlangsamt alles und bringt Sie zurück in den Moment.«

Sie hob eine Augenbraue. »Hätte Sie nicht für den Achtsamkeits-Typ gehalten, Sir.«

Er grinste trocken. »Bin ich auch nicht. Aber ich habe vor etwa fünfzehn Jahren an einer Schulung zum Thema Traumata teilgenommen, und ich schätze, einiges davon ist hängen geblieben. Es könnte sich lohnen, sich damit zu befassen. Es wird nicht alles über Nacht in Ordnung bringen, aber es gibt Ihnen etwas, woran

Sie sich festhalten können, wenn die Dinge außer Kontrolle geraten.«

Stephanie nickte kaum merklich, ohne sich auf die Idee festzulegen oder sie zu verwerfen.

Clive trommelte einmal mit den Fingern auf den Schreibtisch. »Was ist mit professioneller Hilfe?«

Stephanie griff wieder nach ihrer Kette und warf ihm einen misstrauischen Blick zu. »Sie fangen an, wie Elias zu klingen.«

»Elias?«

»Der Wachleiter, der uns bei dieser Operation hilft.«

McGowan grinste. »Klingt nach einem klugen Mann.«

Sie seufzte und rieb sich mit den Händen über das Gesicht. »Ich möchte nicht von diesem Fall abgezogen werden.«

»Werden Sie auch nicht. Nicht, solange Sie mir keinen triftigen Grund dafür geben. Sind Sie noch in der Lage, diese Ermittlung zu leiten?«

»Ja.«

»Dann ist das alles, was ich hören musste. Solange Sie mir kein Burn-out erleiden, ist alles in Ordnung.«

Sie grinste spöttisch. »Verzeihen Sie das Wortspiel.«

»Unbeabsichtigt, ich schwöre es.«

Stephanie erlaubte sich ein kurzes Lächeln, aber es verblasste fast so schnell, wie es erschienen war. Ihre Schultern blieben unter ihrem Hemd angespannt.

»Hören Sie«, sagte Clive, seine Stimme nahm einen fast väterlichen Ton an. Ein Ton, den sie seit Jahren nicht mehr gehört hatte, noch hatte sie geglaubt, ihn jemals wieder zu hören. »Ich mache das schon lange genug, um zu wissen, wann jemand eine Gratwanderung unternimmt. Sie müssen keine Heldin sein, Steph.«

Sie nickte und schluckte den Kloß in ihrem Hals hinunter. »Verstanden.«

»Gut. Und jetzt machen Sie eine Pause, bevor Sie sich in die nächste Hölle stürzen, ob wörtlich oder im übertragenen Sinne.«

Sie stand auf und strich imaginäre Falten aus ihrer Hose. »Mir geht es gut, Sir.«

»Wenn Sie das oft genug sagen, glaube ich es vielleicht eines Tages sogar.«

Stephanie drehte sich zur Tür, ihre Hand auf der Klinke, dann hielt sie inne. »Danke, dass Sie daraus keine ... größere Sache gemacht haben, als es ist.«

Clive winkte ab. »Wie ich schon sagte, seien Sie keine Heldin. Und, Steph?«

Sie blickte über ihre Schulter.

»Reden Sie mit dem Therapeuten. Oder mit irgendjemandem. Ich verspreche Ihnen, es wird mehr nützen, als Sie denken.«

Stephanie nickte noch einmal. »Ich werde darüber nachdenken.«

Dann trat sie hinaus und zog die Tür hinter sich zu.

KAPITEL
FÜNFZIG

Stephanie war noch nicht einmal an ihren Schreibtisch zurückgekehrt, als Fiona sie im Korridor vor dem Lagezentrum abfing. Sie presste eine Mappe an ihre Brust und ihr Gesichtsausdruck ließ Stephanie den Magen zuschnüren.

»Steph«, sagte Fiona hastig. »Hast du eine Sekunde?«

Stephanie wurde langsamer, stieß scharf die Luft durch die Nase aus und drehte sich zu ihr um. »Was ist los?«

»Wir können ihn nicht finden.«

Stephanie blinzelte. »Wen?«

»Mouse. Ray ... Wie auch immer er heißt.«

Stephanie kniff die Augen zusammen. »Was meinst du damit, ihr könnt ihn nicht finden?«

»Wir haben nur einen *halben* Namen. Einen Spitznamen. Damit kommen wir nicht weiter. Wir sind die Schulakten von St Jude's durchgegangen, haben sie mit den Teilnehmerlisten von Ausflügen und den Einverständniserklärungen der Eltern abgeglichen und sind sogar bei den Spitznamen-Vermutungen unkonventionelle Wege gegangen. Wir haben Meldedaten, NHS-Protokolle und Polizeidatenbanken überprüft. Nichts. Niemand erfüllt die Kriterien.«

Stephanie rieb sich die Stirn, während die Anspannung hinter ihren Augen aufloderte. »Du willst mir also sagen, dass diese Person nicht existiert?«

»Ich will damit sagen, dass man uns entweder den falschen Namen genannt hat oder jemand sich nach diesem Ausflug große Mühe gegeben hat, von der Bildfläche zu verschwinden.«

Stephanie blickte an ihr vorbei in das Lagezentrum, wo Giles über seinem Laptop brütete und Noahs leerer Stuhl neben einem Schreibtisch mit Tassenrändern stand.

Stephanies Kiefermuskeln spannten sich an. Sie holte tief Luft und wandte sich dann wieder Fiona zu. »In Ordnung. Hol alle ins Lagezentrum. Sofort.«

Fiona zögerte nicht. Sie machte auf dem Absatz kehrt, verschwand durch die Tür und ihre Stimme übertönte die Gespräche im Raum. »Teambesprechung. In fünf Minuten.«

Wenige Minuten später versammelten sie sich in dem Teil des Büros, der für Großeinsätze vorgesehen war. Stephanie schritt von einer Seite zur anderen, als wäre sie auf einer Mission.

»Also gut«, sagte sie unverblümt und stemmte die Hände in die Hüften. »Wo stehen wir?«

Niemand antwortete. Alle sahen sich nur gegenseitig an und drückten sich vor der Verantwortung. Schließlich bestimmte Stephanie Giles, den Anfang zu machen. Der Constable räusperte sich und strich seine Krawatte glatt, bevor er begann.

»Ich ... Na ja, es gibt nicht viel zu berichten, Ma'am. Ich habe mit einer Handvoll Nachbarn in Darren Fairhursts Viertel gesprochen, und niemand hat etwas gesehen. Die sind alle in ihren Sechzigern und Siebzigern. Die meisten konnten nicht fassen, dass so etwas in ihrer Straße passieren konnte. Ein paar hatten Hörprobleme, da war also von vornherein nichts zu holen.«

»Videoüberwachung?«

Giles antwortete mit einem leichten Achselzucken. »Manche haben Türklingelkameras und einige fortschrittlichere Sicherheitssysteme, aber viele davon sind falsch eingerichtet oder nur direkt auf die Haustüren oder ihre Einfahrten gerichtet, sodass der größte Teil der Straße und der Umgebung nicht erfasst wird.« Giles hielt inne, als ob ihm etwas eingefallen wäre, und eilte dann zu seinem Schreibtisch. Er loggte sich in seinen Computer ein, drückte ein paar Tasten und sprintete dann zum Drucker. Er kehrte mit einem Blatt in der Hand zurück und heftete es an die Pinnwand des Lagezentrums. »Ich konnte die Sicherheitsaufnahmen eines Nachbarn durchsehen – ein Paar in den Siebzigern, dessen Sohn die Anlage für sie installiert hatte – und ich habe dieses Standbild von einem Auto gefunden, das ungefähr zu der Zeit vorbeifuhr, als der Hausbrand ausgebrochen sein könnte.«

»Wissen wir, wann er ausgebrochen ist?«

Giles nickte. »Das stand in Elias' Bericht. Er schätzt, es war irgendwo zwischen fünf Uhr abends und Mitternacht. Das einzige Problem ist ...« Giles zeigte auf den verschwommenen Fleck in der oberen rechten Ecke des Bildes. »Ich werde einfach nicht schlau daraus, was das für eine Marke und ein Modell ist. Also, ja, wir haben *etwas*. Nur ist dieses Etwas weniger wert als das Papier, auf dem es gedruckt ist.«

Stephanie dankte ihm und rief ihn dann zu sich zurück.

»Sehen Sie zu, ob Sie in der Umgebung etwas finden, das zu dieser ... *Form* auf den Videoaufnahmen passt«, wies sie den Constable an. »Und prüfen Sie auch, ob es an einem der beiden früheren Tatorte auftaucht.« Stephanie ließ ihren Blick langsam durch den Raum schweifen, um ihr nächstes Ziel auszuwählen. Sie zeigte auf Devon. »Was haben Sie für mich?«

Devon, der in seinem Stuhl gelümmelt hatte, richtete sich auf. Er schlug ein Bein über das andere und sagte: »Ich bin seit heute Morgen Fairhursts Finanzunterlagen durchgegangen und habe nichts gesehen, was Anlass zur Sorge hätte geben können. Ich dachte, es könnte eine Verbindung zwischen Darren, Nigel Hadlow und dem Mann geben, der Nigel Geld gegeben hat, Terry Houghton.«

»Warum?«, fuhr sie ihn an.

»Nur für den Fall, dass die Schul-Spur nicht aufgeht, Ma'am. Ich dachte, wir müssten uns alle Optionen offenhalten.«

Die Vorstellung von Zeitverschwendung gefiel ihr nicht, aber sie verstand seinen Gedankengang und räumte ein, dass es sinnvoll war. Wenn sie ihre ganze Zeit, Energie und Mühe auf die Mobbingopfer konzentrierten und das ohne einen Ersatzplan zu nichts führte, stünden sie wieder ganz am Anfang – eine Situation, in der sie nicht sein wollte.

»Sehr gut«, sagte sie mit einem knappen Nicken. »Gibt es noch andere Fälle, in denen unsere Opfer miteinander in Verbindung stehen könnten?«

Devon sah sie ausdruckslos an, wie das Kaninchen vor der Schlange. »Bisher habe ich nichts dergleichen bemerkt. Aber ... ich werde weiter suchen.«

»Großartig.« Sie wandte sich wieder an Giles. »Was ist mit dem Jungen auf dem Foto?«

»Ich habe es versucht, Ma'am, aber ich habe absolut keine Ahnung, wer dieses Kind ist.«

»Immer noch nichts?«

»Das Foto ist von schlechter Qualität, es ist vierzig Jahre alt; die Person darauf könnte heute völlig anders aussehen.«

»Ich will keine Ausreden hören«, erwiderte sie, da ihre Geduld langsam zu Ende ging. »Haben Sie das Foto Anthony Shore oder seinen Eltern gezeigt, um zu sehen, ob *er* die Person auf dem Foto ist? Noah ist immer noch zur Überwachung draußen, und wir werden ihn über Nacht von einem Team beobachten lassen. Das alles wird Zeit- und Geldverschwendung gewesen sein, wenn er nicht der Junge auf dem Foto ist.«

Giles' Gesichtszüge entgleisten vor Unglauben, als hätte er gerade das Feuer entdeckt.

»Daran hatte ich nicht gedacht. Das ist ja genial!«

»Ich mache Ihren Job für Sie«, sagte sie. »In der Zwischenzeit müssen wir vorrangig Mouse finden. Fiona, ich weiß, du arbeitest schon daran, aber ich möchte, dass Olivia dich unterstützt, und ich möchte, dass ihr alles tut, was ihr könnt, um dieses Individuum zu finden. Sprecht mit jedem und allen. Bisher ist er unser Hauptverdächtiger.«

KAPITEL **EINUNDFÜNFZIG**

Nach mehreren Stunden Recherche, zahllosen Anrufen, Warterei, dem Streichen von Namen auf ihrer Liste und nachdem sie auf verschiedene Weisen Leute kontaktiert hatte, fand Fiona endlich den Namen von jemandem, der an der Klassenfahrt der Jungen in den New Forest teilgenommen hatte.

Ein Lehrassistent namens Michael Glover war in letzter Minute hinzugezogen worden, nachdem ein anderer Mitarbeiter ausgefallen war, was dazu führte, dass sein Name in mehreren Dokumenten fehlte. Am Ende musste sich Fiona auf die vage und verblasste Erinnerung eines ehemaligen Schülers verlassen, um seinen Namen zu erfahren.

Von allen Mitarbeitern, die auf die Reise geschickt worden waren, war Michael der einzige, der noch am Leben war. Jetzt in seinen Sechzigern, war er einer der jüngsten Teilnehmer gewesen, da er frisch von der Uni gekommen war, als er an den Ort zurückkehrte, an dem für ihn alles begonnen hatte: St Jude's.

Michael Glovers Haus war ein gedrungenes, zweistöckiges Cottage mit einem abschüssigen, moosbewachsenen Dach und Efeu, der am Mauerwerk emporrankte. Sein Name war auf einem von Flechten und Laub bedeckten Holzschild kaum leserlich. Eine der Fensterscheiben im Obergeschoss hatte einen feinen Riss, der wie eine Ader durch sie verlief, und die Farbe an den Fensterbänken blätterte ab. Brennnesseln und Unkraut hatten die meisten

Blumenbeete im Vorgarten überwuchert, und ein umgestürzter Terrakottatopf lag neben einem zerbrochenen Gnom, dessen Farben längst verblasst waren.

Fiona stand knapp innerhalb des Wohnzimmers und versuchte, nicht zu tief einzuatmen. Die Luft war schwer vom Gestank kalten Tabaks, der ihr im Hals kratzte. Der Teppich unter ihren Füßen hatte die Farbe von schwachem Tee, und sie konnte sehen, wo die Möbel permanente Rillen hineingegraben hatten. Der Ort trug alle Züge von jemandem, der allein dort gelebt hatte, ohne Anzeichen einer Ehefrau oder Partnerin, nicht einmal von jemandem, der häufig zu Besuch kam.

Michael ließ sich mit der Leichtigkeit von jemandem, der sein Leben lang in Bewegung gewesen war und Lebertran-Kapseln genommen hatte, in den Sessel sinken.

»Sie haben ein schönes Haus«, sagte sie.

»Es hat meinen Eltern gehört. Ich habe es geerbt, als sie gestorben sind. Schöner als die Wohnung, in der ich gelebt habe, also dachte ich mir, ich ziehe hier ein.«

Das erklärte die Möbel. Fiona griff in ihre Tasche und holte einige Dokumente hervor.

»Es hat eine Weile gedauert, Sie zu finden, aber wie ich verstanden habe, haben Sie an St Jude's unterrichtet, ist das richtig?«

»Ich habe nie unterrichtet. Ich war Lehrassistent. Mein Vater war dort Lehrer. Er hat mir den Job besorgt.«

Sie waren also ein Nepo-Baby.

Der Begriff bezog sich auf jemanden, dessen beruflicher Erfolg auf berühmte oder gut vernetzte Eltern zurückgeführt wurde. In Michaels Fall war es sein Vater, der ihm die Stelle an der Schule gesichert hatte, vielleicht zum Nachteil anderer, qualifizierterer Kandidaten.

»Wie lange waren Sie an der Schule?«, fragte sie.

»Ungefähr zehn Jahre.«

»Und Sie sind während dieser Zeit Assistent geblieben?«

Er nickte. »Ich habe nie die Notwendigkeit gesehen, das zu ändern. Ich habe gut verdient, hatte nicht viel Stress, und der Schulleiter mochte mich.«

Natürlich tat er das. Sonst hätte Papi vielleicht etwas dazu zu sagen gehabt.

»Was haben Sie gemacht, nachdem Sie die Schule verlassen hatten?«

»Dad hat beschlossen, in den Ruhestand zu gehen, und ich habe beschlossen, dass ich ohne ihn nicht mehr dort sein wollte, also habe ich angefangen, in einem Büro in der Stadt zu arbeiten.«

Fiona machte eine Notiz. »Was können Sie mir über Ihre Zeit an der Schule erzählen?«

Michael räusperte sich. »Die meiste Zeit war es ein großer Spaß. Ich war nur ein paar Jahre älter als einige der Jungen, also haben sie mich als eine Art großen Bruder gesehen. Ein paar Mal haben sie mich gebeten, ihnen Zigaretten und Alkohol zu besorgen, als sie minderjährig waren. Meistens habe ich mich geweigert, aber es gab ein paar Gelegenheiten, bei denen ich ihnen geholfen habe, nur weil ich wusste, dass sie sich sonst nur in Schwierigkeiten bringen würden, indem sie das Zeug stehlen, wenn ich es nicht tue.«

Fiona sagte nichts, hörte nur zu und wartete darauf, dass er weitersprach.

»Die restliche Zeit haben wir einfach nur viel rumgealbert. Ich glaube, ich habe gewissermaßen eine Brücke zwischen ihnen und den Lehrern geschlagen. Viele von ihnen haben mir persönliche Dinge, Geheimnisse und so was anvertraut.«

Fiona verlagerte ihr Gewicht leicht. »Hatten irgendwelche dieser Geheimnisse mit der Reise in den New Forest zu tun?«

Michael zögerte. Sie bemerkte die Veränderung seiner Atmung. Flacher. Seine Finger krallten sich fester um die Tasse auf seinem Schoß.

»Welche Reise?«, fragte er schließlich.

»Die von 1983. Sie wurden in letzter Minute zur Aufsicht hinzugezogen.«

Wieder eine Stille, diesmal länger.

»Ich erinnere mich daran«, sagte er. »Verdammt mieses Wetter in dieser Woche. Es hat jede Nacht geregnet. Die Zelte sind zweimal eingestürzt. Einer der Jungen wurde von irgendetwas am Knöchel gebissen und hat stundenlang nicht aufgehört zu weinen.«

»Was ist mit dem Vorfall, bei dem es um eine Gruppe von Jungen und jemanden namens Mouse ging?«

Michael zuckte bei dem Namen nicht zusammen, aber sie sah, wie sich seine Nasenflügel ganz leicht weiteten. Er blickte an ihr vorbei aus dem Fenster.

»Davon haben Sie also gehört?«

»Ja. Und ich hätte gerne Ihre Version von dieser Nacht, bitte. Wie war sein Name?«

»Rami Krüger. Einwanderer aus Deutschland in zweiter Generation. Seltsamer kleiner Junge«, sagte Michael schließlich. »Immer allein. Hat immer in ein Notizbuch gekritzelt oder mit sich selbst geredet. Eher ein Einzelgänger. Ein bisschen ein Freak, wenn ich ehrlich bin. Aber er hing immer mit diesen Jungs rum. Klebte an ihnen wie eine Klette. Zumindest hat er es versucht. Ich glaube, er wollte so sehr Teil ihrer Bande sein, dass er bereit war, alles zu tun. Also haben sie ihn eines Nachts mitgenommen, an einen Baum gefesselt, bis auf die Unterhose ausgezogen und dagelassen. Nigel, Carlos, Darren und Anthony – die verantwortlichen Jungs – sie fanden es urkomisch. Sie sagten, es wäre ein Streich gewesen. Ein Witz. Etwas, worüber der Rest von uns auch lachen sollte. Aber als ich am nächsten Morgen beim Laufen dort rauskam und ihn sah ...«

Michael verstummte und verzog leicht den Mund, als ob die Erinnerung einen unangenehmen Geschmack hätte.

»Er zitterte. Die Arme über dem Kopf, die Handgelenke mit einem Seil gefesselt, das sie von einer unserer Aktivitäten früher am Tag gestohlen hatten. Die Augen ganz weit und wässrig. Der Mund mit Dreck verschmiert. Wie ein Tier, das in eine Falle geraten ist. Als ich ihn gefunden habe, hat er sich die Augen ausgeweint.«

Fionas Kehle schnürte sich zu. Sie wartete.

Michael lehnte sich seufzend im Stuhl zurück. »Ich habe ihn losgebunden. Habe ihm gesagt, dass alles wieder gut wird. Dass ich ihn zurück ins Lager bringen und aufwärmen würde.«

»Woher wussten Sie, dass Nigel und seine Freunde verantwortlich waren?«

»Rami hat es mir erzählt. Aber nur, weil ich es aus ihm herausgepresst habe.«

»Laut anderen, mit denen wir gesprochen haben, wurde nie jemand für den Vorfall zur Rechenschaft gezogen. Die Jungen durften einfach so davonkommen. Warum?«

Michael tat so, als würde er etwas untersuchen, das in seinen Nägeln feststeckte. »Dafür gibt es zwei Gründe«, sagte er. »Der erste ist ... nun ja, Rami hat mich angefleht, niemandem etwas zu sagen. Er sagte, er wollte so sehr bei Nigel und den anderen dazugehören, dass er bereit war, es mit ins Grab zu nehmen. Und der andere Grund, auf den bin ich nicht so stolz.« Er machte eine Pause. »Tief im Innern fand ich es urkomisch. Jungsstreiche eben. Eine kleine Mutprobe. Nichts Ernstes.«

»Glauben Sie nicht, dass eine solche Demütigung an ihm hängengeblieben sein könnte?«, fragte Fiona leise. Ihre Stimme war gleichmäßig, aber ihre Hände hatten sich an ihren Seiten zu Fäusten geballt. »Ihn vielleicht geprägt hat?«

Michael blickte sie endlich an, diesmal schärfer.

»Ich habe keine Ahnung, was danach aus ihm geworden ist«, sagte er. »Er hat St Jude's verlassen, und ich habe ihn nie wieder gesehen.«

Fiona machte sich eine Notiz. Jetzt, da sie einen bestätigten Namen hatten, könnten sie mehr Glück bei der Suche nach Rami Krügers Aufenthaltsort haben. Sie griff in ihre Tasche und zog das Foto hervor, das am Tatort von Darren Fairhurst gefunden worden war. Sie reichte es ihm.

»Erkennen Sie den Jungen auf diesem Bild?«

Michael studierte die Gesichtszüge des Jungen eine ganze Weile und nahm jedes Pixel auf. Fiona beobachtete ihn und analysierte seine Reaktion auf das leiseste Anzeichen des Wiedererkennens. Aber da war keines. Am Ende schüttelte er den Kopf und gab ihr das Bild zurück.

»Er kommt mir nicht bekannt vor«, sagte er. »Wann wurde das aufgenommen?«

»Das wissen wir nicht. Aber wir vermuten, dass es aus einer ähnlichen Zeit stammt, als Darren, Nigel und Carlos zusammen in der Schule waren.«

Michael verschränkte die Arme. »Da klingelt bei mir nichts. Tut mir leid.«

Fiona packte ihre Tasche, um zu gehen, dann fiel ihr etwas ein.

»Es tut mir leid, Ihnen berichten zu müssen«, begann sie, »aber Nigel, Darren und Carlos sind tot. An jedem ihrer Tatorte haben wir Dosen mit eingravierten religiösen Botschaften entdeckt. Nun war St Jude's, so wie ich das verstanden habe, keine besonders religiöse Schule, oder?«

Michael schüttelte den Kopf. »Ich weiß nicht, wie es jetzt ist, aber während meiner Zeit dort war es das nicht.«

»War einer der Jungen religiös?«

Ein Schulterzucken. »Sicher. Es gab alle möglichen Glaubensrichtungen.«

»Wissen Sie, woran Danny, Carlos und Nigel geglaubt haben, falls überhaupt?«

Michael dachte einen langen Moment nach, dann schüttelte er den Kopf. »Ich habe nie gehört, dass explizit etwas erwähnt wurde. Das war nicht die Art von Dingen, über die wir geredet haben.« Er schnippte mit den Fingern. »Außer der kleine Rami. Er hat ständig Dinge aus der Bibel gelesen oder darüber gesprochen. Er kannte diese langen Passagen daraus wortwörtlich und fand immer einen Weg, jedes Gesprächsthema auf Gott und Jesus zurückzubringen. Meistens habe ich ihn ignoriert, aber ich weiß, dass er viel Zeit damit verbracht hat, in die Kirche zu gehen.«

KAPITEL ZWEIUNDFÜNFZIG

Noah war nicht sonderlich begeistert von der neuen Idee, die Devon im Team eingeführt hatte. Die Idee, Aufgaben per Zufall zu verteilen, indem man Streichhölzer zog. Sie begeisterte ihn nicht gerade, zumal er an diesem Tag das zweitkürzeste Streichholz gezogen hatte. Infolgedessen saß er nun wie ein Schutzengel gegenüber von Anthony Shores bescheidener Doppelhaushälfte in Addlestone, überwachte das Grundstück sowie die Straße und sollte sicherstellen, dass dem Mann nichts zustieß. Ein Schutzengel, der nur noch für kurze Zeit da sein würde, bevor der Schichtwechsel stattfand und er von einem uniformierten Beamten abgelöst würde, der die Nachtschicht hatte. Seit drei Stunden war er nun schon in die Enge des Dienstwagens verbannt, hatte nichts bei sich als ein paar Flaschen Wasser, eine Handvoll Snacks und ein Notizbuch. Abgesehen von der gelegentlichen Taube, die über die Straße watschelte, gab es absolut nichts zu melden. Anthony war den ganzen Nachmittag zu Hause gewesen und niemand hatte sich dem Grundstück auch nur genähert. Draußen war es schon lange dunkel, und das einzige Licht, das er hatte, um die Dunkelheit zu vertreiben, war der schwache Schein einer Straßenlaterne weiter unten an der Straße.

Noah sah zum fünften Mal in weniger als einer Minute auf seine Uhr, und jedes Mal war er genauso enttäuscht wie beim letzten Mal, als er sah, dass es immer noch 18:55 Uhr war.

»Verdammt«, murmelte er und streckte gähnend die Arme, so weit es in dem engen Fahrzeug möglich war. »Essenszeit.«

Er griff nach der letzten halben KitKat-Packung auf dem Beifahrersitz und stopfte sie sich in den Mund. Das Abendessen für Champions.

Dann summte sein Handy.

Rachel. Seine Frau.

Er lächelte schwach und nahm ab. »Hey.«

»Hey, hast du viel zu tun?«

Er blickte zum Haus hinüber. »Ich hab alle Hände voll zu tun. Gerade ist ein Vogel auf dem Dach gelandet, den muss ich genau im Auge behalten, nur für den Fall, dass er auf die Terrasse scheißt.«

Rachel kicherte leise. »Die Mädels wollen gute Nacht sagen. Du hast dreißig Sekunden, bevor sie explodieren.«

Noahs Herz wurde weich. »Gib sie mir.«

Er hörte das Rascheln, als das Handy weitergereicht wurde.

»Paaaapa!«, schallten zwei winzige Stimmen im Chor aus dem Lautsprecher.

»Hey, meine Monster«, sagte er mit warmer Stimme. »Putzt ihr euch die Zähne? Oder schmuggelt ihr wieder Schokolade unter eure Kissen?«

Wieder Gekicher.

»Mama sagt, du bekämpfst Feuer«, sagte die Ältere, Amelia.

»Nicht bekämpfen. Ich passe nur auf Häuser auf, damit sie kein Feuer fangen.«

»Wird unseres auch Feuer fangen, Papa?«

»Nein, mein Schatz. Ich habe unser Haus schon überprüft, um sicherzugehen, dass das nicht passiert.«

»Wann kommst du nach Hause?«, fragte Trinity.

»Bald, Spätzchen. Du wirst schon schlafen, aber wir sehen uns morgen früh.«

Die Mädchen stöhnten enttäuscht auf, dann schaltete sich Rachel ein und wies sie an, mit dem Zähneputzen fertig zu werden und im Schlafzimmer auf sie zu warten. Sie schrien zum Abschied, bevor sie verschwanden.

»Ich sage dir Bescheid, wann ich nach Hause komme«, sagte er zu Rachel, bevor er auflegte.

Als er das Handy auf seinen Schoß legte, strichen zwei Scheinwerfer über seine Windschutzscheibe. Ein Zivilwagen hatte hinter ihm gehalten, am Steuer saß eine uniformierte Beamtin.

Endlich.

PC Grace Patel stieg aus und watschelte zu seinem Fenster.

»Ruhige Schicht gehabt?«, fragte sie.

»Staubtrocken«, erwiderte Noah ausdruckslos.

»Glück für Sie. Obwohl es immer noch besser ist, als vorhin bei Guildford im Stau zu stehen mit einem Hund, der nicht aufhören konnte, sich zu übergeben.«

»Sie gewinnen. Und wo wir gerade dabei sind, ich bin dann mal weg. Er gehört ganz Ihnen. Viel Spaß.«

»Danke.«

Während Patel zu ihrem Auto zurückging, startete Noah den Motor und fuhr los. Er warf einen letzten Blick zurück auf das Haus, und ein Kribbeln des Unbehagens lief ihm über den Nacken.

Anthony mochte jetzt in Sicherheit sein.

Aber wie lange noch?

KAPITEL DREIUNDFÜNFZIG

Stephanie saß am Küchentisch, ein Bein untergeschlagen, während das andere unruhig gegen das Stuhlbein wippte. Das blaue Licht ihres Laptopbildschirms warf einen sanften Schein auf das halb leere Weinglas daneben.

Sie hatte die E-Mail bereits dreimal gelesen, noch öfter eine Antwort entworfen und jede einzelne umgehend wieder gelöscht.

Sehr geehrte Ms Broadbent,

wir schreiben Ihnen, um Sie über eine Verzögerung beim Verkauf des Anwesens Ihres verstorbenen Vaters zu informieren. Bei den abschließenden Prüfungen hat sich gezeigt, dass die ursprüngliche Eigentumsurkunde eine beschränkende Dienstbarkeit aus dem Jahr 1973 enthält, die bestimmte Nutzungen des Grundstücks einschränkt. Die Anwälte der Käufer haben dies als problematisch eingestuft, und infolgedessen wurde der Beurkundungsprozess unterbrochen, bis wir entweder eine Änderungsurkunde aushandeln oder eine Rechtsschutzversicherung für Eigentumsübertragungen abschließen können.

Wir verstehen, wie frustrierend das sein mag, besonders in dieser Phase, aber wir arbeiten daran, das Problem so schnell wie möglich zu lösen.

Mit freundlichen Grüßen

HG & Söhne

Stephanie biss die Zähne zusammen.

Beschränkende Dienstbarkeit. Sie wusste kaum, was das bedeutete, aber es klang nach Schwachsinn, der dazu diente, die Sache zu verschleppen und sie in der Schwebe zu halten. Das Haus hätte längst verkauft sein sollen. Sie und Kimberley hatten die Räume geleert, sich mit dem Geist ihres Vaters auseinandergesetzt und es auf den Markt gebracht. Jetzt war es das Problem der Immobilienmakler. Der Verkauf sollte einen Schlussstrich unter ihren Vater und alles, was mit ihm zusammenhing, ziehen. Ein Abschluss. Doch da war er wieder, fand einen Weg, ihr Schwierigkeiten zu bereiten, und drängte sich irgendwie in ihr Leben. Irgendeine verstaubte Zeile in einer jahrzehntealten Urkunde hielt nun ihr Leben als Geisel.

Sie stieß ein bitteres Lachen aus und griff nach dem Wein.

»Das würde dir gefallen, nicht wahr?«, murmelte sie in die Stille. »Selbst aus dem Grab heraus schaffst du es noch, alles zu versauen.«

Ihr Magen knurrte, und ein vertrautes, unwillkommenes Gefühl begann, in ihrem Hinterkopf aufzusteigen. Sie erkannte die Warnzeichen und die Auslöser.

Und sie würde ihnen nicht nachgeben. Sie brauchte Luft; sie brauchte Abstand.

Stephanie starrte noch eine Sekunde lang auf den Laptop, bevor sie ihn zuklappte und wegschob.

Es war Zeit, hier rauszukommen.

Sie zog sich schnell ihre Leggings, ihren Sport-BH, ein T-Shirt und einen Kapuzenpullover an. Ihre Turnschuhe standen schon an der Tür, verdreckt von der letzten Joggingrunde, die sie versucht und abgebrochen hatte. Sie band sich die Haare hoch, steckte sich die Kopfhörer in die Ohren und verließ das Haus, ohne sich umzusehen.

Draußen war die Luft dünn und kühler, als sie erwartet hatte.

Aber sie ignorierte es und rannte los, ohne nachzudenken, ließ sich vom Muskelgedächtnis leiten, während sie auf den Campus der University of Surrey zusteuerte. Sie wusste nicht warum, aber etwas hatte sie dorthin zurückgezogen. An den Ort, an dem ihre Rückkehr zur Surrey Police begonnen hatte. An den Ort, an dem vier Studentinnen ihr Leben verloren hatten.

Der Campus war um diese Stunde ruhig. Der beginnende Winter hatte sich über das Feld und die Straßen gelegt und die Studenten überzeugt, dass es besser war, drinnen zu bleiben, als sich dem Unbehagen eines nächtlichen Ausflugs auszusetzen. Ihre Schuhe klatschten rhythmisch auf den Asphalt, als sie durch den Südeingang lief, an der Bibliothek vorbei und rechts zum See abbog.

In der Nähe der Stufen des Studentenwerksgebäudes traf es sie.

Maya Corcoran. Das dritte Opfer des Rache-Masterplans ihres Vaters, die Voodoo-Puppe in einer Kiste auf ihrem Rücken gefunden.

Stephanie stockte der Atem, und für einen Moment verlangsamte sie ihren Schritt. Sie blickte auf das Wasserbecken, in dem Mayas Leiche gefunden worden war. Nur wenige Stunden, bevor man sie gefunden hatte, hatte Stephanie während ihres Jiu-Jitsu-Trainings mit ihr auf dem Boden gerungen. Seitdem war sie nicht mehr zu dem Sport zurückgekehrt, als wäre er durch die Erinnerung an das, was Maya zugestoßen war, befleckt.

Mit den Gedanken an jene Nacht, die ihr durch den Kopf wirbelten, lief Stephanie weiter, überquerte den Versammlungsplatz und joggte an den Orten vorbei, an denen die anderen Leichen entdeckt worden waren – erstochen, erstickt, bei lebendigem Leib verbrannt. Vier Opfer allein auf dem Campus. Vier zerstörte Familien. Und ihr Vater, der Mann, der sie großgezogen hatte, hatte alles von seinem Sessel im Pflegeheim aus inszeniert.

Stephanie hörte auf zu laufen. Sie beugte sich vor, die Hände auf die Knie gestützt, ihr Atem scharf und unregelmäßig. Schweiß perlte an ihrem Hals.

Sie lief nicht mehr nur, um den Kopf freizubekommen. Sie lief, weil ein Teil von ihr sie hierher zurückgebracht hatte. Nicht für die Fitness. Nicht zur Ablenkung. Sondern zur Abrechnung.

Selbst nach allem ließ ihr Vater sie immer noch auf demselben Boden kreisen, gefangen in der Anziehungskraft des Grauens, das er hinterlassen hatte, unfähig, sich selbst für das Trauma und die Probleme zu vergeben, die er verursacht hatte.

Langsam richtete sie sich auf, rollte die Schultern zurück und wischte sich mit dem Ärmel über die Stirn.

Aber sie hatte genug. Zu lange hatte er sich wie eine Krankheit an ihre Gedanken geklammert. Aber nicht mehr. Sie war fertig mit ihm.

»Ich gehöre nicht dir«, flüsterte sie in den dunklen Campus um sie herum. »Nicht mehr.«

Dann rannte sie wieder los, diesmal mit gleichmäßigerem Tempo, auf das hintere Tor zu und weg vom Herzen der Universität.

Etwas hatte sie in dieser Nacht dorthin zurückgezogen.

Aber das sollte das letzte Mal gewesen sein.

KAPITEL VIERUNDFÜNFZIG

Sie wollte nicht hier sein. Sie war nicht nur zunehmend müde und vom Schlafmangel und dem Stress der Ermittlungen ausgelaugt, sondern fand auch, dass sie hier nichts zu suchen hatte. Allerdings hatte sie Clive versprochen, hinzugehen. Sie hatte es ihm nur versprochen, um ihn zu besänftigen und damit er endlich Ruhe gab.

Therapie war in ihrer Welt schon immer ein Tabuthema gewesen. Das damit verbundene Stigma gab ihr das Gefühl, schwach zu sein, als wäre sie ein minderwertiger Mensch, also hatte sie es um jeden Preis vermieden. Sie wusste, dass sie ihre Probleme hatte – natürlich wusste sie das, sie war ja nicht dumm –, aber sie hatte ihre eigenen Methoden gehabt, um damit umzugehen und sie zu verarbeiten. Diese Methoden waren vielleicht nicht ideal gewesen, aber für sie hatten sie größtenteils funktioniert.

Wie hieß es doch gleich? *Was nicht kaputt ist, muss man nicht reparieren …*

Sie rutschte auf ihrem Stuhl hin und her und zupfte am Ärmel ihres Pullovers, als ob der dünne Stoff sie vor dem Raum selbst abschirmen könnte. Sie fühlte sich unwohl, sogar klaustrophobisch, als würden sich die Wände um sie herum schließen und die stickige Atmosphäre ihr den Sauerstoff aus den Lungen saugen. Sie blickte auf ihren Schoß hinab, spielte nervös mit den Fingern und wartete. Sie wollte sich nicht im Rest des Zimmers umsehen; sie begnügte sich mit den lähmenden Gedanken, die in ihrem Kopf ratterten, während sie darauf wartete, dass eine Fremde ihre Vergangenheit auseinandernahm wie ein Geier, der ein Aas zerfetzt – was davon ohnehin noch übrig war.

Jeden Augenblick würde die Therapeutin hereinkommen, und sie würde aufblicken, höfliche Floskeln von sich geben und vielleicht sogar die eine oder andere Frage beantworten müssen.

Dann würde das Reden beginnen. Das Wiedererleben ihrer Kindheit.

Sie wäre gezwungen, dazusitzen und sich den Rat der Therapeutin anzuhören, Dinge zu hören, die sie bereits wusste.

Stephanie spürte bereits, wie ihr eine Hitzewelle im Nacken hochstieg. Sie kam nicht vom Heizkörper hinter ihr, sondern von den Erinnerungen, dem Frust, der Angst, der Paranoia, dem Gefühl, das sie in ihrem Traum gehabt hatte.

Die blasse Narbe auf ihrem Unterarm, an die ihr Vater ein Feuerzeug gehalten hatte, flammte plötzlich mit einem sengenden Schmerz auf, der sich über ihren ganzen Körper ausbreitete. Ihr Magen zog sich leicht zusammen und ihre Atmung beschleunigte sich. Sie ignorierte es und kniff sich in die Haut ihrer Oberschenkel, um sich von dem Gefühl abzulenken.

Nur noch ein bisschen länger, dann war das hier vorbei.

Dann öffnete sich die Tür mit einem leisen Klicken.

Eine Frau trat ein, Mitte fünfzig, in einer vernünftigen Strickjacke, das Haar ordentlich frisiert. Sie lächelte und durchquerte den Raum, als hätte sie alle Zeit der Welt.

»Stephanie?«, fragte sie mit sanfter, beinahe zögerlicher Stimme.

Stephanie blickte auf und zwang sich zu einer neutralen Miene. »Die bin ich.«

»Danke, dass Sie gekommen sind.«

Stephanie deutete ein kurzes, kaum wahrnehmbares Nicken an. »Ich bin nur wegen Clive hier. Er hat gemeint, es wäre gut, ein paar Dinge durchzusprechen.« Sie räusperte sich und richtete sich auf. »Also gut, bringen wir es hinter uns. Ich habe heute noch viel zu tun.«

KAPITEL FÜNFUNDFÜNFZIG

Es gab kein besseres Gefühl, als einen Durchbruch zu erleben, besonders wenn man selbst dafür verantwortlich war. Der immense Stolz, die Bewunderung und das Gefühl der Genugtuung, das einen überkam, wenn man die Entdeckung vor den Kollegen machte; es war unvergleichlich und ein Gefühl, das sie nicht gewohnt war.

Olivia war sich nicht ganz sicher, wie sie es geschafft hatte, aber nach mehreren gescheiterten Versuchen hatte sie den Mann ausfindig gemacht, von dem sie glaubte, dass es sich um Mouse handelte. Der Mann, der nach dem schrecklichen Erlebnis mit der Jungenbande im New Forest St Jude's verlassen hatte, mit seiner Familie aus Surrey geflohen war und seinen Namen geändert hatte. Das einzige Problem war, dass er jetzt in Norfolk lebte, eine dreistündige Autofahrt entfernt. Eine Reise, die bedeutete, dass sie lange von zu Hause weg sein würde, möglicherweise über Nacht.

Sie hob die Hand, um an Stephanies Tür zu klopfen, hielt aber inne, als sie drinnen Stimmen hörte. Nachdem diese verstummt waren, klopfte sie.

»Herein …«, Stephanies Stimme war leise, beinahe abwesend.

Olivia öffnete vorsichtig die Tür und trat ein.

»Ich hab ihn gefunden.«

Stephanie blickte verwirrt von ihrem Schreibtisch auf. »Wen gefunden?«

»Rami Krüger. Mouse.« Olivia trat weiter in den Raum und ließ die Tür offen. »Nur dass er jetzt Felix Krüger heißt. Er hat seinen Namen vor Jahren per Namensänderungsurkunde geändert. Er lebt in einem Dorf außerhalb von Norwich. Ich habe es mehrmals überprüft – er ist es, er ist es definitiv. Hundertprozentig.«

Stephanie richtete sich auf, während die Rädchen in ihrem Gehirn zu rattern begannen. »Bist du sicher?«

»Ich bin *sicher*.«

»Fantastisch. Na ja, mach dich fertig, wir fahren sofort dorthin.« Stephanie begann, sich von ihrem Stuhl zu erheben.

»Ich kann nicht mit«, erwiderte Olivia schnell. »Ich kann die Jungs nicht allein lassen. Es ist zu weit, und ich kann es mir nicht leisten, sie über Nacht allein zu lassen. Gott weiß, was sie mit der Bude anstellen.«

Stephanie biss sich auf die Lippe und ging bereits Möglichkeiten in ihrem Kopf durch. »Du hast recht. Verzeihung, daran hätte ich denken sollen. Jemand anderes ...«, sie blickte zu den Jalousien, die das Licht von draußen abschirmten. »Fiona?«

»Hat mich jemand gerufen?«

Beide Frauen drehten sich um und sahen Fiona in der Tür stehen, ihr Haar leicht zerzaust, eine Augenbraue hochgezogen, als hätte sie länger zugehört, als sie dachten.

Stephanie stieß ein leises Lachen aus. »Wenn man vom Teufel spricht.«

Fiona grinste und trat ein. »Schon ist er da. Also, wem jagen wir jetzt nach Norfolk nach?«

»Hast du die ganze Zeit dort gestanden?«

»Ich bin eine Frau. Ich wurde mit einem sehr guten Gehör geboren.«

Fiona hatte sich entschieden zu fahren und meinte, sie käme nicht oft dazu und liebe lange Autofahrten.

»Mein Vater war ein großer Autofan«, erzählte sie, als sie von der A3 auf die M25 abbogen. »Er hatte ungefähr fünfzehn verschiedene Autos, als ich aufwuchs: BMWs, Audis, Mercedes,

Alfa Romeos, so was in der Art. Die meisten hat er gebraucht und schrottreif gekauft und dann in seiner Garage daran gearbeitet. Ein echter Raser, der ständig zu illegalen Treffen gegangen ist und durch die Straßen gerast ist.«

»In Surrey? Wirklich? Ich dachte nicht, dass die Tuningszene hier so groß ist. Ich dachte immer, es geht mehr darum, anzugeben, wer die größte Flinte hat und wer bei der örtlichen Fuchsjagd am meisten fängt.«

Fiona schnaubte leise.

»Wir hatten in Essex eine Menge Probleme mit so was«, sagte Stephanie. »Etwa jeden zweiten Monat gab es Platzverweise für Leute, die die Straßen blockierten. Besonders unten in Richtung Southend.«

»Mein Vater wäre da dabei gewesen«, sagte sie. »So wie ich ihn kenne, hat er es wahrscheinlich sogar organisiert. Ich weiß nicht, was es mit ihnen auf sich hatte, aber er hat Autos einfach geliebt. Ich erinnere mich, dass wir sonntags immer zusammen *Top Gear* geschaut haben.« Ihr Gesicht erhellte sich bei der Andeutung einer Erinnerung. »Meinen Bruder hat das nicht interessiert; der war immer beschäftigt und hat an seiner PlayStation irgendwas Eigenes gemacht.«

»Du hattest ein enges Verhältnis zu deinem Vater, nehme ich an?«

Die Tachonadel überschritt die siebzig Meilen pro Stunde.

»Beste Freunde«, antwortete Fiona. »Unzertrennlich. Ich habe mit ihm viel über Autos gelernt. Das Geld war immer knapp, und wir konnten nicht immer wegfahren. Er konnte es sich nie leisten, freizunehmen, also habe ich die Schulferien einfach mit ihm verbracht und gelernt, was die verschiedenen Teile machten, wie alles funktionierte und zusammenpasste, und danach sind wir dann eine Runde gefahren.«

»Ich wette, du hast das Fahrtraining in Hendon mit links gemeistert«, scherzte Stephanie.

»Ohne mich jetzt selbst beweihräuchern zu wollen, ja. Ich hab mich ganz gut geschlagen.«

Und das merkte man. Normalerweise fühlte sich Stephanie schon bei mehr als sechzig, höchstens fünfundsechzig, unwohl und bekam Schweißausbrüche. Doch hier waren sie, überschritten die nationale Geschwindigkeitsbegrenzung, und sie fühlte sich seltsam ruhig, entspannt und sicher. Es war paradox, aber sie spürte, dass Fiona eine ausgezeichnete Fahrerin war; sie war bereits mit Giles und Olivia im Auto gewesen und hatte bei beiden um ihr Leben gefürchtet. Aber nicht mit Fiona. Mit Fiona fühlte sie sich geborgen. Als könnten sie hundert Meilen pro Stunde erreichen und ihr Herzschlag würde ruhig bleiben.

Sie blickte hinüber zur Constable, ihr Blick fiel auf Fionas dünne, leicht gebräunte Arme, ihre muskulösen Oberschenkel und ihre kurzen, abgekauten Fingernägel.

»Ich muss zugeben, ich hätte dich nie als Auto-Enthusiastin eingeschätzt«, sagte Stephanie.

»Meinst du wegen meiner athletischen Figur? Lass dich nicht vom Äußeren täuschen, Steph. Ich bin im Sport genauso nutzlos wie beim seitlichen Einparken.«

Ein kurzer Moment der Stille legte sich über sie, als sie an einem Auto auf der mittleren Spur vorbeirasten.

»Hattest du ein enges Verhältnis zu deinem Vater?«, fragte Fiona und bemerkte sofort ihren Fehler. »Entschuldigung. Ich weiß nicht, warum ich das gefragt habe ... Ich habe nicht richtig nachgedacht. Tut mir leid. Das hätte ich wissen müssen ...«

Stephanie lachte darüber. »Schon gut. Ich meine, vielleicht gab es ein paar Tage, als ich ein Baby war, an die ich mich nicht erinnere, aber die meiste Zeit, nein.«

»Wie kommst du damit klar?«

»Gute Tage. Schlechte Tage. Hauptsächlich bin ich einfach nur froh, dass er aus meinem Leben ist, damit ich endlich damit weitermachen kann.«

Gedanken an die E-Mail, die sie am Vorabend erhalten hatte, und an ihr früheres Gespräch mit der Therapeutin hallten in ihrem Kopf wider, und sie erkannte, dass er nie ganz aus ihrem Leben verschwinden würde, dass sie immer damit leben müsste, aber dass sie auf eine andere Weise damit zurechtkommen müsste.

»Das ... das freut mich«, antwortete Fiona, der das Gespräch sichtlich unangenehm war.

Stephanie lächelte höflich und richtete ihre Aufmerksamkeit dann wieder auf den Tacho: achtzig Meilen pro Stunde.

»Bei diesem Tempo sind wir bis zum Mittagessen da.«

»Das ist der Plan. Und dann rechtzeitig um fünf für *The Chase* zurück.«

Bevor Stephanie antworten konnte, vibrierte ihr Handy in ihrer Tasche. Sie zog es heraus und starrte auf den Bildschirm. Elias. Sie nahm den Anruf entgegen.

»Kannst du reden?«, fragte er.

»Sitze gerade auf der M25 und fürchte um mein Leben, also habe ich vielleicht nicht mehr lange. Schieß los.«

»Mein Team und ich haben den Bericht für den Tatort von Darren Fairhurst fertiggestellt«, erklärte Elias, seine Stimme klang tiefer, mysteriöser als sonst. »Kurz gesagt, es gibt nicht viel zu sagen. Nur, dass das Feuer in der Küche ausbrach und sich schnell ausbreitete, wie ich ursprünglich dachte. Darrens Leiche wurde im selben Raum gefunden, in einer ähnlichen Position wie die der anderen Opfer. Wir haben allerdings bemerkt, dass auf dem Esstisch etwas stand, das aussah wie ein Teller voller Essen.«

Stephanie dachte einen Moment darüber nach.

»Sah es inszeniert aus?«, fragte sie.

»Ich weiß nicht«, sagte er unverbindlich. »Ich kenne nur die Fakten, und das ist es, was wir bisher herausgefunden haben.«

»Ich weiß das zu schätzen. Danke.«

Eine Pause.

»Wie fühlst du dich nach neulich?«

»Gut.«

»Weißt du, es gibt einen Feuerlauf, den du ausprobieren könntest.«

Ihr stockte der Atem. »Bist du verrückt?«

»Es wird helfen. Mir hat es vor langer Zeit geholfen, mich meiner Angst zu stellen«, sagte er. »Es ist auch wirklich nicht so schlimm, wie du vielleicht denkst. Es geht nur darum, was sich im Kopf abspielt, nicht an deinen Füßen. Sobald du kontrollierst, was in deinem Kopf vor sich geht, wird alles gut.«

Sie kicherte. »Wenn ich das könnte, Elias, müsste ich erst gar nicht über Feuer laufen.«

»Guter Punkt. Aber das Angebot steht noch. Wenn du interessiert bist, sag mir Bescheid, und ich schaue, ob wir etwas auf der Wache organisieren können.«

»Unter fachkundiger Aufsicht, hoffe ich.«

»Ich werde dafür sorgen, dass jemand anderes die Leitung hat.«

»Das ist ein unangenehmes Gespräch weniger für mich.«

Sie dankte ihm für das Update und legte dann auf. Als sie das Telefon auf ihren Schoß legte, warf Fiona ihr einen Blick zu.

»Elias? Schon wieder? Ruft dich direkt auf deinem Handy an?«

Stephanie wusste, worauf das Gespräch hinauslief.

»Fang gar nicht erst an. Zwischen uns läuft nichts, und es wird auch nie etwas laufen. Jetzt konzentrier dich auf die Straße und bring uns heil dorthin, *bitte.*«

KAPITEL SECHSUNDFÜNFZIG

Dank Fionas unkonventioneller und wahrscheinlich illegaler Fahrweise kamen sie nach zweieinhalb Stunden bei Felix Krügers Haus in Norfolk an; eine halbe Stunde früher als geplant.

»Ich wusste gar nicht, dass es möglich ist, so viel Zeit herauszuholen«, sagte Stephanie, als sie aus dem Wagen stieg, während ihr das Adrenalin durch den Körper schoss und ihre Knie weich werden ließ.

Eine Windböe traf sie, warf sie beinahe aus dem Gleichgewicht und wehte ihr dicke Haarsträhnen ins Gesicht.

»Aber bist du denn gestorben?«

Stephanie fasste sich scherzhaft an Brust und Bauch und band sich dann die Haare zu einem Pferdeschwanz zusammen. »Wenn man nach meinem Puls geht, mache ich es nicht mehr lange.«

Felix Krüger wohnte in einem kleinen Cottage an der Küste von Norfolk, von der Sorte, die man in einer Liebeskomödie mit Jude Law und Kate Winslet erwarten würde. Seine mit Flechten bewachsenen Ziegelmauern schienen seit Hunderten von Jahren dort zu stehen und den Elementen zu trotzen. Die Luft roch nach Seetang, so scharf, dass es in der Nase stach, und irgendwo hinter den Dünen war das gedämpfte Donnern der Wellen zu hören, die an die Küste schlugen und Botschaften von der anderen Seite der Nordsee mit sich brachten. Eine Möwe kreiste über ihnen, stieß einen langen, klagenden Schrei aus, bevor sie in dem grauen

Wolkenkissen verschwand. Fiona blickte auf und schnupperte an der Luft.

»Riecht so, als würden wir gleich ordentlich nass«, murmelte sie.

Stephanie klingelte, und das leise Läuten drang aus dem Inneren des Cottages, wurde aber schnell vom Rauschen des Meeres verschluckt.

Einige Augenblicke später öffnete sich die Tür einen Spaltbreit, bevor sie weiter aufschwang und einen Mann Anfang Fünfzig mit ordentlichem, schütterem Haar und einer Brille, in der sich das Licht spiegelte, enthüllte. Er trug eine malvenfarbene, bis zum Hals geschlossene Strickjacke und ein gewinnendes Lächeln. Er war klein und sah alles andere als wie ein Serienmörder aus.

»Sie sind aber schnell hier«, sagte er mit sanfter Stimme. Er öffnete die Tür weiter.

»Der Verkehr war überraschend ruhig«, sagte Stephanie und warf Fiona einen schnellen Blick zu.

Felix bat sie herein. Das Innere des Hauses war ordentlich und karg, mit einem Platz für alles und allem an seinem Platz. Stephanie hatte den Eindruck, dass Felix der Meinung war, ein aufgeräumtes Zuhause entspreche einem aufgeräumten Geist und umgekehrt. Er deutete auf sein Wohnzimmer am Ende des Flurs und bot dann Tee und Kaffee an.

Stephanie trat ins Wohnzimmer und musste blinzeln, überrascht, wie hell es sich für einen Novembernachmittag anfühlte. Ein gemusterter Teppich erstreckte sich über die polierten Dielenbretter und lag unter einem Paar cremefarbener Sessel, die auf einen kleinen Kamin ausgerichtet waren, in dem ein einzelner Holzscheit leise brannte. Zwischen ihnen stand ein niedriger Couchtisch aus Eichenholz, auf dem ordentlich Bücher gestapelt waren. Die Luft roch schwach nach dem Meer und dem Salz der Küste. An der Wand tickte eine Uhr, und über dem Kaminsims hing ein Aquarell eines Leuchtturms.

Stephanies Blick glitt über ein Bücherregal in der Ecke. Bücher, Bücher und noch mehr Bücher. Ein Füllhorn an Religionsstudien, Lehrbüchern, Krimis, Fantasy und Liebesromanen. Ein Beweis für ein Leben in Einsamkeit. Stephanie stellte sich vor, wie sie an einem

Winternachmittag dort saß, die Wärme des Feuers und ein gutes Buch genoss und den peitschenden Wind ignorierte, der gegen die Fenster hämmerte. Dann wurde ihr klar, wie unwahrscheinlich das war, wie unmöglich es für ihren Geist wäre, endlich zur Ruhe zu kommen und ihr zu erlauben abzuschalten.

»Ein wunderschönes Zuhause«, sagte sie, als Felix aus der Küche zurückkehrte. Er verteilte die Getränke, zog dann einen kleinen Fußhocker hervor und setzte sich darauf.

»Sie würden sich wundern, wie viel Arbeit in einem so kleinen Häuschen steckt. Ich habe es schon seit Jahren und könnte mir nicht vorstellen, irgendwo anders zu leben«, erklärte er.

Stephanie und Fiona ließen sich in die Sessel fallen und sanken tief in die abgenutzten Kissen.

»Wie lange wohnen Sie schon hier?«, fragte Stephanie.

Bevor er antwortete, schlug sich Felix mit dem Handrücken gegen die Stirn. »Wie dumm von mir – Kuchen! Ich habe vergessen, Ihnen Kuchen und Kekse anzubieten. Möchten Sie etwas?«

»Nein, das ist nicht nötig.«

»Unsinn.« Er schnellte aus seinem Stuhl hoch. »Es ist Mittagszeit und Sie haben einen weiten Weg hinter sich. Ich habe Zitronenkuchen, Red Velvet, Schokolade und ein paar Kekse. Alles selbstgemacht, bis auf die Kekse; die sind gekauft.«

Stephanie und Fiona warfen sich einen Blick zu. Das Angebot war verlockend, aber der Gedanke an ungesundes Essen versetzte die Synapsen in Stephanies Gehirn in höchste Alarmbereitschaft. Sie war jedoch zu höflich, um das Angebot abzulehnen. Sie nannten ihm ihre Wünsche, und er kehrte einige Augenblicke später zurück und schlurfte mit dem stolzen Grinsen eines Gastgebers über den Boden.

»Warum haben Sie so viele Kuchen im Haus?«, fragte Fiona und kaute bereits auf einem Bissen ihres Red-Velvet-Kuchens. »Verstehen Sie mich nicht falsch, ich beschwere mich nicht. Ich kann mich nur nicht erinnern, wann ich das letzte Mal *einen* Kuchen gebacken habe, geschweige denn drei.«

»Ich bekomme eine Menge Besuch«, erklärte er. »Ich finde, Kuchen hilft den Leuten meistens dabei, über ihre Probleme zu reden.«

»Was für Probleme sind das normalerweise?«, fragte Stephanie.

Felix richtete sich auf und legte die Hände in seinen Schoß. Er beobachtete sie beim Essen wie eine stolze Mutter, die darauf wartet, dass ihre Kinder an Weihnachten ihre Geschenke öffnen. »Ach, wissen Sie, einfach ihre Probleme mit dem Leben, Beziehungen, der Arbeit.«

»Sie sind Therapeut?«

»Oh, um Himmels willen, nein. Ich bin Priester. Ich übermittle ihnen Gottes Botschaft und versichere ihnen, dass am Ende alles gut werden wird.«

»Ein Priester?«, wiederholte Stephanie und legte ihr Stück Schokoladenkuchen auf den Teller. Sie hatte noch nichts davon gegessen.

»Ja. Sie sollten in Surrey doch einige davon haben.« Er kicherte.

Stephanie brauchte einen Moment, um das zu verarbeiten. Ein mordender Priester, der Menschen bei lebendigem Leibe als Akt der Vergeltung und Gerechtigkeit verbrennt. War das möglich? Ein großer Same des Zweifels schlich sich in ihren Geist und begann, seine Wurzeln immer tiefer zu schlagen.

»Wie lange sind Sie das schon?«, fragte Fiona.

Felix schürzte die Lippen und neigte den Kopf leicht, als würde er zurückzählen. »Zweiunddreißig Jahre, mehr oder weniger. Ich habe jung angefangen, in einer kleinen Pfarrei in Cambridgeshire. Dachte, ich würde mein ganzes Leben dort verbringen, aber Gott« – er schenkte ihr ein kleines, fast verschwörerisches Lächeln – »Gott hat so seine Art, einen wie Figuren auf einem Schachbrett herumzuschieben. Ich landete hier, und seitdem bin ich hier.«

»Und wenn Sie sagen, Sie ›übermitteln Gottes Botschaft‹«, sagte Stephanie, immer noch mit der Gabel in der Hand, »wie genau funktioniert das? Ich meine ... wie hören Sie Ihn?«

»Oh, ich höre Ihn nicht so, wie Sie einen Freund im Nebenzimmer hören würden«, antwortete Felix. »Es ist mehr eine ... Präsenz. Ein Gefühl. Ich lese in der Bibel oder gehe am Strand entlang, und ein Gedanke nistet sich in meinem Kopf ein. Dann weiß ich, dass Er es ist. Meine Aufgabe ist es, zuzuhören und dann anderen zu helfen, selbst zuzuhören.«

»Also ist es nie wie« – Fiona wedelte mit ihrer Gabel vage in der Luft – »eine dröhnende Stimme aus den Wolken?«

Er lachte und schüttelte den Kopf. »Wenn es so wäre, würde die halbe Gemeinde das Weite suchen.«

Stephanie atmete langsam ein. Der Kuchen lag unberührt vor ihr. »Wir wissen es zu schätzen, dass Sie sich die Zeit nehmen, mit uns zu sprechen«, sagte sie langsam. »Hat meine Kollegin Ihnen den Zweck unseres Besuchs erklärt?«

Felix' Miene verfinsterte sich leicht. »Einige alte ... *Freunde* von mir.«

»Sie würden sie Freunde nennen?«

»Nicht direkt. Bekannte also.«

Eine Windböe klapperte gegen das Fenster, als er das sagte. Die grauen Wolken nahmen einen dunkleren Farbton an, und der Raum wurde davon umhüllt.

»Wir haben mit mehreren ehemaligen Freunden und Schulkameraden von Ihnen gesprochen und wissen, dass Nigel, Darren und Carlos ... sehr gut darin waren, dafür zu sorgen, dass sie außerhalb ihrer eigenen Gruppe nicht viele Freunde hatten«, sagte Stephanie.

»So kann man es auch ausdrücken.«

»Und wir wissen, dass es einen Vorfall gab, in den Sie und die fraglichen Jungen verwickelt waren. Einen Vorfall, bei dem es um Sie und eine Klassenfahrt ging.«

Felix' Blick senkte sich für einen Moment auf den Teppich, und als er wieder aufsah, schien das wässrige Haselnussbraun seiner Augen schärfer. »Das ist richtig. Was möchten Sie wissen?«

»Ihre Version der Ereignisse.«

Und so erzählte er ihnen, wie sie mitten in der Nacht an seine Tür geklopft hatten, wie sie ihn überredet hatten, sich an den Baum fesseln zu lassen, und wie sie ihm versprochen hatten, er würde Teil der Gruppe sein, sobald er die Nacht überlebt hätte.

»Es tut mir leid, dass Sie das durchmachen mussten«, sagte Fiona. »Was für Gefühle hatten Sie ihnen gegenüber danach?«

»Zuerst wütend. Verbittert. Als ob ich mich an ihnen rächen wollte. Aber dann sprach ich mit Gott, und Er half mir, zu heilen und ihnen zu vergeben.«

»Sie sind kurz nach dem Vorfall umgezogen ...«

»Das war das Werk meiner Mutter. Sie wollte nicht, dass ich an einem Ort bin, an dem ich jedes Mal gemobbt würde, wenn ich das Haus verließ.«

»Sie haben Ihren Namen geändert ...«

»Das war meine Entscheidung. Als ich volljährig war, beschloss ich, meinen Glauben zu vertiefen und Priester zu werden, aber ich hatte das Gefühl, mein alter Name hielte mich zurück. Also beschloss ich, ihn zu ändern, um diesen Teil meiner Vergangenheit hinter mir zu lassen. Außerdem ist es der Name meines Großvaters, also ist es eine kleine Hommage an ihn.«

Fiona leckte die Kuchenkrümel von ihrem Teller, beugte sich dann leicht vor und stützte die Ellbogen auf die Knie. »Wann haben Sie Darren, Nigel oder Carlos das letzte Mal gesehen?«

Felix runzelte die Stirn, als wäre die Frage vergleichbar mit dem Versuch, sich an den Namen der Katze eines Nachbarn aus der Kindheit zu erinnern. »Oh ... vor sehr langer Zeit. Jahre. Jahrzehnte, wirklich. Ich könnte unmöglich genau sagen, wann. Ich glaube, es war, als ich die Schule verließ.«

Stephanie wechselte einen Blick mit Fiona, griff dann in ihre Tasche und zog einen Ausdruck einer Fotografie hervor. Es war das Bild des vierten Jungen, der an Darrens Tatort gefunden worden war, dessen Identität sich hartnäckig weigerte, ans Licht zu kommen. Sie legte es sanft auf den Couchtisch zwischen sie.

»Erkennen Sie ihn?«, fragte Fiona.

Felix griff nach einer Brille auf dem Couchtisch und musterte das Bild, das er auf Armeslänge hielt. Seine Lippen pressten sich zusammen, dann trennten sie sich in einem kleinen Seufzer. »Nein ... tut mir leid. Ich habe keine Ahnung, wer das ist.« Er klang aufrichtig bedauernd, obwohl Stephanie nicht sagen konnte, ob es ihm um den Jungen leidtat oder darum, nicht helfen zu können.

Sie nickte und schob das Foto zurück in ihre Mappe. Dann zog sie ein weiteres hervor: ein Blatt mit hochauflösenden Bildern der religiösen Botschaften, die in den Dosen an den Tatorten entdeckt worden waren.

Sie schob es ihm zu. »Diese wurden an den Tatorten gefunden. Uns würde Ihre Interpretation interessieren.«

Felix berührte das Papier zunächst nicht. Er saß sehr still da, als wöge er ab, ob er es tun sollte. Dann, schließlich, streckte er die Hand aus, und seine blassen Finger strichen über den Rand des Blattes. Seine Augen wanderten langsam über die Worte, wie ein Mann, der einen heiligen Text liest.

»Das ist ... beunruhigend«, murmelte er. »Ich erkenne sie. Sie sprechen von Vergeltung und schweren Zeiten. Und ... wer auch immer sie geschrieben hat, ist darauf aus, Gerechtigkeit zu erlangen, und ich bete für diesen kleinen Jungen auf dem Foto – der, wie ich annehme, jetzt ein erwachsener Mann mit einem Leben und einer Zukunft ist –, dass sie sie nicht bekommen.«

Das tun wir auch, dachte Stephanie.

»Waren Ihnen irgendwelche religiösen Überzeugungen bei Darren, Nigel und Carlos bekannt?«, fragte sie.

Felix dachte einen Moment darüber nach. »Ich hatte immer das Gefühl, dass diese Jungs *einigermaßen* religiös waren. Dass sie ein Verständnis für die Bibel hatten, aber nicht, dass sie unbedingt so viel darüber wussten wie ich, wenn Sie verstehen, was ich meine? Aber ich hatte definitiv den Eindruck, dass sie religiös waren, aber nicht fromm. Das war bei vielen der Jungen so, die auf diese Schule gingen.«

KAPITEL SIEBENUNDFÜNFZIG

Kimberley umklammerte das Telefon so fest, dass sie befürchtete, es zu zerbrechen. In diesem Moment wollte sie nichts sehnlicher, als es in zwei Teile zu brechen, es gegen die Wand zu werfen und auf den Scherben herumzutrampeln, bis sie in hundert Stücke zersprangen.

Stephanie ging wieder nicht ran; ihre Anrufe landeten direkt auf der Mailbox. Ihre Schwester, diejenige, die versprochen hatte, bei jedem Anruf und in jeder dringenden Situation da zu sein, war nirgends zu finden. Kimberley hatte ihr glauben wollen, hatte Stephanie einen Vertrauensvorschuss geben wollen. Sie verstand, dass ihre Schwester einen anspruchsvollen Job hatte, der lange Arbeitszeiten und häufige Reisen erforderte. Aber das war das zweite Mal, dass Stephanie sie im Stich ließ, und Kimberley war sich nicht sicher, wie viele Chancen sie ihr noch geben wollte.

Ein Teil von ihr nahm es Stephanie immer noch übel, dass sie über ihre Eltern und ihre Kindheit gelogen hatte, während ein anderer Teil ihre Rechtfertigungen verstand und nachvollziehen konnte. Sie befand sich in einem inneren Kampf, in dem die beiden Meinungen um die Vorherrschaft rangen. In diesem Moment hatte sie keine Ahnung, welche Seite gewinnen würde.

Zu allem Übel ging auch Jordan nicht an sein Telefon.

Und es hatte wenig Sinn, zu versuchen, ihren Mann zu erreichen. Er war in der Stadt, bei der Arbeit. Bis er den Anruf schließlich entgegennahm oder ihre Nachrichten las und sich dann auf den Heimweg machte, wäre sie bereits beim Arzt gewesen.

Konnte sie niemandem in ihrer Familie mehr trauen? Hatten sie alle beschlossen, sie zu hintergehen und sich untereinander ein geheimes Leben aufzubauen?

Sie lockerte ihren Griff um das Telefon, entsperrte es und öffnete die »Wo ist?«-App. Sie navigierte zum Bereich »Freunde« am unteren Bildschirmrand und sah eine Karte des Landes mit den Profilbildern von Stephanie, Jordan und Jason. Zuerst tippte sie auf Stephanies Gesicht, was verriet, dass sie sich in Norfolk befand.

»Was macht sie denn da drüben? Sie hat nie erwähnt, dass sie nach Norfolk fährt ...«

Die Arbeit. Sie schob es auf die Arbeit. Entweder das, oder sie hatte ihr Telefon verloren, oder vielleicht war sie entführt worden, oder sie traf sich mit einem anderen Familienmitglied, von dem Kimberley nichts wusste.

Bevor sie sich noch weiter hineinsteigern konnte, drückte sie auf das Bild ihres Halbbruders.

Auch er war an einem ungewöhnlichen Ort: Salisbury.

Wieder hatte es keine Erwähnung oder einen Grund für seine Anwesenheit dort gegeben.

Und dann überprüfte sie den Standort ihres Mannes, der am besorgniserregendsten war. An diesem Morgen hatte er ihr erzählt, er sei in Watford für ein Kundengespräch, das den ganzen Tag dauern würde. Doch als sie nachsah, zeigte sein Symbol Romford, Essex.

»Dieser verlogene M-«

Bevor sie ihren Gedanken beenden konnte, durchzuckte ein stechender Schmerz ihren Unterleib. Sie umfasste ihn mit einer Hand und krallte sich mit der anderen am Krankenhausstuhl fest, wobei sie ein Stöhnen unterdrückte, das ihren Lippen zu entkommen drohte. Um sie herum befand sich eine kleine Armee von Kranken und Verletzten, jeder mit seinen eigenen Schmerzen und seiner eigenen Situation beschäftigt, ohne ihre Not zu bemerken.

Es war wieder Blut gewesen. Mehr Blut als beim letzten Mal.

Der plötzliche Schmerz verschwand fast so schnell, wie er

gekommen war. Sie hatte keine Ahnung, was mit ihrem Körper, mit ihrem Baby geschah oder warum ihre Familie sie in ihrer Stunde der Not verlassen hatte.

Sie verlassen hatte, bis auf einen.

Einen langen Moment starrte sie auf den Bildschirm. Würde sie das wirklich tun? Konnte sie?

Ihre Augen verweilten auf dem Telefon-Symbol auf dem Startbildschirm. Zögerlich, als könnte das Gerät explodieren, wenn sie es zu schnell täte, tippte sie auf die App und navigierte zu ihrer Mailbox. Dort dominierten mehrere Nachrichten von ihrem Dad die Liste, die aus der Zeit vor, während und nach seiner Demenz stammten. Er hatte regelmäßig den Kontakt gehalten und sie zu allen Tageszeiten für ein Schwätzchen angerufen. Sie erinnerte sich mit großer Zuneigung an diese Anrufe; sie hatten über die Arbeit, die Schule, Jason und sogar Stephanie gesprochen. Er war lieb und angenehm gewesen.

Bevor alles den Bach runtergegangen war.

Ihr Dad war der einzige Mann gewesen, der sie nicht im Stich gelassen hatte – zumindest in ihrer Beziehung. Sie hatten eine Verbindung gehabt, und eine Zeit lang hatte sie sich echt angefühlt. Aber natürlich war alles eine Lüge, eine Fassade gewesen.

Und trotzdem waren ihre Erinnerungen an ihn warm, süß und glücklich.

Und das war es, was sie jetzt brauchte.

Kimberley schob die Gedanken an ihre Schwester und an das, was sie zweifellos sagen würde, beiseite und drückte auf den ersten Eintrag in der Mailbox-Liste.

»Na, Kimbo? Ich bin's, dein guter alter Dad. Schade, dass ich dich verpasst habe. Ich nehme an, du bist wahrscheinlich bei der Arbeit oder so, also brauchst du nicht zurückzurufen.« Eine Pause. *»Es hat hier wie aus Eimern geschüttet. Aber das ist gut, denn der Rasen braucht es, auch wenn es nur für ungefähr zweiunddreißig Sekunden war. Ich werde ihn in den nächsten Tagen mähen müssen, wenn er ein bisschen gewachsen ist. Na ja, bis später dann. Hab dich lieb, Kleines.«*

Eine Woge der Wärme durchströmte Kimberley und das Bild ihres Dads, wie er aus dem Fenster auf den Rasen im Garten blickte, stieg in ihr auf. Ein Teil der Anspannung in ihren Schultern fiel von ihr ab.

Sie hörte sich eine weitere Nachricht an. Und noch eine. Und noch eine.

Mit jeder einzelnen erinnerte sie sich an den Moment, als sie die Nachricht zum ersten Mal abgespielt hatte, an die Emotionen, die sie gefühlt hatte, in dem Wissen, dass sie eines Tages, nachdem die Demenz ihn endgültig im Griff hatte, seine Stimme nie wieder hören würde.

Ehe sie sichs versah, waren dreißig Minuten vergangen. Sie hörte nicht einmal, wie die Krankenschwester ihren Namen quer durch das Wartezimmer rief.

»Kimberley Taylor? Die Ärztin ist bereit für Sie. Würden Sie mir bitte folgen?«

Mit einem Grunzen quälte sich Kimberley aus dem Stuhl und watschelte hinter der Krankenschwester her, den Bauch mit einer Hand haltend und das Telefon in der anderen, mit einem breiten Grinsen im Gesicht.

KAPITEL
ACHTUNDFÜNFZIG

Anthony Shores Mutter, Carole, lebte einige Meilen südlich ihres Sohnes in East Clandon. Inzwischen in ihren Achtzigern, benötigte sie eine Gehhilfe, um sich im Haus fortzubewegen. Doch trotz ihrer körperlichen Gebrechen erkannte Giles schnell, dass sie messerscharf war und immer noch den Charme und den schnellen Witz besaß, den sie ihr Leben lang gehabt hatte.

Er schloss die Tür zum Esszimmer hinter sich und half ihr auf einen Stuhl.

»Das hätten Sie nicht tun müssen«, sagte sie. »Aber bei einem netten, strammen Burschen wie Ihnen sage ich nicht Nein.«

Giles lachte unbeholfen. »Vorsicht, Mrs Shore, wenn Sie so weitermachen, bin ich bald jeden Tag hier, um die schweren Arbeiten zu erledigen.«

Sie warf ihm einen Seitenblick zu, während ihre Lippen zu einem spöttischen Lächeln zuckten. »Nach einer Woche hätten Sie die Nase voll von mir. Ehe Sie sichs versehen, würden Sie bei mir die Fußleisten schrubben und das Silber polieren.«

»Stellen Sie sich nur vor, was die Nachbarn denken würden«, scherzte Giles und zog seinen Notizblock hervor. »Aber heute bin ich leider nicht zum Putzen hier. Ich wollte über Ihren Sohn Anthony sprechen.«

»Anthony? Was hat er denn jetzt schon wieder angestellt?«

»Haben Sie in letzter Zeit mit Ihrem Sohn gesprochen?«

»Seit ein paar Wochen nicht mehr. Warum?«

»Er hat Ihnen gegenüber nichts von einer Situation erwähnt, in die einige seiner ehemaligen Schulfreunde verwickelt sind?«

Sie schüttelte den Kopf. »Wir sind nicht die Mitteilsamen. Das hat er von seinem Vater, und sein Vater hat es von dessen Vater. Aber ... warum? Was ist los?«

»Wir haben Ihren Sohn derzeit unter Beobachtung, weil wir glauben, dass eine ernstzunehmende Bedrohung für sein Leben besteht.«

»Wie bitte?«

»Eine ernstzunehmende Bedrohung. Das bedeutet–«

»Ja, ja. Ich weiß, was das bedeutet. Was zum Teufel hat das mit meinem Sohn zu tun?«

»Es gab eine Reihe von Morden, von denen wir annehmen, dass sie mit Anthony in Verbindung stehen. Sagen Ihnen die Namen Nigel Hadlow, Carlos Vazquez und Darren Fairhurst etwas?«

Es dauerte nicht lange, bis die Namen bei ihr ankamen. »Aus St Jude's?«

Giles nickte.

»Sie waren in seinem Freundeskreis«, fuhr sie fort. »Sie standen sich alle sehr nahe. Nach der Schule und am Wochenende haben sie sich immer gegenseitig besucht. Was ist mit ihnen passiert?«

Giles erklärte, wie sie gestorben waren und welche mögliche Verbindung zwischen ihnen bestand. Caroles Reaktion war aus mehreren Gründen von Entsetzen geprägt.

»Was meinen Sie damit, mein Sohn war ein Tyrann?«, fragte sie. »Was meinen Sie damit, er hat diesen armen Leuten diese schrecklichen Dinge angetan? Und was meinen Sie damit, dass jetzt jemand die Leute aus seinem Freundeskreis umbringt?«

Giles öffnete den Mund, um zu antworten, doch Carole stieß ein hohes Wimmern aus. »Verzeihen Sie mir. Ich ...« Sie begann schwer zu keuchen und griff sich an die Brust. »Das ist alles ein bisschen viel für mich. Ich ...«

»Kann ich Ihnen etwas zu trinken holen?«

»Wasser«, keuchte sie.

Giles rutschte unter dem Tisch hervor und eilte in die Küche. Dort wühlte er sich durch mehrere Schränke, riss sie auf und fand schließlich ein Glas. Als er es mit Wasser füllte, überkam ihn die Furcht; das Letzte, was er wollte, war, dass das Herz dieser armen Frau direkt vor seinen Augen aussetzte.

Sobald das Glas voll war, eilte er zurück ins Esszimmer und reichte es ihr. Sie dankte ihm und nahm einen zarten Schluck.

»Hätte nach etwas Stärkerem fragen sollen«, sagte sie, während wieder etwas Leben in ihre Stimme zurückkehrte. »Da steht seit zwanzig Jahren irgendwo ein Wodka im Schrank.«

»Einfach oder doppelt?«

Carole kicherte, was dann in einen Hustenanfall überging, als sie das Glas an die Lippen hob und daran nippte.

Giles gab ihr einen Moment Zeit, damit die Farbe in ihre Wangen zurückkehren konnte. Als sie wieder standfest genug schien, griff er in seine Innentasche und zog den kleinen Umschlag heraus, den er mitgebracht hatte. »Ich weiß, das ist im Moment viel zu verarbeiten, aber wir beschützen Ihren Sohn. Wir können dafür sorgen, dass ihm nichts passiert. Aber zuerst müssen wir bestätigen, dass er wirklich bedroht wird.«

»Wirklich bedroht. Was soll das heißen? Ich dachte, Sie–«

»Ich möchte, dass Sie sich dieses Foto ansehen.«

Er schob das Bild über den Tisch.

»Erkennen Sie den Jungen auf diesem Foto?«

»Das ist Nigel Hadlow«, sagte sie ohne zu zögern.

»Sind Sie sicher?«

»Ja. Ich erkenne ihn aus der Zeit, als sie in der Schule waren. Nigel war ständig hier und hat mit Ant im Garten gespielt.«

Giles schob ein weiteres Foto zu ihr hinüber.

»Und was ist mit dem?«

»Carlos Vazquez.«

Zwei von zwei.

Ein weiteres Foto.

»Und dieses hier?«

»Darren.«

Jetzt war es Zeit für das vierte Foto. Das, von dem sie

vermuteten, dass es ihren Sohn zeigte. Das, welches bestätigen würde, wer das nächste Opfer sein würde.

Er schob das Foto mit der gleichen Sorgfalt und Aufmerksamkeit über den Tisch wie die anderen. Diesmal beäugte Carole es über den Rand ihrer Brille. Ihr Gesichtsausdruck veränderte sich nicht sofort, aber Giles bemerkte, wie sich ihre Augen leicht verengten und sie den Kopf neigte.

»Erkennen Sie den Jungen auf *diesem* Foto?«, fragte Giles, sein Herz hämmerte und seine Handflächen waren feucht.

Sie hob den Blick und schüttelte dann den Kopf. »Nein.«

Die Worte trafen ihn wie ein Schlag in die Magengrube.

»Nein?«, fragte er, plötzlich so atemlos wie sie kurz zuvor gewesen war. »Sind Sie ... sind Sie sicher?«

»Ich weiß, wie mein Sohn aussieht, Detective. Er hat sich nicht verändert, seit er ein Baby war. Und das ist er ganz bestimmt nicht.«

KAPITEL NEUNUNDFÜNFZIG

Was auf der Hinfahrt eine schnelle, wenn auch erschreckende Fahrt gewesen war, erwies sich auf dem Rückweg als das genaue Gegenteil. Ein Unfall auf der A12, gefolgt von einem kilometerlangen Stau auf der M25 an der Dartford-Überquerung wegen eines liegengebliebenen Lastwagens, hatte ihre Hoffnungen auf eine schnelle Rückkehr zunichte gemacht. Als sie wieder im Büro ankamen, war es kurz nach sieben Uhr, und Stephanie fühlte sich erschöpft und reif fürs Bett, für eine erholsame Nacht unter ihrer frisch gewaschenen Bettdecke, mit ihrem Teddybären Bart zum Trost.

Aber dafür war keine Zeit.

Giles hatte eine Bombe platzen lassen, eine Neuigkeit, die sie die ganze Fahrt über zu verarbeiten versucht hatte. Ihre Einschätzung zum nächsten Opfer, der Person, von der sie und der Rest des Teams glaubten, sie würde – basierend auf den bisher gesammelten Beweisen – in einem Flammeninferno sterben, war falsch. Anthony Shore, der Autohändler aus Addlestone, war nicht der Junge auf dem Foto.

Wenn er es nicht war, wer war es dann?

Stephanie betrat als Erste das Büro, dicht gefolgt von Fiona. Um diese Zeit war das Büro still; nur Giles und Devon waren noch da, saßen schweigend da und starrten auf den Computerbildschirm.

Als die beiden Frauen durch die Tür stürmten, schraken die Männer bei dem Geräusch hoch, die Panik stand ihnen ins Gesicht geschrieben.

»Du meine Güte!«, rief Devon und griff sich an die Brust. »Ich hab fast einen Herzinfarkt bekommen.«

»Ich glaube, mir ist gerade ein bisschen was in die Hose gerutscht«, fügte Giles hinzu.

Stephanie lachte nicht. Ohne ein Wort zu sagen, ließ sie ihre Sachen in ihrem Büro fallen und stürmte in Richtung Lagezentrum. Sie rief das Team mit einem Fingerschnippen zusammen und bedeutete ihnen, herzukommen.

Als müssten sie ihre Häuser evakuieren, eilte das Team herbei, griff nach allem, was sie zu fassen bekamen, und ließen dabei Stifte auf ihre Schreibtische und Papierbögen auf den Boden fallen.

Als sie sich endlich gesetzt hatten, zeigte Stephanie auf Giles. »Ich brauche dein Gespräch mit Carole Shore. Wortwörtlich.«

»Wortwörtlich?«

»Es heißt Wort für Wort.«

»Ich ... ich weiß, was es heißt. Ich habe es nur nicht Wort für Wort.«

»Dann so genau wie möglich. Wenn Anthony Shore nicht unser Mann ist, müssen wir absolut, hundertprozentig und unmissverständlich sicher sein. Was hat sie gesagt?«

Giles schob sich einen Kaugummi in den Mund, als wollte er seine Nerven beruhigen. »Der Junge auf dem Foto war nicht ihr Sohn. Alle anderen Jungen hat sie sofort erkannt.« Er schnippte mit den Fingern. »Ohne zu zögern. Aber als es darum ging, ihren eigenen Sohn zu identifizieren, nichts. Sie hat ihn nicht erkannt.«

»Und du bist sicher?«

Giles nickte mit einem verwirrten Gesichtsausdruck, als hätte sie gerade eine dumme Frage gestellt. »Wenn man bedenkt, dass sie wildfremde Menschen von vor vierzig Jahren mit unglaublicher Genauigkeit erkannt hat, wäre ich ein bisschen besorgt, wenn sie ihren eigenen Sohn nicht erkennen könnte. Also ja, ich bin mir sicher.«

Stephanie gefiel sein Ton nicht, aber sie musste zugeben, dass er recht hatte.

»Hat sie irgendeinen Hinweis gegeben, wer es sein könnte?«

Giles hörte auf, auf seinem Kaugummi zu kauen, spitzte die Lippen und schüttelte den Kopf. »Sie konnte ihn nicht zuordnen.«

»Mist.« Stephanie stemmte die Hände in die Hüften und wandte sich der Ermittlungstafel zu. Zum ersten Mal seit langer Zeit fühlte sie sich verloren, überfordert. Sie griff nach dem nächsten Stuhl und ließ sich entnervt hineinfallen, während sie zur Tafel starrte. Buchstaben, Fotos, Zeitungsberichte und Karten blickten zu ihr zurück. Das Ergebnis ihrer gesamten bisherigen Ermittlungen. Und sie war sich sicher, dass es dort eine Verbindung gab, eine Verknüpfung, die sie übersehen hatten, etwas, das alle vier Jungen miteinander verband. Aber es entzog sich ihr, verborgen im Dickicht der Details.

Bislang war der Mörder immer einen Schritt voraus gewesen: berechnend, organisiert, wählte seine Opfer aus und plante seine Taten und seine Flucht im Voraus.

Stephanies Blick fiel auf einen kleinen Bereich der Pinnwand, auf dem die Kinderfotos der Opfer hingen. Drei Fotos, drei Opfer – und ein viertes sollte folgen. Eine Liste, die im Kopf des Mörders existierte, die nur er kannte und die verriet, wie viele Opfer es noch geben könnte. Währenddessen konnten sie nur hinterherhinken und den Brotkrumen folgen, die an jedem Tatort zurückgelassen wurden.

War es möglich, irgendwie einen Sprung nach vorn zu machen? Ihm einen Schritt vorauszukommen? Sie glaubte nicht daran.

»Wir müssen das nächste Opfer finden«, sagte sie unverblümt. »Und wir müssen es tun, bevor der Mörder es erreicht. Wenn man sich das Muster ansieht, hat der Mörder alle paar Tage zugeschlagen, was bedeutet, dass wir überhaupt nicht viel Zeit haben.« Sie sah auf ihre Uhr. »Tatsächlich haben wir absolut keine Zeit.« Sie schnellte aus dem Stuhl. »Durchforstet alles, was wir haben. Sucht nach weiteren Verbindungen zwischen Nigel, Carlos und Darren. Haben wir jemanden aus der Schule übersehen? Jemanden, der durchs Netz gerutscht sein könnte? Jemanden vom Golfclub? Jemanden von Nigels Arbeit oder dem Gemeinderat? Irgendjemanden, von dem ihr glaubt, dass er mit allen dreien etwas zu tun gehabt haben könnte? Grabt, grabt und grabt noch tiefer. Wir müssen jeden Aspekt im Leben dieser Männer aufdecken, bevor es zu spät ist.«

KAPITEL **SECHZIG**

Olivia saß im Schneidersitz auf dem Sofa, vor ihr der Couchtisch, begraben unter Ringordnern, Ausdrucken und losen Blättern, die sich neben mehreren Dosen Cola Light in unordentlichen Stapeln türmten. Seit zwei Minuten überflog sie dieselbe Seite, aber die Wörter verschwammen vor ihren Augen und weigerten sich, einen Sinn zu ergeben. Von oben drang das Auf und Ab der Stimmen ihrer Söhne zu ihr herab – der eine lachte so sehr, dass er keuchend nach Luft schnappte, der andere schrie etwas von »den Spawnpunkt campen«. Es war ein vertrauter Chor, an den sie sich abends gewöhnt hatte, das Poltern von Schritten über ihrem Kopf und die gelegentlichen gedämpften Salven digitalen Gewehrfeuers, die von ihren Konsolen herüberdrangen. Sie liebte diese Zeit am Abend, wenn sie glücklich und beschäftigt waren, im Haus und sich ausnahmsweise einmal nicht in den Haaren lagen.

Für die nächsten paar Stunden hatte sie ihre Ruhe. Oder zumindest so etwas wie Ruhe.

Sie griff nach dem obersten Blatt auf ihrem Stapel. Es enthielt die religiösen Botschaften, die an den Tatorten gefunden worden waren. Die Ränder der Seiten waren voller Anmerkungen aus dem Internet, Notizen und Kritzeleien ihrer Gedanken und Ideen. Sie nagten seit Tagen im Stillen an ihr, wie ein Jucken im Hinterkopf, das sie wegen all dem, was sonst noch vor sich ging, nicht hatte kratzen können. Oberflächlich betrachtet schienen die Botschaften einfache Aussagen über Sünde, Gerechtigkeit und Vergeltung zu sein. Aber da war noch etwas anderes, mehr als nur eine Anspielung auf die früheren Verfehlungen der Opfer, auf ihr Mobbing und ihr abscheuliches Verhalten.

Sie glaubte nicht, dass der Mörder etwas mit Nigel Hadlows Immobiliengeschäft zu tun hatte, noch dass er in irgendeiner Weise mit dem Golfplatz in Verbindung stand.

Es hatte etwas mit den religiösen Botschaften zu tun.

Sie zog ihren Laptop unter dem Stapel hervor, loggte sich ein und öffnete HOLMES 2. Ihre Domäne. Seit sie zum Team gestoßen war, war sie für dessen Pflege verantwortlich, daher kannte sie die Software wie ihre Westentasche. Manchmal hatte sie das Gefühl, sie besser in- und auswendig zu verstehen als ihre Jungs.

Im System fand sie einen Eintrag von Fiona: das Transkript und die Notizen von ihrer und Stephanies Gespräch mit Felix Krüger, dem Priester. Olivia öffnete es und las, überflog die höfliche Einleitung, bis ihre Augen auf einer einzigen Zeile gegen Ende landeten:

»Ich hatte immer das Gefühl, dass diese Jungs irgendwie religiös waren. Dass sie ein Verständnis für die Bibel hatten, aber nicht, dass sie unbedingt so viel darüber wussten wie ich. Ich hatte den Eindruck, sie waren religiös, aber nicht fromm.«

Sie ließ sich den Satz durch den Kopf gehen. *Irgendwie religiös*. Sie klickte die Datei weg, startete eine schnelle Suche und rief ein älteres Transkript auf, das ihr noch nicht untergekommen war.

Dieses stammte aus der Befragung von Carlos Vazquez' Mutter, die Noah durchgeführt hatte. Sie scrollte nach unten, über die grundlegenden biografischen Informationen hinaus in den gesprächsbasierten Teil der Notizen.

Da war es.

»Oh, Carlos ist früher in die Sonntagsschule gegangen. Jahrelang, jede Woche. In St. Joseph's. Obwohl er mit etwa vierzehn aufgehört hat, als Mädchen und Fußball dazwischenkamen.«

Olivia spürte ein Kribbeln im Nacken. Sie wechselte zu den Einträgen, die von St. Jude's hochgeladen worden waren. Inmitten der Flut von Schulzeugnissen, Krankmeldungen, Prüfungsergebnissen und allem anderen, was die Schule über ihre

Schüler archiviert hatte, fand Olivia es: eine Erwähnung der Sonntagsschule in den persönlichen Profilen aller drei Jungen. Zu einem bestimmten Zeitpunkt hatten ihre Eltern es für wichtig genug gehalten, es ihren Lehrern mitzuteilen, die es dann vermerkt hatten.

Olivia lehnte sich zurück und ließ die Verbindung auf sich wirken, während das Lachen und Geplänkel ihrer Söhne von oben den Lärm in ihrem Kopf übertönte.

Hier ging es nicht nur um ihr Verhalten in der Schule. Es ging um ihr Verhalten vor Gott. Und ihre Morde dienten als Mahnung für eine vergangene Missetat, einen früheren Verrat. Und jemand da draußen hatte nicht vergessen, was geschehen war.

KAPITEL EINUNDSECHZIG

Als Stephanie am nächsten Morgen aufwachte, spürte sie eine Mischung aus verschiedenen Gefühlen: Erleichterung, Zweifel und Freude.

Erleichterung, weil es über Nacht keine Meldungen über ein weiteres Feuer, ein weiteres Inferno, ein weiteres Opfer gegeben hatte.

Zweifel, weil der Mörder immer noch da draußen war und auf sein nächstes Opfer wartete.

Freude über Olivia, die eine neue, greifbare Verbindung zwischen den drei Jungen aufgedeckt hatte. Eine Verbindung, die sie mit den religiösen Botschaften in Zusammenhang brachte.

»Ich hätte dich küssen können, als ich heute Morgen deine E-Mail gesehen habe«, sagte Stephanie, während sie über den Kirchenparkplatz schlenderte.

»Ich mag dich ja wirklich sehr, Chefin«, erwiderte Olivia und schlug ihre Autotür zu. »Aber das ginge vielleicht doch einen Schritt zu weit.«

Sie trafen sich in der Mitte des Parkplatzes, auf dessen Asphalt Blätter verstreut lagen, durchweicht und schwer vom andauernden Regen der Nacht. Über ihnen drückte eine graue Wolkendecke auf die Stimmung. Vor ihnen erhob sich die St.-Josephs-Kirche in Guildford. Ihr ursprünglicher Bau stammte aus dem Jahr 1860, doch der jüngste Anbau bestand seit den Achtzigern und thronte auf Betonpfeilern, die ihn aussehen ließen, als würde er über dem Parkplatz schweben.

Sie stiegen die Stufen hinauf, gingen zum Eingang und stießen die schwere Holztür auf, die protestierend ächzte. Die Luft im Inneren war kühler und roch schwach nach Kerzenwachs. Reihen leerer Kirchenbänke erstreckten sich vor ihnen, ihr Holz war durch jahrzehntelange Abnutzung glatt poliert. Tageslicht fiel durch dreieckige Fenster, während einige Kerzen und Lampen die dunkleren Ecken beleuchteten, die die Strahlen nicht erreichten.

Als sie den Mittelgang entlanggingen, hallten ihre Schritte durch den Raum. Während sie auf den Altar zusteuerten, öffnete sich seitlich des Altarraums eine Tür, und ein Mann trat heraus, groß und leicht gebeugt, sein schwarzes Kollarhemd mit dem weißen Priesterkragen hob sich deutlich von seiner grauen Tweedjacke ab. Sein schütteres Haar war sauber nach hinten gekämmt, in einer Hand hielt er einen Schlüsselbund und unter den anderen Arm hatte er eine schmale Mappe geklemmt. Er erstarrte, sobald er sie erblickte. Stephanie schätzte ihn auf Ende sechzig, doch sein athletischer Körperbau und seine breiten Schultern ließen vermuten, dass er einige Jahre jünger sein könnte.

»Kann ich Ihnen helfen?«

»Verzeihen Sie die Störung«, sagte Stephanie und hielt ihm ihre Dienstmarke hin. »Das ist meine Kollegin Olivia. Wir sind hier, um einer Angelegenheit nachzugehen, die einige Personen betrifft, von denen wir glauben, dass sie irgendwann in der Vergangenheit Teil dieser Gemeinde waren.«

»Ich ... natürlich.« Er legte die Sachen auf einer nahen Ablage ab, faltete die Hände und ließ sie vor sich ruhen. »Wobei auch immer ich helfen kann, ich werde es sehr gerne tun.«

»Und wie ist Ihr Name?«

»Reverend John Ellery«, antwortete er kühl.

»Herr Pfarrer«, begann Stephanie, »wir ermitteln in Bezug auf drei Personen: Darren Fairhurst, Nigel Hadlow und Carlos Vazquez. Soweit wir es zusammensetzen konnten, haben sie als Jungen hier die Sonntagsschule besucht. Wir hatten gehofft, Sie könnten uns mehr darüber erzählen.«

Die Stirn des Priesters legte sich in Falten. »Sonntagsschule ...«

Er verlagerte leicht sein Gewicht, seine polierten Schuhe quietschten auf den Steinplatten. »Wann war das?«

»Anfang bis Mitte der Achtziger«, sagte Olivia. »Möglicherweise um 1983 bis 1985.«

Ein schwaches Lächeln höflicher Entschuldigung huschte über seine Lippen. »Das muss vor meiner Zeit hier gewesen sein. Ich kam in den frühen Neunzigern nach St. Joseph's, daher fürchte ich, ich hätte sie nicht persönlich gekannt, falls sie sie tatsächlich besucht haben.«

Olivia warf Stephanie einen Blick zu, in dem ein Aufblitzen von Enttäuschung deutlich zu erkennen war.

»Hat das etwas mit dieser Sache mit den Bränden zu tun?«, fragte er.

Olivia nickte.

»Oh, wie schrecklich. Einfach furchtbar. Ich habe für sie gebetet.«

»Warum?«, Stephanie beugte sich vor. »Wie kommen Sie darauf?«

»Es war das Einzige, was mir einfiel, das erklären könnte, warum Sie hier sind. Wir haben in letzter Zeit viel darüber in den Nachrichten gesehen. Mich und den Rest der Gemeinde hat ihr tragischer Tod sehr bewegt.« Sein Blick war aufrichtig, und seine Stimme von ehrlichem Mitgefühl gemildert, was Stephanies Misstrauen leicht linderte.

»Haben Sie irgendwelche Archivunterlagen aus dieser Zeit?«, fragte Olivia. »Mitgliederlisten, Sonntagsschulregister, Fotografien?«

»Haben wir«, antwortete Pfarrer Ellery. »Aber nicht viel. Hier läuft alles noch auf Papier. Wir sind noch nicht ganz im digitalen Zeitalter angekommen, daher könnte vieles über die Jahre verblasst sein. Aber wenn Sie die Zeit haben, zeige ich Ihnen gerne den Archivraum. Er ist nicht weit, nur hier durch.«

Er führte sie durch einen schmalen Seitengang, ihre Schritte hallten leise auf dem Steinboden wider. Die Wände waren mit verblichenen Fotografien vergangener Gemeindeveranstaltungen gesäumt – Wohltätigkeitsbasare, Erntedankfeste, die eine oder andere verschwommene Hochzeitsgesellschaft –, alle in unterschiedlichen Holztönen gerahmt.

Der Archivraum war ein bescheidener Raum im hinteren Teil der Kirche. Ein kleines Fenster warf einen dünnen Lichtstrahl auf eine Wand aus stählernen Aktenschränken, von denen jeder mit verblassendem Filzstift beschriftet war. Der Reverend schloss einen auf und begann, die Ordner zu durchwühlen, wobei er einige prall gefüllte Akten auf den Schreibtisch legte, damit sie sie durchsehen konnten.

Stephanie und Olivia verloren keine Zeit und überflogen den Inhalt: Anwesenheitslisten, Predigtnotizen, Taufurkunden und alte Gemeindebriefe, vergilbt durch Jahre der Vergessenheit. Aber sie fanden nichts Relevantes oder mit dem Fall Verbundenes. Keine Spur von den drei Jungen, kein Foto einer Sonntagsschulgruppe aus dem Zeitraum, den sie untersuchten.

»Sieht aus, als gäbe es eine Lücke«, murmelte Olivia leise. »Die Unterlagen springen direkt von 83 nach 87.«

»Das kommt manchmal vor«, sagte Ellery, nicht unfreundlich. »Unterlagen gehen verloren. Freiwillige kommen und gehen. Ganz zu schweigen davon, dass einiges bei den zahlreichen Entrümpelungen, die wir über die Jahre hatten, verloren gegangen sein könnte. Wir tun unser Bestes, um die Dinge in Ordnung zu halten, aber es ist schwer, *alles* im Blick zu behalten.«

Stephanie schlug den letzten Ordner etwas fester zu als nötig. »Wissen Sie, wer sich vor Ihrer Übernahme um diesen Ort gekümmert hat, Herr Pfarrer?«

»Absolut. Ich habe jahrelang unter seiner Anleitung gearbeitet, und wir halten Kontakt.«

»Ist er noch unter uns?«

»Ja«, antwortete Ellery. »Allerdings könnte es schwierig werden. Er ist zurzeit in einem Pflegeheim und leidet an Demenz.«

KAPITEL
ZWEIUNDSECHZIG

Ihr ganzer Körper zitterte bei der Aussicht, ein weiteres Pflegeheim betreten zu müssen, und dabei hatte sie die Kirche noch nicht einmal verlassen.

Als sie sich auf den Weg zurück zum Kirchenportal machten, fiel ihr etwas ins Auge: eine kleine Pinnwand, die an der Wand neben dem Eingang hing. Etwas Bestimmtes ließ sie innehalten – ein modernes Foto von einem Dutzend grinsender Kinder mitten im Sprung auf einer knallbunten Hüpfburg, deren Haare durch die Luft flogen.

Sie trat näher. »Was ist das?«, fragte sie und tippte auf das Glas über dem Foto.

Der Pfarrer folgte ihrem Blick. »Ah, das ist von unserem Nachmittagstreff unter der Woche. Den betreiben wir schon seit … oh, fast fünfzig Jahren. Einer der ältesten im ganzen Land, wenn ich mich recht erinnere. Dienstags und donnerstags für die unter Dreizehnjährigen, mittwochs für die unter Elfjährigen. Es ist einfach ein Ort für die Kinder, an dem sie sich nach der Schule austoben können: Spiele, Snacks, Basteln und seit Neuestem auch Videospiele. Hält sie davon ab, auf der Straße herumzulungern.«

»Wird er von der Kirche betrieben?«

Er nickte. »Größtenteils von Freiwilligen. Eltern, Gemeindemitgliedern. Wir nutzen den Gemeindesaal und im

Sommer manchmal den Garten hinterm Haus, wenn das Wetter mitspielt.«

Stephanie runzelte die Stirn. »Und ist er für jeden offen oder nur für Familien aus der Gemeinde?«

»Offen für jeden«, erwiderte der Pfarrer ohne zu zögern. »War er schon immer und wird er auch immer sein. Die Leute aus der Gemeinde sehen es als eine gute Sache an.«

Stephanie betrachtete das Foto erneut. Die Gesichter in diesem einen Sekundenbruchteil der Freude sagten ihr nichts, aber sie konnte nicht anders, als sich Darren, Nigel und Carlos vorzustellen, wie sie an demselben Ort tobten und lachten.

Sie fragte sich, ob dies die Art von größerem Foto war, aus dem ihre Gesichter ausgeschnitten worden waren.

Sie fühlte wieder dieselben Emotionen.

Freude, dass sie im Pflegeheim eine weitere Spur gefunden hatten, auch wenn es bedeutete, sich ihren Dämonen direkt zu stellen, und Zweifel, dass diese Enthüllung den Kreis der Verdächtigen nur noch erweitert und sie immer weiter von der Wahrheit entfernt hatte. Wenn der Mörder ein Mitglied der Abende für die unter Dreizehnjährigen war, aber keine Verbindung zur Kirche und einfach nur irgendjemand aus der Bevölkerung, dann stünden sie wieder ganz am Anfang.

KAPITEL DREIUNDSECHZIG

Sie kamen an, und Stephanie wünschte sich mit jeder Faser ihres Körpers, sie wären es nicht, wünschte, sie wären anderswo. In ein mit Schlangen gefülltes Schwimmbecken springen. Irgendetwas.

Ihr ganzer Körper spannte sich an. Ihr Magen war ein einziger fester Knoten. Sie sagte sich, sie solle langsam und gleichmäßig atmen, die Kastenatmung üben, die Elias ihr beigebracht hatte, aber der Rhythmus wollte sich nicht einstellen. Stattdessen waren ihre Atemzüge kurz, stoßweise und unregelmäßig. Der Geruch erfüllte bereits ihren Kopf. Der Geruch von Verfall, Tod und dem langsamen Marsch der Zeit. Ein Gestank, den kein Desinfektionsmittel oder Lufterfrischer überdecken konnte.

Seit dem Vorfall mit ihrem Vater hatte sie keinen solchen Ort mehr betreten, und sie hoffte, sie würde es auch nie wieder tun. Aber das Leben hatte eine seltsame Art, Dinge zu tun, die man nicht wollte. Es hatte eine noch seltsamere Art, einem einen Tritt zu verpassen, wenn man schon am Boden lag.

Stephanie saß einen Moment da und durchlebte die Ereignisse jenes Tages mit ihrem Vater noch einmal: die Entdeckung der Voodoo-Puppe, die Rauferei mit Wayne, seinem Pfleger, die Verfolgungsjagd und die plötzliche Festnahme auf der Auffahrt, die schreckliche Erkenntnis, dass ihr Vater eine Reihe brutaler Morde inszeniert hatte, gefolgt von dem furchtbaren Wissen, dass er entkommen war.

Sie blinzelte heftig und umklammerte das Lenkrad fester, ihre Fingerknöchel traten weiß hervor.

Olivia blickte vom Beifahrersitz herüber. »Alles in Ordnung mit dir?«

Stephanie nickte kaum merklich, ihre Kehle war zu eng, um zu sprechen.

»Soll ich das hier übernehmen?«

»Macht Sinn«, erwiderte Stephanie. »Gute Übung für dich.«

Olivia grinste wissend und stieg dann aus dem Auto. Vorsichtig folgte Stephanie ihr zum Pflegeheim, ihre Beine fühlten sich an wie Blei. Die Eingangstüren glitten bei ihrer Annäherung auf und entließen einen Schwall dicker, warmer Luft. Sie stießen mit einigen Besuchern zusammen, die zur Seite traten, um sie durchzulassen. Drinnen vermischte sich das Summen eines Staubsaugers mit dem Klappern von Tassen und Gesprächen irgendwo in einem Korridor. Stephanies Brust zog sich zusammen, und eine kalte Welle durchfuhr ihren Körper. Sie schnappte nach Luft.

Eine Panikattacke. Plötzlich und allumfassend.

Aber sie war genauso schnell vorbei, wie sie begonnen hatte, als Olivia eine Hand auf ihren Arm legte und sie aus ihren Gedanken riss.

»Bist du sicher, dass alles gut ist?«

»Ja. Nie besser.«

Eine weitere Lüge. Aber sie half ihr, es durchzustehen.

Er ist nicht hier, sagte sie sich. Er wird es auch nie sein. Er ist fort.

Noch bevor sie weiter in das Gebäude vordringen konnten, trat eine Frau in den Fünfzigern hinter dem Empfangstresen hervor. Ihre Uniform, ein helllila Oberteil und eine marineblaue Hose, war makellos, obwohl ihre müden Augen verrieten, dass sie schon ewig auf den Beinen war. Ein Namensschild an ihrer Brusttasche wies sie als Sharon Gallagher aus.

»Kann ich Ihnen helfen?«, fragte sie und schenkte ihnen ein höfliches, aber einstudiertes Lächeln.

Olivia erwiderte die Geste und erklärte, wer sie waren und wen sie sehen wollten.

»Er hat doch nicht das getan, was ich denke, dass er getan hat, oder?«, fragte die Empfangsdame.

»Was zum Beispiel?«

Sie blickte den Korridor hinunter. »Na ja, Sie wissen schon ... man hört ständig Geschichten über Priester und kleine Jungen. Ich habe nur angenommen ...«

»Nein«, erwiderte Olivia und beendete das Gespräch. »Nichts dergleichen. Wir hoffen nur, dass er sich vielleicht an ein paar Gesichter für uns erinnern kann, das ist alles.«

Sharon schnaubte. »Das ist doch nicht Ihr Ernst, oder? Er hat eine ziemlich fortgeschrittene Demenz. Er spricht kaum. Ich glaube nicht, dass Sie viel aus ihm herausbekommen werden.«

»Wir werden es nicht wissen, wenn wir es nicht versuchen«, sagte Stephanie und ging bereits in Richtung des Korridors. Die Haltung der Frau gefiel ihr nicht.

»Wir versuchen unser Glück«, fügte Olivia höflicher hinzu.

»Sie gehen übrigens in die falsche Richtung. Er ist hier entlang.«

Stephanie hielt an, drehte sich auf den Fußballen um und folgte Sharon dann in die entgegengesetzte Richtung einen leeren Korridor hinunter. Sie gingen an offenen Türen vorbei und erhaschten Blicke auf ordentlich gemachte Betten, neben Sesseln geparkte Gehhilfen und die gebeugten Gestalten von Bewohnern, die unter Decken dösten. Irgendwo plärrte ein Fernseher eine Reisesendung am Nachmittag.

Sharon blieb vor einer halb offenen Tür stehen. Sie klopfte leise an, wartete aber keine Antwort ab, bevor sie sie aufstieß.

»George? Sie haben Besuch.«

Der Mann im Zimmer saß in einem Sessel am Fenster und starrte auf die kahlen Äste, die im Wind schwankten. Seine Hände ruhten locker in seinem Schoß, die langen Finger zuckten hin und wieder, als spielte er eine Melodie auf seinem Bein. Sein Gesichtsausdruck war leer, ausdruckslos, als wäre er schon seit Jahren so.

Stephanie spürte, wie sich tief in ihrem Magen etwas regte. Er saß da, wie ihr Vater es vorgetäuscht hatte, so wie er sie und ihre Schwester davon überzeugt hatte, dass er krank sei, dass er jedes

Recht hatte, dort zu sein. Sie war überzeugt, dass der Mann vor ihr dasselbe Schauspiel aufführte und jeden Moment zum Leben erwachen würde.

»George, das ist die Polizei. Sie sind gekommen, um Ihnen ein paar Fragen zu stellen. Werden Sie ihnen helfen, George?«

Keine Reaktion. Nicht einmal der leiseste Anflug von Wiedererkennung auf seinem Gesicht.

»Weiß er, dass wir hier sind?«, fragte Olivia.

Sharon zuckte mit den Schultern. »An manchen Tagen ja. An Tagen wie heute nicht wirklich.«

»Kann er sprechen?«

»Auch hier: an manchen Tagen ja, an manchen nein.«

Stephanie hatte genug gehört. Sie dankte Sharon für ihre Zeit und bat sie zu gehen. Sobald die Frau die Tür hinter sich schloss, kauerten sie sich auf beiden Seiten des Mannes nieder. Olivia holte die Fotografien der Jungen hervor, während Stephanie George Grant studierte. Sein Körper war hager, unterernährt, seine Kleidung schlotterte an ihm, als wäre er ein Kind in Erwachsenenkleidung. Er sah aus, als hätte er seit Monaten keine richtige Mahlzeit mehr gegessen. Die Haut an seinem Gesicht und seinen Armen hing schlaff herab, und ein dünner Tränenschleier lag in seinen Augen und spiegelte die letzten Lebensstrahlen wider.

»Hallo, George«, begann Olivia. »Mein Name ist Olivia. Und das ist meine Freundin Stephanie. Sie kennen uns nicht, aber wir arbeiten für die Polizei. Wir werden Ihnen jetzt ein paar Fotos zeigen, und wir haben uns gefragt, ob Sie uns sagen könnten, wer das sein könnte. Ein bisschen wie Wer ist es?«

Stephanie zog bei Olivias Worten eine Augenbraue hoch; die Frau zuckte mit den Schultern, als wollte sie sagen, mehr fiel mir nicht ein.

»Verstehen Sie, George?«, fragte Olivia.

Der Mann hob den Kopf ein wenig, ein Hauch von etwas blitzte hinter seinen Augen auf. Stephanie wertete das als vielversprechendes Zeichen. »Na los, bringen wir es hinter uns. Zeig ihm das erste.«

»Das ist das erste Foto«, sagte Olivia, als sie das Dokument in

Georges Blickfeld legte. »Erkennen Sie den Jungen auf diesem Foto?«

Keine Reaktion.

»Sein Name ist Nigel Hadlow. Wir glauben, dass er in den Achtzigern in dieselbe Kirche ging wie Sie. Das ist jetzt lange her, aber erinnern Sie sich an ihn?« Olivia zeigte George ein aktuelles Foto von Hadlow. »So sah er vor ein paar Wochen aus. So sieht er jetzt aus.«

Sie warteten und warteten, während Georges leere Augen über die Fotografien glitten, ohne jedes Ergebnis. Schließlich nahm Olivia die Fotografien weg und legte Bilder von Carlos Vazquez auf seinen Schoß.

»Und was ist mit diesem hier? Kommt Ihnen dieser Junge bekannt vor? Sein Vorname war Carlos ...«

Immer noch nichts.

Stephanie stieß einen leisen Seufzer durch die Nase aus. Sie konnte spüren, wie die Minuten zu Nichts zerrannen, jede Sekunde eine Zeitverschwendung.

»Versuchen wir das dritte«, sagte Olivia, ihre Stimme immer noch sanft. Sie legte das Foto von Darren Fairhurst auf die anderen. »Dieses hier. Darren. Erinnern Sie sich an ihn?«

Georges Finger zuckten auf seinem Bein, aber sein Blick wurde nicht schärfer. Er starrte einfach geradeaus, die Augen auf einen Punkt im Foto gerichtet.

Olivia versuchte es noch einmal. »Er muss damals etwa zwölf oder dreizehn Jahre alt gewesen sein. Genauso wie die anderen Jungen.«

Nichts. Nicht einmal der kleinste Anflug von Wiedererkennung.

Stephanie wandte sich zur Tür. »Komm schon. Das ist sinnlos. Wir werden nichts aus ihm heraus–«

Aber bevor sie zu Ende sprechen konnte, sagte Olivia: »Noch eins.«

Stephanie blieb auf halbem Weg zur Tür stehen, drehte sich aber nicht um. Sie hörte das leise Rascheln von Papier, als Olivia das letzte Foto in Georges Blickfeld schob – das körnige Bild des vierten Jungen.

Georges Atmung veränderte sich. Nur geringfügig. Ein scharfes Einatmen, gefolgt von einem langsamen Ausatmen.

Und dann sagte er es.

Einen Namen.

Es war so leise, dass Stephanie fast dachte, sie hätte es sich eingebildet. Sie drehte sich um und sah, wie Olivias Augen zu ihren aufblickten, weit vor Überraschung.

»Was haben Sie gesagt, George?«, fragte Olivia sanft und beugte sich vor.

Seine Lippen zitterten, der Laut war kaum hörbar. »Kenny …«

Stephanie erstarrte. Der Name fühlte sich an wie ein Eissplitter, der ihr den Rücken hinabfuhr. Kenny. Kenny. Wer zum Teufel war Kenny?

Ihre Gedanken rasten, das Pochen ihres eigenen Herzschlags donnerte in ihren Ohren. Sie trat vor, war plötzlich wieder ganz im Raum. »Wie war sein Nachname, George?«, verlangte sie und war unfähig, die Dringlichkeit aus ihrer Stimme fernzuhalten. »Kenny wer?«

Aber es war zu spät. Welches Fenster sich auch immer in Georges Geist geöffnet hatte, es war wieder verschwunden. Seine Augen trübten sich wieder, und sein Blick fiel auf seinen Schoß, sein Gesichtsausdruck so leer wie die Rückseite des Papiers, das Olivia vor ihn gelegt hatte.

Sie hatten ihn verloren.

KAPITEL **VIERUNDSECHZIG**

In dem Moment, als sie den Lagebesprechungsraum betraten, schnappte sich Stephanie den Markerstift vom Rand des Whiteboards und kritzelte den Namen »KENNY« in dicken schwarzen Buchstaben darauf. Sie unterstrich ihn einmal, zweimal und dann ein drittes Mal, wobei das Quietschen des Stiftes in der Stille widerhallte.

Innerhalb von Sekunden hatte sich das Team um sie versammelt.

»Wer hat Kenny getötet?«, fragte Devon, und ein Zucken umspielte seinen Mundwinkel.

Stephanie warf ihm einen Blick zu, der Glas hätte zerschneiden können. Sie ignorierte die Anspielung auf *South Park* und sagte: »Nicht der richtige Zeitpunkt, Giles.« Er hob beschwichtigend beide Hände, aber sie konnte sehen, wie die anderen hinter ihm grinsten. »Ja, lacht nur, aber wenn wir nicht herausfinden, wer dieser Kenny ist« – sie stieß mit dem Stift gegen den Namen – »dann könnte Kenny sehr wohl tot enden, und wir wären immer noch keinen Deut schlauer, wer ihn getötet hat.«

»Ist das unser viertes Opfer?«, fragte Fiona.

»Das nehmen wir an.«

»Wie habt ihr ihn gefunden?«

Stephanie warf Olivia einen kurzen Blick zu. »Es ist eine vage

Spur, aber ein ehemaliger Priester in den Achtzigern mit Demenz hat sie uns gegeben.«

Devon schnaubte. »Brillant. Eine absolut wasserdichte Quelle also. Sollen wir als Nächstes eine Wahrsagerin fragen?«

Stephanie verschloss den Stift mit einem Klicken. »Das ist alles, was wir haben. Wenn also nicht zufällig jemand von euch einen Zauberstab versteckt hat, werden wir diese Spur bis zum Letzten ausquetschen.«

Das Grinsen verschwand, dann löste sich das Team schnell auf und kehrte an seine Schreibtische zurück. Stephanie blieb vor dem Board stehen und starrte auf den Namen, als wäre er eine Kristallkugel.

»Durchsucht die Schulzeugnisse von St Jude's«, rief sie dem Team zu. »Sucht nach jedem, früher oder heute, mit diesem Namen. Sprecht mit Lehrern oder Schülern der Schule. Wenn das nichts bringt, redet mit den Eltern der Opfer, seht nach, ob sie sich erinnern, dass ihre Söhne mit jemandem namens Kenny rumhingen. Dreht jeden Stein um, verfolgt jede Spur. Wenn jemand mal mit einem Hund namens Kenny am Haus eines Opfers vorbeigegangen ist, will ich es wissen.«

Olivia zog bereits Akten von einem Stapel. »Wir müssen prüfen, ob es jetzt jemanden in Darrens, Nigels oder Carlos' Leben gibt, der Kenny heißt. Zum Beispiel jemand aus dem Golfclub.«

»Gut«, sagte Stephanie, ihr Blick immer noch auf die schwarze Kritzelei geheftet. »Solange wir nicht wissen, wer er ist, können wir ihn nicht schützen. Und wenn wir ihn nicht schützen können ...«

Sie brauchte den Satz nicht zu beenden. Jeder im Raum wusste, wie er endete.

Stephanie schloss die Tür hinter sich, lehnte sich dagegen und stieß die Luft aus ihren Lungen. Die Stille ihres Büros umfing sie tröstlich wie eine warme Umarmung. Sie konnte noch immer George Grants ausdrucksloses, schlaffes Gesicht sehen, doch es waren nicht seine Züge, die nachwirkten, sondern die ihres Vaters. Dieselbe Haltung, dieselben glasigen Augen, die Leere vortäuschten, während in Wirklichkeit etwas hinter ihnen tickte. Berechnend. Wartend.

Ihre Finger ballten sich zu Fäusten, bevor sie überhaupt merkte, dass sie es tat. Sie setzte sich an ihren Schreibtisch, rieb sich die schmerzenden Schläfen und befahl sich, die Szene nicht immer wieder abzuspielen.

Genau in diesem Moment klingelte ihr Handy und ließ sie aufschrecken. Sie starrte es einen Augenblick an, bevor sie abnahm.

»Hallo?«

»Hey. Ich bin's.«

Elias.

»Wem verdanke ich die Ehre?«, fragte sie.

»Wo warst du? Ich habe ein paar Mal versucht, dich im Büro anzurufen.«

»Ich hab meine Arbeit gemacht«, erwiderte sie.

»Hast du deine E-Mails gecheckt?«

»Noch nicht. Was willst du?«

»Ich habe dir die Details zu dem Feuerlauf geschickt, von dem ich dir erzählt habe.«

Eine Hitzewelle durchströmte Stephanies Körper. »Feuerlauf?«

»Stell dich jetzt nicht dumm, Steph. Ich habe mit ein paar von den Jungs hier geredet, und sie haben sich gefreut, das für dich zu organisieren.«

Sie schluckte, zögerte und begann, mit dem Finger auf den Tisch zu tippen. »Habe ich eine Wahl?«

»Natürlich hast du die. Einer der Jungs hat seine Frau eingeladen, weil sie das schon immer mal machen wollte, es ist also keine komplette Zeitverschwendung, wenn du nicht auftauchst.«

Ein Gefühl der Erleichterung überkam sie. Gerade als sie antworten wollte, piepte ihr Handy und erhellte den Bildschirm. Eine SMS von ihrer Schwester. Sie las die Nachricht, bevor die Vorschau abbrach.

Ich muss mit dir reden. Hast du Zeit, heute Abend vorbeizukomm…

»Steph, bist du noch da?«, fragte Elias.

»Tut mir leid. Was hast du gerade gesagt?«

»Ich habe mich nur gefragt, ob du es schaffen wirst.«

Stephanie warf erneut einen Blick auf den Bildschirm.

»Ich ... ich ... Kann ich dir deswegen noch mal Bescheid sagen? Es ist gerade etwas dazwischengekommen.«

KAPITEL FÜNFUNDSECHZIG

In den letzten sechsunddreißig Jahren hatte Stephanie ihre Schwester über alles andere gestellt. Oder zumindest so sehr, wie es ihr nur irgend möglich war.

Die letzten paar Wochen waren ein Ausrutscher in ihrer Geschichte gewesen. Aber die meiste Zeit über betrachtete Stephanie sich als gute Schwester. Sie hatte sich um Kimberley gekümmert, für sie gesorgt, als sie in Pflegefamilien waren, sie verteidigt und dafür gesorgt, dass Kimberley alles hatte, was sie brauchte, selbst auf Kosten ihrer eigenen Wünsche. Sie hatte alles geopfert, um ihrer Schwester den Anschein eines normalen Lebens zu ermöglichen.

Sie hasste es, wenn sie stritten. Sie hasste die Stille, die darauf folgte, oder die Art, wie sie einander ausschlossen. Sicher, sie hatten sich als Teenager gestritten, wobei Stephanie sich wie eine besorgte und überfürsorgliche Mutter aufgeführt hatte, aber nichts war mit diesem Bruch zu vergleichen. Ihre Familie fühlte sich zerbrochen an und Stephanie wusste nicht, wie sie sie wieder zusammensetzen sollte. Sie war immer diejenige gewesen, die alles wieder kittete, diejenige, die den Leim in der Hand hielt und die Risse zudrückte, bis sie verschwanden. Aber jetzt, mit Jordan in ihrem Leben, fühlte es sich an, als passten die Teile nicht mehr zusammen.

Sie wollte, dass es nur sie beide gab. Die Zeit zurückdrehen, zurück zu den Tagen, an denen sie sich mit einer Decke in ihr

Schlafzimmer gekuschelt, Schrott im Fernsehen geschaut und über die Werbung diskutiert hatten, während sie sich eine Tüte Popcorn teilten.

Doch als sie durch Kimberleys Flur ins Wohnzimmer wanderte, gab es keine Spur von Popcorn, kein Anzeichen für einen vorübergehenden Waffenstillstand. Die Luft im Zimmer war eisig, obwohl sich die Zentralheizung gegen die Novemberkälte abmühte.

Stephanie stieß einen schweren Seufzer der Erleichterung aus.

»Was?«, fragte Kimberley, als sie sich auf dem Sofa niederließ.

»Nichts.«

»Du hast gedacht, er wäre hier, nicht wahr?«

Stephanie nahm auf dem anderen Sofa gegenüber ihrer Schwester Platz. »Der Gedanke war mir gekommen. Wo ist Jason?«

»Oben, er arbeitet«, antwortete Kimberley mit der Resignation von jemandem, der es leid war, an zweiter Stelle zu stehen. »Er sagt, er hat was Wichtiges fertigzumachen und will uns anscheinend nicht stören.«

»Heißt, wir haben mehr Zeit für uns Mädels. Was zu trinken?«

»Oh, ja. Was möchtest du? Ich hole es.«

Kimberley wollte sich vom Sofa erheben, aber Stephanie hielt sie sanft zurück. »Ich mach das schon. Ich weiß, wo alles ist. Ich kann mir sicher selbst ein Getränk einschenken.«

»Eine Cola für mich, bitte. Die sind im Kühlschrank.«

»Kommt sofort.«

Stephanie ging in die Küche, schenkte zwei Gläser Cola in große Becher und kam wieder zurück. Kimberley dankte ihr für das Getränk, als Stephanie Platz nahm. Ein Augenblick der Anspannung legte sich über sie; keine von beiden wusste, was sie sagen sollte, oder wollte die Erste sein, die die Stille brach.

»Hasst du mich?«, fragte Kimberley plötzlich.

»Was?«

»Hasst du mich?«

»Wie kannst du das sagen? Du bist meine Schwester. Ich liebe dich mehr als alles andere. Ich könnte dich niemals hassen.«

»Manchmal fühlt es sich so an.«

Wo kam das denn her?

»Das gehört zum Schwestersein dazu«, sagte Stephanie. »Wir

sollen uns streiten und zanken, aber am Ende haben wir immer einander.«

Kimberley konnte ihr nicht in die Augen sehen und drehte ihr Glas mit den Fingern.

»Hasst du mich dafür, dass ich eine Beziehung zu Jordan will?«

Stephanie öffnete den Mund, hielt aber inne und überdachte ihre Antwort. »Nein. Ich ... ich denke ... Wenn du glaubst, dass es das Richtige für dich ist, dann werde ich mich nicht einmischen. Ich ... ich möchte nur, dass du meine Grenzen respektierst, so wie ich es bei dir tue. Ich zwinge dich nicht, dich nicht mehr mit ihm zu treffen, also würde ich es zu schätzen wissen, wenn du aufhören könntest zu versuchen, eine Beziehung zwischen ihm und mir zu erzwingen.«

Kimberley senkte ihren Kopf in etwas, was Stephanie als Nicken deutete.

»Ich war neulich Nacht wieder im Krankenhaus.«

Die Worte jagten Glassplitter durch Stephanies Inneres. »Wann ...?« Stephanies Blick fiel auf das Baby.

»Als du in Norfolk warst. Ich habe versucht, dich anzurufen, aber dann habe ich gesehen, wo du warst.«

Stephanie rutschte quer durch das Wohnzimmer, um sich neben ihre Schwester zu setzen, und legte eine Hand auf ihren Bauch.

»Warst du allein?«

Tränen schossen Kimberley in die Augen. »Jason war beruflich weg und Jordan war irgendwo in Salisbury.«

»Oh, Kim. Ich hatte keinen Empfang und habe keinen der verpassten Anrufe gesehen. Sonst weißt du doch, dass ich dich zurückgerufen hätte ... Was hast du gemacht? Bist du gut ins Krankenhaus gekommen?«

Ein Nicken. Mehr Tränen. »Ich bin selbst gefahren und saß alleine da. Ich ... ich habe mir Dads Stimme angehört.«

»Wie?«

»Voicemails. Ich habe welche aus der Zeit, als er im Heim war. Ich ... ich musste einfach jemanden Vertrautes hören. Ich brauchte ihn als letzten Ausweg neben mir.«

Stephanie nahm ihre Hand vom Bauch ihrer Schwester. Die Bewegung war nur leicht, winzig, aber Kimberley bemerkte sie.

»Du *hasst* mich.«

Um zu verhindern, dass ihre Schwester in Tränen ausbrach, schlang Stephanie ihre Arme um sie und zog sie fest an ihre Brust. Aber es nutzte nichts; alle Dämme brachen. Stephanie tröstete sie mit leeren Worten und Plattitüden, während sie innerlich vor Wut auf ihre Schwester kochte, weil sie sich als letzten Ausweg auf ihren Vater verlassen hatte. Wie konnte sie die Erinnerung an diesen Mann heraufbeschwören, während sie eine solche Tortur durchmachte?

Bevor Stephanie fragen konnte, was das Urteil aus dem Krankenhaus gewesen war, klingelte es an der Tür.

»Ich gehe schon«, sagte Stephanie instinktiv und stand vom Sofa auf.

Sie schritt über den Teppich, den Holzboden des Flurs entlang und öffnete die Haustür. Sie erstarrte, ihr Griff um den Knauf verfestigte sich. Vor ihr stand Jordan in einem schicken Hemd und einer Hose.

Aber alles, was sie sehen konnte, war ihr Dad. Seine Augen, seine Wangen, seine Nase. Als hätte Jordan das Gesicht ihres Vaters von dessen Körper gerissen und trüge es als Maske.

»Was machen *Sie* hier?«, fragte Stephanie mit leiser Stimme.

Und dann traf es sie.

Hasst du mich?

Natürlich war die Frage nicht ohne Hintergedanken gewesen. Natürlich war es mehr gewesen als nur eine Bitte um Zustimmung zu Kimberleys Beziehung mit Jordan.

»Hey, Schwesterherz«, sagte er mit einem halbherzigen Winken.

»Sie nennen mich nicht so.« Stephanie schlug ihm die Tür vor der Nase zu, drehte ihm den Rücken zu und zog dann ihre Schuhe an. Sie schnappte sich Mantel und Tasche, riss die Tür auf und drängte sich an ihm vorbei.

»Steph, warte ...«

»Reden Sie nicht mit mir«, zischte sie, als sie auf ihr Auto am Ende der Einfahrt zusteuerte.

Jordan rannte ihr hinterher, und gerade als sie die Autotür schließen wollte, packte er sie. Stephanies Nüstern blähten sich und ihr Körper spannte sich vor Adrenalin an.

»Nehmen Sie Ihre Hände von meiner Tür. Sofort!«

»Ich will mich nur erklären, Steph. *Bitte*, ich-«

Mit zusammengebissenen Zähnen sagte sie: »Ich gebe Ihnen drei Sekunden, um Ihre Hand von meiner Tür zu nehmen. Ansonsten werde ich Sie zu Boden strecken. Es ist mir egal, ob Sie angeblich mein Halbbruder oder nur ein Fremder sind. Ich kenne Sie nicht und ich will Sie nicht kennen. Ich werde es trotzdem tun. Also, drei ...«

Jordans Gesicht verzog sich vor Unentschlossenheit.

»Zwei ...«

Gerade als sie bei eins angekommen war, ließ er los. Stephanie startete den Motor, legte den ersten Gang ein und raste mit quietschenden Reifen und aufheulendem Motor davon. Sie blickte nicht in den Rückspiegel, wo er dastand wie ein verlorenes Kind.

KAPITEL **SECHSUNDSECHZIG**

Stephanie erinnerte sich kaum an die Fahrt. Die Scheinwerfer anderer Autos, Straßenlaternen und das Hupen zogen wie eine Fata Morgana an ihr vorbei, als säße sie in einem Schnellzug. Sie war so schnell gefahren, dass sie das Auto, das aus dem Kreisverkehr kam, nicht einmal gesehen hatte; jenes, mit dem sie beinahe zusammengestoßen wäre, als sie auf das Gelände eines der Übungszentren der Feuerwehr von Surrey fuhr. Elias hatte ihr den Ort am Nachmittag per SMS geschickt, in der Hoffnung, sie damit zur Teilnahme überreden zu können. Er stand am anderen Ende des Parkplatzes und wartete auf sie. Hinter ihm ragte ein großes Bauwerk empor – das Gerippe einer längst vergessenen Lagerhalle, dessen Metallrahmen an einigen Stellen von wiederholten Bränden verkohlt und verformt war. Links davon stand ein Doppeldeckerbus im Schatten des Hauptgebäudes, seine Fenster waren zerbrochen und die Farbe blätterte in großen, schuppigen Stücken ab. Eine Leiter lehnte an seiner Seite, und ein schwacher Brandgeruch hing an seiner Außenhülle. Daneben waren zwei weitere Fahrzeuge – ein Lieferwagen und eine Limousine – auf Betonblöcken aufgebockt, ihre Türen hingen offen, als wären sie nach einem Unfall zurückgelassen worden. Weiter hinten, jenseits des Zauns, ragte das Heck eines alten Passagierjets aus einem separaten Übungsbereich hervor, der nun mit Brandspuren und

Dellen übersät war. Es sah aus, als wäre er aus den Trümmern einer Katastrophe geborgen und dorthin gestellt worden, um immer und immer wieder durchlebt zu werden.

Und dann, mitten in all dem, befand sich Elias' kleiner Aufbau: ein Streifen glühender Kohlen, über dem die Hitze sichtlich flimmerte.

»Du siehst aus, als wärst du eben erst der Polizei entkommen«, sagte er, als sie näher kam.

»So wie ich mich fühle, bin ich kurz davor.«

Stephanies Blick fiel auf die glühende Glut, ihr Blick wurde unscharf, während er sich in der Holzkohle und dem Rauch verlor. Trotz ihrer selbst, trotz ihrer jüngsten Reaktionen auf Feuer, verspürte sie keine Angst; sie fürchtete sich nicht. Sie war so wütend und voller Adrenalin, dass sie das Gefühl hatte, stattdessen eine der Übungen durchlaufen zu können.

Kimberley und Jordan ...

Jordan und Kimberley ...

Hasst du mich?

Die Frage hallte in ihrem Kopf wider.

Ebenso wie die Antwort: Ja. Ja, das tat sie.

»Wo ist die andere Person, die hier sein sollte?«, fragte sie.

»Sie musste absagen«, sagte er wenig überzeugend. »Irgendein familiärer Notfall.«

Sie drehte sich langsam zu ihm um, und ein spöttisches Lächeln breitete sich auf ihrem Gesicht aus. Im schwachen Licht ließen die Schatten seiner Narben sein Gesicht anders aussehen. »Es gab nie eine andere Person, oder?«

Er blickte zu Boden und schüttelte dann den Kopf. »Ich dachte, du würdest dich wohler fühlen, wenn du wüsstest, dass noch jemand kommt.«

»Ganz schön gewagt.«

»Aber es hat sich gelohnt, oder nicht?«

Versuchte er hier etwas bei ihr? War das seine Art zu flirten, und sie hatte die Signale völlig falsch gedeutet? Sie war schon so lange aus dem Spiel gewesen – so lange, dass sie von Anfang an nie wirklich dabei gewesen war –, dass sie vergessen hatte, wie Flirten und Umwerben heutzutage abliefen. War sie überhaupt interessiert?

»Du wirst mir zeigen müssen, was ich tun soll«, sagte sie.

»*Dir zeigen*?«

»Du bist eine Führungspersönlichkeit. Die Leute sehen zu dir auf. Also solltest du mit gutem Beispiel vorangehen.«

»Tu, was ich tue, nicht, was ich sage ... so was in der Art?«

»Genau«, sagte sie, als eine kleine Windböe die Hitze der Kohlen anhob und ihre Wangen und ihr Kinn wärmte.

Sie sah in stummer Besorgnis zu, wie Elias zum Rand des Pfades schlurfte, aus seinen Schuhen stieg und seine Jeans bis zu den Schienbeinen hochkrempelte, was eine Reihe tieferer, schrecklicherer Narben an seinen Beinen enthüllte. Auf eine perverse und seltsam sexuelle Art fragte sie sich, wie der Rest seines Körpers aussah. Wie sehr er gezeichnet und zerstört war.

Wie seine Wunden außen lagen und ihre innen.

»Zieh deine Schuhe aus«, sagte er, »sonst verfehlt es den ganzen Zweck der Übung. Kremple deine Hosenbeine hoch und stell dich dann mit geschlossenen Füßen hin.«

Er legte die Hände in die Hüften, drückte die Brust heraus und blickte zum Horizont.

»Es ist alles Kopfsache«, sagte er und deutete auf seinen Kopf. »Halte den Kopf oben, die Atmung ruhig und den Geist frei. Und dann geh ...«

Ohne ein weiteres Wort trat Elias vor. Ein nackter Fuß, dann der andere, drückte sich in die glühende Spur. Die Glut zischte und verschob sich unter seinem Gewicht, kleine orangefarbene Funken flammten heller um seine Schritte auf. Er hetzte nicht. Jeder Schritt war bedacht und gleichmäßig, als hätte er keinen anderen Ort, an dem er sein musste, als genau dort, in diesem Moment. Als er das Ende erreichte, drehte er sich zu ihr um, sein Gesichtsausdruck war ruhig.

»Das war's«, sagte er schlicht. »Wenn du deinen Geist da behältst, wo er sein muss, werden deine Füße folgen.«

Jetzt war sie an der Reihe. Sie musste sich ihrer Angst stellen und zum ersten Mal Feuer berühren, seit es ihr von ihrem Vater aufgezwungen worden war.

Zögerlich, mit einem Knoten im Magen und einem dünnen Schweißfilm auf den Unterarmen und dem unteren Rücken, trat sie an den Pfad und stellte sich auf dieselbe Stelle, an der Elias Momente zuvor gestanden hatte. Sie zog ihre Schuhe und Socken aus, legte sie neben sich ab und ließ dann die Arme an ihren Seiten hängen. Hier war die Hitze intensiv; sie konnte sie um ihre Füße spüren, wie sie die Härchen an ihren Zehen versengte, bevor sie langsam ihre Beine hinauf zum Rest ihres Körpers wanderte.

»Denk dran, mach den Kopf frei«, rief er vom anderen Ende des Pfades. »Wenn du aufhören musst, mach einfach einen großen Schritt zur Seite. Ich stehe mit Wasser bereit, falls du es brauchst.«

Aber sie würde es nicht brauchen, sagte sie sich. Als er sprach, machte es in ihrem Kopf klick. Wenn Elias es konnte – mit all seinen Narben, der Geschichte seiner Wunden und Schmerzen, die in seine Haut eingraviert war – und dem Feuer so ins Gesicht blicken konnte, wie er es täglich tat, dann konnte sie es auch. Es war alles nur in ihrem Kopf. Der Geist über die Materie.

Außerdem hatte sie Schlimmeres durchgemacht, als über einen Streifen glühender Kohlen zu gehen.

Viel Schlimmeres.

Sie trat vor.

Die erste Berührung der Glut war ein Schock, ein scharfes Stechen, gefolgt von einer Hitzewelle. Sie ignorierte es und konzentrierte sich auf ihre Atmung – langsam, gleichmäßig, eins, zwei, drei, vier –, während sie ihren Blick starr nach vorne gerichtet hielt.

Noch ein Schritt. Und noch einer.

Der Schmerz war da, unverkennbar und unvermeidlich, aber sie ignorierte ihn und zwang sich, stark zu bleiben.

Hasst du mich?, hallten die Worte ihrer Schwester wider. Anstatt das buchstäbliche Feuer unter ihren Füßen zu schüren, beflügelte es ihre Entschlossenheit und führte sie über die Kohlen.

Ehe sie sichs versah, erreichte sie die andere Seite, ihr Puls hämmerte in ihren Ohren.

Sobald sie die kalte Erde unter sich spürte, sprang sie auf und ab und rief aufgeregt.

»Ich hab's geschafft! Ich hab's geschafft!«

»Glückwunsch«, sagte Elias, als er näher kam. »Jetzt musst du nur noch in ein Feuer springen, und du bist vollständig geheilt«, fügte er sarkastisch hinzu.

KAPITEL **SIEBENUNDSECHZIG**

Auf der Heimfahrt kribbelte ihr Körper vor Euphorie. Sie fühlte sich unaufhaltsam. Als könnte sie einen Marathon laufen. Als könnte sie einen Berg besteigen. Und das Beste daran? Ihre Füße taten nicht einmal weh; sie spürte rein gar nichts. Die Dunkelheit und die Trugbilder, die sie auf der Hinfahrt erlebt hatte, waren verschwunden und die Welt erschien in einem neuen Licht, einem neuen Glanz. Jede Ampel schien heller, jedes Geräusch schärfer. Sie konnte die Melodie der Reifen auf dem Asphalt hören, als wäre es ein Lied.

Stephanie erblickte ihr Spiegelbild im Rückspiegel. Ihre Wangen waren gerötet, ihre Augen weit und lebendig. Das Adrenalin ließ ihren Fuß auf dem Gaspedal schwerer werden, und sie musste bewusst vom Gas gehen und sich zwingen zu atmen. Die Zweifel, die Ängste, der Schatten ihres Vaters – all das verschwand. Sie wusste nicht, wovor sie die ganze Zeit Angst gehabt hatte.

Zu lange hatte sie zugelassen, dass ihre Angst sie kontrollierte und auffraß. Damit war jetzt Schluss.

Ihr himmelhohes Glücksgefühl wurde jedoch unsanft auf den Boden der Tatsachen zurückgeholt, als sie in ihre Einfahrt einbog.

Sie entdeckte das Auto ein paar Meter die Straße hinunter und erkannte das Nummernschild sofort. Sie wünschte, er wäre es nicht. Wünschte, sie könnte schneller aus dem Auto steigen und ins Haus gelangen, als er es könnte.

Aber es war zu spät. Als sie den Motor abstellte und die Autotür öffnete, kam Jordan bereits schnellen Schrittes auf sie zu.

»Steph, hey-«

»Hau ab«, blaffte sie ihn an. »Ich will nicht mit dir reden.«

Sie schlug ihre Autotür zu und ging über die Einfahrt.

»Steph, ich will dich nur-«

Sie blieb abrupt stehen, wirbelte herum, ihr Gesicht eine Maske der Wut. »Was machst du hier, Jordan? Das ist mein Zuhause. Du kannst nicht einfach unangemeldet bei mir zu Hause auftauchen. Du bist hier nicht willkommen. Du bist nirgendwo willkommen. Du bist in dieser Familie nicht willkommen. Es gibt einen Grund, warum deine Eltern dich an Elliot abgegeben haben. Sie wollten dich nicht. Und ich auch nicht. Also ... geh einfach.«

Jordan erstarrte, als hätte sie ihm eine Ohrfeige gegeben.

Für einen Moment blieb sein Mund halb offen stehen, als wären ihm die Worte, die er hatte sagen wollen, aus dem Leib geschlagen worden. Das Sicherheitslicht traf die Seite seines Gesichts und enthüllte das Aufflackern von Schmerz, bevor er seinen Kiefer so fest zusammenbiss, dass sie den Muskel in seiner Wange pulsieren sehen konnte.

»Klar. Verstanden«, sagte er mit tiefer Stimme. »Ich dachte, wir könnten eine Beziehung haben. Etwas, um die letzten dreißig Jahre wiedergutzumachen, aber das ist offensichtlich nicht der Fall. Nur damit du es weißt, das alles ist für mich auch nicht leicht gewesen, okay? Ich habe nicht darum gebeten, genauso wenig wie du. Ich habe nicht darum gebeten, in so ein Chaos hineingeboren zu werden. Ich habe nicht darum gebeten, herumgereicht zu werden. Aber ich dachte« – seine Stimme brach – »ich dachte, mit dir wäre es vielleicht anders. Dass wir den ganzen Mist, den wir durchgemacht haben, nehmen und ... ich weiß nicht, etwas daraus aufbauen könnten.« Er schüttelte den Kopf, seine Augen glänzten im schwachen Licht. »Aber stattdessen hast du klargemacht, dass du nichts mit mir zu tun haben willst. Ich war mein ganzes Leben lang unerwünscht. Ich bin es gewohnt. Aber ich bin kein schlechter Mensch. Ich bin nicht wie einer von denen. Ich bin anders. Ich bin ich. Und ich dachte, ich könnte dir das beweisen. Ich dachte, ich könnte es dir zeigen.«

»Indem du mich belästigst? Indem du mir Briefe schickst? Indem du mir vor meinem Haus auflauerst? Das ist kein normales Verhalten, Jordan. Das ist genau die Art, wie *sie* sich verhalten hätten, also fällt es mir schwer zu glauben, dass du nicht wie sie bist. Denn nach dem, was ich bisher gesehen habe, ist das einfach nicht wahr. Und jetzt gebe ich dir dreißig Sekunden, um von meiner Einfahrt zu verschwinden, bevor ich dich mit dem Gesicht voran darauf befördere.«

Jordan drehte sich abrupt um, seine Schuhe knirschten auf dem Asphalt, und schritt ohne ein weiteres Wort zu seinem Auto zurück. Das Zuknallen der Tür hallte durch die ruhige Straße, gefolgt vom Grollen seines Motors, der in der Nacht verklang.

Stephanie stand wie erstarrt auf der Einfahrt, während ein Anflug von brennender Hitze unter ihren Fußsohlen aufzusteigen begann.

KAPITEL
ACHTUNDSECHZIG

Der Haufen Taschentücher auf dem Sofa neben ihr türmte sich allmählich zu einem kleinen Berg auf. Seit Stephanie gegangen war, hatte sie nicht aufgehört zu weinen; sie saß auf dem Sofa und schluchzte, während im Hintergrund der Fernseher lief. Jason arbeitete oben weiter, völlig ahnungslos von der Auseinandersetzung, die sich an der Haustür abgespielt hatte.

Er war nicht einmal heruntergekommen, um nach ihr zu sehen oder nachzuschauen, was der ganze Lärm sollte. Wahrscheinlich versteckte er sich nur da oben, um sich so weit wie möglich aus dem Drama herauszuhalten. Manchmal kam ihr ihr Leben wie eine Folge von *Real Housewives* vor, und sie hasste es. Sie hasste Jason. Sie hasste Stephanie. Und sie hasste sogar Jordan.

Woher hatte er gewusst, dass Stephanie da war? Sie hatten sich nicht verabredet. Er musste gesehen haben, dass Stephanie nicht zu Hause war, und war auf gut Glück herübergekommen, in der Hoffnung, sie hier anzutreffen. Jetzt dachte Stephanie wahrscheinlich, Kimberley hätte sie verraten, aber das stimmte nicht.

Wann war in ihrer Familie nur alles so schiefgelaufen?

Bevor sie sich in diesen Gedanken verlor, hörte sie eine Bewegung von oben. Das Geräusch von Schritten auf den Dielen kam langsam näher in Richtung Treppe. Ein paar Sekunden später erschien Jason unten an der Treppe, das Handy noch in der Hand, und betrat mit gerunzelter Stirn das Wohnzimmer.

»Kim? Was ist los?«, fragte er, während sein Blick den Haufen Taschentücher, die roten Flecken auf ihren Wangen und die Art, wie sie tief ins Sofa gesunken war, erfasste.

Sie schniefte und griff nach einem weiteren Taschentuch. »Wir haben uns gestritten.«

»Daher also das ganze Geschrei?«

Er ließ sich auf das Kissen neben ihr fallen, das unter seinem Gewicht nachgab.

»Du hast uns also gehört?«

»Ja.«

»Aber du bist nicht auf die Idee gekommen, runterzukommen?«

»Ich habe telefoniert.« Jason rieb sich den Nacken, als ob er etwas verbergen würde.

»Hast du mit der Person telefoniert, mit der du dich neulich in Romford getroffen hast?«

Seine Augen weiteten sich, obwohl er es mit einem angewiderten Blick zu verbergen versuchte. »Romford? Wovon redest du?«

»Oh, tu nicht so dumm«, fuhr sie ihn an. »Du warst neulich in Romford. Du hast mich angelogen.«

»Dich angelogen?«

»Du hast gesagt, du hättest ein Meeting in Watford, aber als ich deinen Standort überprüft habe, warst du in Romford.«

Sein Mund öffnete und schloss sich, während er nach den richtigen Worten rang. »Du hast meinen Standort verfolgt?«

»Ich war im Krankenhaus, Jase. Ich habe dich gebraucht. Ich dachte, du könntest vielleicht nach Hause kommen und helfen, aber dann habe ich gesehen, wo du bist.« Sie sprach langsamer, um Luft zu holen, da sie kurz davor war zu hyperventilieren. »Und als ich dich dann gefragt habe, wie die Arbeit war, hast du gesagt, alles gut. Ich habe sogar gefragt, wie es in Watford war, und du hast gesagt, es sei ›ganz okay‹. Ich dachte, ich hätte mich vielleicht geirrt, aber jetzt glaube ich das nicht mehr. Was hast du in Romford gemacht? Warum warst du da und warum hast du es mir nicht gesagt?«

»Warum warst du im Krankenhaus?«, fragte er.

Aber darüber wollte sie noch nicht reden. Er hatte es nicht verdient zu wissen, was mit ihrem Körper, was mit ihrem Kind geschah.

»Wechsle nicht das Thema, Jason. Antworte mir. Was hast du in Romford gemacht?«

»Es war ... Arbeit. Das Meeting wurde an einen anderen Ort verlegt.«

Sie glaubte ihm nicht. Und seinem Tonfall nach zu urteilen, glaubte er sich selbst nicht.

»Und das soll ich dir glauben?«

Jasons Kiefer spannte sich an. »Ich muss dir nicht über jede meiner Bewegungen Rechenschaft ablegen.«

»Du hast mich angelogen, Jason. Und jetzt sitzt du da, siehst mir in die Augen und tust es schon wieder.«

»Ich tue das nicht ...«

»Lass es«, fuhr sie ihn an und unterbrach ihn. »Versuch nicht einmal, mir einzureden, ich würde mir das alles nur einbilden. Ich habe den Beweis, Jase. Deinen Standort. Die Uhrzeit. Den Tag. Du warst in Romford.«

Seine Nasenflügel bebten. »Vielleicht würden wir dieses Gespräch nicht führen, wenn du mich nicht verfolgen würdest, als wäre ich irgendein Verbrecher.«

»Ach, so ist das«, schoss Kimberley zurück, beugte sich vor, ihre Augen funkelten. »Das Problem ist also, dass ich deinen Standort überprüfe, nicht, dass du darüber lügst, wo du gewesen bist. Nicht, dass du verschwindest, wenn ich dich brauche. Nicht, dass du dich heute Abend oben versteckst, während ich hier unten zusammenbreche.«

Jason stand abrupt auf, und das Sofakissen schnellte an seiner Stelle zurück. »Du verdrehst immer alles, um *mich* zum Buhmann zu machen.«

»Vielleicht, weil du es bist«, erwiderte sie, ihre Stimme leise und fest, jedes Wort wohlüberlegt.

Jason umklammerte sein Handy fester. »Ich mache das jetzt nicht mit«, murmelte er und wandte sich dem Flur zu. Er schritt zur Kommode, schnappte sich seine Autoschlüssel und blickte nicht zurück. Dem Klirren des Metalls folgte das scharfe Klicken des aufschließenden Haustürschlosses, dann ein heftiges Zuschlagen, das den Bilderrahmen über dem Sofa an seinem Haken erzittern ließ.

Kimberley saß für einen Moment wie erstarrt da und lauschte dem fernen Aufheulen seines Motors und dem Geräusch des wegfahrenden Autos, bevor es in der Ferne verklang und sie in der schweren, drückenden Stille des Hauses zurückließ.

Sie stand auf und wischte sich mit dem Ärmelrücken über das Gesicht.

Dann erstarrte sie.

Ein warmes, nasses Gefühl breitete sich an ihren Oberschenkeln aus.

Sie blickte nach unten.

Blut.

Ein dunkler, dicker Strom, der ihre Beine hinablief und auf den hellen Teppich tropfte. Der Anblick traf sie härter als alle Worte von Jason. Instinktiv legte sie die Hände auf ihren Bauch, und ihr Atem ging in kurzen, panischen Stößen.

»Oh Gott. Oh Gott, nein ...«

Ihr Handy lag auf der Armlehne des Sofas. Sie riss es an sich, ihre Hände zitterten so sehr, dass sie es beinahe fallen ließ, und drückte auf die Anruftaste bei Jasons Namen.

Das Klingeln in ihrem Ohr schien eine Ewigkeit zu dauern.

»Geh ran ... geh ran!«

Ein Klicken.

Aber es war nicht Jasons Stimme.

»Hallo?«

Sie erstarrte erneut. »*Jordan*?«

»Ja ... Kim? Du hast mich angerufen.« Seine Stimme klang misstrauisch, verwirrt.

Ihre Knie gaben beinahe nach. »Ich ... Oh Gott, das wollte ich nicht ... Ich habe versucht, Jason anzurufen.«

»Okay ... na ja, jetzt hast du mich stattdessen dran. Was ist los?«

»Da ist Blut, Jordan. Eine Menge Blut. Es ist …« Ihre Stimme brach. »Es ist das Baby!«

Stille. Dann wurde Jordans Stimme tiefer und dringlicher. »Wo bist du gerade?«

»Im Haus. Allein. Jason ist weg.«

»Bleib genau, wo du bist. Ich komme.«

KAPITEL
NEUNUNDSECHZIG

Die Reste von Kenny Musgraves Curry gerannen in ihrer Aluschale auf dem Couchtisch. Bei dem Anblick wurde ihm noch mehr übel, als ihm ohnehin schon war. Er wandte den Blick ab und wieder dem Fernseher zu, während er weiter durch die Kanäle zappte. Fußball-Highlights. Die Nachrichten. Eine Quizshow. Irgendein amerikanisches Drama, in dem Leute im Gerichtssaal herumschrien. Nichts davon war es wert, angesehen zu werden, nichts davon war seine Zeit wert. Ganz zu schweigen davon, dass er nach dem Verzehr einer so üppigen Mahlzeit Schwierigkeiten hatte, sich zu konzentrieren.

Seine Augenlider wurden schwer, als er ins Fresskoma fiel. Er sank tiefer ins Sofa, eine Hand auf seinem geschwollenen Bauch, die andere umklammerte die Fernbedienung. Gerade als er der Müdigkeit, die an ihm zerrte, nachgeben wollte, klopfte es an der Tür.

Ein einzelnes, bestimmtes Klopfen.

Er fuhr hoch, wobei ihm die Fernbedienung aus der Hand glitt und scheppernd auf den Boden fiel. Sein erster Gedanke war, dass es ein Versehen war, dass er sich verhört hatte. Doch dann überkam ihn etwas – eine Vorahnung, ein Gespür –, das ihn vom Gegenteil überzeugte.

Ein weiteres Klopfen folgte. Diesmal unmissverständlich.

Er beugte sich vor und spitzte die Ohren. Nichts als das Zischen der Zentralheizung und das Prasseln des Regens gegen die Fensterscheibe.

Kenny räusperte sich. »Wer ist da?«

Keine Antwort.

Langsam stand er auf, seine Knie protestierten. Die Dielen knarrten unter seinem Gewicht, als er in Richtung Flur schlurfte und auf halbem Weg innehielt. Er überlegte, das Klopfen zu ignorieren, zum Sofa zurückzukehren und so zu tun, als sei nichts geschehen.

Dann kam ein drittes Klopfen. Lauter. Härter.

Kennys Brust zog sich zusammen. Er rieb sich das Gesicht und wünschte, er hätte nicht so viel gegessen, wünschte, sein Körper fühlte sich nicht so schwer und träge an. Er verharrte am Eingang des Wohnzimmers und spähte durch den Flur zur Haustür, als ein Vibrieren an der Armlehne des Sofas hinter ihm ertönte. Ein kurzes, scharfes Summen durchbrach die Stille.

Kenny erstarrte, dann drehte er den Kopf. Sein Handy lag dort, wo er es hingelegt hatte, der Bildschirm leuchtete auf. Er schlurfte zurück, hob es auf und verschmierte das Glas mit dem Daumen, als er über die Benachrichtigung wischte.

Eine neue Nachricht von einer unbekannten Nummer.

Ich bin's, Bovo – brauch dich draußen, Kumpel. Lass mich nicht warten!

Kenny runzelte die Stirn, seine Zunge klebte ihm am Gaumen. Was wollte Bovo um diese Zeit? Und warum hatte er nicht angerufen, statt eine SMS zu schreiben?

Noch ein Summen.

Beeil dich, Kumpel, es schüttet hier draußen wie aus Eimern.

Kenny seufzte. »Ja, ja, ich komme ja schon. Reg dich ab!«

Ohne weiter nachzudenken, ging er zur Haustür. Er drückte die Klinke nach unten und zog. Die Tür knarrte einen Spaltbreit auf, dann weiter, und ließ einen Schwall feuchter Nachtluft herein, der ihn frösteln ließ. Der Mann draußen war über ihm, bevor er reagieren konnte. Eine große, imposante Gestalt, viel athletischer als er, die aussah, als hätte sie nicht gerade eine Mahlzeit für zwei Personen verdrückt.

Das Nächste, woran Kenny sich erinnern konnte, war, dass er

benommen auf dem Boden lag, zur Decke starrte und zu begreifen versuchte, was gerade passiert war.

Dann setzte sich die Gestalt rittlings auf ihn, auf seinen Bauch, der sich anfühlte, als würde er gleich platzen.

Kenny stöhnte vor Schmerz, doch sobald er den Mann vor sich erkannte, hielt er inne. In diesem Moment zählte nichts anderes mehr. Es gab keinen Schmerz, kein Unbehagen. Nur Schock und pure, nackte Angst.

»Hallo, Kenny, mein alter Freund«, knurrte der Mann auf ihn herab. Er kniff Kenny in die Wangen und schüttelte sie hin und her. »Sieht aus, als hättest du etwas zugelegt, seit ich dich das letzte Mal gesehen habe. Ich frage mich, wie das riechen wird, wenn du anfängst zu brennen.«

KAPITEL SIEBZIG

Stephanies Füße hämmerten auf den Boden, als sie durch die Gänge des Royal Surrey University Hospital rannte. Ihr Körper bebte vor Adrenalin und Panik. Überwältigend. Alles verzehrend. Ihr Atem ging in schweren, keuchenden Zügen und ihr Herz raste in ihrer Brust. Sie hatte den Anruf von Jordan auf Kimberleys Handy erhalten, der sie über die Situation informiert hatte, und hatte sofort alles stehen und liegen gelassen.

Ihre Augen schossen von Zimmer zu Zimmer, von Krankenhausbett zu Krankenhausbett, auf der Suche nach ihrer Schwester. Schließlich fand sie das zugewiesene Zimmer, in das Kimberley gebracht worden war. Sie stürzte herein, wobei die Tür heftig aufschwang. Dort, in der Mitte des Raumes, in Fötusstellung auf dem Bett zusammengekrümmt und mit dem Rücken zu Stephanie, war Kimberley. In einem Stuhl neben ihr saß Jordan, das Handy in der Hand.

»Kim ...«, sagte Stephanie sanft, und ihre Stimme brach.

Sie ignorierte Jordan und eilte an die Seite ihrer Schwester. Sie erreichte das Bett und hockte sich hin, damit sie das Gesicht ihrer Schwester sehen konnte. Kimberley drehte ihren Kopf leicht, langsam und widerstrebend. Kimberleys Augen waren geschwollen, die Haut um sie herum wund vom Weinen und Reiben. Aber jetzt gab es keine Tränen mehr. Ihre Gesichtsfarbe war kreidebleich, ihre

Lippen fahl und trocken, als wären die Farbe, das Leben und die Vitalität aus ihr gewichen.

Stephanie griff nach Kimberleys Hand. Sie war kalt und lag schlaff in ihrer eigenen.

»Oh, Kim. Es tut mir so leid«, sagte sie, während sich Tränen in ihren Augen zu bilden begannen. »Es tut mir so leid. Ich wünschte, ich wäre da gewesen. Ich hätte an deiner Seite sein sollen.«

Kimberley sagte nichts und starrte weiter ins Leere, als würde sie etwas in weiter Ferne betrachten, das niemand sonst sehen konnte. Stephanie drückte die Hand ihrer Schwester fester, obwohl sie wusste, dass ihre Worte kein Trost waren. Nichts, was irgendjemand sagen könnte, würde den Schmerz und das Leid wiedergutmachen, das Kimberley durchmachte. Aber sie verspürte das Bedürfnis, weiterzureden.

»Du wirst das durchstehen«, sagte sie, während ihr eine Träne über die Wange lief. »Alles wird gut. Du ...«

Ihre Stimme erstarb, als ihre Gedanken zu ihrer Mutter wanderten. Sie stellte sich vor, was ihre Mutter in dieser Situation gesagt hätte, wie sie Kimberley richtig getröstet und alles wieder in Ordnung gebracht hätte.

Aber ihre Mutter war nicht da. In den letzten dreißig Jahren hatte Stephanie sowohl die Rolle der Mutter als auch die der Schwester gespielt, miteinander verschmolzen wie zwei zusammengeschweißte Metallstücke. Jetzt war es an der Zeit, es wieder zu tun.

Sie ließ Kimberleys Hand los, zog die Decke zurück und kletterte zu ihr ins Bett, wobei sie den Kopf ihrer Schwester auf ihrer Brust bettete. Aber Kimberley rührte sich nicht, zuckte nicht zusammen, rückte nicht näher. Im Moment existierte sie einfach nur.

Stephanie begann, das Haar ihrer Schwester zu streicheln, so wie sie es getan hatte, als sie sich vor ihrem Vater im Kleiderschrank oder unter dem Bett versteckt hatten, um sie zu besänftigen, sie zu beruhigen und ihr zu sagen, sie solle die Geräusche ignorieren.

»Erinnerst du dich«, murmelte sie mit leiser Stimme, als

spräche sie mit einem Kind, »an das eine Mal, als Mama uns im Wäscheschrank versteckt gefunden hat, nachdem Papa ausgerastet und abgehauen war? Wir dachten, wir wären total schlau, wie wir da im Dunkeln miteinander geflüstert haben. Und dann schwang die Tür auf, und da stand sie mit diesem lächerlichen Staubwedel und tat so, als wäre sie eine Hexe, die uns verfluchen will.« Sie stieß ein leises Lachen durch den Kloß in ihrem Hals hervor. »Du hast geschrien, und dann hab ich geschrien, und Mama hat einfach ... sie hat so sehr lachen müssen, dass sie sich nicht mehr auf den Beinen halten konnte. Und sie hat gesagt ...« Stephanies Stimme zitterte, aber sie sprach weiter. »Sie hat gesagt: ›Wenn die Welt manchmal unheimlich wirkt, lach sie aus. Dann kann sie dir nichts anhaben.‹«

Ihre Finger fuhren sanft durch Kimberleys Haar und kämmten ein paar Knoten aus. »Sie war gut darin, uns zu beschützen und dafür zu sorgen, dass wir in Sicherheit waren. Ich weiß, dass sie über uns wacht, über *dich* wacht und dafür sorgt, dass du in Sicherheit bist, dass ich in Sicherheit bin. Dass wir alle in Sicherheit sind und dass alles wieder gut wird.«

Kimberley antwortete nicht. Ihr Kopf blieb schwer auf Stephanies Brust liegen.

Jordan rutschte auf dem Stuhl hin und her. Das Geräusch war leise, aber scharf in dem stillen Raum und überraschte Stephanie. Sie blickte auf seinen unbehaglichen Gesichtsausdruck; er wirkte irgendwie kleiner, als hätte die Nachricht ihnen allen dreien das Leben ausgesaugt.

»Wo ist Jason?«

Jordan winkte mit seinem Handy in der Luft und sagte: »Er reagiert nicht. Ich hab's ununterbrochen versucht, aber er ist wie vom Erdboden verschluckt.«

»Vom Erdboden verschluckt? Warum?«

»Wir haben uns gestritten«, sagte Kimberley, ihre Stimme kaum mehr als ein Flüstern.

»Einen Streit?«, wiederholte Stephanie.

»Ich habe ihm vorgeworfen, mich zu belügen, er hat es nicht abgestritten, und dann ist er abgehauen. Und dann ... dann ist es passiert.« Kimberley schluckte trocken.

»Weiß er es *denn*?«

Jordan schüttelte den Kopf.

»Ich will nicht, dass er es weiß. Er ist mir egal. Er ist dafür verantwortlich. Er ist der Grund, warum ich mein Baby verloren habe.«

KAPITEL EINUNDSIEBZIG

Stephanie erwachte mit einer hartnäckigen Steifheit in Nacken und Schultern, das Ergebnis davon, zu lange in einer unbequemen Position verharrt zu haben. Sie nahm nur vage wahr, dass Kimberley immer noch über ihr lag, ihre Brust sich sanft hob und senkte, ihr Kopf schwer auf Stephanies Arm. Sie erinnerte sich flüchtig daran, kurz nach ihrer Ankunft eingeschlafen zu sein, da die Anspannung und das Chaos des Abends alle erschöpft hatten. Sanft streichelte Stephanie den Rücken ihrer Schwester, während sie ihre Aufmerksamkeit ihrem Halbbruder zuwandte.

Jordan kauerte in dem Stuhl neben ihr, sein Körper über die Armlehnen gebeugt, die Beine in seltsamen Winkeln ausgestreckt. Eine unbequeme Nacht für sie alle. Aber Stephanie hätte es nicht anders haben wollen; sie verzichtete für Kimberley gern auf den Komfort eines Bettes und einer warmen Winterdecke.

Schließlich bewegte Stephanie sich, um den dumpfen Schmerz in ihrem unteren Rücken zu lindern, und ließ ihren Blick schweifen, teils um den Raum in sich aufzunehmen, teils um ihre Nackenmuskeln aufzuwärmen, die ihr erhebliche Beschwerden bereiteten. Das Zimmer war kahl, die Wände schmucklos, die Einrichtung steril. Stephanie wusste, dass sie absichtlich so gestaltet waren, aber hätte es wehgetan, ein Bild oder eine Kunstpflanze hinzuzufügen, irgendetwas, um den Raum weniger wie einen Besuch in Leanna Moores Büro wirken zu lassen?

Und dann fiel ihr Blick auf die Tür. Keine Spur von Jason. Hatte er es irgendwie herausgefunden und weigerte sich, sich um seine leidende Frau zu kümmern? Oder war er immer noch nicht aufgetaucht?

Bevor sie weiter darüber grübeln konnte, begann ihr Handy zu vibrieren.

Olivia.

Sie stellte die Vibration stumm, bevor sie die anderen wecken konnte, und blickte auf Kimberley hinunter. Ihre Haut wirkte in dem spärlichen Licht beinahe durchscheinend. Einen Moment lang verweilte Stephanies Hand auf dem Rücken ihrer Schwester und spürte die schwache Wärme dort. Dann zog sie sanft ihren Arm unter Kimberleys Kopf hervor. Die Bewegung ließ ihre Schwester sich regen und etwas Unverständliches murmeln, aber sie wachte nicht auf. Stephanie bettete sie dann die letzten Zentimeter auf das Kissen und richtete die Decke, um sie ordentlich zuzudecken.

Jordans Schnarchen durchbrach die Stille, und Stephanie beobachtete ihn einen Moment lang und bemerkte den Winkel seines Kopfes, der ihm später Schmerzen bereiten würde.

Sie stand langsam auf, ihre Gelenke knackten protestierend, streckte die Arme über den Kopf, wobei ihre Wirbelsäule laut knackte. Dann trat sie um das Bett herum und verließ den Raum, ohne zurückzublicken, und ließ die Tür langsam hinter sich ins Schloss fallen.

Gerade als sie den Anruf annehmen wollte, wurde er unterbrochen. Sie wählte Olivias Nummer, und die Polizistin meldete sich sofort.

»Ma'am«, sagte sie. »Entschuldigen Sie die frühe Störung, aber ich habe gerade mit der Zentrale telefoniert. Die haben noch einen. Es hat wieder gebrannt.«

Stephanie hielt den Atem an, ihr träger und müder Verstand begann zu rasen.

»Ich kann nicht«, sagte sie und drehte sich langsam zur Tür um. »Ich ... ich habe einen familiären Notfall. Ich werde nicht reinkommen können. Sie oder jemand anderes wird hinfahren müssen. Tut mir leid.«

Olivia antwortete nicht sofort. »Ist alles in Ordnung?«

»Nicht wirklich. Meine Schwester hat gerade ihr Baby verloren. Ich muss jetzt hier sein.«

»Wenn Sie etwas brauchen, Sie wissen, wo Sie uns finden.«

Stephanie dankte ihr und fügte hinzu: »Halten Sie mich ruhig auf dem Laufenden. Ich werde alle E-Mails lesen, wenn und wann ich kann.«

»Selbstverständlich, Ma'am. Verstanden. Überlassen Sie das mir.«

Stephanie legte auf und wollte gerade in das Zimmer zurückkehren, als jemand ihren Namen rief.

»Steph!«

Jason raste auf sie zu. Er sah aus, als hätte er in den letzten vierundzwanzig Stunden weder geschlafen noch die Kleidung gewechselt.

»Steph, was zum Teufel ist hier los?« Er wurde langsamer und blieb neben ihr stehen. »Ich hab all diese verpassten Anrufe von Jordan und Kim bekommen. Was ist das mit dem Baby?«

»Wo bist du gewesen?«, fragte Stephanie.

»Ich war weg ... bei einem Freund.«

»Warum bist du nicht an dein Telefon gegangen?«

»Ich war ... ich habe getrunken. Ich bin weggepennt.«

Stephanie glaubte ihm kein Wort davon.

»Sag mir, was passiert ist. Was ist mit Kim passiert? Dem Baby?«

Stephanie antwortete nicht; ihre Reaktion sagte alles.

Jasons Gesichtszüge erschlafften.

»Nein ...« Das Wort kam heiser heraus, fast lautlos. Er taumelte einen Schritt zurück, bis seine Hand gegen die Wand hinter ihm schlug, die Finger gegen die weiße Farbe gespreizt. Einen Herzschlag lang blieb er dort stehen, schwankte leicht, und dann gaben seine Knie nach. Er kauerte sich hin, die Handflächen flach gegen die Wand gepresst, um sich abzustützen, während ein roher, kehliger Laut aus ihm ausbrach. Er vergrub sein Gesicht in seiner Armbeuge, die Schultern zuckten bei jedem Schluchzer, dessen Geräusch durch den leisen Korridor hallte.

Stephanie stand steif da, das Telefon noch immer in der Hand umklammert.

Bevor sie ihn trösten konnte, öffnete sich die Tür und Jordan trat heraus, müde und verwirrt, und rieb sich den Nacken.

»Was ist los?«

Jason verlor keine Zeit. Er stieß Jordan zur Seite und stürzte in das Zimmer.

Kimberley schrak auf und blinzelte gegen das grelle Licht. Ihr Kopf hob sich schlaftrunken vom Kissen, ihre Augen kniffen verwirrt, bis sie auf Jason fielen. Für den Bruchteil einer Sekunde starrte sie ihn nur an, als könnte sie ihn nicht ganz einordnen, und dann verfinsterte sich ihre Miene.

»Kim ...«, Jasons Stimme brach. Er war bereits an ihrer Seite, fiel neben dem Bett auf die Knie und griff nach ihren Händen. »Es tut mir so leid. Ich war nicht da. Ich hätte da sein sollen. Bitte ...«

Zuerst zuckte sie leicht zurück, als wäre der Klang seiner Stimme zu viel. Dann brach sie zusammen, und frische Tränen strömten über ihre Wangen.

Stephanie stand wie erstarrt in der Tür, Jordan direkt hinter ihr. Sie spürte die Wärme seiner Anwesenheit an ihrer Schulter, beide waren sie Außenseiter in diesem Moment zwischen Ehemann und Ehefrau.

Dann drehte sich Kimberleys Kopf und sah sie beide an.

»Könnt ihr ... könnt ihr uns beide allein lassen?«, krächzte sie, ihre Stimme brach beim letzten Wort. »Wir brauchen etwas Zeit für uns.«

Stephanie nickte. Ohne ein Wort zu sagen, griff sie nach Jordans Arm und führte ihn zurück in den Korridor. Sie schloss die Tür leise hinter ihnen, aber das gedämpfte Geräusch von Jasons Trauer sickerte immer noch hindurch.

KAPITEL ZWEIUNDSIEBZIG

Kenny Musgrave wohnte in einem kleinen Dorf namens Dunsfold, der Heimat des Dunsfold Aerodrome, das durch die BBC-Sendung *Top Gear* berühmt wurde. Während der gesamten Fahrt mit Devon wurde Olivia ihre Gedanken an Stephanie nicht los. Ihre Mutterinstinkte liefen auf Hochtouren und ihre Sorge um die Inspektorin war so groß wie nie zuvor. Nicht wegen des Traumas im Zusammenhang mit Stephanies Familie – das für sich genommen schon schwerwiegend genug war –, sondern wegen der möglichen Auswirkungen, die es auf Stephanies Bulimie haben könnte. Olivia hatte Stephanie in den letzten Wochen unauffällig beobachtet und war nach allem, was diese durchgemacht hatte, erfreut zu sehen, dass die Inspektorin besser aussah. Glücklicher, weniger müde, präsenter und, soweit Olivia das beurteilen konnte, aß sie auch wieder richtig. Stephanie hatte ihre Dämonen unter Kontrolle gebracht.

Zumindest vorerst.

Olivias Gedanken wurden unterbrochen, als sie am Tatort ankamen. Ein weiteres geschwärztes Gebäude, versengt und völlig verkohlt, stand in krassem Kontrast zu seinen Nachbarn. Ihr vierter Tatort in weniger als zwei Wochen. Die Sache wurde langsam ernst. Und Olivia begann, den Druck zu spüren. Offiziell war sie nicht die leitende Ermittlerin, aber mit dem Maß an Verantwortung und der zusätzlichen Arbeit, die man ihr aufgebürdet hatte, lastete die Bürde, den Mörder zu fassen, schwer auf ihren Schultern.

Scheitern war keine Option.

Devon stellte den Motor ab und sie stiegen beide in die kalte Luft hinaus. Das Haus war eine leere Hülle, sein Dach teilweise eingestürzt. Ein Gewimmel aus Uniformierten, leuchtenden Feuerwehrjacken und weißen Spurensicherungsanzügen bewegte sich in das Anwesen hinein und wieder hinaus. Absperrband flatterte im Wind und riegelte die Straße ab, wo Nachbarn und eine kleine Armee von Pressevertretern in Grüppchen beisammenstanden und tuschelten.

Olivia suchte von außerhalb der Absperrung die Szenerie nach Elias ab. Nichts.

Sie wandte sich an Devon. »Wo ist Elias?«

Er zuckte mit den Schultern. »Löscht vielleicht woanders Brände?«

Bevor sie antworten konnte, kam ein Mann im Overall auf sie zu, den Helm unter den Arm geklemmt. Sein Bart war grau meliert und eine seiner Wangen war rußverschmiert. »Gehören Sie zur Mordkommission?«

»Ja«, antworteten sie wie aus einem Munde.

»Ich bin Trevor Hart.« Er nickte kurz. »Der Einsatzleiter für diesen Tatort.«

»Wo ist Elias?«

»Wurde zu einem anderen Vorfall abgezogen, also haben Sie stattdessen mich.«

»Wurden Sie über die jüngsten Ereignisse unterrichtet?«, fragte Olivia, defensiv bei dem Gedanken, mit wem sie hier sprach.

»Ich war bei jedem dabei«, erwiderte Trevor.

Sie schluckte schwer. »In Ordnung. Das reicht mir. Was haben wir?«

Trevor wandte sich kurz dem Tatort zu, bevor er wieder zu Olivia und Devon blickte. »Das Haus gehört einem Mann namens Kenny Musgrave. Wir haben gestern Abend gegen zehn Uhr Meldungen über das Feuer erhalten. Wir haben es innerhalb von etwa einer Stunde löschen können. Leider haben wir eine Leiche auf dem Sofa gefunden. Wir mussten bis zum Tageslicht warten, bevor wir mit unserer Suche beginnen konnten.«

Olivia brauchte einen Moment, um das zu verarbeiten. Kenny Musgrave. Der Junge auf dem vierten Foto.

»Irgendwelche Spuren eines gewaltsamen Eindringens?«, fragte Devon, als Olivia nichts sagte.

»Noch nicht. Die Haustür ist Schrott, *buchstäblich*, also können wir nichts mit Sicherheit sagen. Die Hintertüren sehen jedoch intakt aus, aber ihre Scharniere haben sich durch die Hitze verzogen, es ist also schwer zu sagen.«

Olivia fing Devons Blick auf, bevor sie sich wieder Trevor zuwandte. Nichts davon war im Moment von Belang. Es gab etwas viel Dringenderes.

»Haben Sie noch eine Dose gefunden?«

Sein Gesichtsausdruck verfinsterte sich. Er nickte. »Das Erste, was uns aufgefallen ist.«

Olivias Brust zog sich zusammen. »Wo ist sie?«

»Hier drüben.« Er bedeutete ihnen, ihm zu folgen. Sie zogen sich Spurensicherungsanzüge an, duckten sich unter dem Absperrband hindurch und bahnten sich vorsichtig einen Weg vorbei an Schläuchen und verstreuter Ausrüstung zu einem Klapptisch, der in der Einfahrt aufgestellt war. Trevor griff nach einem Asservatenbeutel, der an einer Seite lag.

Darin befand sich, rußverschmiert, aber ansonsten unversehrt, eine kleine, verbeulte Metalldose. Trevor legte sie vorsichtig auf den Tisch und öffnete den Reißverschluss des Beutels.

»Ich wollte sie gerade öffnen, als Sie aufgetaucht sind«, sagte er und klappte mit einer behandschuhten Hand den Deckel auf.

Olivia beugte sich vor. Im Inneren lag die gleiche Art von Foto, die sie bereits dreimal gesehen hatte. Nur war es dieses Mal anders. Dieses Mal enthielt es die Porträtfotos der Gesichter von zwei Jungen statt einem. Beide Jungen lächelten sie dünn an, ihre Ausdrücke unschuldig und in krassem Kontrast zu den Umständen, unter denen sie das Foto gefunden hatten. Die Jungen hatten das gleiche Haar – ein beliebter Haarschnitt seiner Zeit –, aber damit endeten die Ähnlichkeiten auch schon. Ihr war klar, dass diese Jungen keine Brüder waren, wie sie zunächst erwartet hatte.

Als ihre Söhne geboren worden waren, hatte sie die Ähnlichkeit zwischen ihnen nicht gesehen, aber als sie älter wurden, erkannte sie, wie unheimlich ähnlich sie sich sahen. Bei diesen Jungen hatte sie nicht denselben Eindruck.

»Zwei von ihnen?«, fragte Devon und beugte sich vor, um das Foto zu inspizieren. »Warum sind da zwei drauf?«

»Das war eine rhetorische Frage, oder?«, erwiderte Olivia.

Devon tat so, als wäre es keine. »Ich weiß, was es bedeutet, aber erklär mir, was du denkst, was es bedeutet.«

Sie grinste. »Wenn wir dem kein Ende setzen, haben wir das nächste Mal, wenn wir zu so einem Ding kommen, zwei Leichen.«

KAPITEL **DREIUNDSIEBZIG**

Olivia ging auf und ab und umrundete dabei langsam den Wagen. Der schrille Klingelton dröhnte in ihren Ohren, verstärkt durch die Nervosität und Angst, die sich rasch in ihrem Magen breitmachten.

Keine Antwort.

Sie versuchte es erneut, diesmal gegen den Uhrzeigersinn um den Wagen herum, als ob das einen Unterschied machen würde.

Das war schlecht. Der Mörder war ihnen anscheinend ständig einen Schritt voraus. Am Tag zuvor hatten Olivia und das Team nach dem Hinweis des Priesters, George Grant – der ihnen nur einen einzigen Namen genannt hatte: Kenny –, Kennys Identität aufgedeckt. Kenny Musgrave hatte in den Achtzigerjahren mit Nigel, Darren und Carlos dieselbe Kirche und die gleichen wochentäglichen geselligen Treffen besucht. Das einzige Problem war, dass sie ihn nicht hatten ausfindig machen können.

Bis jetzt, als der Mörder ihnen gezeigt hatte, wo sie ihn finden konnten.

Als sie die Fahrertür erreichte, nahm Stephanie den Anruf entgegen. Ihre Stimme überraschte Olivia so sehr, dass sie gegen den Außenspiegel stieß.

»Verdammt!«

»Alles in Ordnung?«, fragte Stephanie und klang wenig amüsiert.

Olivia rieb sich die Hüfte. Eine schmerzhafte Stelle, die wahrscheinlich zu einem blauen Fleck werden und für den Rest des Tages wehtun würde.

»Schon gut. Entschuldigung … tut mir leid, Sie schon wieder zu stören, Ma'am–«

»Ist es wichtig, Olivia? Ich bin immer noch im Krankenhaus. Ich muss bei meiner Schwester sein und kann es mir nicht leisten, zu viel Zeit von ihr getrennt zu sein.«

»Nein. Natürlich nicht. Ich verstehe. Ich …«

Das war ein Fehler. Sie hätte nicht anrufen sollen. Sie hätte darauf vertrauen sollen, dass sie und Devon das alleine regeln.

Sie blickte zurück zum Tatort, wo Devon und Trevor unter sich den Vorfall besprachen.

»Wir haben noch eine Dose gefunden«, sagte sie schließlich.

Stille. Für einen Moment dachte Olivia, die Verbindung sei unterbrochen worden.

Dann hallte ein Seufzer durch das Mikrofon.

»Ich würde lügen, wenn ich behaupten würde, dass mich das überrascht«, antwortete Stephanie.

»Das werden Sie aber sein, wenn ich Ihnen sage, dass zwei Fotos darin waren statt einem.«

Eine Pause. Ein scharfes Einatmen.

»*Zwei*?«

»Zwei Jungen auf demselben Foto, die Arme umeinandergelegt.«

Noch eine Pause, diesmal länger und vielsagender.

»Danke für die Information«, sagte sie schließlich mit einem Hauch von Resignation in der Stimme. »Ich wäre liebend gern da, aber ich kann meine Schwester nicht verlassen. Sie … Sie, Devon und der Rest des Teams werden klarkommen müssen, bis ich zurück bin.«

»Wann werden–«

»Ich weiß es nicht. Aber bald. Vielleicht morgen. Sie und das Team werden das ohne mich regeln müssen.«

»Okay …« Nun war es an Olivia, resigniert zu klingen.

»Fangen Sie damit an, die Jungen auf dem Foto zu identifizieren. Sprechen Sie mit allen, die wir bereits befragt haben, besonders mit Anthony Shores Mutter und George Grant im Pflegeheim. Vielleicht erkennen sie die Jungen und können uns Namen nennen. Wenn das nichts bringt, sehen Sie sich die Kirche und den Hort genauer an. Finden Sie eine Verbindung zwischen den Opfern. Finden Sie heraus, was die beiden potenziellen Opfer miteinander zu tun haben. Warum sind sie auf demselben Foto? Das muss einen Grund haben. Finden Sie heraus, warum, und zwar so schnell wie möglich. Sie haben alles, was Sie brauchen. Aber rufen Sie mich an, wenn Sie etwas benötigen. Ich helfe, wo und wann ich kann.«

»Danke, Steph. Wir machen uns sofort dran.«

Olivia legte auf, steckte ihr Handy ein, atmete tief durch und streckte die Brust raus, plötzlich erfüllt von einem neuen Gefühl der Entschlossenheit und Zuversicht.

KAPITEL VIERUNDSIEBZIG

Der Automat summte auf, die Spirale drehte sich, und die Chipstüte rutschte nach vorn, blieb dann aber auf halbem Weg stecken und hing knapp außer Reichweite, als ob sie sie verspotten wollte.

»Mistding«, murmelte sie leise und hämmerte erneut auf die Bestätigungstaste.

Nichts.

Sie drückte wiederholt darauf in der Hoffnung, dass es funktionieren würde, doch es tat sich nichts. Als Nächstes schlug sie mit der Faust gegen die Scheibe. Immer noch nichts. Dann schlug sie mit dem Handballen gegen die Seite des Automaten. Die Chipstüte rührte sich nicht von der Stelle.

Sie hockte sich hin und spähte in den schmalen Ausgabeschlitz, als könnte ein zorniger Blick ihn dazu bringen, seine Geisel freizugeben. Ihr Magen knurrte als Antwort.

Noch ein Schlag, diesmal kräftiger. Der Automat klapperte, weigerte sich aber nachzugeben. Sie hakte ihre Finger in die Klappe und streckte sich, bis ihre Knöchel am Plastikschutz schrammten. Die Tüte war zu weit entfernt, einfach unerreichbar.

Hinter ihr ertönte eine heisere Stimme: »Ich hab mir mal in so einem Ding die Hand eingeklemmt.«

Stephanie richtete sich auf und wirbelte herum. Jordan lehnte im Türrahmen, die Haare standen ihm auf einer Seite ab.

»Superpeinlich«, fuhr er fort, als er den Raum betrat. »Die Ladenbesitzer mussten kommen und meine Hand rausziehen ... mit Unterstützung der Feuerwehr und etwas Gleitmittel. Am Ende hat mich eine riesige Menschenmenge angefeuert.«

Stephanie zog eine Augenbraue hoch. »Klingt, als hätte der Automat gewonnen.«

»Er hat nicht gewonnen«, sagte er gespielt beleidigt. »Ich habe meine Chipstüte am Ende bekommen.«

»Nachdem du dich vor der halben Stadt blamiert hast.«

»Manchmal gewinnt man, manchmal verliert man.« Er trat neben sie und spähte in den Automaten. »Wofür kämpfst du hier überhaupt? Prawn Cocktail? Du weißt schon, dass die im Grunde ein Kriegsverbrechen sind, oder?«

»Das sind die einzigen, die noch übrig sind und nicht Käse-Zwiebel sind«, konterte sie beleidigt. »Und ich verhungere. Ich würde im Moment alles essen.«

Jordan schnalzte mit der Zunge, deutete ihr an, zur Seite zu gehen, und legte dann beide Hände auf die Seiten des Automaten. »Der Trick ist, ihn kräftig durchzuschütteln«, sagte er. »Als ob du ihn überraschen willst. Hier kommt die Finesse ins Spiel.«

»Das nennst du Finesse?«

»Meine jahrelange Erfahrung hat auf diesen Moment hingearbeitet.«

Mit einem Stöhnen und Ächzen rüttelte er den Automaten hin und her, bis es aussah, als würde er fast umkippen. Nach ein paar Schwüngen fielen die Chipstüte sowie eine kleine Tüte Skittles, die ein früherer Kunde zurückgelassen hatte, in den Ausgabeschacht.

Jordan griff in das Fach und reichte ihr beides.

»Gerettet aus den Klauen des Kapitalismus.«

Stephanie nahm sie entgegen, achtete jedoch darauf, nicht allzu beeindruckt auszusehen. »Das war der Höhepunkt deines Lebens«, sagte sie.

»Besser wird's bei mir nicht. Ein Glück, dass ich gerade gekommen bin, sonst hättest du am Ende noch die Feuerwehr rufen müssen.«

Ein leises Lachen umspielte ihre Mundwinkel, und sie gab sich alle Mühe, es zu verbergen. Ihr war klar geworden, sobald sie ihn im

Krankenhaus gesehen hatte, dass sie nett sein musste, höflich, dass sie einen unausgesprochenen Waffenstillstand zwischen ihnen wahren musste. Sie brauchte nicht mit ihm zu reden, aber wenn sie es tat, dann würde es einvernehmlich und freundschaftlich sein. Kimberley zuliebe.

Jordan lehnte sich mit den Händen in den Hosentaschen gegen den Automaten und beobachtete sie genau, sichtlich darauf bedacht, etwas zu sagen. »Weißt du, Kimberley wollte mich übrigens nicht anrufen«, sagte er nach einer Pause. »Es war ein Versehen. Sie wollte Jason anrufen, hat aber nur auf den ersten Namen mit J gedrückt, und der Anruf ging stattdessen an mich.«

Stephanie erstarrte mitten im Kauen. Sie wusste nicht, was sie darauf erwidern sollte. Sie schätzte seine Ehrlichkeit, aber ihre Mauern waren hochgezogen, und es würde weitaus mehr brauchen, um sie einzureißen.

»Ich bin einfach froh, dass sie einen von uns erreicht hat«, sagte sie kühl. »Ich will mir gar nicht ausmalen, was passiert wäre, hätte sie es nicht getan.«

»Ja. Ihr ging es ... na ja, du weißt schon. Nicht gut.« Er blickte kurz zu Boden, bevor er wieder zu ihr aufsah. »Aber ich weiß mit Sicherheit, dass sie dich lieber dabeigehabt hätte als mich oder Jason.«

Stephanie schwieg und schluckte den Kloß hinunter, der sich in ihrem Hals bildete.

»Aber das war ich nicht«, sagte sie. »Ich habe sie im Stich gelassen.«

»Du könntest sie niemals im Stich lassen, Steph. Sie vergöttert dich. Verehrt dich. Sie erzählt mir ständig, wie du immer für sie da warst. Dass sie die Hälfte des ganzen Mists in ihrem Leben ohne dich nicht durchgestanden hätte.« Seine Stimme wurde sanfter. »Sie ist stolz auf dich, Steph. Redet immer davon, welche Fälle du geknackt hast, die vielen Stunden, die du investierst, und wie du ihr den Rücken freihältst, egal was passiert. Du bist quasi ihre Heldin.«

Stephanies Kehle schwoll mit einem unerwarteten Kloß an. Diese Reaktion hatte sie von ihm nicht erwartet, und sie hatte sie auch nicht von sich selbst erwartet. Die Mauern begannen langsam zu bröckeln.

Sie blickte auf die zerknüllte Chipstüte in ihren Händen und wusste plötzlich nicht mehr, wohin mit ihren Fingern. »Sie ist meine Schwester. Ich würde alles für sie tun. Ich ... ich wünschte nur, sie würde mir manches davon auch mal sagen.«

»Vielleicht denkt sie, du weißt es bereits«, sagte Jordan sanft. »Es ist immer einfacher, solche Dinge anderen Leuten zu sagen als der betreffenden Person direkt. Aber ich weiß, dass sie es ernst meint.«

Stephanie stieß einen langen Atemzug aus. »Vielleicht hast du recht. Danke«, sagte sie leise und war überrascht, wie sehr sie es meinte.

Jordan zuckte leicht mit den Schultern, als wollte er sagen, dass es keine große Sache sei. »Du hattest ein Recht darauf, das zu erfahren. Ich weiß, dass die Dinge zwischen euch beiden in letzter Zeit ziemlich turbulent waren.«

Sie zögerte, dann drehte sie sich richtig zu ihm um. »Hör zu ... ich weiß, ich habe mich in den letzten Wochen wie eine Zicke aufgeführt, aber ... aber es war komisch, schwierig. Es war nicht leicht für mich zu wissen, dass wir irgendwie verwandt sind. Ich wollte nicht glauben, dass es echt ist – und ein Teil von mir tut das immer noch nicht –, aber du warst für Kimberley da, wann immer ich es nicht war, und dafür bin ich dankbar. Ich schätze also, was ich zu sagen versuche, ist, dass es mir leidtut und dass ich mich vielleicht mit der Tatsache abfinden sollte, dass du ein Teil unserer Familie bist, ob es mir gefällt oder nicht. Kimberley zuliebe und mir selbst zuliebe.« Sie räusperte sich. »Ich bin nicht sehr gut in diesem gefühlsduseligen Zeug, falls du das nicht gemerkt hast.«

»Hättest mich fast getäuscht«, erwiderte er mit einem Lachen.

Stephanie erlaubte sich das kleinste Lächeln. »Gewöhn dich nicht dran.«

Jordans Grinsen wandelte sich zu etwas Leiserem, Wärmerem. »Ich verlange nicht, dass du mich magst, Steph. Obwohl ich hoffe, dass du es eines Tages vielleicht tust. Ich will nur, dass Kimberley uns beide in ihrem Leben hat. Das ist alles. Sie braucht uns gerade. Uns beide.«

War das nicht die Wahrheit.

Sie begegnete seinem Blick, sah ihn wirklich an, und für einen langen Moment sprach keiner von beiden. Es hatte keinen Sinn zu leugnen, dass sie die Wahrheit in seinen Augen sah.

Sie hielt ihm die Tüte Skittles hin. »Friedensangebot?«

Sein Ausdruck flackerte überrascht auf, bevor er sie nahm. »Ich nehme wohl, was ich kriegen kann. Danke.«

KAPITEL
FÜNFUNDSIEBZIG

Als Stephanie mehrere Stunden später die Haustür zu ihrem Zuhause öffnete, empfing sie eine erstickende Stille und Reglosigkeit. Das Haus war seit mehr als vierundzwanzig Stunden leer gewesen, doch die Atmosphäre fühlte sich anders an. Es war, als ob eine dichte Wolke aus Trauer und Schuld tief über dem Gebäude hing, durch die Wände sickerte und die Luft durchdrang. Mit jedem Schritt atmete Stephanie sie ein.

Nachdem sie aus den Schuhen geschlüpft war und ihre Sachen auf die Küchentheke hatte fallen lassen, blieb sie einige Augenblicke stehen, bevor sie geradewegs auf das Badezimmer im Obergeschoss zusteuerte. Sie hatte sich nicht gewaschen; sie fühlte sich verschwitzt, unsauber und musste sich von den Schrecken des Tages reinigen.

Wie ferngesteuert schaltete sie die Dusche ein, zog sich aus und stieg hinein.

Das Wasser traf heiß und unerbittlich auf ihre Haut, prasselte auf ihre Schultern – eine angemessene Strafe für das, was sie ihrer Meinung nach verdiente. Zuerst konzentrierte sie sich auf das Gefühl – den Dampf, der ihr Gesicht umschlang, das Stechen, wo das Wasser zu hart aufprallte – alles, um sich von den Gedanken abzulenken, die in ihrem Kopf aufzukeimen begannen.

Aber sie schlichen sich trotzdem ein.

Bilder, die sie sich zuvor nicht hatte vorstellen wollen, tauchten nun unaufgefordert auf: die winzige Faust eines Neugeborenen, die sich um ihren Finger schloss; Kimberley, die auf eine Weise lächelte, wie sie es seit Jahren nicht mehr gesehen hatte; der Stolz bei der Verkündung, dass sie Tante werden würde.

Und dann zerbarst das Bild. Ein dumpfer Schmerz bildete sich in ihrer Magengegend, der sich immer schwerer ausbreitete, bis sie nicht mehr stehen konnte. Ihre Hände glitten die geflieste Wand hinab, als sie sich hinhockte und den Wasserstrahl auf ihren Rücken prasseln ließ. Die Stirn an die Knie gepresst und das Haar an den Wangen klebend, vermischten sich Tränen mit dem Wasser, das von ihr herabströmte.

Eine Weile blieb sie so, wobei das Rauschen des Wassers das Geräusch ihrer unregelmäßigen Atemzüge übertönte. Sie dachte an Kimberley in diesem Krankenhausbett, blass und still. Sie dachte über all die Dinge nach, die sie hätte sagen sollen, die Male, die sie für sie hätte da sein sollen, und die Momente, in denen sie ihre Schwester im Stich gelassen hatte.

Es war nicht nur der Verlust eines Kindes; es war der Verlust dessen, was es für sie alle bedeutet hätte. Die Geburtstage, die es nie geben würde, die Familienfotos, die nie gemacht werden würden, und der Bruch in Kimberleys Ehe, der aus all dem entstanden war.

Sie wollte sich aus deren Beziehung heraushalten – was zwischen ihnen geschah, blieb zwischen ihnen –, aber es war unmöglich, die Anzeichen nicht zu sehen. Die Anzeichen, die sich seit Wochen zusammengebraut hatten.

Als sie schließlich den Kopf hob, war ihre Haut rot und wund, doch sie fühlte sich immer noch unrein.

Sie drehte den Wasserhahn zu und saß in der plötzlichen Stille, tropfend und leer. Tief im Innern wusste sie, dass sie aufstehen, sich abtrocknen und sich dem stellen musste, was auch immer die Zukunft bringen würde. Aber vorerst blieb sie einfach dort, ließ die letzten Wassertropfen ihren Rücken hinablaufen und die letzten Tränen auf ihren Wangen trocknen.

KAPITEL **SECHSUNDSIEBZIG**

Ihre Füße waren wieder wie festgewurzelt, während vor ihr das Feuer wütete und die Flammen die Seiten des Gebäudes verschlangen. Beißender, dichter Rauch erfüllte die Luft. Intensive Hitzewellen schlugen ihr ins Gesicht und auf die Arme und kräuselten ihre Haarspitzen.

Es dauerte nicht lange, da erreichten sie Schreie.

Doch dieses Mal war es anders. Es schrie nur eine Person. Und da war noch ein anderes Geräusch – schlimmer, schrill, weitaus erschütternder. Das Schreien eines Babys, das weinte, wimmerte und um sein Leben flehte. Stephanies Kopf schnellte nach oben, ihre Augen suchten die zackigen Umrisse der zerborstenen Fenster ab, bis sie die Quelle des Geräuschs fand.

Kimberley.

Sie hob sich vom Rauch ab, in einem Arm ein Bündel, das sie verzweifelt an ihre Brust drückte. Selbst aus der Entfernung konnte Stephanie sehen, wie sich die Lippen ihrer Schwester bewegten, die etwas rief, das sie über das Tosen des Feuers hinweg nicht hören konnte.

Doch die Schreie des Babys schnitten durch das Chaos.

Stephanies Magen zog sich zu einem Knoten zusammen. Ihre Schwester und ihr Neffe waren drinnen, verzweifelt und dem Tod geweiht. Es spielte keine Rolle, dass sie keine Ausbildung hatte –

ein Feuerlauf war kaum dasselbe wie in ein Feuer zu springen –, aber sie wusste, dass sie sich bewegen, etwas tun musste. Ihre Schwester beschützen, so wie sie es in der jüngsten Vergangenheit so oft versäumt hatte. Jeder Instinkt schrie sie an, etwas zu unternehmen. Eine Tür eintreten, ein Fallrohr hochklettern, irgendetwas, um sie herauszuholen, bevor die Flammen sie einschlossen.

Sie wollte sich gerade in Bewegung setzen, als eine Gestalt in Sicht kam, die um die Seite ihres Elternhauses bog. Der Betrüger. Der Eindringling. Der Mensch, der nicht zu ihrem Leben gehört hatte, der Mensch, der ihr Elternhaus noch nie zuvor betreten hatte. Jordan. Er hatte kein Recht, auch nur in der Nähe zu sein. Dies war ihr Zuhause, ihr Bereich. Aber das hielt ihn nicht auf; sein Blick fixierte dasselbe Fenster wie sie und konzentrierte sich sofort auf Kimberley und das Kind. Es gab kein Zögern, kein Innehalten.

»Bleib zurück«, bellte er über den Lärm hinweg und bewegte sich bereits auf die Haustür des Anwesens zu.

Aber sie schenkte ihm keine Beachtung. Die Fäuste geballt, setzten sich ihre Beine fast von selbst in Bewegung. Sie sprintete über die Auffahrt, schoss an Jordan vorbei und kam an der Haustür zum Stehen.

Sie erstarrte. Schon jetzt spürte sie die Intensität und die Gewalt der Hitze, die im Inneren brannte.

Du schaffst das. Wenn du über Feuer laufen kannst, kannst du auch durch welches rennen, sagte sie sich.

Ohne nachzudenken, hob sie ihr Bein und trat die Tür auf. Eine Stichflamme schoss heraus, explodierte ihr ins Gesicht und schleuderte sie zurück. Alles, was sie riechen konnte, war ihr versengtes Haar. Ungeachtet dessen machte sie weiter und drang mit dem Arm vor dem Gesicht schützend in die Haustür ein. Der Ort leuchtete in einem tiefen, dunklen Orange, die Decke war von dichtem, schwarzem Rauch verhüllt. Die Intensität des Feuers sog ihr den Sauerstoff aus den Lungen. Sofort begann sie zu verstehen, wie sich Nigel Hadlow und die anderen Opfer in ihren letzten Momenten gefühlt hatten, als das Feuer und die Flammen begannen, sich ihrer Körper zu bemächtigen.

Eine Reihe von Schreien von oben riss sie aus ihren Gedanken. Der Zugang zum oberen Stockwerk war frei. Sie rannte zur untersten Stufe und begann hinaufzusteigen, vorsichtig darauf bedacht, weder die Wände noch das Geländer zu berühren, um sich nicht die Haut an den Fingern zu verbrennen.

Zu ihrer Überraschung hatte das Feuer die Statik des Gebäudes noch nicht beeinträchtigt und sie konnte die Treppe mühelos hinaufsteigen. Für einen Moment glaubte sie sogar, das vertraute Knarren der Dielen unter ihren Füßen zu hören.

Als sie die oberste Stufe erreichte, wurde alles unheimlich still, bis auf das Geräusch ihres Atems und das ferne Echo von Kimberley und ihrem Baby im Schlafzimmer ihrer Eltern. Stephanie trat näher. Die Tür war verschlossen.

Zuvor, als sie auf dieses Zimmer gestoßen war, hatte sie etwas zurückgehalten und sie daran gehindert, es zu betreten. Dieses Mal zögerte sie nicht; sie trat die Tür auf, genau wie kurz zuvor unten, und duckte sich in Erwartung der Stichflamme, die über ihren Kopf hinwegschoss.

Mit brennendem Unterarm hechtete sie ins Schlafzimmer und auf ihre Schwester zu. Sie fand Kimberley in der Ecke kauernd, das Baby an ihre Brust geschmiegt.

Stephanie packte Kimberley am Arm und zerrte sie hinaus, die Arme schützend um ihre Schwester gelegt. Momente, nachdem sie das Schlafzimmer ihrer Eltern verlassen hatten – den Ort, der über die Jahre so viele Schrecken miterlebt hatte –, stürzte das Dach ein und implodierte in einem Feuerball.

Sie stiegen vorsichtig die Treppe hinab, hielten den Atem an und schützten ihre Gesichter.

Am unteren Ende der Treppe begann Licht in den Flur zu dringen, das ihren Ausgang signalisierte. Stephanie spürte, wie eine neue Entschlossenheit in ihr wuchs. Das war es. Der letzte Kraftakt.

Sie riss die Tür auf, und sie stürzten ins Sonnenlicht, husteten und spuckten und würgten den Inhalt ihrer Lungen auf die Auffahrt. Es war unaufhörlich. Aber als sich schnell Schaulustige um sie versammelten, wurde Stephanie bewusst, dass sie nur Geräusche von ihrer Schwester hörte.

Das Weinen des Babys hatte aufgehört.

Stephanie nahm ihr das Baby ab, aber es fühlte sich schwer und schlaff in ihren Armen an.

Sie musste es nicht auswickeln, um zu wissen, dass es gestorben war, dass es dem Feuer erlegen war, dass sie es nicht hatte retten können – weder im wirklichen Leben noch in einem Traum.

KAPITEL **SIEBENUNDSIEBZIG**

Stephanie sorgte dafür, dass sie am nächsten Morgen als Erste im Büro war, um sich einen Vorsprung zu verschaffen, bevor der Rest des Teams eintraf. Sie hatten ihre Tagesberichte zu verschiedenen Zeiten im Laufe des Vorabends geschickt, und sie hatte sie seit fünf Uhr morgens überflogen, um sich von dem Albtraum abzulenken, der sie wachgehalten hatte.

Sie war bei der Hälfte von Devons Bericht angelangt, als die erste Person das Büro betrat.

Olivia.

»Morgen, Chefin«, rief die Kriminalmeisterin und ließ ihre Taschen neben ihrem Schreibtisch fallen. »Ich habe nicht gedacht, dass wir Sie heute sehen würden. Ist im Krankenhaus alles geklärt?«

»Soweit das eben möglich ist«, erwiderte Stephanie und trat hinter ihrem Schreibtisch hervor. Sie gesellte sich zu Olivia in die Küche, wo die Kaffeemaschine fauchend ansprang.

»Wann hast du das letzte Mal geschlafen?«, fragte Olivia.

»Richtig? So um 1995. In letzter Zeit? Vor ein paar Tagen. Krankenhausbetten sind nicht gerade das Gelbe vom Ei.«

»Ich glaube nicht, dass jemals irgendjemand in der gesamten Geschichte des Universums gesagt hat, er würde lieber in einem Krankenhausbett schlafen als in seinem eigenen.«

Stephanie kicherte, als sie die Latte-Taste an der Maschine

drückte und wartete, bis deren Getriebe in Gang kam. Olivia schwebte neben ihr und sah aus, als wollte sie etwas sagen.

»War es …? Ist es …? Wie ist …? Es tut mir so leid, Steph«, sagte Olivia schließlich und legte Stephanie eine feste Hand auf den Oberarm. Es war eine kleine Geste, aber Stephanie schätzte sie trotzdem.

»Uns geht es gut. Mir geht es gut. Die beste Art, damit umzugehen, ist das zu tun, was ich mit allem tue: den Kopf in den Sand stecken und mich in die Arbeit stürzen, um es zu vergessen.«

»Das ist nicht gesund.«

»Seit wann ist irgendetwas, was ich tue, gesund?«

Olivia hatte keine Antwort parat. Die Kaffeemaschine war fertig und Stephanie nahm ihre Tasse mit zurück ins Büro. Als sie es betrat, waren bis auf Giles alle da, in Regenmäntel gekleidet, die Haare feucht vom anhaltenden leichten Regen, der seit ihrem Aufwachen gefallen war.

»Morgen zusammen«, rief sie. »Schön, Sie alle so früh zu sehen. Ich will ein Update zum Stand der Dinge, also nehmen Sie Platz und kommen Sie in fünf Minuten ins Lagezentrum.«

Etwas mehr als fünf Minuten später saß das Team vor ihr im Lagezentrum. Giles war in letzter Minute hereingeeilt, der Einzige ohne ein heißes Getränk, um die Kälte im Büro zu vertreiben.

»Entschuldigen Sie, dass ich gestern alles durcheinandergebracht habe«, begann sie, »aber ich schätze es, dass Sie alle die Professionalität besaßen, sich in meiner Abwesenheit um alles zu kümmern.« Sie wandte sich der Ermittlungstafel zu und bemerkte, dass jemand Kenny Musgraves Namen, Foto und Aufenthaltsort hinzugefügt hatte. Ihr Blick wanderte zum neuesten Foto der beiden Jungen. »Das hier verschwindet nicht einfach, und es wird auch nicht besser. Und jetzt haben wir möglicherweise bald zwei weitere Opfer. Aber zuerst: Wie ist der Stand bei unserem vierten Opfer? Was wissen wir über ihn?«

Devon war der Erste, der sprach. »Sein Name war Kenny Musgrave. Dreiundfünfzig Jahre alt, wie die anderen Opfer. Er lebte allein und arbeitete als Finanzprüfer. Er führte seine eigene Firma, eingetragen im Handelsregister, aber es ist nur er.«

»Wir haben mit seinen Nachbarn gesprochen, und sie beschrieben ihn als einen umgänglichen Menschen«, fuhr Noah fort. »Freundlich. Ist nie mit jemandem aneinandergeraten und hat ein paar Nachbarn ausgeholfen, als sie finanzielle Probleme mit ihrem Auto hatten.«

Stephanie nickte. »Was ist mit irgendetwas Hilfreichem? Verbindungen zu Nigel Hadlow, Carlos Vazquez und Darren Fairhurst?«

»Ich habe mit Musgraves Vater gesprochen«, sagte Fiona und zupfte an ihren Fingernägeln, während sie redete. »Und, nun ja, er war ehrlich gesagt keine große Hilfe. Anscheinend war er die meiste Zeit von Kennys Leben nicht anwesend, also erkannte er keinen der Jungen auf dem neuesten Foto. Er bestätigte jedoch, dass Kenny auf eine andere Schule ging als die anderen Opfer und als er aufwuchs wochentags den kirchlichen Hort nach der Schule besuchte. Daran erinnert er sich, weil er ihn ein paar Mal von dort abholen musste.«

»Also stammen alle vier Opfer, und möglicherweise die nächsten beiden, aus dem Hort der Kirche und nicht aus St. Jude's?«, wiederholte Stephanie zu ihrem eigenen Verständnis. »War Kenny überhaupt religiös?«

»Seine Mutter war es«, fuhr Fiona fort. »Deshalb ging er in den Hort, und es war auch ein Grund für die Trennung seiner Eltern. Aber sein Vater hat nicht gesagt, ob er an den Wochenenden in die Kirche ging. Wie gesagt, sie sahen sich nicht oft.«

»Gibt es irgendetwas, das die vier Opfer über den Hort hinaus verbindet?«

Stille erfüllte den Raum, leere Gesichter starrten sie an. Sie konnte für einen Tag nicht zu viel erwarten.

»Sehr gut«, sagte sie. »Devon und Noah, ich möchte, dass Sie sich jetzt darum kümmern. Sehen Sie sich Nachrichtenverläufe, Telefon- und Finanzdaten an. Alles, was darauf hindeutet, dass die vier sich in den letzten Monaten getroffen haben könnten.« Sie wandte sich der anderen Seite des Raumes zu. »Giles, Fiona und Olivia, Sie müssen herausfinden, wer diese beiden Jungen sind. Sind es Brüder? Beste Freunde? Oder ist einer von ihnen der

Mörder und der andere das nächste Opfer? Das hat Priorität. Wir hinken diesem Bastard die ganze Ermittlung über einen Schritt hinterher. Wir dürfen nicht zulassen, dass er sich noch zwei weitere Leben nimmt. Wir–«

Plötzlich öffnete sich eine Tür auf der anderen Seite des Büros. DCI McGowan erschien aus ihrem Augenwinkel, langsam und methodisch, und unterbrach sie. Sie verlor schnell ihren Gedankengang.

»Inspector«, sagte er sanft. »Wenn Sie fertig sind, dürfte ich Sie kurz zu mir bitten?«

Er sagte es so ruhig, so leise, und doch fühlte sie sich, als würde sie ins Büro des Schulleiters zitiert?

Nachdem er in seinem Büro verschwunden war, wandte sie sich wieder dem Team zu. Stotternd und abgelenkt sagte sie: »Sie alle wissen, was Sie zu tun haben. Sie alle wissen, wo Sie mich finden, wenn Sie mich brauchen. Legen Sie los.«

KAPITEL
ACHTUNDSIEBZIG

Stephanie lehnte das Angebot ab, sich zu setzen.

»Sicher?«, fragte McGowan.

»Ganz sicher, Sir. Ich habe fast vierundzwanzig Stunden lang gesessen. Mein unterer Rücken könnte eine Pause vertragen.«

Clive fummelte unbeholfen an einigen Papieren auf seinem Schreibtisch herum. »Wie ... wie geht es ... *allen*?«, fragte er schließlich.

»Sie hat das Baby verloren.«

Clive ließ die Unterlagen fallen und starrte sie ausdruckslos an. Für jemanden in seiner leitenden Position mit jahrelanger Erfahrung sah er, zum ersten Mal, seit sie ihn kannte, aus, als wüsste er nicht, was er sagen sollte.

»Das ist furchtbar«, erwiderte er. »Das tut mir aufrichtig leid. Bitte richten Sie Ihrer Schwester mein Beileid aus. Wenn sie irgendetwas brauchen, bin ich sicher ... bin ich sicher, dass wir helfen können.«

»Das weiß ich zu schätzen, Sir. Aber im Moment glaube ich nicht, dass irgendetwas die klaffende Lücke füllen kann, die sich in ihrem Leben aufgetan hat.«

Und in ihrer Ehe.

»Natürlich«, sagte er leise. »Das Angebot steht nach wie vor.« Er hielt inne und widmete sich wieder den Papieren. »Ich bin mir sicher, dass dies eine schwere Zeit für Ihre Familie ist. Und ich bin mir sicher, dass sie auch für Sie schwer ist, Steph.«

Stephanie griff schnell nach der Tür. »Wir müssen das nicht tun, ich habe ...«

»Und es wäre nachlässig von mir, nicht zu bedenken, wie Sie sich bei alledem fühlen. Ich habe Ihnen gegenüber eine Fürsorgepflicht, genau wie jedem anderen auch. Auch wenn ich sehe, dass Sie allen gegenüber eine tapfere Miene aufsetzen, habe ich es oft genug gesehen und selbst erlebt, um zu wissen, wann jemand zu kämpfen hat.«

»Sir ...«

Er hob eine Hand, um sie zum Schweigen zu bringen. »Sie müssen nicht so tun, als wäre alles in Ordnung, wenn es das nicht ist. Wenn ... wenn Ihnen alles zu viel wird, das Privatleben und die Ermittlungen, dann müssen Sie es mich wissen lassen.«

»Sir«, sagte sie schnaubend. »Bei allem gebührenden Respekt, danke, aber nein danke. Ich weiß, wie ich ticke. Ich weiß, wie man mit einem Trauma umgeht. Ich habe das oft genug durchgemacht, um darin einen Doktortitel haben zu können. Aber ehrlich, mir geht es gut. Alles, was ich jetzt brauche, ist, mich wieder auf den Fall zu konzentrieren und das Team auf diese Ermittlungen zu fokussieren. Unter meiner Aufsicht sterben zu viele Menschen, und wir müssen sicherstellen, dass niemand sonst stirbt.«

Er verschränkte die Finger und starrte sie ausdruckslos an. »Brauchen Sie Unterstützung?«

»Nein. Ich habe volles Vertrauen in mein Team, und ich habe volles Vertrauen in diese Ermittlungen.«

»Welche Verdächtigen haben Sie?«

Sie öffnete den Mund und erwartete eine andere Frage, der sie schnell ausweichen konnte, aber es kam kein Wort heraus. Sie hatte keine Antwort. Es gab keine Verdächtigen. Nur immer mehr Kinder, die herangewachsen waren und unterschiedliche Leben geführt hatten, die alle mit etwas aus ihrer Vergangenheit verbunden waren, das sie nun wieder einholte.

»Wir arbeiten alle aktiven Ermittlungsansätze ab«, antwortete sie.

Er schnaubte leise auf. »Sie wissen, mit wem Sie sprechen,

oder? Dieser Satz mag bei der Öffentlichkeit funktionieren, aber leider nicht bei mir. Ich wünschte, er würde es; das würde mein Leben sehr viel einfacher machen.«

Sie senkte den Blick auf den Boden. »Sie haben recht. Entschuldigung, Sir. Wir haben zurzeit keine Verdächtigen.«

»Und die Identitäten der beiden Jungen auf dem letzten Foto?«

»Eine unserer obersten Prioritäten«, gab sie zu. »Ich selbst werde persönlich einige der Befragungen mit den nötigen Personen leiten.«

Das schien ihn für einen Moment zu besänftigen. Sie fiel ihm ins Wort, bevor er antworten konnte.

»Bei allem Respekt, Sir. Ich weiß Ihre Sorge zu schätzen. Aber ich habe keine Zeit dafür. Mir geht es gut, und mir wird es auch weiterhin gut gehen. Im Moment muss ich da raus und etwas tun, denn zwei Leben hängen von mir ab.«

Sie öffnete die Tür und verließ den Raum, ohne ihm die Gelegenheit zu geben, zu erwidern.

KAPITEL NEUNUNDSIEBZIG

Diesmal wirkte das Pflegeheim nicht mehr so imposant oder furchterregend. Stattdessen sah es kleiner aus, schmutziger, eher wie ein verlassenes Gebäude als ein Ort für die Sterbenden. Als sie das letzte Mal durch diese Türen gegangen war, hatte sich ihre Brust zusammengezogen, ihre Handflächen waren schweißnass gewesen und ihre Gedanken hatten sie gequält. Doch jetzt, als Stephanie parkte und aus dem Wagen stieg, war davon nichts zu spüren. Kein Herzrasen. Keine Atemnot. Keine Stimme in ihrem Kopf, die sie drängte, umzukehren.

Zielstrebig schritt sie über den Kies, den Mantel eng um sich geschlungen und das Haar im Wind wehend. Sie fand die Empfangsdame, Sharon Gallagher, hinter dem Tresen und stellte sich vor.

»Ich bin wegen George Grant hier«, erklärte Stephanie, während sie sich ins Register eintrug.

Sharon verlor keine Zeit, kam hinter dem Schreibtisch hervor und führte sie den Gang hinunter. Anstatt den Weg vom letzten Mal zu nehmen, brachte die Empfangsdame sie in einen anderen langen Korridor. Sie kamen an Zimmern vorbei, die vom blechernen Klang billiger Fernseher und dem Gestank von Desinfektionsspray erfüllt waren, der gegen einen überwältigenden Uringeruch ankämpfte.

Der Ort stank nach Tod und Verfall. Und Stephanie hatte in

ihrem Leben genug davon gesehen, um zu wissen, dass sie nicht an einem solchen Ort enden wollte, wo sie zu Haut und Knochen abmagern würde. Ein schneller und schmerzloser Tod war die Art, wie sie gehen wollte. So wenig Leid wie möglich für ihre Liebsten.

Wenige Augenblicke später betraten sie den gemeinschaftlichen Aufenthaltsraum. An der Stirnseite des Raumes lief auf einem großen Fernsehbildschirm irgendein belangloses Nachmittagsprogramm, das half, die Stille zu übertönen. An den Wänden entlang stand eine Reihe von gepolsterten Hochlehnern. Der Raum war überwiegend von Frauen besetzt, die den Männern fast im Verhältnis zehn zu eins überlegen waren. Stephanie schenkte ihnen allen ein warmes Lächeln und winkte jeder von ihnen zu, während sie sie ausdruckslos anstarrten und ihre Gedanken zu entschlüsseln versuchten, wer sie war und ob sie sie kannten. Trotz der morbiden Atmosphäre des Raumes schienen die Patienten guter Dinge zu sein. Diejenigen, die sprechen konnten – eine Fähigkeit, die Alzheimer noch nicht geraubt hatte –, unterhielten sich, während diejenigen, die klar genug waren, um zurückzuwinken, dies taten.

Hinten im Raum, in eine Ecke gekauert, saß George Grant, vornübergebeugt, den Blick auf den Boden gerichtet. Eine Patientin murmelte ihm etwas zu, aber er ignorierte sie. Als sie sich näherten, wurde er aufmerksamer und hob leicht den Kopf.

»George, du hast Besuch, mein Lieber. Sie heißt Stephanie. Sie hat dir etwas zu zeigen.«

George blinzelte langsam, seine Augen waren rot umrandet und seine Wangen eingefallen. Er wirkte kleiner und gebrechlicher, als sie ihn in Erinnerung hatte, als ob das Gewicht seines Körpers in sich zusammenzufallen drohte. Doch in seinem Blick lag immer noch etwas, etwas, das hinter seinen Augen verborgen war und andeutete, dass er bei Weitem nicht so weggetreten war wie die anderen.

Stephanie ging leicht in die Hocke, um sich auf seine Augenhöhe zu begeben. Die Empfangsdame warf ihr einen kurzen Blick zu, bevor sie sich an den Rand des Raumes zurückzog, um ihnen etwas Privatsphäre zu geben, während sie sie dennoch beobachtete.

»Hallo, George«, sagte Stephanie sanft. »Erinnern Sie sich an mich?«

Seine Lippen zuckten, verrieten aber nichts.

»Ich habe etwas, das Sie sich ansehen sollen.«

Sie ließ ihre Hand in ihre Manteltasche gleiten, ihre Finger streiften den Rand einer Plastikhülle. Als sie sie hervorzog, fing das Foto darin das Licht ein. Sie hielt es hoch, damit er es sehen konnte.

»Erkennen Sie die Jungen auf diesem Foto?«, fragte sie, ruhig und beherrscht. Ihr wurde klar, dass sie ein gewisses Maß an Geduld aufbringen musste, was leichter gesagt als getan war, ohne Olivia an ihrer Seite, die diese Aufgabe für sie übernahm.

Georges Augen zuckten zu der Fotografie. Für eine Sekunde geschah nichts. Nur derselbe abwesende, getrübte Blick, den er ihnen beim letzten Mal zugeworfen hatte. Aber je länger er hinsah, desto mehr veränderte sich sein Ausdruck. Seine Pupillen weiteten sich, seine Augen wurden größer und seine Lippen zitterten, bevor sie sich nach oben kräuselten.

»Sie sind sehr hübsch.«

Zuerst hörte sie es nicht. Aber als die Frau neben George es wiederholte, wurde ihr klar, was geschehen war. Die Frau zu Georges Rechten hatte sich über ihn gelehnt und griff nach dem Asservatenbeutel.

»Das sind sehr süße kleine Jungen«, wiederholte die Frau.

Bevor Stephanie antworten konnte, nickte George. »Ja«, flüsterte er, seine Stimme rau und papieren. »In der Tat sehr hübsch. Ich mochte sie in dem Alter immer.«

Stephanie lief es eiskalt den Rücken herunter. Die Art, wie er es sagte, war nicht unschuldig. Das Licht hinter seinen Augen erleuchtete nicht den Gedanken an Kinderchöre oder Gemeindespiele. Da war etwas anderes. Etwas Dunkleres.

Sie ließ sich nichts anmerken, obwohl jede Faser ihres Körpers zurückzucken wollte. Stattdessen hielt sie ihren Tonfall gleichmäßig, professionell und distanziert. »Sie mochten sie in dem Alter?«

Georges Augen verließen die Fotografie nicht. Seine Atmung war flach und unregelmäßig geworden, als hätten die Bilder ihn mehr aus dem Nebel gerissen, als es jedes Medikament je gekonnt hätte. »So weich, so zutraulich«, murmelte er. »Es war die beste Zeit. Bevor die Welt und die Pubertät sie ruinierten.«

Stephanie spürte, wie ihr die Galle hochkam. Sie griff erneut in ihre Tasche und zog eine zweite Hülle heraus. Eine weitere Fotografie. Ein weiteres Opfer. Sie hielt sie hoch und beobachtete ihn sorgfältig.

Georges Reaktion war unmittelbar. Seine Lippen kräuselten sich wieder nach oben. »Ja. Hübsch. Den mochte ich auch.«

Noch ein Foto. Das von Nigel Hadlow. Wieder die gleichen Worte. »Hübsch. Genau das richtige Alter.«

Ihr Puls hämmerte in ihren Ohren, aber sie machte weiter, ihre Hände ruhig, obwohl sich ihr Inneres verkrampfte. Nacheinander legte sie die Fotos auf ihre Knie, und jedes Bild eines Opfers rief bei ihm die gleiche Reaktion hervor.

Und dann schob sie das letzte Foto hinüber. Kenny Musgrave.

Zum ersten Mal zuckte Georges Hand, kroch vorwärts und drückte sich zitternd gegen das Plastik. Jetzt war ein Licht in seinen Augen. Ein Funke. Seine rissigen Lippen teilten sich, und seine Stimme ertönte mit verblüffender Klarheit.

»Der da«, sagte er, die Worte fast ehrfürchtig. Sein Finger tippte auf das Plastik. »Kenny. Der war mein Liebling.«

Der Raum schien sich um Stephanie zu drehen. Sie zwang sich zu atmen, die Fassung zu wahren, obwohl jeder Instinkt schrie, die Fotos an sich zu reißen und zu gehen. Sie schluckte schwer und hielt ihre Stimme unbewegt.

»Sagen Sie mir, warum, George.«

Er lächelte und lehnte sich in seinem Stuhl zurück, als ob er in Erinnerungen versank. »Weil er für mich gesungen hat«, flüsterte er. »Er hatte die schönste Stimme. Und den schönsten Mund.«

KAPITEL ACHTZIG

Das Telefon fühlte sich schwer in ihren Händen an, als wäre es durch die Neuigkeiten, die Stephanie ihr gerade mitgeteilt hatte, beschwert.

»Was hatte sie zu sagen?«, fragte Fiona.

Ein paar Sekunden später kam Olivia wieder zu sich. »Sie glaubt, dass es eine Art sexuelle Verbindung zwischen den Jungen geben könnte.«

»Sie haben miteinander geschlafen? Sie waren dreizehn!«

Olivia schüttelte den Kopf, als sie ihren Fehler bemerkte. »Nein, nein, nein. Ich meinte die Jungen und die Priester im Nachmittagsclub. Sie hat die Fotos George Grant gezeigt, und er sagte, sie seien hübsch.«

»*Hübsch*?«

Olivia nickte. »Aber so, wie sie es gesagt hat, klang es ...«

»Falsch?«

Wieder ein Nicken. »Du glaubst doch nicht, dass sie den Jungen etwas angetan haben, oder?«

»Eine einflussreiche Person, die ihre Machtposition und ihr Vertrauen missbraucht? Eine Geschichte, so alt wie die Menschheit«, sagte Fiona und biss sich kräftig auf den Nagel ihres kleinen Fingers. »Aber ich sehe nicht, wie das mit diesen Morden zusammenhängen könnte. Wenn einer der Jungen missbraucht wurde, würde er sich doch sicher an denen rächen, die es getan haben – nämlich den Priestern – und nicht an den Leuten, mit denen er früher den Club besucht hat?«

Olivias Blick fiel auf den Asphalt. Dann hob sie ihn zur Kirche vor ihnen.

»Es sei denn, Nigel, Carlos und die anderen haben den Mörder den Priestern vorgestellt, und jetzt rächt er sich an *ihnen* dafür«, schlug sie vor.

Ein Moment feierlicher Stille flatterte zwischen ihnen, getragen von der Brise. Sie warfen sich verlegene Blicke zu. Als Mutter zweier Jungen im Teenageralter legte sich der Gedanke wie Stacheldraht um Olivias Brust. Sie war immer wachsam gegenüber den Gefahren gewesen, die sich direkt vor aller Augen verbargen, insbesondere den Risiken von Grooming und Pädophilie. Es war eine Sorge, die sie nie losließ, besonders in ihrem Beruf.

»Was meinst du?«, fragte Fiona.

Olivia wusste es nicht. Aber es warf definitiv ein ganz anderes Licht auf das Gespräch, das sie gleich führen würden.

Mit der Last auf ihren Schultern, die sich plötzlich schwerer anfühlte, überquerten sie den Parkplatz in Richtung der St. Josephs-Kirche. Als Olivia die schwere Holztür aufstieß, überkam sie eine Kälte, die kühler war als die Luft draußen. Drinnen fanden sie John Ellery, der einen Stapel Gesangbücher trug.

Das Geräusch machte ihn aufmerksam, und er rief hinüber: »Schon so bald zurück?«

»Leider«, erwiderte Olivia. »Dürften wir Ihnen noch ein paar Fragen zu der Angelegenheit stellen, die wir zuvor besprochen haben, Pater?«

»Natürlich, natürlich.« John stellte die Bücher ab und bedeutete ihnen, ihm in den Archivraum zu folgen. Dort war es ruhiger, abgeschiedener und, dachte Olivia zynisch, weit weg von Gottes neugierigen Ohren.

»Ich habe gesehen, dass es letzte Nacht wieder ein Feuer gab«, sagte er. »Wollen Sie mir jetzt sagen, dass das Opfer ebenfalls zur Kirche gehörte?«

»Ja«, antwortete Fiona unverblümt. »Leider. Sein Name war Kenny Musgrave. Wir glauben, dass er zum selben Freundeskreis wie die anderen Opfer gehörte, auf die meine Kollegin Sie neulich aufmerksam gemacht hat.« Sie griff in ihre Tasche, zog ihr Handy heraus und zeigte ihm ein aktuelles Foto von Kenny, das von seinen Social-Media-Profilen stammte. »Erkennen Sie ihn?«

Ellery warf einen kurzen Blick auf das Bild. »Kann nicht behaupten, dass ich ihn kenne. Und ich bin normalerweise ziemlich gut mit Gesichtern.«

Olivia beugte sich ein wenig vor. »Sie haben vorhin erwähnt, dass George Grant stark in die Kindergruppen involviert war. Wir haben inzwischen selbst mit ihm gesprochen. Als wir ihm dieselben Fotos zeigten wie Ihnen, beschrieb er sie als ›hübsch‹.«

Die Stirn des Priesters zog sich zusammen, und er stieß ein trockenes Kichern aus. »George ist ein alter Mann. Sein Verstand ist nicht mehr das, was er einmal war. Ich würde nicht viel auf die Worte von jemandem in seinem Zustand geben.«

»Vielleicht«, sagte Olivia mit bewusst sanftem Ton. »Aber als wir nachhakten, sagte er, er mochte sie ›in diesem Alter‹ und dass einer der Jungen einen wunderschönen Mund hatte.«

Bei diesen Worten hob der Priester den Kopf. »Es tut mir leid, Kommissarin, aber da muss ich widersprechen. George hat sein Leben dieser Kirche gewidmet. Er hat Kinder getauft, ihre Großeltern beerdigt und in Krisenzeiten Rat gegeben. Er ist ein Priester, ein Diener Gottes, und ich werde nicht tatenlos zusehen, wie sein Ruf durch Unterstellungen in den Schmutz gezogen wird.«

»Wir unterstellen nichts«, warf Fiona ein. »Wir ermitteln. Und wenn es jemals einen Vorfall zwischen George und den Jungen gab, müssen wir davon wissen.«

Ellery schüttelte entschieden den Kopf, als versuchte er, den Vorschlag wie eine lästige Fliege zu verscheuchen. »Es gab keinen ›Vorfall‹, und es hat auch nie einen gegeben. Glauben Sie mir, in den Jahren, in denen ich gedient habe, habe ich Gerüchte über andere Pfarreien, andere Priester gehört. Aber nicht über George. Niemals über George. Man vertraute ihm, respektierte ihn, liebte ihn. Was auch immer er Ihnen gesagt haben mag, Sie verdrehen die Worte eines verwirrten Mannes. Wenn Sie hierhergekommen sind in der Hoffnung, ich würde irgendeinen Skandal bestätigen, fürchte ich, werden Sie enttäuscht gehen. Die Jungen, nach denen

Sie fragen, waren ohne Zweifel gute Jungs. George hat sie geleitet. Sie ermutigt. Er hat ihnen nie geschadet. Und wenn Sie etwas anderes andeuten, dann kann ich nur annehmen, dass Verzweiflung Ihr Urteilsvermögen trübt.«

Fiona verschränkte die Arme und ließ die Stille wirken. Olivia musterte ihn genau.

»Wir sind nicht verzweifelt, Pater«, sagte Olivia schließlich. »Wir sind gründlich. Wenn da nichts war, dann war da nichts. Aber wenn doch ... wird es ans Licht kommen.«

Ellerys Lippen pressten sich zu einer dünnen Linie zusammen. »Dann schlage ich vor, Sie suchen woanders. Denn hier werden Sie Ihre Antworten nicht finden.«

Olivia nahm sein Angebot an und ließ den Blick durch den Raum schweifen. Auf dem Tisch an der Wand lagen Stapel von Papieren und Akten, daneben eine Ansammlung alter Fotografien. Auf einem Stuhl daneben quollen Kisten über mit Gemeindebriefen und alten Anwesenheitslisten. Ein Stapel war mit einer Schnur zusammengebunden, doch ein Knoten hatte sich gelöst und ein Stoß Papiere hatte sich aufgefächert und enthüllte die Gesichter von Männern, Frauen und Kindern, die vor zwei Jahrzehnten mitten im Lächeln erstarrt waren.

Sie neigte den Kopf. »Sie waren hier drin fleißig.«

Ellery folgte ihrem Blick. »Ja, nun«, sagte er und räusperte sich, »nach Ihrem Besuch neulich hat mich das zum Nachdenken gebracht. Die Geschichte der Kirche, die jungen Leute, mit denen wir über die Jahre gearbeitet haben ... Ich dachte, es könnte hilfreich sein, die Dinge zu ordnen. Vielleicht sogar etwas Nützliches für Sie zu finden.«

»Sie haben aufgeräumt«, sagte Olivia und trat näher an den Schreibtisch. Ihre Fingerspitzen schwebten über den Fotos, ohne sie zu berühren. »Das ist aufmerksam von Ihnen.«

»Ja«, antwortete er schnell. »Ich möchte helfen, wo ich nur kann. Wenn diese schrecklichen Brände mit der Kirche in Verbindung stehen, dann würde ich meine Pflicht verletzen, wenn ich nicht etwas täte, um Ihre Ermittlungen zu unterstützen.«

Olivia schob mit den Fingern ein paar Papiere beiseite. Ihre Augen überflogen Gemeindebriefe, einen getippten Dienstplan für die Sonntagsfreiwilligen und ein handgemaltes Plakat für ein Pfarrfest. Dann, auf halber Höhe des Stapels, erfasste sie den Rand von etwas anderem: Zeitungspapier, dicker, vergilbt.

Sie zog es vorsichtig heraus.

Es war eine Doppelseite aus dem *Surrey Advertiser*. Die Schlagzeile, halb durch die Falte verdeckt, lautete: *Kirche für wöchentlichen Jugendtreff von der Gemeinde gelobt – ein Schwerpunkt*. Darunter erstreckte sich ein Schwarz-Weiß-Foto über die gesamte Doppelseite. Ein Dutzend Jungen, kaum im Teenageralter, in Hemden und Hosen gekleidet, standen in der Kirchenhalle, jedes Gesicht strahlte mit unbeholfenem Stolz in die Kamera, hinter ihnen eine Hüpfburg. In der Mitte, die Arme umeinander gelegt, waren die Jungen, die sie sofort erkannte: Nigel, Carlos, Darren ... und Kenny.

Olivias Brust wurde eiskalt, als ihr Blick auf das Foto fiel. Es war dasselbe Foto, aus dem die Bilder ausgeschnitten und an jedem der Tatorte zurückgelassen worden waren. Ihre Hand schwebte direkt über der Seite, als fürchtete sie, dass eine Berührung sie verschmieren könnte.

»Woher haben Sie das?«, fragte Olivia schärfer, als sie beabsichtigt hatte.

Ellery bewegte sich hinter ihr und blickte hinunter. »Das ist aus dem *Advertiser*. Sie kamen in meinen Anfangstagen und vermutlich auch schon davor oft vorbei, um Artikel über uns zu schreiben, um der Gemeinde zu zeigen, was wir tun. Ein bisschen PR.«

Sie hob die Seite vom Stapel, aber auf dem Dokument stand nichts weiter. Keine Namen. Kein Alter. Keine Interviews mit einem der Jungen auf dem Foto. Nur die Gesichter derer, die verbrannt worden waren. Und irgendwo unter ihnen, dachte Olivia, der Mörder.

KAPITEL EINUNDACHTZIG

Die Scheibenwischer schlugen heftig von einer Seite zur anderen und kämpften gegen den unaufhörlichen Regen, der im Laufe des Vormittags schlimmer geworden war. Ihr Handy in der Halterung am Armaturenbrett vibrierte. Es war Olivia. Sie beugte sich in ihrem Sitz vor, drückte den Knopf und nahm den Anruf entgegen.

»Kannst du reden?«, fragte Olivia, ihre Stimme fast atemlos.

»Ich fahre gerade, aber schieß los.«

»Ich habe gerade St Joseph's verlassen und wir haben das Foto von den Jungen gefunden. Das Original.«

»Das *Original*?«

»Es stammt von einem Fotoshooting für die Nachmittags-AG, das der *Surrey Advertiser* dreiundachtzig gemacht hat. Alle sind drauf: Nigel, Carlos, Darren, Kenny.«

Stephanie war abgelenkt und bemerkte zu spät, dass der Wagen vor ihr bremste. Sie machte eine Vollbremsung und verhinderte nur knapp einen Zusammenstoß.

»Was ist mit den beiden neuen Opfern?«

»Die sind auch drauf. Hinten in der Gruppe.«

Das Rauschen von Wind und Regen drang durch das Mikrofon.

»Noch jemand?«

»Noch ein paar weitere Personen«, erklärte Olivia. »Insgesamt sind es ungefähr ein Dutzend Jungen und drei Erwachsene.«

»Wer sind die Erwachsenen?«

»Das wissen wir nicht. Wir vermuten, dass einer von ihnen George ist, aber Pater Ellery hat die anderen nicht erkannt. Er meinte, es könnten Gemeindemitglieder gewesen sein, die sich ehrenamtlich engagierten, vielleicht Eltern.«

»Gibt es einen Text in dem Artikel?«

»Den gibt *es*«, sagte Olivia. »Aber nicht in der Version, die wir gefunden haben. Wir haben nur das Foto.«

Der Wagen vor ihr fuhr weiter, aber Stephanie blieb abgelenkt stehen. Erst als das Auto hinter ihr hupte, fuhr sie weiter.

»Chefin, bist du noch dran?«, fragte Olivia.

»Ich bin dran. Ich denke nach.« Sie hielt inne, als sie eine Ampel überquerte. »Was ist bei dem Grooming-Ansatz herausgekommen?«

»Fiona und ich sind da unterschiedlicher Meinung«, antwortete Olivia.

»Fahr fort.«

Olivia räusperte sich, bevor sie fortfuhr. »Sie glaubt, wenn es einen Grooming-Skandal gegeben hätte, hätte der Mörder es auf die Pädokriminellen abgesehen, nicht auf die Jungen. Ich sehe das allerdings anders. Ich glaube, die Pädokriminellen sind wahrscheinlich schon lange tot, mit Ausnahme von George, und jetzt rächt sich der Mörder an den Jungen, die ihn in die Sache hineingezogen haben. Dass die Opfer, die bei lebendigem Leibe verbrannt werden, vielleicht die Kinder sind, die den Mörder überredet haben, dem Club beizutreten und daraufhin missbraucht zu werden.«

Stephanie bog in eine ruhige Wohngegend ein und fuhr an den Straßenrand. Die Temperatur im Wagen fühlte sich plötzlich stickig an, also ließ sie das Fenster herunter, während ihr Gehirn auf Hochtouren arbeitete. Sie dachte über die Informationen nach und wog das Für und Wider jeder Argumentation ab. Einerseits vertiefte es die Verbindung zwischen den Opfern. Wenn sie alle Opfer von Grooming und Kindesmissbrauch geworden waren, wäre ihre Bindung tiefgreifender gewesen als alles andere im Leben. Aber warum sollte sich einer von ihnen plötzlich gegen die anderen wenden und sie töten? Warum sollten sie ihre Wut nicht auf diejenigen lenken, die für das Trauma und die Albträume verantwortlich waren?

Das ergab für Stephanie keinen Sinn.

Und dann kam ihr ein Gedanke: die Feuer.

Sie glaubte, dass die Todesart, zusammen mit den religiösen Zitaten, die an den Tatorten zurückgelassen wurden, symbolisch war. Zu offensichtlich, um es zu ignorieren.

War es eine Form von Gerechtigkeit oder Vergeltung, Menschen zu verbrennen, weil man sie in eine Bande von Pädokriminellen und Kinderschändern hineingezogen hatte?

Ihr Bauchgefühl sagte nein.

»Halten wir uns alle Optionen offen«, sagte sie. »Es könnte noch ein weiteres Teil in diesem Puzzle geben. Ich rufe mal Louis an und schaue, ob er uns bei dem Artikel helfen kann.«

Stephanie beendete den Anruf mit Olivia und scrollte sofort durch ihre Kontakte. Ihr Daumen schwebte einen Moment lang, dann tippte sie auf den von Louis Brown. Die Leitung klingelte zweimal, bevor eine schneidige Stimme antwortete.

»Stephanie. Ist das nicht eine Freude? Was kann ich an einem schönen Samstagmorgen für die Surrey Police tun?«

»Louis, ich brauche deine Hilfe. Es geht um diese Ermittlung. Wir haben das Originalfoto von all den Jungen gefunden, die getötet wurden, und es stammt von einem Fotoshooting in einer alten Ausgabe des *Surrey Advertiser*. Es sieht so aus, als wäre es Teil eines größeren Artikels gewesen, den die Zeitung damals veröffentlicht hat.«

Louis grunzte. »Und was ist damit?«

»Wir glauben, dass es von Bedeutung ist. Wir brauchen Zugang zu euren Archiven – Originalabzüge, Artikel, jegliches Begleitmaterial der Redaktion. Wir glauben, dass dort irgendwo die Namen der Opfer und auch der anderen Mitglieder der Gruppe zu finden sein könnten.«

»Natürlich«, sagte Louis. »Ja, ihr könnt Zugang haben. Wir

bewahren die physischen Archive im Keller auf, alles ab sechsundneunzig ist digitalisiert. Aber wenn es von Mitte der Achtziger ist, braucht ihr die gedruckten Exemplare. Ich bin heute nicht da, aber ich kann veranlassen, dass euch jemand am Empfang abholt.«

»Gut. Wir sind heute Nachmittag da.«

KAPITEL ZWEIUNDACHTZIG

Kurz nach Mittag hatten sich Stephanie, Giles, Olivia und Fiona in einem kleinen Raum der *Surrey-Live*-Redaktion eingerichtet. Der Raum war kaum groß genug für zwei Personen, geschweige denn für vier, vor allem bei dem ständigen Nachschub an Kisten, die von den Nachwuchsmitarbeitern und Praktikanten der Zeitung hereingetragen wurden. Jahrzehnte der Geschichte Guildfords lagen direkt vor ihnen und warteten nur darauf, aufgeschlagen zu werden. Es dauerte fast zwanzig Minuten, alles an einem Ort zu versammeln, und nachdem Stephanie vom örtlichen M&S mit einer Auswahl an fertigen Sandwiches, Snacks und Getränken zurückgekehrt war, konnten sie beginnen. Sie hatten alles, was sie für die nächsten Stunden mühseliger, geisttötender Recherche brauchten.

»Das wird ja ein Heidenspaß«, murmelte Giles und musterte die an der Wand gestapelten Pappkartontürme. Sein Blick fiel dann auf das Essen und die Getränke. »Hatten die beim Sparmenü nichts Stärkeres?«

Stephanie stand am Kopfende des Tisches, die Hände in die Hüften gestemmt, und betrachtete Giles mit einer hochgezogenen Augenbraue. »Leider nicht. Das kommt später, vorausgesetzt, du erzielst einen Durchbruch.«

»Herausforderung angenommen.«

»Also gut«, sagte sie. »Wir konzentrieren uns auf

dreiundachtzig, aber ich will auch das Jahr davor und danach abdecken. Neunzehnhundertzweiundachtzig bis vierundachtzig. Wir brauchen alles, was die Kirche, Nachmittags-AGs oder Brände erwähnt. Alles, was eine Verbindung zu den Jungen herstellt. Unfälle, Vandalismus, was auch immer. Wir gehen jede Zeile durch. Wir übersehen nichts.«

Fiona stieß einen leisen Pfiff aus, zog einen Stapel hervor und breitete ihn auf dem Tisch aus. »Das sind Tausende von Seiten.«

»Dann sollten wir besser anfangen«, sagte Stephanie streng. Sie wusste, dass es eine Plackerei war, aber sie wusste auch, dass hier die Antworten vergraben sein würden. Irgendwo in den endlosen Spalten lag der Faden, den sie aufnehmen mussten.

Bald schon pendelte sich im Raum ein Rhythmus ein: das Geräusch von umblätternden Seiten, raschelndem Papier und kratzenden Stiften. Gelegentlich schnaufte einer von ihnen oder murmelte etwas vor sich hin. Draußen, auf der anderen Seite der Tür, summte die aufgeregte Betriebsamkeit einer Lokalzeitung.

»Klingt, als hätten die den ganzen Spaß«, kommentierte Giles. »Das ist schlimmer als meine Vorbereitung auf die Mittlere Reife.«

»Du hast dich nicht auf deine Mittlere Reife vorbereitet«, schoss Fiona zurück, ohne aufzusehen. »Lüg nicht.«

Stephanie erlaubte sich ein kleines Lächeln, aber ihre Augen verließen die Seite vor ihr nicht. Dorffeste, Gemeinderatsstreitigkeiten, Todesanzeigen, Hochwasserwarnungen – nichts. Sie griff nach einer weiteren Seite.

Die erste halbe Stunde verging schweigend, bis auf das Rascheln des Zeitungspapiers und das gelegentliche Knistern einer Chipstüte. Stephanie hatte sich an der Tür positioniert, im Schneidersitz mit einem Stapel Ausgaben vom März 1983. Giles bearbeitete die gegenüberliegende Wand, während Olivia und Fiona sich am Fenster zusammengequetscht hatten, wo das Tageslicht über ihre Schultern floss, als sie sich über die Seiten beugten.

»Hier ist etwas über einen Pfarrer, der ein Sommerfest veranstaltet«, sagte Olivia nach einer Weile. »Dreiundachtzig, im Juli. Große Tombola, Trödelmarkt, Kinderspiele. Steht nicht viel mehr drin.«

»Nicht hilfreich«, murmelte Giles.

Als Nächstes war Fiona an der Reihe, etwas beizutragen. »Es gibt eine ganze Menge über Einbrüche in diesem Jahr. Jemand hatte es auf Tante-Emma-Läden abgesehen. Ist aber vielleicht nicht relevant.«

»Mach dir eine Notiz dazu«, sagte Stephanie. »Alles, was nach Unruhen in dieser Gegend aussieht, könnte von Bedeutung sein.«

»Was ist mit einem Brandanschlag auf ein Lagerhaus in Woking, bei dem drei verletzt wurden?«, fragte Fiona und überflog die kleine Spalte. »Scheint aber nichts mit der Kirche zu tun zu haben.«

»Behalt es«, sagte Stephanie.

Die nächsten Stunden verschwammen zu einer Endlosschleife: etwas finden, vorlesen, Köpfe schütteln, weitermachen. Jedes Mal, wenn eine Schlagzeile vielversprechend aussah, löste sie sich in nichts weiter als Kleinkriminalität oder den gelegentlichen Skandal um Gemeindehaushalte und einige der Ratsmitglieder auf. Um zwei Uhr, als die Reste der Sandwiches längst verschwunden waren, war die Moral am Tiefpunkt. Alles, was Stephanie gelesen hatte, waren Zeile für Zeile irrelevanter Text, der vor ihren Augen verschwamm: Autounfälle, Einbrüche und fast ein halbes Dutzend Artikel über die Eröffnung eines neuen Sainsbury's.

»Zusammenstoß zweier Autos auf der A3. Drei Tote«, verkündete Giles.

Stephanie blickte auf. »Nein.«

Eine Weile später runzelte Olivia die Stirn. »Hier geht es um ein Feuerwerk an einer Schule. Zwei Kinder haben sich verbrannt, aber nichts Tödliches.«

»Wo?«

»Dorking.«

»Das ist es nicht«, sagte Stephanie.

Wieder kehrte Stille ein, nur unterbrochen vom gleichmäßigen Umblättern der Seiten. Dann durchbrach Olivias scharfes Einatmen die Ruhe.

»Steph ... ich glaube, ich hab's.«

Alle drehten sich um, als sie das brüchige Blatt vorsichtig auf dem Schreibtisch glatt strich. *Surrey Advertiser*, 19. April 1983. Mitte der Titelseite, unterhalb des Falzes.

. . .

JUGENDLICHE ENTGEHEN HAUSBRAND IN GUILDFORD

Freunde aus Nachmittags-AG überleben nächtliches Feuer

Ein nächtlicher Brand in einem verlassenen Haus am Rande von Guildford hat mehrere Kinder am Dienstagabend erschüttert, aber unverletzt gelassen. Das Feuer, das kurz nach 21 Uhr ausbrach, wütete durch das baufällige Anwesen, in dem sich eine Gruppe von Freunden aus einer örtlichen Nachmittags-AG versammelt hatte.

Allen Jungen gelang die Flucht, bevor das Gebäude vollständig von den Flammen erfasst wurde. Einige erlitten leichte Rauchvergiftungen, aber keiner musste im Krankenhaus behandelt werden.

Die Brandursache wird untersucht, obwohl erste Berichte darauf hindeuten, dass das Feuer versehentlich ausgebrochen sein könnte, nachdem die Kinder in dem verlassenen Gebäude Kerzen angezündet hatten.

»Es war wie in einem Albtraum«, sagte Frau Anne Whittaker, eine Anwohnerin, die in der Nähe wohnt. »Der ganze Ort ist so schnell in Flammen aufgegangen. Ich konnte die Kinder schreien hören. Sie haben Glück, dass sie alle herausgekommen sind.«

Zeugen beschrieben die fieberhaften Rettungsversuche. »Wir haben ein Fenster eingeschlagen, um einige von ihnen herauszuholen«, sagte Herr Peter Clarkson. »Der Rauch hat allen die Luft genommen. Es hätte so viel schlimmer kommen können.«

Ehrenamtliche Mitarbeiter der Nachmittags-AG bestätigten, dass sich die Gruppe früher am Abend getroffen hatte, bevor sie zu dem Haus ging. »Sie waren unzertrennlich«, sagte ein Ehrenamtlicher. »Haben die Leute immer zum Lachen gebracht. Wir sind einfach nur erleichtert, dass sie in Sicherheit sind.«

Eltern fordern inzwischen strengere Maßnahmen, um zu verhindern, dass Kinder verlassene Gebäude in der Gegend betreten. Die Feuerwehr von Surrey hat bestätigt, dass eine umfassende Untersuchung des Brandes im Gange ist.

. . .

Stephanie zwang sich zu sprechen, ihre Stimme war leise, aber fest. Sie wollte sich nicht zu früh freuen. »Werden die beteiligten Jungen namentlich genannt?«

Olivia las weiter, ihre Augen überflogen die Seite. Sie öffnete den Mund, schloss ihn aber wieder, als wäre ihr die Luft aus den Lungen gesaugt worden. »Nigel ... Carlos ... Darren ... und Kenny Musgrave ... sie werden alle namentlich genannt, weil sie der Zeitung Interviews gegeben haben.«

»Das ist die Verbindung«, sagte Stephanie schließlich. »Darum geht es hier die ganze Zeit ...«

KAPITEL
DREIUNDACHTZIG

Feuer. Das war die Verbindung zwischen den Opfern.

Eine traumatische Erfahrung hatte sie zusammengeschweißt. Das spürte sie bis in die Knochen. Aber ihre Intuition sagte ihr, dass mehr dahintersteckte als die Tatsache, dass die vier Jungen in einen Hausbrand verwickelt gewesen waren.

Das Problem war, dass alle Leute, die sie fragen wollten, die Leute, die die Wahrheit kannten, alle tot waren.

Stephanie schritt in dem kleinen Zimmer auf und ab, obwohl es sich in der Enge eher anfühlte, als würde sie nur ihr Gewicht von einem Fuß auf den anderen verlagern.

»Wir müssen herausfinden, wer diese beiden Leute sind«, sagte sie und kaute auf ihrer Unterlippe. »Ich glaube, bei diesem Brand ist jemand gestorben, und die Personen, die damals dabei waren, wissen ganz genau, was passiert ist. Nigel, Carlos und Darren haben bereits bewiesen, dass sie lügen und untereinander Geheimnisse wahren können; man sehe sich nur an, was mit Felix Krüger geschehen ist.« Sie wandte sich an Olivia. »Steht in dem Artikel noch irgendetwas anderes über den Vorfall?«

Die Polizistin schüttelte den Kopf.

»Werden noch andere Namen erwähnt?«

Wieder ein Kopfschütteln.

Stephanie wandte sich an Giles und Fiona. »Bitte sehen Sie die Berichte aus den Monaten nach dem Datum auf Olivias

Zeitungsausschnitt durch. Wenn es eine polizeiliche oder feuerwehrtechnische Untersuchung gab, wurden deren Berichte vielleicht veröffentlicht.«

Giles und Fiona nickten und begannen mit ihrer Suche. Sie nahmen Papierstapel und legten sie sich auf den Schoß. Schweigend durchforschten sie die Unterlagen, sichteten die Informationen sorgfältig und schlugen die Seiten mit besonderer Aufmerksamkeit um, als hätten sie nun ein neues Gewicht und eine neue Bedeutung.

Währenddessen zog Stephanie ihr Handy hervor und rief im Büro an. Noah meldete sich nach ein paar Mal klingeln.

»Bodenkontrolle an Major Tom«, sagte er salopp. »Hier spricht Noah.«

»Meldest du dich immer so am Telefon?«, fragte sie.

»Nur, wenn ich weiß, dass du es bist, Chefin.«

»Woher konntest du das wissen?«

Er zögerte. »Glückstreffer? Wie auch immer, wie kann ich dir helfen?«

»Unterbrich bitte, was du gerade tust«, sagte sie und fuhr fort, ihm die Verbindung durch das Feuer zwischen allen Opfern zu erklären. »Wir nehmen an, dass neben der Brandermittlung auch eine polizeiliche Untersuchung eingeleitet wurde. Ich möchte, dass du überprüfst, ob die Jungen jemals zur Befragung vorgeladen wurden. Sieh dir auch die Zeugenaussagen von allen an, die mit der Kirche und dem Hort zu tun hatten. Sie könnten unsere nächsten Opfer sein, oder einer von ihnen könnte der Mörder sein.«

Einige Augenblicke der Stille vergingen.

»Noah?«, fragte sie. »Noah, bist du noch dran?«

»Mein Fehler. Verzeihung, ich habe mir aufgeschrieben, was du gesagt hast, und mein Männerhirn erlaubt mir kein Multitasking.«

Sie hätte lachen mögen, aber das war nicht der richtige Zeitpunkt. »Sieh dir auch die Vermisstenanzeigen aus dieser Zeit an. Es wurde niemand als im Feuer umgekommen gemeldet, aber das heißt nicht, dass niemand sonst da war. Sie könnten nach dem Ereignis als vermisst gemeldet worden sein.«

»Aye, aye, Captain. Ihr Wunsch ist mir Befehl. Ich melde mich in Kürze bei dir.«

KAPITEL VIERUNDACHTZIG

Isaac hatte sich eingeredet, Portsmouth sei weit genug entfernt. Drei Tage in Sarahs schmalem viktorianischem Reihenhaus verschanzt zu sein, von Instantkaffee und den Konserven zu leben, die sie vor ihrem Urlaub zurückgelassen hatte, war ein besserer Kompromiss, als zu Hause zu bleiben, wo es nicht sicher war. Er hatte die Berichte in den Nachrichten gesehen, sie von Anfang an verfolgt. Naiverweise hatte er geglaubt, dass es nicht möglich sei, dass jener Teil ihres Lebens, den sie alle versucht hatten, hinter sich zu lassen, sie nicht wieder einholen konnte. Doch all seine Freunde aus jener Zeit – Nigel, Carlos, Darren, Kenny – waren jetzt tot, getötet, ermordet. Erst als er die Nachricht von Kennys Tod gesehen hatte, hatte sich die Erkenntnis schwer in seiner Brust festgesetzt: Er war der Nächste.

Daran hegte er keinen Zweifel.

Der Mörder war hinter *ihm* her.

Aber das war unmöglich. Das konnte nicht sein ...

Hätte er zur Polizei gehen sollen? Ja. Aber aus irgendeinem Grund hatten die chemischen Prozesse in seinem Gehirn ihm befohlen zu fliehen, wegzulaufen und niemals zurückzusehen. Er war ein Mann mit einfachen Ansprüchen. Er brauchte nicht viel – nur ein Bett, etwas Wärme, Essen und Wasser. Der Rest war Luxus, auf den er verzichten konnte. Außerdem, wie hätte er der Polizei helfen sollen, ein Kind zu identifizieren, das für tot gehalten wurde, aber überlebt hatte und nun erwachsen war? Er war nicht in Sicherheit und würde es auch nicht sein, bis er so weit wie möglich von Surrey entfernt war.

Isaac durchwühlte gerade die leeren Küchenschränke seiner Schwester, als es klopfte.

Drei kurze, laute Schläge gegen die Haustür. Isaac ließ die Dose Bohnen fallen, und das Metall schepperte auf den Küchenfliesen mit einem Geräusch, das im ganzen Haus widerzuhallen schien. Seine Hände begannen unkontrolliert zu zittern, als er sich an der Kante der Arbeitsplatte festkrallte und seine Fingerknöchel sich weiß von der Oberfläche abhoben.

Es konnte jeder sein. Ein Postbote. Ein Nachbar. Jemand, der Sarah suchte.

Oder vielleicht hatte er es sich nur eingebildet. Vielleicht hatte der Stress ihm endlich zugesetzt und sein Verstand spielte ihm Streiche. Das Haus beruhigte sich um ihn herum, der alte Heizkörper klickte, als er abkühlte. In der Ferne schrien Möwen, und irgendwo die Straße hinunter fiel eine Autotür ins Schloss.

Das Klopfen kam wieder. Und Isaac wusste mit absoluter Sicherheit, dass sein Leben auf der Flucht gerade abgelaufen war. Er zwang sich zum Atmen und zählte die Sekunden zwischen jedem Ausatmen, so wie es ihm seine Therapeutin vor Jahren beigebracht hatte. Einundzwanzig. Zweiundzwanzig. Aber die Technik, die ihm einst bei Panikattacken geholfen hatte, fühlte sich jetzt nutzlos an.

Sein Puls hämmerte ihm in den Ohren, als er zum vorderen Fenster schlich und darauf achtete, kein Geräusch zu machen, während er sich dem Glas näherte. Durch einen Spalt im Vorhang konnte er einen Schatten auf der Türschwelle sehen.

»Ich weiß, dass Sie da drin sind, Isaac.« Die Stimme drang durch die Scheibe, ruhig und beiläufig, als wären sie alte Freunde, die sich zum Mittagessen trafen.

Das Blut wich aus Isaacs Gesicht. Seine Beine wurden zu Wackelpudding, als er vom Fenster zurückwich und sein Verstand unmögliche Fluchtwege durchging. Der Garten hinter dem Haus war winzig und von hohen Zäunen umgeben. Die Fenster im Obergeschoss waren zu hoch, um ohne Genickbruch hinauszuspringen.

»Na, kommen Sie schon«, fuhr die Stimme fort, begleitet von dem leisen Schaben eines Schuhs auf Beton. »Wir wissen beide, dass das hier so oder so enden musste. Die anderen haben für ihre Sünden bezahlt. Jetzt sind Sie an der Reihe.«

Isaac presste seinen Rücken gegen die Wand neben dem Fenster, sein Atem kam in kurzen, verzweifelten Stößen. Er schloss die Augen und versuchte zu denken, aber es war sinnlos gegen das Donnern seines Herzschlags.

Dann setzte sein Überlebensinstinkt ein.

Isaac rannte zum hinteren Teil des Hauses. Seine Füße hämmerten auf die Holzböden, als er durch die Küche krachte und Stühle über die Fliesen schrammten. Hinter sich hörte er den Türgriff der Haustür klappern, gefolgt von einem lauten Knacken, als etwas Schweres gegen das Holz schlug.

Die Hintertür war abgeschlossen. Natürlich war sie abgeschlossen. Seine Finger fummelten am Schlüssel, der im Schloss steckte, während hinter ihm Schritte durch das Haus donnerten. Das Schloss gab schließlich mit einem metallischen Klicken nach, und Isaac stürzte in den schmalen Garten, wobei ihm die kalte Luft von Portsmouth wie ein Schlag ins Gesicht traf.

Der Garten war noch kleiner, als er ihn in Erinnerung hatte. Aber dort, in der hintersten Ecke, wo Sarah ihre Mülltonnen aufbewahrte, entdeckte er einen Spalt, wo eines der Zaunbretter unten verrottet war.

Isaac ließ sich auf Hände und Knie fallen und zwängte sich durch die splitternde Öffnung, gerade als er hinter sich die Hintertür aufkrachen hörte. Der Spalt war enger, als er ausgesehen hatte. Gezacktes Holz riss an seinem Hemd und verfing sich im Stoff. Er drückte fester, die Verzweiflung machte ihn unvorsichtig, aber seine Schultern waren zu breit für die morsche Öffnung.

Er steckte fest.

Panik durchflutete ihn, als er sich gegen das splitternde Holz wand und spürte, wie sich die Stücke in seinen Rücken bohrten. Hinter ihm näherten sich Schritte über das Gras.

»Tz, tz, tz, Isaac.« Die Stimme war jetzt näher, nur wenige Meter entfernt. »Das sieht ziemlich unbequem aus.«

Starke Hände packten seine Knöchel, und Isaac spürte, wie er rückwärts durch den Spalt gezogen wurde. Holz schrammte über seine Haut, das Zaunbrett ächzte, als sein Körper befreit wurde. Er drehte sich panisch, versuchte auszuschlagen, aber der Griff war zu stark.

Er wurde auf die Füße gezerrt und herumgerissen, um seinem Verfolger zum ersten Mal gegenüberzustehen.

»Hallo, alter Freund.«

Isaac öffnete den Mund, um zu sprechen, zu flehen, um Vergebung zu bitten, aber der Schlag kam schnell und präzise und löschte alle Lichter der Welt aus.

KAPITEL
FÜNFUNDACHTZIG

Sie hatten einen Namen.

Genau genommen sogar zwei.

Der erste war der Name des Jungen, der in der Nacht des Brandes von seinen Eltern als vermisst gemeldet worden war. Noah hatte ihn kurz nach ihrem Anruf im System gefunden, und Giles und das Team hatten Zeitungsausschnitte über sein Verschwinden entdeckt, die auf einige Tage nach dem Feuer datiert waren. Sein Name war Toby Ashworth, und das Team konnte seine Identität vage bestätigen, indem es ein Bild von ihm im Jahrbuch der St.-Jude's-Schule mit dem Foto der beiden Jungen verglich, das am vierten Tatort gefunden worden war. Sie hatten eine Übereinstimmung; sie kannten die Identität eines der Jungen. Das einzige Problem war jedoch, dass die Leiche von Toby Ashworth nie geborgen wurde und die Ermittlungen zu seinem Verschwinden schnell ins Stocken geraten und schließlich eingestellt worden waren. Es blieb unklar, ob er in den Brand in dem verlassenen Haus verwickelt war, da alle anwesenden Jungen beteuerten, dass Toby nicht bei ihnen gewesen war.

Der zweite Junge auf dem Foto war vermutlich der zwölfjährige Isaac Grove, der unter der Woche ebenfalls mit den Jungen den Hort besuchte, aber nicht auf die St.-Jude's ging. Sein Name und sein Bild waren nach dem Ereignis zum ersten Mal in einem kleinen redaktionellen Beitrag aufgetaucht, in dem er eine kurze Erklärung zu dem Brand abgegeben und sich für das Chaos und den verursachten Ärger entschuldigt hatte.

In der Zuversicht, dass er ein potenzielles Opfer – oder möglicherweise der Mörder – war, hatte das Team Isaac Groves Aufenthaltsort zu einem kleinen Haus mit drei Schlafzimmern in Camberley zurückverfolgt, einer Stadt, die direkt an den Grenzen von Hampshire und Berkshire lag.

Sie bogen von der Hauptstraße in ein Netz aus engen Straßen ab. Stephanie saß auf dem Beifahrersitz und sah zu, wie die Häuser an ihr vorbeizischten, während ihre Gedanken so schnell rasten wie die Schlieren. Das Navi kündigte die Abzweigung an, und der Wagen wurde langsamer. Giles setzte den Blinker, und der Motor brummte, als sie in eine Straße einbogen, die von nahezu identischen Häusern gesäumt war.

»Dort«, murmelte Giles und nickte zu einem Haus auf halber Höhe der Kurve.

Der Konvoi rollte ein paar Häuser weiter zum Stillstand. Vor ihnen stiegen uniformierte Beamte aus dem Transporter, bevor sie zur Haustür gingen. Am Ende der Gruppe war ein großer, breitschultriger Beamter, der einen schweren Rammbock trug. Giles stellte den Motor ab, und eine drückende Stille füllte schnell den Wagen. Stephanies Herz raste, und die Nervosität schnürte ihr den Magen zu, während sie beobachtete, wie sich die Beamten formierten.

Das war es also.

Drinnen war entweder ihr Mörder oder ihr nächstes Opfer.

Sie hoffte auf Ersteres, aber bisher war der Mörder ihnen bei jeder Gelegenheit einen Schritt voraus gewesen, und sie würde lügen, wenn sie behauptete, zuversichtlich zu sein.

»Bereit?«, fragte Giles und griff bereits nach dem Türgriff.

Stephanie nickte knapp. Sie folgte ihm nach draußen, die kühle Spätnachmittagsluft auf ihrem Gesicht. Die Uniformierten schwärmten aus, bewegten sich schnell und mit müheloser Präzision. Ein Paar positionierte sich am hinteren Tor, während zwei weitere die Haustür flankierten. Der leitende Sergeant nickte kurz.

Der Rammbock schwang.

Ein hohler Knall hallte durch die Straße, als das Schloss nachgab. Die Tür sprang auf und krachte gegen die Wand. Die Beamten stürmten hinein, ihre Stiefel hämmerten auf den Laminatboden, ihre Stimmen erhoben sich.

»Polizei! Zeigen Sie sich!«

»Polizei! Geben Sie sich zu erkennen!«

Stephanie stand am Rande der Einfahrt, ihr Puls raste, ihre Augen waren auf die Schatten im Inneren gerichtet.

Einen Moment später hallte die Stimme des Sergeants zurück: »Alles frei!«

Dann ein weiterer Ruf von oben: »Hier oben auch alles frei!«

Sie spürte, wie ihre Schultern sich senkten, als sie vorwärtsging und über den zersplitterten Türrahmen ins Haus trat. Giles folgte ihr, seine Hand streifte den Rahmen, als er den Flur absuchte.

»Er ist nicht hier«, sagte einer der Polizisten, als sie eintraten.

»Er kann aber nicht lange weg sein«, erwiderte sie automatisch.

Giles legte den Kopf schief. »Woher willst du das wissen?«

»Sieh doch.«

Sie deutete auf die Garderobe. Nur ein Haken war leer. Sie ging weiter ins Haus und nahm die Szene im Wohnzimmer in sich auf: Der Raum war ordentlich und aufgeräumt, alles an seinem Platz. In der Küche lag ein Laib Brot auf der Anrichte, die Verpackung halb geöffnet.

»Vielleicht ist er in den Urlaub gefahren«, schlug Giles vor.

»Wir werden das bei den Fluggesellschaften überprüfen müssen«, sagte sie und öffnete den Kühlschrank. Drinnen stand ein geöffneter Milchkarton. »Aber wenn du wüsstest, dass du für eine Weile in den Urlaub fährst, würdest du diese Sachen nicht offen lassen, damit sie nicht schlecht werden, bis du zurückkommst.«

Sie schloss die Tür und ging nach oben in Isaac Groves Schlafzimmer, was ihre Vermutung bestätigte: Die Schranktür stand offen, mehrere Kleiderbügel lagen verstreut auf der halb gemachten Bettdecke. Und die letzte Bestätigung, die sie brauchte, fand sie im Badezimmer: seine Zahnbürste und Zahnpasta fehlten.

Ihr Hals wurde eng.

»Er hat eine Tasche gepackt«, sagte sie und richtete sich auf.

»Kleidung, Toilettenartikel ... Sieht aus, als wäre er in Eile aufgebrochen.«

Giles lehnte sich mit verschränkten Armen gegen den Türrahmen. »Auf der Flucht vor uns?«

»Oder vor jemand anderem.«

KAPITEL SECHSUNDACHTZIG

Stephanie saß an ihrem Schreibtisch, die Ellbogen auf das Holz gestützt, ihr Blick auf die Fotografie vor ihr geheftet. Es war dasselbe Bild, das sie in der letzten Stunde studiert hatte, und ihr Blick wanderte über jedes einzelne Pixel. Zwölf Jungen, in der Zeit erstarrt, die sie anlächelten. Es war später Nachmittag, aber die Dunkelheit draußen ließ es wie Mitternacht erscheinen. Ihre Schreibtischlampe erhellte den Rest des Raumes nur spärlich. Ein Plastikbehälter mit Nudelsalat stand ungeöffnet neben ihr, die Gabel noch in ihre Serviette gewickelt. Sie wusste, dass sie essen sollte, aber bei dem Gedanken daran zog sich ihr Magen zusammen und ihr drohte, übel zu werden.

Ein plötzliches Klopfen an der Tür riss sie aus ihrer Trance.

»Herein«, sagte sie erschrocken.

Die Tür ging langsam auf und Devon trat ein, ein dünnes Bündel Papiere in der Hand.

»Hast du kurz Zeit?«, fragte er.

Stephanie lehnte sich zurück und streckte ihre Wirbelsäule, bis sie knackte. »Kommt drauf an. Sind es gute Nachrichten?«

Er stieß einen kurzen Atemzug aus. »Hängt von deiner Sichtweise ab, schätze ich.« Er schloss die Tür hinter sich. »Ich habe die Missbrauchssache weiterverfolgt, nur für den Fall, dass da noch etwas war ... und es ist eine Sackgasse.«

Stephanie runzelte die Stirn. »Inwiefern eine Sackgasse?«

»Die Polizei hat in den frühen bis späten Achtzigern eine vollständige Untersuchung durchgeführt. Zwei Männer aus der Kirche wurden nach einer Reihe von Beschwerden beschuldigt. Beide wurden angeklagt, verurteilt und haben ihre Strafen verbüßt. Das ist alles aktenkundig.« Er ließ die Papiere auf ihren Schreibtisch fallen und tippte einmal darauf. »Aber die Leute, die es gemeldet haben, waren nicht unsere Jungs. Darren, Nigel, der Rest von ihnen ... sie wurden alle befragt, aber sie haben unmissverständlich behauptet, dass ihnen nie etwas passiert sei, und haben bestritten, von irgendetwas gewusst zu haben.«

Stephanie rieb sich die Schläfe und spürte, wie sich hinter ihren Augen ein dumpfer Kopfschmerz anbahnte. »Sie waren Kinder. Sie könnten gelogen haben; darin haben sie ja schon Übung.«

»Ich weiß. Aber irgendwie glaube ich nicht, dass sie das getan hätten. Den Kindern wurde Anonymität versprochen, und laut den Notizen des damaligen Ermittlungsleiters gab das vier der fünf Hinweisgeber das nötige Vertrauen, um auszusagen. Rein rechnerisch denke ich, dass von den vier, die gestorben sind, mindestens einer ausgesagt hätte, wenn es darum ginge.«

Sie ließ die Stille sich ausbreiten, ihr Blick wurde wieder von dem Foto angezogen. Schließlich seufzte sie. »In Ordnung. Danke, Devon. Wenigstens ist das etwas, das wir von der Liste streichen können.«

Er nickte und zögerte einen Augenblick, als wäre er unsicher, ob er mehr sagen sollte, bevor er sich zurückzog. Die Tür schloss sich hinter ihm und ließ sie wieder allein mit der Fotografie, der Dunkelheit und dem ungeöffneten Essen.

Stephanie atmete durch die Nase aus. Sie hatte gerade eine Notiz auf ihrem Block fertiggeschrieben, als es erneut an der Tür klopfte. Olivia erschien, ließ sich auf den Stuhl ihr gegenüber fallen, und der Ausdruck von Bestürzung und Sorge stand ihr ins Gesicht geschrieben.

»Ich glaube, ich habe etwas, Chefin«, begann sie mit brüchiger Stimme. »Und ich weiß nicht, ob ich verrückt werde oder ob das, was ich sehe, wahr ist. So oder so will ich es nicht glauben.«

Stephanie richtete sich in ihrem Stuhl auf, die plötzliche

Ernsthaftigkeit in Olivias Tonfall fesselte ihre Aufmerksamkeit. »Was hast du?«

Olivia öffnete die Akte, ihre Finger zitterten leicht, als sie die Seiten auf dem Schreibtisch zwischen ihnen ausbreitete. »Ich wollte die ursprünglichen Brandermittlungsakten durchgehen. Der Gebäudebrand von dreiundachtzig. Aber …« Sie schluckte. »Die Akten sind verschwunden.«

Stephanie beugte sich vor, ihre Augen verengten sich. »Verschwunden?«

»Nicht nur falsch abgelegt«, sagte Olivia und schüttelte den Kopf. »Gelöscht. Ganze Zeugenaussagen. Querverweise auf Interviews mit einigen der Jungen, die es herausschafften. Und … es sieht nach Absicht aus. Ich habe die digitalen Zugriffsprotokolle in den Archiven überprüft.« Sie tippte auf ein Blatt, auf dem eine Liste von Einträgen in sauberen schwarzen Buchstaben gedruckt war. Jede Zeile enthielt einen Zeitstempel und einen Benutzernamen.

Stephanie überflog die Spalte, bis ihr Blick an dem Eintrag hängen blieb, den Olivia mit einem roten Stift eingekreist hatte.

Zugegriffen: 02:14 – vor vierzehn Tagen

Benutzer: E. Thorne.

Ihr Magen zog sich zusammen. Sie lehnte sich langsam zurück, die Luft im Raum fühlte sich plötzlich schwerer an. »Elias.«

Olivia nickte langsam, ihre Augen waren weit vor Angst. »Er war der Letzte, der vor den Löschungen auf die Akte zugegriffen hat.«

Stephanie starrte auf den Namen auf der Seite. Sie ließ ihre letzten Gespräche mit Elias im Kopf Revue passieren. Seine Geschichte über das Feuer. Ein Autounfall als Teenager. Die Narben in seinem Gesicht. Die Art, wie seine Augen aufleuchteten, wenn er das Feuer sah oder darüber sprach. Die Art, wie er sich nicht davon hatte zerfressen lassen.

Sie blickte zurück zu Olivia. »Bist du dir sicher?«

Ein schwaches Nicken. »Ich habe es mit der IT abgeglichen. Niemand sonst hat diese Akten seit Jahren angerührt. Er war es.«

Einen Moment lang sprach keine von beiden. Ihr Blick fiel wieder auf die Fotografie, auf den Jungen im Bild, von dem sie glaubte, es sei Toby Ashworth. Zum ersten Mal, seit sie es betrachtete, sah sie ein Wiedererkennen darin. Sie sah das Gesicht von Elias in diesen Augen, in diesen Zügen.

Vor dem Feuer.

Vor den Narben.

Vor dem Schmerz.

KAPITEL
SIEBENUNDACHTZIG

Isaac Groves Kopf fühlte sich an, als wäre er mit Sprengstoff vollgestopft worden. Seine Ohren klingelten, ein dumpfes Pochen pulsierte hinter seinen Schläfen, als ob jeder Herzschlag einen heißen Nagel tiefer in seinen Schädel trieb. Die Welt um ihn herum lag auf der Seite, und als er versuchte, sich zu bewegen, zuckte sein Körper gegen etwas Raues. Seile. Sie schnitten ihm in die Handgelenke und die Brust, die groben Fasern fraßen sich bereits durch den dünnen Stoff seines Hemdes.

Er blinzelte kräftig. Einmal. Zweimal. Allmählich wurde seine Sicht klarer. Die Luft roch feucht, schwer von Moder. Er war in einer Kirche – so viel konnte er schlussfolgern –, aber in keiner, die seit Monaten Licht oder einen Gottesdienst gesehen hatte. Die Buntglasfenster waren halb zertrümmert und mit Pappe und Sperrholz vernagelt. Die Kirchenbänke waren umgestoßen und zur Seite geschoben worden, und Staubpartikel schwebten im Halbdunkel; die Kirche war völlig leer geräumt, bereit für den Abriss.

Dann hörte er ein Geräusch. Einen Atemzug. Das Scharren von Schuhen auf dem Steinboden.

Isaacs Kopf drehte sich träge dorthin.

Eine Gestalt bewegte sich im Schatten, gleichmäßig und bedächtig.

Toby.

Er bewegte sich mit einer seltsamen Ruhe, seine Schultern waren entspannt. In seiner Hand schwenkte lose ein kleiner Metallkanister, der im Flackern einer tragbaren Lampe aufblitzte, die er auf dem Boden aufgestellt hatte. Benzin. Der süßliche Geruch war unverkennbar.

»Bitte ... bitte, Toby. Du musst nicht ...«

Der Mann, den er nur als Toby Ashworth kannte, hielt an und beugte sich so nah zu ihm, dass Isaac das Narbengewebe auf seinem Kiefer sehen konnte. Elias' Atem ging ruhig, er war der Inbegriff der Gelassenheit.

»Man hat mich seit Jahren nicht mehr Toby genannt. So lange schon, dass ich fast vergesse, dass das mal mein Name war. Heute Nacht wirst du brennen«, flüsterte Elias. »Genauso, wie du mich vor all den Jahren zurückgelassen hast.«

Er wandte sich wieder ab. Isaac zerrte an den Seilen, die Stuhlbeine scharrten über den Stein, doch die Fesseln hielten stand. Panik stieg in ihm auf und würgte ihn, während sein Kopf mit jedem panischen Ruck heftiger pochte.

»Ich habe dich mir für den Schluss aufgehoben«, fuhr Elias fort, seine Stimme diesmal lauter, während sie von den Wänden widerhallte. »Du und ich ... wir sollten Blutsbrüder sein, auf Leben und Tod. Erinnerst du dich daran? Wir haben gesagt, dass wir den anderen niemals im Stich lassen würden. Aber als alle anderen das mit dem Feuer vorgeschlagen und mich da drin lassen wollten, hast du mitgemacht. Du hast dich nicht einmal umgedreht.«

Isaac schüttelte verzweifelt den Kopf.

»Das stimmt nicht. Ich konnte nicht ...«

Elias knallte den Kanister mit einem Krachen auf die nächste Kirchenbank, und Benzin spritzte über das Holz. Isaac zuckte bei dem plötzlichen Geräusch zusammen.

»Wage es ja nicht, mich anzulügen! *Du* hast das Feuer gelegt, Isaac. Und *du* hast mich zum Sterben zurückgelassen.« Seine vernarbte Hand zuckte, als er mit der anderen den Ärmel hochschob und das Netz aus Brandnarben enthüllte, das seinen Arm hinaufkroch. »Das hat mich deine Loyalität gekostet.«

Isaac wurde schlecht. »Toby, wir waren Kinder. Es war ein Fehler. Wir ...«

»Trau dich ja nicht, dich dahinter zu verstecken«, zischte Elias und trat näher, sein Gesicht nur Zentimeter von Isaacs entfernt. Seine Augen glänzten vor Wut. »Ich bin allein aus diesem Inferno gekrochen. Die Haut hing mir wie geschmolzenes Wachs vom Körper. Man hat gesagt, ich hätte nicht überleben dürfen. Und vielleicht hätte ich das auch nicht sollen. Denn was danach kam ... die Monate im Krankenhaus, das Anstarren, das Geflüster ...«

Elias holte stockend Luft.

»Wir dachten, du wärst tot.«

»Ihr habt die Zeitungen angelogen. Ihr habt allen erzählt, ich wäre nie bei euch gewesen, als das Feuer ausbrach. Ihr habt gelogen, um euch selbst zu schützen.«

»Wie hast du ...? Wie hast du überlebt?«

»Als ich rauskam, bin ich gerannt und gerannt, bis ich nicht mehr konnte. Und dann hat mich jemand gefunden, im Wald in der Nähe. Er hat mich aufgenommen, sich um mich gekümmert. Mir die medizinische Versorgung besorgt, die ich brauchte, und mir geholfen, mich wieder zusammenzuflicken. Aber ich wusste, dass ich nicht zurückkonnte. Zumindest nicht als ich selbst. Ich war nicht mehr Toby Ashworth. Ich war nicht wiederzuerkennen. Alle glaubten, ich sei verschwunden, also habe ich es dabei belassen. Ich bin bei ihm geblieben, habe mich erholt, meinen Namen geändert, meine Identität geändert. Meine Mutter und meinen Vater zurückgelassen. Mein Leben zurückgelassen. Es hat Jahre gedauert, mich wieder zusammenzusetzen. Jahre, in denen ich zugesehen habe, wie ihr alle frei herumgelaufen seid und so getan habt, als ob es die Vergangenheit nicht gäbe. Als hättet ihr mich nicht in diesem Raum sterben lassen.«

Isaac zerrte erneut an den Seilen, seine Handgelenke waren jetzt wund. Trotzdem gaben sie nicht nach.

»Toby, hör mir zu. Es war ein Fehler. Es gab ein Problem mit dem Schloss. Wir haben es nicht aufbekommen. Wir konnten nichts tun. Wenn ich gewusst hätte ...«

»Wenn du es gewusst hättest?«, bellte Elias ein raues, hohles Lachen. Er lehnte sich zurück, nahm den Kanister wieder auf und schwenkte ihn lässig an seiner Seite, als würde er ihn wiegen. »Wenn du es gewusst hättest, wärst du trotzdem weggelaufen. Denn das ist es, was du bist, Isaac. Das ist es, was ihr alle wart. Feiglinge. Tyrannen. Ihr habt immer nur auf euch selbst geschaut.«

Er duckte sich tief, sodass Isaac seinem Blick nicht ausweichen konnte. Das Flackern der Lampe warf dämonische Schatten auf die Narben in seinem Gesicht und an seinem Hals.

»Aber nicht dieses Mal. Dieses Mal entkommst du dem Feuer nicht.«

KAPITEL
ACHTUNDACHTZIG

Das Büro summte vor hektischer Betriebsamkeit. Stephanie stand im Zentrum des Ganzen, überwachte, beobachtete und dachte über Elias nach. Über sein Lächeln. Darüber, wie nah er von Anfang an an den Ermittlungen dran gewesen war. Wie er sich direkt vor ihrer Nase befunden hatte und sie ihn nicht gesehen hatte.

Sie schob ihre Gefühle für ihn in eine verschlossene Kiste und zwang sich, sich zu konzentrieren. In diesem Moment war sie eine Ermittlerin, und ein Leben hing am seidenen Faden.

»Gibt es was von Elias' Haus?«, verlangte sie zu wissen.

»Negativ«, rief Giles durch den Raum, das Handy am Ohr. »Der Kollege vor Ort meldet gerade, dass sein Wagen weg ist. Keine Spur von ihm.«

»Was ist mit seinem Handy?«

»Tot«, erwiderte Devon. »Ausgeschaltet oder zerstört.«

Stephanie biss die Zähne zusammen und schritt im Lagezentrum auf und ab. »Und Isaac?«

Olivia tauchte hinter ihrem Monitor auf. »Wir haben ihn zur Adresse seiner Schwester Sarah in Portsmouth zurückverfolgt. Die Polizei von Hampshire ist hingefahren, aber sie sagen auch, dass niemand zu Hause ist. Ein Auto steht in der Einfahrt, aber von jemandem im Haus keine Spur. Die Haustür scheint allerdings irgendwie beschädigt worden zu sein. Sie haben mit ein paar

Nachbarn gesprochen, und die haben berichtet, dass sie früher am Nachmittag einen Kampf gehört haben, bevor ein Auto davongerast ist. Das könnten sie sein ...«

Eine bleierne Stille senkte sich über den Raum.

»Lasst Elias' Wagen durch die ANPR- und Videoüberwachung laufen«, sagte Stephanie. »Findet heraus, wohin er fährt und wo er gewesen ist. Und gebt sofort eine Fahndung nach seinem Kennzeichen raus. Wenn jemand den Wagen sieht, sollen sie ihn anhalten und festnehmen.«

Fiona hämmerte wütend auf ihre Tastatur und übernahm die Aufgabe. Einen Moment später schob sie ihren Stuhl quietschend zurück. »Treffer«, sagte sie. »Vor ungefähr zehn Minuten. Auf der A3, auf dem Weg zurück nach Surrey. Aber das ist alles. Sonst nichts.«

Stephanie erstarrte. Surrey. Warum Surrey? Warum hierher zurückkommen, wenn jede Straße ein Fluchtweg hätte sein können?

»Die Kirche!«, rief Olivia plötzlich.

Die Köpfe fuhren herum.

»St. Mary's in Shalford!«, fuhr Olivia atemlos fort. »Die, deren Renovierung ins Stocken geriet, nachdem Nigel Hadlow diese Nachrichten erhalten hatte.«

»Ja!«, rief Devon. »Das stimmt.« Er schnippte wiederholt mit den Fingern, als ob er eine Erinnerung herbeizwingen wollte. »Ich habe mir Hadlows Firmenfinanzen angesehen, und raten Sie mal, wer der Wirtschaftsprüfer für den letzten Jahresabschluss beim Handelsregister war? Kenny. Genau. Und raten Sie mal, wessen Baufirma Geld von Hadlow erhalten hat? Genau. Die von Carlos. Sie haben alle daran zusammengearbeitet, haben sich gegenseitig geschmiert. Der Einzige, der nicht mit dem Kirchenprojekt in Verbindung stand, war Darren Fairhurst, aber zu diesem Zeitpunkt, wenn Elias wirklich Toby Ashworth ist, spielte das keine Rolle mehr.«

Stephanies Blut rauschte bei dieser Erkenntnis. Die Kirche. Das Feuer. Eine letzte Chance, Gerechtigkeit für diejenigen zu bekommen, die ihn zum Sterben zurückgelassen hatten, bevor das

Gebäude abgerissen wurde. »Dahin bringt er ihn«, sagte sie. »Dort sind sie.«

Ihre Worte knallten wie ein Peitschenhieb und rissen das Team aus seiner Starre.

»Giles, schicken Sie bewaffnete Einheiten los. Devon, koordinieren Sie sich mit den örtlichen uniformierten Kräften; wir brauchen Straßensperren, der Verkehr muss umgeleitet werden. Olivia, besorgen Sie die Baupläne der Kirche. Ich will jeden Zugangspunkt aufgezeichnet haben, bevor wir dort ankommen. Und wir brauchen die Feuerwehr so schnell wie menschenmöglich vor Ort.«

Das Team stob auseinander, angetrieben von ihrer Dringlichkeit.

Stephanie stützte die Hände auf den Schreibtisch, das Foto von Elias Thorne und Isaac Grove starrte sie an. Und dann wurde es ihr klar. Die Bedeutung der Tatsache, dass beide Jungen auf dem Foto zu sehen waren. Bislang hatte das Muster bestimmt, dass der Junge auf dem Foto als Nächstes sterben würde.

Sie glaubte nicht, dass Elias das ändern würde.

Was bedeutete, dass er diese Reise der Gerechtigkeit und Sünde in dieser Nacht beenden würde.

Dass er sie beide umbringen würde.

KAPITEL NEUNUNDACHTZIG

Keiner von beiden hatte einige Augenblicke lang etwas gesagt. Das einzige Geräusch, das in der Kirche widerhallte, war Isaacs schweres, gequältes und panisches Atmen. Bald wurde ihm schwindelig, da das Adrenalin der Situation ihm zu Kopf stieg.

Er würde sterben. Das war es. Es gab nichts, was er dagegen tun konnte.

Er würde sterben.

Alles wegen eines Fehlers, der vor vierzig Jahren gemacht wurde. Eines Scherzes. Eines Teils seiner Geschichte, den er zutiefst bereute und mit dem er seitdem gelebt hatte.

Ein wiederkehrender Albtraum, der sich nun nach all dieser Zeit manifestiert hatte und wieder aufgetaucht war.

Es hätte ein Scherz sein sollen. Ein bisschen Geplänkel. Eine harmlose Schikane. Ursprünglich war es Nigels Idee gewesen: Toby in den Schrank sperren und dann vor der Tür Feuer legen. Aber sie hatten nicht wirklich vorgehabt, die Tür abzuschließen. Sie wollten ihn nicht wirklich dort zurücklassen; sie wollten sich mit ihrem Körpergewicht gegen die Tür stemmen, um sie bis zur letzten Minute zuzuhalten. Doch das Feuer hatte sich schneller, heftiger und heller ausgebreitet, als jeder von ihnen erwartet hatte, und als sie von dort weggerannt waren, hatte es bereits die Schranktür verschlungen und Toby war den Flammen im Inneren überlassen. Die Jungen hatten Glück gehabt, lebend herauszukommen. Sie alle hatten angenommen, Toby sei in dem Brand umgekommen. Und in jenem Moment, als sie vor dem Haus standen und nach Luft schnappten, hatten sie einander versprochen, sich dem Schweigen verpflichtet, dass sie niemals die Wahrheit sagen würden, dass sie niemandem erzählen würden, was in jener Nacht geschehen war, auch nicht der Polizei.

Und sie hatten sich daran gehalten.

Sie waren ihren Lebensweg weitergegangen, waren erwachsen geworden, hatten Karrieren gemacht, Familien gegründet, alles mit der Last ihres Geheimnisses, das über ihnen schwebte. Sicher, es wurde immer einfacher, es zu vergessen, damit abzuschließen, aber er hatte es nie wirklich vergessen. Die Geräusche von Tobys Schreien hatten in seinen Gedanken, seinen Träumen, widergehallt und waren gelegentlich wie Wolfsgeheul in der Nacht aufgetaucht.

Und jetzt war der Mann hier. Ein Geist, der von den Toten zurückgekehrt war.

Und jetzt war es an der Zeit, die Schreie wieder zu hören. Diesmal seine eigenen.

Elias bewegte sich mit der Ruhe und Präzision eines Mannes, der die Kontrolle hatte. Eines Mannes, der dies vierzig Jahre lang in seinem Kopf geplant hatte, jeden einzelnen minutiösen Aspekt davon. Eines Mannes, der mit seiner Entscheidung im Reinen war, im Frieden mit dem, was gleich geschehen würde.

Er bewegte sich mit der Ruhe und Präzision eines Mannes, der dies bereits viermal getan hatte.

Elias' Schritte hallten über die Steinplatten, als er begann, Kirchenbänke aus den Schatten zu ziehen. Das alte Holz ächzte, die Beine scharrten wie Nägel auf einer Schiefertafel, als er sie in einem großen Kreis um Isaacs Stuhl zerrte und sie so ausrichtete, als schüfe er ein Publikum. Dann stapelte er kleinere Holzgegenstände darauf: Gesangbuchständer, Kniebänke und eine zerbrochene Beichtstuhlwand, die er aus der Ecke gezerrt hatte.

Isaacs Atmung wurde mühsam, kurz und flach, und bei jedem Atemzug schossen scharfe Schmerzen durch seine Brust.

»Toby ... bitte. Sie müssen das nicht tun ...«

Der vernarbte Mann hielt nicht inne. Er machte nur eine Pause, um aufzublicken, seine Augen leuchteten vor Vergnügen, dann griff er nach dem Kanister. Der scharfe Gestank von Benzin schlug ihm sofort entgegen, erstickend. Elias kippte den Kanister ohne zu zögern, und glucksend spritzte die Flüssigkeit auf das Holz, machte es dunkel und drang in die Fasern ein. Die Dämpfe füllten Isaacs Kehle und machten seinen Kopf wirr. Der Rest des Benzins klatschte auf den Stein und sickerte in dünnen Rinnsalen über den Boden auf Isaacs Schuhe zu. Elias warf den Kanister beiseite, das Scheppern hallte wie eine Kirchenglocke.

Isaac bebte heftig auf dem Stuhl, die Seile schnitten ihm tiefer in die Handgelenke. »Bitte, Toby. Ich schwöre Ihnen, wir wollten nie, dass es–«

»Irret euch nicht! Gott lässt sich nicht spotten«, sagte Elias mit leiser, bedächtiger Stimme, und jedes Wort wurde lauter, als es im Raum widerhallte. Er zog eine Streichholzschachtel aus seiner Tasche, drehte sie langsam in der Hand und schätzte ihr Gewicht ab.

Isaacs Augen weiteten sich, sein ganzer Körper zitterte, als Elias sie mit einem Daumenschnippen öffnete.

»Denn was der Mensch sät, das wird er ernten.«

Elias kauerte sich vor ihm nieder, so nah, dass Isaac die tiefen Furchen und Wülste des Brandnarben-Gewebes in seinem Gesicht sehen konnte. Elias musterte ihn mit beunruhigender Ruhe, dann zog er ein einzelnes Streichholz aus der Schachtel.

»Vierzig Jahre liefen Sie frei herum. Vierzig Jahre voller Leben, Lachen und Glück. Der Sünde Sold ist der Tod.«

Er entzündete das Streichholz.

Die Flamme schoss auf und tauchte sein Gesicht in orangefarbenes Licht. Schatten sprangen an die Wände der Kirche, wie Dämonen, die von der Flamme beschworen worden waren. Elias hielt es ruhig, sein Ausdruck war unleserlich, als das Licht in seinen Augen tanzte.

Isaac wimmerte, zerrte an den Fesseln und schüttelte heftig den Kopf. »Nein, Toby, nein! Bitte–«

»Die Rache ist mein; ich will vergelten, spricht der Herr.« Elias' Augen fixierten ihn, ohne zu blinzeln, wie gebannt von dem kleinen Feuer, das zwischen seinen Fingern zitterte.

Die winzige Flamme flackerte. Elias neigte sie näher an das benzingetränkte Holz.

Isaacs Schrei zerriss die Stille der Kirche, aber Elias' Stimme schnitt hindurch, ruhig, fest, entschlossen.

»Heute Nacht, Isaac, hat Er mich zu Seiner Hand auserwählt. Und heute Nacht werden Sie für Ihre Sünden bezahlen.«

Elias senkte die Flamme.

KAPITEL NEUNZIG

Stephanie umklammerte den Türgriff, als der Wagen um die letzte Kurve bog und abrupt vor der Kirche zum Stehen kam. In der Dunkelheit quoll Rauch aus den zerborstenen Fenstern, dicke, schwarze Schwaden, die sich in den Abendhimmel kräuselten.

In dem Moment, als sie die Tür öffnete, empfing die Hitze sie wie eine Umarmung. Beißender Rauch krallte sich in ihre Kehle und zwang sie zum Husten, aber sie zog den Kragen ihres Pullovers über den Mund.

Einen Moment lang erstarrte sie, hielt inne und starrte es an.

Ihr Vater und sein Feuerzeug tauchten vor ihrem inneren Auge auf. Gefolgt von dem brennenden Gefühl auf ihrem Arm und dem Geruch von versengtem Haar.

Und dann wurde es durch das Bild ihres lichterloh brennenden Elternhauses ersetzt, ihre Schwester und ihre Mutter darin gefangen, an den Fenstern kratzend.

Der Geruch, der Geschmack, die Hitze.

Sie blinzelte heftig, um das Bild zu verdrängen, und richtete ihren Blick auf die bevorstehende Aufgabe.

Uniformierte Beamte standen unschlüssig an den Toren des Kirchhofs, der orangefarbene Schein wurde von den Leuchtstreifen an ihren Jacken zurückgeworfen. Keiner von ihnen wagte es, hineinzugehen, das Feuer war zu stark. Der Schrei eines Mannes zerriss die Stille, roh und unbändig, gefolgt von einem krachenden Aufprall von irgendwo aus dem Inneren des Gebäudes.

Die Haare auf Stephanies Armen stellten sich auf, als sie zu den uniformierten Beamten eilte. »Was ist hier los?«, bellte sie. »Wo ist die Feuerwehr? Warum ist niemand da drin?«

Fiona eilte um die Front eines Wagens und trat an ihre Seite, das Telefon ans Ohr gepresst. »Sie kommen später, Chefin«, sagte sie. »Zwei ihrer Fahrzeuge waren auf dem Weg hierher in eine Kollision verwickelt. Die nächste Verstärkung ist mindestens fünf Minuten entfernt.«

Fünf Minuten? Sie hatten keine fünf Sekunden.

Ein weiterer Schrei brach aus dem Inneren hervor, diesmal höher, heiser und verzweifelt.

Stephanies Puls hämmerte, während sie zu dem Gebäude hinaufstarrte und mit den Augen dem Rauch folgte, der immer höher in den Himmel stieg.

Sie dachte an den Traum, an das Feuer im Haus ihrer Kindheit, an das Mal, als sie hineingestürmt war und ihre Schwester gerettet hatte.

Sie dachte an den Feuerlauf, den sie unter Elias' Aufsicht absolviert hatte. Und ihre Erkenntnis danach: Es spielte sich alles nur in ihrem Kopf ab. Ihre Angst, ihre Paranoia, ihre Sorge. Es spielte sich alles nur in ihrem Kopf ab.

Zwei Menschen waren dort drin, und sie würden sterben, wenn niemand etwas unternahm.

Wenn sie über Feuer laufen konnte, konnte sie sie auch retten.

Wenn sie in ihrem Traum ein brennendes Gebäude betreten konnte, konnte sie sie auch retten.

Also ging sie, ohne etwas zu sagen, ohne weiter darüber nachzudenken, auf St. Mary's zu und redete sich ein, dass sich alles nur in ihrem Kopf abspielte.

Stephanie zog ihren Rollkragen weiter hoch, um Mund und Nase zu bedecken, und ging in die Hocke, als sie sich durch die zersplitterten Türen zwängte. Augenblicklich verschlang die Welt sie im Ganzen. Hitze berührte ihre Haut, drückte von allen Seiten, erstickend, ließ ihre Arme und ihre Kopfhaut kribbeln. Der Rauch war im Inneren dichter, ein schwarzer Sturm, der wütete und ihr bei jedem Atemzug die Lungen wund kratzte. Ihre Augen tränten unaufhörlich und verzerrten die Formen um sie herum.

Sie zwang sich tiefer hinunter, auf die Fersen, und kroch durch die Kirche. Die Luft war erfüllt vom Geräusch sich biegenden und knackenden Gebälks. Und dann hörte sie es, so nah, dass es ihr durch die Brust ging.

Isaac.

Gebrochenes, heiseres Wimmern. Sie bewegte sich auf das Geräusch zu, blinzelte durch den Dunst, bis der Umriss eines Stuhls in den Blick kam. Er war festgebunden, sein Kopf hing schlaff herab, Arme und Brust an den Stuhl gefesselt. Seine Augen waren weit aufgerissen, als er sie sah.

»Hilfe!« Seine Stimme brach in einem Hustenanfall ab, sein Körper zuckte, während Flammen an dem Stapel Kirchenbänke um ihn herum züngelten und bissen.

»Halt still!«, krächzte sie und fand eine Lücke in den Kirchenbänken, um an seine Seite zu gelangen. Ihre Finger krallten sich in die Knoten, die seine Handgelenke und seine Brust fesselten, aber das Seil war straff gespannt, beinahe verschmolzen. Ihre Fingernägel bogen sich und brachen, aber es war zwecklos. Sie fluchte, schrie, würgte, als sie fester zerrte und ihr ganzes Gewicht hineinlegte. Die Hitze war jetzt unerträglich, sie kochte ihren Rücken, brannte in ihrem Gesicht und an ihren Armen. Jeder Atemzug war ein Kampf, jedes Schlucken wie Glas. Sie konnte hören, wie das Feuer emporkletterte und alles auf seinem Weg gierig verschlang.

Die Zeit lief ab.

»Bitte, Sie müssen mir helfen!«, flehte Isaac.

Stephanie stemmte ihr Knie gegen den Stuhl, griff in ihre Tasche nach einem Taschenmesser und begann zu schneiden. Ihre Muskeln schrien, als die Fasern schließlich nachgaben, Strang für Strang, bis der Knoten plötzlich aufriss. Isaacs Hände fielen frei, aber sie wartete nicht. Sie tat dasselbe bei den Fesseln um seine Brust und befreite ihn mit einem lauten Schrei. Dann hakte sie ihre Arme unter seine Achseln und zerrte ihn hoch, der Stuhl polterte rückwärts in die Flammen. Seine Beine knickten ein und trugen kaum sein Gewicht.

»Beweg dich!«, schrie sie, obwohl sie nicht sicher war, ob sie ihn oder sich selbst meinte. »Sonst sterben wir hier beide drin!«

Das ließ Isaac sich nicht zweimal sagen. Gemeinsam stolperten sie durch den dichten Rauch, jede Sekunde dehnte sich wie eine Ewigkeit. Über ihnen stöhnte St. Mary's erneut, als ob ihre Namenspatronin vor Schmerz schrie.

Ein ohrenbetäubendes Krachen explodierte, als ein Teil des Daches zersplitterte und irgendwo hinter ihnen herabfiel, was die Flammen heller und gieriger auflodern ließ.

Stephanie duckte den Kopf tief, die Augen brannten, während sie Isaac durch den Dunst in die vage Richtung der Tür zerrte, durch die sie gekommen war.

Noch einen Schritt. Noch einen. Hör nicht auf. Wag es ja nicht, aufzuhören.

Wenn du ins Feuer hineinlaufen kannst, kannst du auch wieder hinauslaufen.

Die saubere Nachtluft traf sie wie ein Segen, als sie aus dem Rauch stolperte, einen Arm unter Isaac Groves Achsel eingehakt. Sein Gewicht war bleiern und unhandlich, seine Beine knickten bei jedem schleifenden Schritt unter ihm ein.

»Weitergehen …«, würgte sie hervor. »Noch ein paar Schritte. Komm schon …«

Ein paar Meter von der Tür entfernt brachen sie zusammen, das feuchte Gras unter ihren Handflächen verschaffte ihrer entzündeten und verbrannten Haut etwas Linderung. Die Kirche hinter ihnen war von Feuer erfüllt und tauchte die Umgebung in ein tiefes, oranges Glimmen, das von den Autoscheiben flackernd zurückgeworfen wurde. Irgendwo tief im Inneren brüllten und knisterten die Flammen, ein ebenso erschreckendes wie hypnotisches Geräusch.

Isaac würgte über dem Boden und hustete, bis es so aussah, als würde er seine Lungen auf das Gras erbrechen. Sein Gesicht war schweiß- und rußglänzend, die Augen tränten, das Haar klebte ihm an der Stirn. Sie drückte ihm eine Hand auf die Schulter, um ihn zu stabilisieren.

»Isaac.« Ihre Stimme war heiser, eindringlich. »Wo ist Elias? Wo ist Toby? Wo ist er hin?«

Er schüttelte schwach den Kopf, das Weiße seiner Augen leuchtete im Feuerschein auf. »Ich weiß es nicht«, krächzte er, kaum hörbar über dem Tosen der Flammen und den Rufen ihrer Kollegen, die sie schnell umringten. »Ich schwöre, ich weiß es nicht. Er ist einfach ... er ist gegangen, in dem Moment, als du reingekommen bist.«

Bevor Stephanie antworten konnte, traf das Team ein und zerrte sie und Isaac weiter vom Feuer weg. Sie sprachen auf sie ein, fragten, ob es ihr gut ginge, aber sie konnte sie nicht hören. Ihre Gedanken kreisten um Elias. Darum, wie er als Kind einem Feuer entkommen war und wie er sich anschickte, dasselbe noch einmal zu tun.

Aber dann erinnerte sie sich an das Foto. Daran, dass sie beide in den Flammen sterben sollten. Sie glaubte nicht, dass er das Streichholz anzünden und einfach weggehen würde. So wollte er die Sache nicht beenden.

Stephanie schüttelte den Griff ihres Teams ab und wandte sich dem Feuer zu.

Die Hitze schlug ihr mitten ins Gesicht, blasenwerfend, unerbittlich. Sie schirmte ihre Augen mit einem schmutzigen Ärmel ab und stolperte vorwärts, die Rufe hinter sich ignorierend. Asche- und Trümmerteile regneten herab und brannten Löcher in den Stoff ihrer Kleidung.

»Steph! Hör auf!«, rief Giles und versuchte, sie zu fassen. Seine Hand erwischte ihre Jacke, aber sie riss sich los, den Blick starr auf das Feuer gerichtet.

»Er ist noch da drin!«, krächzte sie und zeigte in die Flammen, ihre Stimme mehr tierisch als menschlich. »Elias ist noch drin.«

Eine weitere Explosion krachte tief im Inneren, das Dach stöhnte unter der Last des Feuers. Das Team fluchte hinter ihr, aber keiner war mutig – oder dumm – genug, um zu folgen.

Stephanie drängte trotzdem vorwärts. Ihr Körper schrie sie an, aber sie zwang ihre Beine, sich zu bewegen. Als sie die Schwelle übertrat, trieb sie ein plötzlicher Schwall aus Hitze und Rauch auf die Knie. Sie zog den Kragen ihres Pullovers über Mund und Nase, zwang noch einen Atemzug in ihre protestierenden Lungen und taumelte tiefer hinein.

Die Kirche war ein Inferno. Kirchenbänke waren geschwärzt und stürzten in Funkenwellen um. Rauch wälzte sich in dicken, erstickenden Spiralen über ihrem Kopf, verschlang alles und beraubte den Raum jeglichen Lichts. Ihre Augen tränten. Jeder Atemzug, den sie nahm, verbrannte ihre Kehle schlimmer als der letzte.

Und dann hörte sie es.

Einen Schrei.

Elias.

Er kam aus der Tiefe des Kirchenschiffs, verzerrt durch das Knacken und Brüllen des brennenden Holzes. Der rohe, gutturale Schrei eines Mannes, der von dem Element verschluckt wurde, das er als Waffe geführt hatte.

Stephanie taumelte auf das Geräusch zu und kämpfte um das Gleichgewicht. Ihre Beine fühlten sich schwer an, und ihr Körper war kurz vor dem Zusammenbruch. Aber sie konnte nicht aufhören. Nicht jetzt.

Die Hitze des Feuers drückte gegen sie wie Hände, die versuchten, sie zu ergreifen. Sie konnte ihn nicht sehen, konnte nichts sehen. Sie hustete und krümmte sich, schwarze Flecken tanzten vor ihren Augen. Ihre Knie knickten ein, der Rauch schlug ihr wie eine Wand gegen die Brust. Sie kratzte sich an der Kehle, versuchte ihren Körper zu zwingen, Luft zu holen, aber es kam nichts.

Ihre Ohren klingelten von einem weiteren Schrei. Länger, tiefer. Elias, der bei lebendigem Leibe verbrannte.

Sie versuchte, wieder vorwärtszudringen. Aber ihr Körper verriet sie. Sie konnte nicht sehen. Sie konnte nicht atmen. Ihr eigener Schrei war nur ein Nichts, vom Feuer verschluckt.

Und dann spürte sie es. Hände, die sie von hinten packten. Starke, behandschuhte Hände. Zuerst wehrte sie sich gegen sie, dachte, Elias hätte sie irgendwie erreicht und würde sie als sein letztes Opfer fordern. Aber dann erhaschte sie die Spiegelung eines

Visiers, die Form eines Helms, und gab schließlich die Kontrolle ab. Der Feuerwehrmann warf ihren Körper mühelos über seine Schulter und trug sie hinaus.

Als sie nach draußen durchbrachen, strömte die Nachtluft in ihre Lungen, und sie brach erneut auf dem Gras und der feuchten Erde zusammen und hustete, bis ihr ganzer Körper zitterte.

Um sie herum schrie die Feuerwehrmannschaft Befehle, ihre Stimmen wurden vom Einsturz der Kirche übertönt. Das Dach stieß ein monströses Stöhnen aus, dann knickte es ein, und Funken schossen wie ein Feuerwerk in den Himmel.

Stephanie blinzelte durch tränende Augen und versuchte, wieder hineinzusehen. Elias' Schreie hatten aufgehört. Alles, was blieb, war Feuer.

Und dann, während sie weiter um Luft rang, schloss sie die Augen und wurde ohnmächtig, brach auf der kalten, nassen Decke aus Gras zusammen.

KAPITEL EINUNDNEUNZIG

Das Erste, was sie bemerkte, als sie die Augen öffnete und durch die Dunkelheit ihres Blickfeldes spähte, war, dass sich ihr Hals anfühlte, als hätte sie glühende Kohlen und danach eine Handvoll Rasierklingen geschluckt.

Nachdem sie dann mehrmals geblinzelt hatte, wurde Kimberleys Gesicht neben ihr schließlich scharf.

»Was machst du denn hier?«, fragte Stephanie mit flüsternder Stimme.

Kimberley stieß einen leisen Keucher aus. Sie griff nach Stephanies Hand, umschloss sie mit ihrer eigenen und drückte fest zu. »Das Gleiche könnte ich dich fragen«, zischte sie. »Was hast du getan? Was hast du dir nur dabei gedacht? Du bist in ein brennendes Gebäude gerannt, Steph.«

Stephanie öffnete den Mund, um zu antworten, aber Kimberley ließ sie nicht zu Wort kommen.

»Ich habe schon ein Baby verloren. Ich kann nicht auch noch meine Schwester verlieren.«

Das saß. Und wie. Und plötzlich dämmerte ihr, was sie getan hatte. Sie hatte geglaubt, sie wäre in einem Traum gewesen. Dass sie einfach aufwachen, respawnen könnte und alles gut, perfekt und normal sein würde. Aber die Wirklichkeit war anders gewesen. Sie hatte ihr Leben aufs Spiel gesetzt.

Sie drückte die Hand ihrer Schwester und lächelte so herzlich, wie sie konnte. »Es tut mir leid, ich …«

Mehr brachte sie nicht heraus, bevor sie in einen Hustenanfall verfiel. Ein stechender Schmerz schoss ihr in Lunge und Kehle, während sie prustete.

»Die Ärzte haben gesagt, du hast Glück gehabt, dass du noch hier bist, bei der Menge Rauch, die du eingeatmet hast«, erklärte Kimberley. »Und sie haben gesagt, du hattest noch mehr Glück, dass du dir keine schlimmeren Verbrennungen zugezogen hast.«

Da blickte Stephanie an ihren Armen hinunter und nahm zum ersten Mal die Verbände wahr. Sie spürte dort keinen Schmerz, nur das seltsame Gefühl des Unbehagens, wie ein Jucken, an das sie nicht ganz herankam.

»Ich glaube, Mum hat auf dich aufgepasst«, fuhr Kimberley fort. »Sie haben gesagt, das Schlimmste waren Verbrennungen zweiten Grades an den Fingern und Handflächen. Du hast dir beinahe deine Fingerabdrücke weggesenkt.«

»Ein Leben als Verbrecherin wartet auf mich …«, krächzte Stephanie scherzhaft, bevor sie in einen weiteren Hustenanfall ausbrach.

»Hör auf zu reden. Bitte. Du machst es nur schlimmer.«

Stephanie tat, wie ihr geheißen, und für einen Moment saßen sie schweigend da. Es gab so viel, was Stephanie sagen, wofür sie sich entschuldigen wollte. Sie wollte ihre Schwester in den Arm nehmen, sie umarmen und nie wieder loslassen.

»Ich liebe dich«, sagte sie schließlich.

»Ich weiß«, erwiderte Kim. »Ich dich auch. Und … und …« Sie atmete tief ein. »Jordan wollte mitkommen«, fuhr sie fort. »Aber er dachte, es wäre keine gute Idee, also ist er zu Hause geblieben.«

Kimberley griff neben sich und hob einen kleinen Blumenstrauß hoch. Weiß. Hübsch.

»Er hat dir die hier besorgt.«

Stephanie grinste. »Sie sind wunderschön. Sag ihm, ich danke ihm.«

»Du meinst, ich soll sie nicht in den Müll werfen?«

Stephanie schüttelte den Kopf. »Mir ist klar geworden, dass er gar nicht so übel ist. Ich schätze, ich könnte ihn ein bisschen besser kennenlernen. Solange er aufhört, bei mir zu Hause aufzutauchen …«

Kimberleys Augen weiteten sich. »Im Ernst?«

Ein schwaches Nicken.

»Wir können mal einen Kaffee trinken gehen, vielleicht zum Mittagessen«, antwortete Stephanie. »Alle zusammen.«

Bevor Kimberley antworten konnte, klopfte es an der Tür, und die Hochstimmung auf Kimberleys Gesicht wich. Die Tür öffnete sich, und DCI Clive McGowan trat ein. Seine Präsenz erfüllte den Raum auf diese seine ruhige, unerschütterliche Weise.

»Entschuldigen Sie die Störung«, sagte er und schloss die Tür hinter sich. »Ich wollte nachsehen, ob Sie wach sind.«

»Gerade so«, scherzte Stephanie. »Könnte aber ein Nickerchen vertragen.«

Kimberley erhob sich von ihrem Stuhl und ging auf den Ausgang zu. »Ich lasse euch beide euch in Ruhe unterhalten.«

Stephanie wollte gerade protestieren, als ihre Schwester das Zimmer schnell verließ und eine unangenehme Stille im Raum zurückließ.

»Warum beschleicht mich das Gefühl, dass ich gleich einen Tadel bekomme?«

Clive gluckste. »Noch nicht. Erst wenn Sie sich vollständig erholt haben. Vielleicht auch früher.«

»Ich freue mich schon darauf.« Keuchend richtete sie sich im Bett auf, ihre Lunge rang nach Luft.

»Sie müssen sich schonen«, sagte Clive sanft. »Sie haben Glück, am Leben zu sein.«

»Habe ich gehört.«

»Alle machen sich Sorgen um Sie. Besonders Olivia. Sie werden sich also freuen zu hören, dass Sie wieder bei vollem Bewusstsein sind und atmen – gerade so.«

Stephanie sagte nichts. Sie hatte schon zu viel geredet, und der Schmerz in ihrer Brust und ihrem Hals wurde zu stark.

»Ich dachte, ich komme vorbei und bringe Sie auf den neuesten Stand, um Sie etwas zu beruhigen.«

Sie hielt seinen Blick fest.

»Das Feuer in St Mary's ist gelöscht«, sagte er. »Diesmal hat die Feuerwehr Elias' Leiche geborgen. Er hat es nicht geschafft.«

Stephanie sagte nichts, ließ keine Regung in ihrem Gesichtsausdruck zu.

»Sie haben keine weiteren Dosen gefunden, auch keine Fotografien oder Inschriften«, fuhr er fort. »Das lässt mich glauben, dass es vorbei ist. Sie haben ihn gefunden.«

»Und Isaac?«

»Auch am Leben. Lebendig und atmend. Gerade so. Seine Verbrennungen und die Rauchvergiftung waren viel schlimmer als Ihre, aber er wird überleben. Dank Ihnen, Steph. Sie haben sein Leben gerettet.«

»Ich hätte noch ein anderes retten können.«

Clive trat näher und schüttelte den Kopf. »Als sie Elias' Leiche gefunden haben, stellten sie fest, dass er sich in einem kleinen Raum eingeschlossen und den Schlüssel verschluckt hatte. Er hatte nie die Absicht, lebend da rauszukommen. Dafür hat er gesorgt. Sie hätten nichts mehr tun können.«

BÜCHER VON JACK PROBYN

Die Krimireihe mit DI Stephanie Broadbent in den Surrey Hills:

Band 1: Der Voodoo-Killer

Sie kehrte nach Hause zurück, um neu anzufangen. Stattdessen erweckte sie die Dunkelheit, die sie begraben glaubte.

Noch bevor sie sich richtig eingelebt hat, wird eine Studentin nach einem Abend in ihrem Studentenwohnheim tot aufgefunden. Was zunächst wie ein klarer Fall aussieht, nimmt eine düstere Wendung, als eine Voodoo-Puppe in der Nähe der Leiche gefunden wird. Stephanie ist gezwungen, sich den Geistern ihrer Vergangenheit zu stellen – während sie versucht, einen Mörder zu stoppen, dessen nächster Zug bereits in Faden und Stoff Gestalt annimmt.

Lesen Sie Der Voodoo-Killer auf Kindle und Kindle Unlimited

Band 2: Der schwarze Mann

Vor dreißig Jahren wurden die Einwohner von Guildford von einer Gestalt heimgesucht, die in die Kinderzimmer schlich und die Kinder im Schlaf beobachtete. Beim Gehen hinterließ er einen einzelnen Partyballon. Und dann verschwand er. Die Besuche hörten auf. Jetzt geschieht es wieder.

Lesen Sie Der schwarze Mann auf Kindle und Kindle Unlimited

Band 3: Der brennende Mann

Als die verkohlten Überreste einer Leiche in den malerischen Surrey Hills gefunden werden, wird das Trauma aus DI Stephanie Broadbents Vergangenheit wieder wachgerufen. Als eine weitere Leiche auftaucht, deckt Stephanie eine Verbindung auf, die droht, die Welt – und weitere Leichen – in Brand zu setzen.

Lesen Sie Der brennende Mann auf Kindle und Kindle Unlimited

AUCH VON JACK PROBYN

Die DS Tomek Bowen Krimireihe:

BUCH 1: DIE RACHE DES TODES

Southend-on-Sea, Essex: Detective Sergeant Tomek Bowen - getrieben, hartnäckig und vom Tod seines Bruders verfolgt - wird zu einem der schockierendsten Tatorte gerufen, den er je gesehen hat. Ein Mann wurde rituell ermordet und in einer Kleingartenanlage in der Nähe des örtlichen Flughafens abgelegt. Erste Ermittlungen deuten darauf hin, dass dieser Mann eine Vergangenheit hatte. Eine Vergangenheit, die ihm viele Feinde einbrachte.

Die Roche Des Todes herunterladen

BUCH 2: DER GRIFF DES TODES

Annabelle Lake glaubte, den Ford Fiesta, der vor ihrer Schule wartete, und den Fahrer darin zu erkennen. Sie lag falsch. Ihre Leiche wird einige Zeit später entdeckt, baumelnd an einer Schaukel auf einem Spielplatz auf Canvey Island.

Der Griff Des Todes herunterladen

BUCH 3: DIE BERÜHRUNG DES TODES

Als sich an einem Dezembermorgen in Essex der Nebel lichtet, wird die Leiche eines Teenager-Mädchens mit dem Gesicht nach unten in einem Feld entdeckt. Der Fall landet schnell auf dem Schreibtisch von DS Tomek Bowen, der, während er versucht, sein neues Leben als alleinerziehender Vater einer dreizehnjährigen Tochter zu meistern, die tödlichen Ereignisse aufdecken und die Wahrheit ans Licht bringen muss.

Die Berührung Des Todes herunterladen

BUCH 4: DER KUSS DES TODES

Der Tod eines Obdachlosen erregt kaum Aufmerksamkeit in Southend-on-Sea - bis die Obduktion ihn als Herbert Tucker identifiziert, einen umstrittenen Parlamentsabgeordneten mit einer Geschichte voller

Feindschaften. Zwischen den Strandhütten von Thorpe Bay gefunden, wirft sein sorgfältig inszeniertes Ableben mehr Fragen auf als es Antworten liefert. Unter wachsendem Druck muss DS Tomek Bowen die letzten Tage eines Mannes rekonstruieren, der von Kontroversen lebte. Seine Ermittlungen decken ein Netz aus Täuschungen auf, das sich von den Korridoren Westminsters bis in die dunkelsten Ecken von Essex erstreckt. Doch je näher Bowen der Wahrheit kommt, desto klarer wird ihm - dies war nicht nur Mord. Es war eine Botschaft. Und jemand wird alles tun, um ihre Bedeutung im Verborgenen zu halten.

Der Kuss Des Todes herunterladen

BUCH 5: DER GESCHMACK DES TODES

An einem windigen und eisig kalten Morgen besucht Morgana Usyk, Besitzerin eines der Lieblingsplätze von DS Tomek Bowen, Morgana's Café, den etwas über eine Meile vor der Küste gelegenen Mulberry Harbour. Kurze Zeit später wird ihre Leiche in den flachen Gewässern gefunden, treibend neben dem Hafen. Erste Berichte und Augenzeugenaussagen besagen, dass sie den Mörder vom Tatort fliehen sahen. Doch als Sturm Alisha aufzieht und alle Beweise wegspült, steht Bowen mit seinem Team auf verlorenem Posten. Jetzt steigt das Wasser. Und Morganas Leiche wird nicht die einzige sein, die sie darin finden werden.

Der Geschmack Des Todes herunterladen

BUCH 6: DER ENGEL DES TODES

Als die Flugbegleiterin Angelica Whitaker nach einer Nacht in einem der beliebtesten Nachtclubs von Southend als vermisst gemeldet wird, wird der Fall zum ersten Mal in seiner Karriere an DS Tomek Bowen übergeben. Sobald die Ermittlungen beginnen, richtet sich der Verdacht auf den Mann, mit dem sie im Club getanzt hat. Doch als ihre Leiche später in einer Kirche gefunden wird, positioniert wie ein Engel, deuten dieselben Indizien auf einen berechnenden, gefassten und sadistischen Killer hin. Aber während die Ermittlungen voranschreiten und Tomek tiefer in das Leben des Opfers eintaucht, wird klar, dass es keinen Mangel an Verdächtigen gibt und jeder seine Geheimnisse hat – manche mehr als andere...

Der Engel Des Todes herunterladen

REZENSION SCHREIBEN

Da wären wir. Ende.

Also, ich sage « wir » ... ich meine euch. Danke.

Danke, dass ihr bis hierhin durchgehalten habt und mir treu geblieben seid, während ich mir diese unglaublich wilden und bizarren Geschichten ausdenke und sie später zu Papier (oder besser gesagt, in digitale Dateien) bringe.

Amazon ist voll von Millionen von Büchern (buchstäblich, und ich verwende diesen Begriff nicht leichtfertig), daher ist es oft schwierig, die nächste Lektüre zu finden. Man möchte einfach wissen, in welches Buch man als nächstes eintauchen soll. Aber manchmal hat man keine Zeit, sie alle durchzugehen. Was also tun?

Natürlich die Rezensionen lesen.

Wir nutzen sie in jedem Bereich unseres Lebens. Restaurants. Filme. Unser nächster Fernseher. Kopfhörer. Fast alles wird von den Gedanken anderer bestimmt.

Verrückt, nicht wahr?

Aber was passiert, wenn man auf ein Buch ohne Rezensionen stößt? Man schreckt vielleicht davor zurück. Es ist schwer, dem Buch zu vertrauen.

Ihre Zeit ist kostbar. Sie wollen sie nicht mit enttäuschenden Geschichten verschwenden. Niemand möchte das. Und das möchte ich auch nicht für Sie. Manchmal mache ich mir Sorgen, dass dieser Geschichte dasselbe passieren könnte. Aber es gibt eine Lösung.

Eine Rezension hilft viel. Und sie gibt mir das Selbstvertrauen, die verrückten Gedanken in meinem Kopf weiter zu verarbeiten. Wenn Sie einen Moment Zeit haben, würde ich mich sehr über eine Rezension freuen. Es muss nicht viel sein – nur ein paar Worte darüber, wie Sie das Buch finden.

Vielen Dank.

Ihr freundlicher Autor,

Jack Probyn

www.ingramcontent.com/pod-product-compliance
Lightning Source LLC
Chambersburg PA
CBHW011549190726
48287CB00010B/2806

* 9 7 8 1 8 0 5 2 0 2 3 5 6 *